AUTÓGRAFO SAGRADO

AUTÓGRAFO SAGRADO

Álvaro Pandiani

GRUPO NELSON
Una división de Thomas Nelson Publishers
Desde 1798

NASHVILLE   DALLAS   MÉXICO DF.   RÍO DE JANEIRO

A menos que se indique lo contrario, todos los textos bíblicos han sido tomados de la Santa
Biblia, Versión Reina-Valera 1995 © 1995 por Sociedades Bíblicas Unidas. Usados con permiso.
Citas bíblicas marcadas "RV60" son de la Santa Biblia, Versión Reina-Valera 1960 © 1960 por
Sociedades Bíblicas en América Latina, © renovado 1988 por Sociedades Bíblicas Unidas.
Usadas con permiso. Reina-Valera 1960® es una marca registrada de la American Bible
Society, y puede ser usada solamente bajo licencia.

Nota del editor: Esta novela es una obra de ficción. Los nombres, personajes, lugares o
episodios son producto de la imaginación del autor y se usan ficticiamente. Todos los
personajes son ficticios, cualquier parecido con personas vivas o muertas es pura coincidencia.

Editora general: *Graciela Lelli*

Adaptación del diseño al español: *Grupo Nivel Uno Inc.*

ISBN: 978-1-60255-432-0

Impreso en Estados Unidos de América

11 12 13 14 15 HCI 9 8 7 6 5 4 3 2 1

Índice

...PASADO 2

Toda carne es como hierba
y toda la gloria del hombre como flor de la hierba;
la hierba se seca y la flor se cae,
mas la palabra del Señor permanece para siempre.

I Pedro 1.24, 25

PARA MI AMADA ESPOSA ESTELA ELIZABETH,
PORQUE SIEMPRE ESTÁS AHÍ, A MI LADO...

PASADO...

De Patmos a Éfeso

EL ANCIANO TIENDE LA VISTA HACIA LA COSTA. LAS OLAS azules y espumosas del mar Egeo acarician las orillas de Asia. Al extremo del renegrido muelle de madera se balancea suavemente la nave firmemente amarrada; las velas arriadas, los remos quietos. El águila orgullosa, enhiesta en la proa. Sobre la borda destaca la imagen imponente del centurión, con yelmo y coraza, brazos en jarras. Su mano derecha descansa sobre el pomo de la espada, como si ese fuera su lugar natural; o cual si, para ese hombre, fuera natural estar siempre presto a desenvainar e iniciar el combate. Atrás, el patrón del barco y dos marineros observan con curiosidad.

Jirones de nubes arreboladas flotan inermes en el cielo, profunda y serenamente azul. El sol naciente acaricia la blanca cabellera del anciano; hiere los ojos del centurión, que sostiene la mirada del viejo con ceño fruncido y expresión adusta. Han navegado toda la noche desde la isla de Patmos. Los marineros se han turnado en los cargos de la nave y los soldados en la vigilancia; también el centurión y el anciano han velado durante toda la travesía. Ahora se miran, uno al otro; mas de pronto, las severas líneas del rostro del centurión se distienden y sus ojos luminosos parecen amables. Entonces habla:

—Eres libre, señor. Mi consigna concluye al ponerte en el puerto de Éfeso. Tus amigos te conducirán a la ciudad.

—Eres hombre de pocas palabras, centurión. Aún no comprendo cómo, hace pocas horas, era yo un exiliado en aquella roca de sal, y ahora nuevamente soy un hombre libre.

—Venerable anciano —responde el centurión con calma—, Augusto ordenó que los desterrados regresen. Él dio orden especial acerca de ti, de devolverte a tu lugar de residencia.

El anciano frunce el ceño y dice:

—Me resulta llamativo que Domiciano no haya dado orden especial de quitar mi cabeza de sobre mis hombros. ¿Qué clase de vientos han soplado en la mente de ese búfalo?

El centurión frunce a su vez el ceño, como si una ofensa o un dolor moral lo perturbaran:

—Vientos de muerte han arrebatado a Domiciano, le condujeron hacia los abismos del Tártaro. El amado Nerva, hijo de la justicia, gobierna desde hace siete meses. Él ordenó que vuelvas a tus oficios.

Enarcando las cejas, al punto de acentuar las arrugas de su frente, el anciano responde:

—Eso procuraremos hacer, hijito.

El centurión esboza una sonrisa insólita y se va.

El anciano gira. A pocos metros, sobre la ennegrecida madera del muelle, una sola persona aguarda; un joven que aún no cuenta treinta años de edad. Viste según la costumbre romana, con túnica y paenula, pero usa el cabello al estilo griego; su barba lampiña se recorta a la usanza judía. Sonríe y sus ojos claros irradian vida.

También sonriendo, el viejo extiende los brazos y dice, simplemente:

—Policarpo.

El joven corre hacia él, toma sus manos, e inclinándose en una profunda reverencia murmura con voz temblorosa:

—Apóstol.

El anciano apóstol Juan pone una mano sobre la cabeza de su joven y leal discípulo; con la otra le toma de un brazo y le obliga a incorporarse. Cuando Policarpo se endereza, pueden verse lágrimas en su rostro. El apóstol Juan ensancha su sonrisa y dice:

—Aquí estoy nuevamente, hijo mío. El Señor ha dispuesto que retorne este viejo fastidioso.

Policarpo ríe; seca sus lágrimas con la mantilla y replica:

—Estás aquí, señor. Ya no serán necesarias las travesías por mar hasta la roca de sal. Toda la iglesia agradece al Señor por haber dado el trono a Nerva. El Señor nos ha proporcionado un respiro, cuando parecía que el redivivo nos aplastaría.

Arrugando el ceño, el anciano dice:

—¿Es esa la fe que de nosotros han aprendido? ¿Es propio claudicar en la fe, cuando el mundo nos persigue, siendo la fe nuestra victoria sobre el mundo?

Policarpo le mira con ojos avergonzados. El anciano pasa entonces un brazo sobre sus hombros, y juntos caminan hacia la costa; mientras, continúa:

—Vamos, vamos, que no fue una represión. Las palabras pueden ser hermosas, pero son como toneles vacíos si no van acompañadas del Espíritu, que da vida y aliento a nuestras almas. Cuando llegué a Patmos, los soldados me abandonaron en la playa con algunas provisiones mojadas. Al anochecer, ni siquiera pude encender un fuego. Allí estaba, en la soledad y oscuridad de la noche, con frío y con hambre, y deseé morir. Morir para estar con mi Señor, y para ver otra vez a los amigos que me precedieron, y que ya beben el fruto de la vid en el reino de Dios. Al día siguiente, que era Sabbat, oré todo el día; pedí al Señor que, si había concluido mis trabajos aquí en la Tierra, me llevara junto a Él. Creo que aquel día estos viejos ojos derramaron más lágrimas que en todas las angustias sobrevenidas en mi larga vida. Esa noche comí para reponer fuerzas y dormí. No recuerdo el momento en que desperté, pero cuando amaneció el día del Señor, yo estaba en el Espíritu, orando. Entonces Cristo vino a mí, visible y hablando con voz tonante. El resto ya lo conoces.

Mientras el anciano habla, llegan hasta la base del muelle. Cuando sus pies se asientan sobre las losas del pavimento, Policarpo detiene la marcha, mira a Juan y dice:

—Apóstol, tantas veces crucé el mar para servirte en tus necesidades, durante el año que estuviste allá en Patmos, y nunca me hablaste de las amarguras de tu alma aquel primer día de exilio en la isla.

—¿Podía hacerlo? —responde el anciano mientras sonríe; da un amistoso y suave bofetón al joven y agrega:

—¿Donde habría quedado vuestra fe, entonces?

Policarpo mueve la cabeza y acota:

—Es cierto, señor; somos hombres de poca fe.

El apóstol Juan vuelve a poner un brazo sobre los hombros del joven e inicia la marcha por la calle desierta, a la sazón la vía que lleva a la ciudad de Éfeso a través de la puerta del Puerto y se transforma en la principal avenida de la urbe. Mientras caminan lentamente, Juan continúa:

—En realidad, mi joven de poca fe, ustedes han resistido la peor tormenta de la persecución, desde que hace treinta años aquella bestia llamada Nerón se lanzó sobre nosotros.

Suspira y continúa:

—Tal ha sido la tormenta, que muchos de los nuestros han sido coronados por el martirio.

Juan mira hacia el sur. A cosa de cuarenta y cinco codos, sobre una plataforma de pórfido, un becerro de bronce mira hacia oriente, con la boca abierta en un mugido perpetuo. Los cuartos traseros están entreabiertos, sostenidos por los lomos con una bisagra de bronce. El vientre está renegrido por innumerables fuegos, encendidos para cocinar lentamente a infelices condenados, encerrados dentro de la estatua.

—Sí —susurra Policarpo quedo— muchos de nuestros hermanos nacieron en Dios por el martirio desde el interior de ese ídolo maldito.

—Y yo aún con vida —murmura Juan.

Mueve la cabeza y prosigue:

—Bueno, si fuera la voluntad de nuestro Señor Jesucristo que yo permanezca con vida hasta su regreso, así deberá ser.

Tras reanudar la marcha, Juan mira hacia la ciudad, de la que ya pocas docenas de pasos los separan. Observa las antiguas murallas de piedra grisácea, verdosas en las bases, donde el moho cubre los cimientos. La puerta del puerto, abiertas sus hojas, es atalayada por dos torres de defensa que toman su base en las gruesas columnas laterales. Arriba, brillan al sol los yelmos de cuatro soldados de guardia, relumbrantes las férreas puntas de las lanzas, mantenidas en alto en atrevida actitud de desafío.

—Qué raro —musita Juan— la vía Arcadia está desierta. No era habitual a estas horas.

Policarpo sonríe.

—Sigue sin serlo, salvo hoy.

—¿Ah, sí?

—Sí. Hoy, el prefecto de la ciudad ordenó que ni carros ni jinetes ocupen la vía Arcadia.

Arrugando el ceño, el apóstol murmura:

—¿Y cuál podría ser la razón de esa orden?

Cuando llegan al umbral de la enorme puerta de la ciudad de Éfeso, por donde la vía Arcadia penetra para transformarse en la principal avenida de la urbe, Policarpo se vuelve, da espaldas al interior, y responde:

—Porque Nerva ordenó el regreso de un santo y glorioso exiliado; y el prefecto, que no es tonto, quiere agradar a su emperador. Por eso, se encargó de un adecuado recibimiento.

Luego que Policarpo hubo dicho esto, desde ambos lados de la puerta comienzan a surgir personas. Decenas, docenas, centenas, miles. En pocos minutos, la puerta del puerto se ve cubierta de una multitud. Viejos, jóvenes, niños, mujeres, hombres, caminan con las manos en alto; los finos trajes de los nobles, las coloridas, limpias y relucientes ropas de ricos comerciantes se confunden con los oscuros y rústicos ropajes de los pobres y obreros. Familias con sus hijos en brazos, o caminando de la mano de sus padres, convergen hacia la puerta de Éfeso.

Algunos de ellos muestran en sus rostros, en sus brazos y piernas, horribles cicatrices de heridas y quemaduras, recibidas en tormento. Aquí, uno camina apoyado en un bastón, que sustituye una pierna perdida; allá, otro anda con un solo ojo para guiarse; más allá, otro levanta un muñón, en patético saludo de una mano que ya no está. Juan derrama lágrimas al verlos; son los mártires cristianos, sobrevivientes de la cruel persecución de Domiciano, de cuyo testimonio han brotado esos miles de cristianos, como flores lozanas en una pradera del Edén, para renovar la fiel y castigada Iglesia de Cristo.

Cristianos que ahora vienen, alegres y gozosos, a recibir al anciano Juan, el último de los apóstoles, el postrer sobreviviente de aquellos que caminaron con Jesús de Nazaret, quien les ha sido devuelto para andar aún entre ellos.

Meditación
sobre los tiempos

EL ANCIANO MIRÓ EL CIELO NOCTURNO A TRAVÉS DE LA ventana, de toscos marcos de madera. Ese cielo oscuro, perlado de astros, serenamente extendido sobre el reluciente mar Egeo, lo había contemplado desde palacios de mármol, y también desde chozas de madera y barro; desde las explanadas privadas que rodeaban las mansiones de los ricos, orladas de broncíneas estatuas y marmóreas esculturas de antepasados y dioses, así como desde campos de hortalizas paupérrimas, rodeado de los esclavos, los desechados y los pobres de la tierra.

Pero el cielo sigue siendo el mismo, pensó el apóstol Juan, más allá de cuán importante sea la cabeza sobre la que se extienda. Así también, Dios es el mismo para unos y para otros; uno mismo su amor y una misma su justicia, implacable para quienes rechazan ese amor. Y mientras Dios, profundamente interesado en los hombres, aguarda pacientemente a que estos oigan el glorioso mensaje de su amor que unos recibirán mientras otros despreciarán, los tiempos corren sobre el mundo y las gentes. A un día sigue otro día, y un nuevo día se acerca, que habrá de traer algo novedoso.

Juan se volvió. Por la puerta de la pequeña sala, a la vez comedor y dormitorio para los tres hombres que allí moraban, salían cuatro mujeres. Tres jóvenes llevaban platos y vasijas; detrás iba otra, más entrada en años, que al girar miró al anciano.

—Fue una cena magnífica, Emiliana. Gracias.

La mujer sonrió y se inclinó levemente, respondiendo:

—A tu servicio, señor. Volveremos mañana.

Luego que se hubo cerrado la puerta, el anciano miró a los otros dos hombres, con quienes convivía desde su regreso de Patmos, dos meses atrás. Sentado en el suelo sobre una piel de búfalo, Policarpo atizaba el fuego del hogar con leños de una pila cercana.

Más atrás, sentado aún a la mesa y hojeando un códice, estaba Papías, predicador de las regiones orientales, llegado recientemente desde Bitinia. Papías levantó la vista del libro, miró a Juan con expresión maravillada y dijo:

—En la región sur de Asia tomé contacto con una copia de las cartas a las iglesias de esta provincia.

—Esa fue la primera revelación, al tercer día de mi llegada a Patmos —repuso serenamente Juan, y tomó asiento en un reclinatorio próximo al fuego.

Papías prosiguió:

—Pero esto es... —le faltaron las palabras; miró a Juan—: Estas revelaciones son asombrosas. ¿Son conocidas por las iglesias?

El anciano negó con la cabeza.

—No aún. Tardarán en ser conocidas. Y cuando lo sean, tardarán todavía más en ser reconocidas como lo que son.

—La revelación de Jesucristo —dijo Papías en un susurro asombrado.

Juan asintió.

—¿Qué tanto más? —preguntó Policarpo.

—Mucho tiempo más —respondió Juan, tras un suspiro—. Más que aquellas cosas que sobre nuestro Señor han escrito Mateo, Pedro, Pablo, Lucas o algunos de los otros. Más de lo que ninguno de ustedes dos vivirá.

El anciano suspiró nuevamente, se puso de pie y caminó hacia la ventana. Contempló el cielo.

Se acercaba la medianoche y en el límpido firmamento estrellado había ascendido una medialuna plateada, resplandeciente, que derramaba un fulgor nacarado, penumbroso y fantasmal sobre la ciudad dormida.

—Es curioso el tiempo —dijo, y guardó silencio.

Policarpo y Papías se le acercaron. A pesar del fuego que ardía en el hogar, la visión de la urbe bañada por la lóbrega luz de aquella luna les produjo escalofríos. Éfeso se extendía en declive hacia el mar; sus palacios y grandes edificios destacaban al norte del foro romano. Las estructuras de blanco marmóreo resaltaban entre los edificios de piedra común y madera de la plebe urbana. Hacia el sur podía verse el espacio abierto del Ágora. Algo más cerca, los largos bancos del Teatro refulgían tenuemente; el centro del mismo se veía como un pozo de negrura. De pronto, el silencio de la noche fue rasgado por una carcajada lejana, seguramente proveniente de alguna taberna situada cerca del Odeón. Luego volvió la calma, perturbada solo por el suave y lejano murmullo de las aguas del río Caistro, camino al Egeo. La serenidad de la noche fue rasgada nuevamente, ahora por la dulce y arrulladora voz del anciano apóstol Juan:

—Es curioso el tiempo —repitió—. Un día sigue a otro día, y la noche vuelve tras cada ocaso. Como dijo el sabio Salomón: Generación va, y generación viene; mas la tierra siempre permanece. Sale el sol, y se pone el sol, y se apresura a volver al lugar de donde se levanta.

—El sabio Salomón parece decir que el tiempo gira de continuo, y todo se repite —dijo Papías.

—Tal dicen los griegos —añadió Policarpo.

—Oh —suspiró Juan— pero el sabio dice con claridad que Dios traerá toda obra a juicio, juntamente con toda cosa encubierta, sea buena o sea mala. Y nuestro Señor ha dicho que en verdad su venida se cumplirá, y con ella traerá un nuevo tiempo para toda su creación. Aun la vida nos muestra etapas que se suceden; una finaliza y otra comienza.

Juan suspiró; meditó algunos momentos en silencio, cerró los ojos y continuó:

—Y si te quedas quieto, los días se suceden, y el tiempo pasa sobre ti; y también en ti. Y todo cambia, según las leyes de Dios para la creación y las obras humanas. ¡Quién pudiera, como el Señor, ver pasar los días sobre las cosas de los hombres y el mundo, no los setenta u ochenta años de que habla Moisés, sino cinco, diez, veinte veces ese tiempo?

—Apóstol —le interrumpió Policarpo—. ¿Adónde quieres llegar? No entiendo a qué te refieres.

—Ni yo —agregó Papías.

Juan se volvió, los miró a ambos y dijo:

—Mañana es mi cumpleaños. Conmemoraré el año noventa de mi vida en esta tierra.

Ambos jóvenes sonrieron.

—Lo sabemos, apóstol; pensamos celebrarlo de manera adecuada.

—Lo cual agradezco, Policarpo —respondió Juan rápidamente— pero no es el punto. Como saben, hace algunos meses, estando yo aún en Patmos, se cumplieron sesenta y seis años de la crucifixión del Señor Jesucristo.

Guardó un momento de silencio, permitiendo que sus interlocutores asimilaran el dato, y continuó:

—Y dentro de tres meses, se cumplirán cien años del nacimiento de nuestro Señor.

Luego de otro breve silencio, Policarpo dijo:

—Y eso, ¿qué significa?

Juan volvió a mirar el cielo sereno, tachonado de estrellas, y respondió:

—Significa que una etapa finaliza, y otra empieza.

...PRESENTE...

El monasterio

I

EL NOVICIO ALÍPIO SE DETUVO UN INSTANTE, JUNTO A LAS almenas, y observó el horizonte. El sol caía hacia el mar Egeo; las aguas distantes, de un azul brillante, destellaban bajo los rayos del astro. Una salva de detonaciones, como truenos de una tormenta lejana, alteró el entorno. Una bandada de pájaros espantados voló de pronto y distrajo momentáneamente al joven. Al mirar de nuevo hacia el mar, el silencio había ya regresado. Segundos después retumbó un estruendo grave y potente, proveniente del norte. Otra vez silencio; los pájaros habían callado. Alípio movió la cabeza; él conocía la causa de tales ruidos.

Barcos de la armada griega, en conjunto con naves de guerra de la marina estadounidense, intensificaban sus maniobras navales, próximo a la entrada del estrecho de los Dardanelos. Maniobras iniciadas diecisiete días atrás, luego que el gobierno de Turquía anunciara su intención de realizar pruebas nucleares en aguas del mar Mediterráneo.

El novicio se acercó al borde; asomándose entre las almenas, contempló los muros del monasterio, de veinticinco metros de altura en ese lugar. Construido ocho siglos atrás por frailes de la orden de San Ulrico, el monasterio coronaba, como una fortificación, la cima de una colina, situada al sureste de las ruinas de Éfeso. Constituía un lugar de atracción turística, si bien secundario en relación a las ruinas de la antigua capital del Asia romana; pero suficiente para que turistas de diversas partes del mundo dejaran allí muchos euros y dólares, fuente importante de ingresos para la comunidad. También representaban una fuente de rentas las ofrendas de los peregrinos del mundo cristiano ortodoxo, y de otras ramas del cristianismo, que concurrían al lugar por considerarse que, en alguna parte de las laderas de esa colina, estaba la tumba del apóstol San Juan.

Alípio consideró los muros de piedra, sólidos y firmes pese a contar ochocientos años de haber sido construidos, pero inermes frente al poder de la artillería. Caviló, admirado, que las detonaciones de la artillería naval se oyeran a cientos de kilómetros, en la tranquilidad de la tarde del Egeo. Se preguntó qué sucedería, si acaso la irracionalidad del régimen de Estambul forzaba a Estados Unidos de América a invadir Turquía. Cierto que primero entrarían en la Turquía europea, o al menos eso pensaba él; pero también era cierto que la Turquía asiática constituía la mayoría del territorio turco, y allí estaba la mayor parte de sus riquezas, de sus recursos y de sus reservas.

En cualquier caso, pensaba el aprensivo novicio, ¿de qué aprovecharía al potencial invasor ocupar el suroeste rocoso del Asia Menor, lleno de ruinas de una pasada grandeza y de fantasmas del ayer?

Apenas un joven de diecisiete años, tímido, introvertido, de complexión física no muy fuerte, Alípio poseía, no obstante, una mente despierta y curiosa; aunque aborrecedor de los cambios bruscos, gustaba de los retos que las situaciones nuevas representaban. Y no carecía de espíritu aventurero. Criado en la cercana villa de Ayasaluk, junto a las ruinas de Éfeso, su avidez por la lectura, su instrucción formal, y el acceso casi universal a la televisión y la informática, lo habían puesto a resguardo de ser un campesino ignorante y tosco. Ingresado al monasterio solo dos meses atrás, esperaba cumplir un noviciado de un año en la orden, para después lanzarse tras el sueño de obtener un doctorado en teología en la Escuela Teológica de Halkis, reabierta pocos años atrás.

En esos dos meses, su alma se había apegado a sus hermanos de la comunidad, al prior y, sobre todo, al anciano mentor de la abadía, Johannes el Venerable. De este sabía únicamente que habiendo sido un abad encumbrado de la orden, estaba ya retirado por lo avanzado de su edad. Sin embargo, recordó que el anciano Johannes mostraba en cada oportunidad en que se reunía con los novicios, en grupo o por separado, una inteligencia despierta y vivaz, así como una vitalidad y fortaleza incansables cuando se aplicaba a las devociones y a la enseñanza espiritual de la comunidad. Irradiaba paz, y una dulce serenidad inundaba el corazón, cuando el anciano daba sus enseñanzas y consejos espirituales. Quizás hablar con Johannes pensó el joven novicio, haría que su alma recuperara algo de tranquilidad.

Alípio fue a buscarle.

2

BUSCÓ EN EL ORATORIO DE LA CAPILLA, LUGAR PREFERIDO DEL anciano, donde pasaba largas horas en oración; como gustaba decir él mismo, «a solas con Dios». La capilla estaba silenciosa, y solo dos jóvenes frailes se hallaban allí, sumidos en calladas oraciones. Alípio contempló un momento el lugar, iluminado por la luz multicolor del sol poniente que entraba por los vitrales de la pared occidental y ascendía por las columnas del lado opuesto. Solo una cruz vacía destacaba en el altar, sin ninguna otra imagen votiva. Alípio sabía, y esa había sido una de las primeras cosas que le enseñaron al ingresar al monasterio, que el fundador de la orden provenía de una familia que conservó por siglos la tradición de oponerse a la adoración de iconos; oposición que motivara la violenta controversia iconoclasta del siglo VIII. Por eso, mil doscientos años después, el monasterio de San Ulrico constituía una verdadera isla dentro del cristianismo católico ortodoxo por su ausencia total de imágenes en la adoración pública o privada de sus monjes.

Alípio abandonó la capilla. Recorrió las escaleras de caracol tan rápidamente como le permitió el hábito; sabía que la celda del anciano Johannes estaba en el primer piso. Llegó al cabo de pocos minutos. La puerta, una sencilla y tosca puerta de madera de roble, como la de cualquier otra celda del monasterio, estaba cerrada. Golpeó y aguardó; nadie respondió. Tras un minuto golpeó nuevamente, con más energía; le dolieron los nudillos, pero no obtuvo respuesta. Entonces posó su mano en el pestillo de bronce e intentó abrir; comprobó que la puerta estaba trancada. Retiró la mano con cierta aprensión, sintiéndose insolente por pretender forzar la entrada a la celda privada del venerable anciano. A punto de verter lágrimas continuó su búsqueda, ahora con una redoblada necesidad de ver a Johannes.

Un piso más abajo, salió al patio central del monasterio. Junto al viejo aljibe, ya en desuso, se cruzó con un monje de respetable barba, perlada ya por las canas, y le interceptó diciendo:

—Reverendo padre, ¿ha visto al anciano Johannes?

El monje hizo un gesto negligente y contestó con indiferencia:

—En la cripta.

Anhelante, Alípio se lanzó hacia la cripta, cuya entrada estaba cerca del patio.

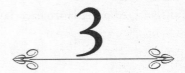

3

Tras bajar los setenta y cinco escalones de piedra que contaba la escalera de caracol, iluminada por luces de neón, el novicio se encontró en la cripta, un conjunto de salas abovedadas comunicadas por arcos de piedra. Él, que había conocido edificios inteligentes en Estambul, la única oportunidad que fue allí cuando tenía catorce años, creía viajar al pasado cada vez que penetraba en ciertas secciones del monasterio; particularmente, cuando bajaba a la cripta.

Utilizada en otros tiempos como cementerio para los miembros de la comunidad, aún se veían nichos en muchos sectores de sus paredes; tras esas lápidas, los huesos de generaciones de monjes «aguardaban la resurrección». El lugar había servido de santuario, de escondite en tiempos de gobiernos particularmente antagónicos al cristianismo, y también de bodega, para lo cual era aún utilizada por los monjes encargados del trabajo en los viñedos. La cripta estaba brillantemente iluminada, y desierta al parecer. Alípio caminó entre los enormes barriles, llenos de vino en pleno añejamiento. De súbito, se sintió sobresaltado; por el rabillo del ojo había visto, a su izquierda y tras una columna, un agujero oscuro. Al mirar, se percató de que una puerta estaba abierta, y no cualquier puerta. En los dos meses que llevaba en el monasterio, había bajado a la cripta pocas veces; pero siempre se le había advertido que esa puerta, que nunca había visto abierta, llevaba a una cámara secreta vedada para todos, excepto para el prior y para el anciano Johannes el Venerable. Alípio se acercó al umbral, y pudo ver que la puerta daba acceso a una muy empinada escalera, sumida en la oscuridad. Muy lejos allá abajo podía verse una luz temblorosa, aparentemente de naturaleza no eléctrica. Alípio miró a su alrededor, mordiéndose pensativo el labio inferior. La cámara secreta del monasterio era una fuerte tentación, y la curiosidad le aguijoneaba con insistencia. Pero le resultaba extraño que la puerta estuviera abierta, sin que nadie vigilara; tal cosa incitaba su curiosidad juvenil. Recordó brevemente al regordete y barbudo monje, que con displicencia le había dirigido hacia la cripta. ¿Y si era una prueba para probar su obediencia? Podían estar observándole en ese mismo momento. Sabía que si cedía a la tentación y lo descubrían, el castigo podría ir desde un mes de reclusión en su celda, o siete días de ayuno con aguas amargas, hasta ser echado a puntapiés del monasterio, y en ese caso podría despedirse del doctorado en teología. Estaba a punto de irse cuando allá abajo apareció una silueta humana.

—¿Quién anda ahí? —se oyó.

Espantado, Alípio demoró en reconocer la voz de Johannes. Cuando se dio cuenta que era él, respondió:

—Venerable padre, ya me iba.

—¿Alípio? ¿Eres tú?

—Sí, venerable padre. Le buscaba; perdóneme por interrumpirle.

—No hay problema, hijo. Ven, baja y hablaremos.

—Pero padre, la cámara secreta...

—Déjate de misterios. ¿No me buscabas? Ven, pues.

Con mucha vacilación, Alípio descendió por las oscuras escaleras; tropezó dos veces y se golpeó una rodilla. Cuando llegó abajo, se detuvo asombrado a contemplar la cámara. Era una amplia sala de diez metros de lado, de techo abovedado y paredes de piedra, sin ventanas, iluminada por antorchas, cuyo mobiliario bien podía haber sido fabricado durante el Imperio Bizantino.

—Sí —dijo el anciano—. A pesar de lo que ves, aún estamos en el año 2021 de nuestro Señor.

Alípio observó todo en derredor. Contra la pared opuesta había un viejo armario de madera renegrida, tan antigua que parecía petrificada; en sus múltiples estantes descansaban códices de hojas amarillas y rollos grises como la ceniza, que parecían a punto de desmenuzarse. Más alejado había dos púlpitos de escriba, del tipo utilizado en la antigüedad por los monjes, para el copiado de manuscritos. Sobre la mesa, también de madera, tosca y reseca, descansaba una vasija. Alípio nunca había visto una pieza de alfarería de ese tipo, pero le pareció de una formidable antigüedad. Miró al anciano, que sentado en un banco junto a la mesa, le observaba con expresión apacible. Johannes el Venerable dijo:

—Bajo la expresión de asombro que te provoca este lugar, veo palpitar la ansiedad. Yo también oí, hace un rato, los cañonazos de nuestros amigos los griegos, y sus aliados estadounidenses. ¿Es por eso que me buscabas?

Alípio asintió y dijo:

—Buscaba la serenidad de su palabra, venerable padre. Pero me temo que mientras lo hacía —el joven derramó dos lágrimas— cometí un atrevimiento inaudito.

Johannes frunció el ceño.

—Te escucho —dijo, con suavidad.

—Fui a su celda a buscarle. Al no obtener respuesta tras llamar a la puerta, aferré el pestillo e intenté abrirla. Perdóneme, venerable padre.

El rostro del anciano se distendió; dijo con dulzura:

—Eres un joven sensible, Alípio, y esa no es tu única virtud. El Señor hará de ti una buena persona. Pero si yo hubiera llorado cada vez que cometí un atrevimiento inaudito de ese tipo, habría derramado tantas lágrimas que me habría deshidratado y quedado reseco como la madera de esta mesa. Vamos, hijo, no te atormentes; ven aquí y siéntate.

Alípio así lo hizo, y ambos quedaron frente a frente, con la mesa de por medio. A su izquierda estaba la vasija, encima de la mesa. Como único motivo de adorno sobre el oscuro verde de la pieza, por debajo del angosto cuello, una hilera de pececillos dorados daba toda la vuelta. Los ojos de Alípio saltaron de la vasija al arcón de los manuscritos; luego recorrieron nuevamente toda la sala. Después, sobresaltado, miró otra vez al anciano, temeroso de que su distraída contemplación del entorno significara una falta de respeto.

Pero Johannes el Venerable mantenía un gesto tranquilo y risueño, dijo:

—Como ves, hijo, entre tanta tecnología que ha invadido el monasterio, esta cámara es como un refugio, que me permite volver a sentirme en un ambiente parecido a lo que conocí en mi niñez. Ya lo ves, los viejos somos nostálgicos.

Alípio volvió a mirar a su alrededor y exclamó:

—¿En su niñez? Pero venerable padre, ¿es que usted nació en la época del emperador Justiniano? ¡Oh, perdóneme!

El anciano lanzó una fresca carcajada; luego le miró con súbita seriedad y respondió:

—¿Y si te dijera que en realidad nací en la época de Tiberio César, y desde entonces peregrino en la tierra por mandato del Señor?

4

Repentinamente serio, también, el joven novicio contempló al anciano con la boca abierta. Pero tras unos minutos, Johannes volvió a reír. Distendido, Alípio sonrió y dijo:

—Ah, sí, entiendo. Usted se refiere a... sí, yo escuché desde muy niño a los campesinos del sur. Ellos dicen que durante muchos siglos hubo en estas regiones una leyenda.

—¿Cuál leyenda?

—La del peregrinaje inmortal del apóstol San Juan. La leyenda dice que nuestro Señor Jesucristo le dio a San Juan la comisión de permanecer en la tierra hasta su regreso, de modo que velara el andar de su Iglesia, durante las edades que mediarían hasta la consumación del plan de Dios para la humanidad.

—¿Qué opinas tú de esa leyenda?

—Pues, venerable padre, que es una fantasía. Por supuesto, yo creo que el Señor puede conservar la vida saludable de un individuo por cientos o miles de años, con aquel poder que sanó enfermedades y resucitó muertos. Pero la idea de que Juan debiera quedarse a vigilar la marcha de la Iglesia, sugiere una ausencia física y espiritual de Cristo, cosa que es incompatible con la concepción de la Iglesia como cuerpo de Cristo, y con las mismas afirmaciones de Jesucristo, según podemos leer en los santos evangelios.

Johannes sonrió:

—Veo que estudiaste tus lecciones elementales de teología.

—Así es, venerable padre; pero la leyenda no deja de tener sus aspectos atractivos. Por ejemplo, la idea de que un hombre permanezca vivo por siglos, y haya experimentado las sucesivas épocas que atravesó la humanidad en los últimos dos mil años, con una comprensión superior de los tiempos y las sazones que tocó en suerte vivir a cada grupo humano, en cada momento de la historia; comprensión que parte de una relación muy especial y única con el Señor.

—¿Y la psiquis de tal hombre?

—¡Oh! Es difícil imaginarlo. ¿Dónde se ha podido estudiar el estado sicológico de un hombre que lleve viviendo cientos de años? No habría sufrimiento físico, porque la salud completa, milagrosamente mantenida por Dios, sería condición indispensable para sobrevivir por siglos. ¿Pero qué del sufrimiento emocional, al ver la muerte de seres queridos y amigos, una y otra vez? ¿Qué del aislamiento y la soledad a que eso le llevaría, en un intento por evitar ese dolor? ¿Y el sufrimiento moral de ver la degeneración y la maldad, el dolor de los más débiles, el desamparo de los inocentes? Sería un hombre trastornado por los sinsabores de una vida inconcebiblemente larga, atormentado por los recuerdos y la nostalgia, en quien la esperanza cristiana por un mundo mejor se prolongaría interminablemente, cuanto se alargara su vida y se demorara su muerte.

—En suma, un hombre desdichado y miserable.

—Sí, venerable padre. No me gustaría estar en su lugar.

—¿No estás olvidando algo que tú muy bien describiste como una relación muy especial con el Señor?

—Una relación única —dijo Alípio, sorprendido.

—Una relación como ninguno de nosotros tiene con el Señor.

—¿Una relación como la que tuvieron Cristo y sus apóstoles?

—Particularmente —agregó Johannes— como la que Cristo tuvo con los discípulos de su círculo íntimo; Pedro, Jacobo...

—Y Juan —concluyó Alípio, asombrado.

Se miraron a los ojos unos instantes. Luego, Johannes el Venerable dijo:

—¿Te parecen estas especulaciones una charla ociosa?

El novicio se sobresaltó.

—No lo sé, venerable padre. Supongo que no, ya que usted invierte tiempo en ellas. Pero no veo el objeto de estas... especulaciones, como usted las llamó.

—¿Cuál otro aspecto de la leyenda te resulta atractivo?

—Su antigüedad, venerable padre. Según algunos de los viejos a quienes escuché, la leyenda se originó antes que los musulmanes gobernaran estas tierras. Además, persiste a pesar de que este monasterio siempre alentó la creencia de que, en algún lugar de esta colina, está la tumba del apóstol San Juan.

—Sí —dijo Johannes, pensativo— el cuento de la tumba sagrada del apóstol Juan sirve para atraer al monasterio peregrinos y turistas con billetes, que depositan gustosos en el arcón de las ofrendas; pero es algo que nunca fue tampoco confirmado. Ahora bien, en cuanto a la antigüedad de la leyenda, tengo noticias para ti, hijo. La leyenda se originó antes que Constantino trasladara la capital del Imperio Romano a Bizancio.

—¿Qué? —exclamó Alípio, asombrado— ¿Hace mil setecientos años?

—Bueno, el apóstol Juan murió doscientos años antes de la fundación de Constantinopla. De manera que no debería sorprendernos que una leyenda acerca de él sea tan antigua.

—Venerable padre, ¿cómo sabe eso?

—Fue mi investigación de noviciado.

Alípio enarcó las cejas. Johannes sonrió con dulzura.

—¡Qué! ¿Acaso crees que el noviciado solo consiste en hacer oración, trabajar en los viñedos y recibir instrucción teológica? No, hijo; al final de tu año como novicio deberás presentar una monografía, con los resultados de una investigación personal desarrollada en el campo de la teología, la filosofía, la historia de la religión o alguna ciencia bíblica.

—No sabía, venerable padre —balbuceó Alípio.

—Se les comunicará la semana próxima. Quise anunciártelo antes, pues te asignaré un tema particular, con el que creo desarrollarás una monografía brillante. Una monografía que te hará llegar con las mejores recomendaciones a la Escuela Teológica de Halkis.

Alípio sonrió:

—Muchas gracias, venerable padre.

—Te he observado, hijo. Tienes capacidades, y virtudes a desarrollar. Procuraremos que te vaya bien, si pones empeño y esfuerzo.

—Claro que sí, venerable padre.

—Tengo entendido que te sientes inclinado hacia la arqueología.

—Es verdad, venerable padre. Tengo un hermano, mayor que yo, jefe de departamento en el Museo de Santa Sofía. Con él aprendí a apreciar el estudio de la arqueología, particularmente de la arqueología bíblica y la antigüedad cristiana.

—Excelente — respondió el anciano.

Miró a su derecha, hizo un ademán y dijo:

—Ahí está el tema de tu investigación.

Alípio miró la vasija; el anciano, puesto en pie, se acercó a ella, y el joven hizo lo mismo.

Johannes dijo:

—La encontramos en la cuarta cripta.

—¿Perdón?

—Debajo de esta cripta hay una segunda cámara secreta. La descubrimos el prior y yo hace sesenta años.

Miró de reojo al joven y agregó:

—Entonces, éramos un par de jóvenes frailes. Esa segunda cámara, a la que en aquel entonces llamamos la tercera cripta, es un hueco vacío, reseco, sin luz ni ventilación. Informamos al abad, que nos recomendó clausurarla; lo hicimos y olvidamos el asunto. Hace diez días el prior y yo bajamos hasta allí. Estamos preocupados por la posibilidad, muy real por cierto, de que Turquía se vea involucrada en una guerra, por lo que queríamos revisar todas las cámaras subterráneas que pudieran servir de refugio a los miembros de la comunidad. En la tercera cripta encontramos una grieta que revela la entrada a un pasadizo; ninguno de los dos recordaba haberlo visto hace sesenta años. Creemos que un terremoto abrió la grieta, quizás en los últimos años. Bajamos más de un centenar de escalones y encontramos una cuarta cámara, algo más pequeña que la anterior, y aun más polvorienta y reseca; tanto, que se hacía difícil respirar allí. No sé, hijo; tal vez, en el transcurso de los siglos, los monjes construyeron toda una red de cámaras subterráneas y pasajes secretos, quizás para burlar la fiscalización de las autoridades musulmanas. Probablemente toda la colina esté perforada por túneles y criptas. El punto es que en la cuarta cripta encontramos esto —concluyó el anciano, señalando la vasija con un ademán.

Alípio la evaluó en silencio. La vasija tenía un metro de alto, y en su parte más ancha alcanzaría un diámetro de cuarenta centímetros. El joven se sabía mucho menos que un experto, pero juraría que era de estilo griego. Miró al anciano y dijo:

—Venerable padre, me parece que esta pieza es antiquísima.

—Mira esto —dijo Johannes— el sello de la abertura superior tiene una leyenda.

—Está en griego; parece griego antiguo.

—¿Qué dice?

Luego de vacilar unos instantes, Alípio leyó:

—Cerrado en el año uno de Nerva César Augusto.

Miró al anciano:

—¿Es correcto?

—Es correcto, hijo. Esta vasija afirma haber sido sellada en el primer año del emperador Nerva. Eso fue el 96 después de Cristo. Si lo que dice este sello es cierto, lo que está dentro de esta vasija lleva ahí mil novecientos veinticinco años.

Asombrado, Alípio dijo:

—¿Qué podrá ser, venerable padre?

—¿Recuerdas los rollos del Mar Muerto?

—Sí. Manuscritos del Antiguo Testamento, de gran antigüedad, conservados en... —con los ojos muy abiertos, Alípio miró a Johannes.

—Observa esto —dijo el anciano sin dar tregua.

Su huesudo y apergaminado dedo señaló la hilera de pececillos que lucía la vasija.

—¡El ichthys!

—Así es, hijo mío. El símbolo del cristianismo, en uso durante el primer siglo.

El anciano procedió a sentarse; se retrepó en su silla y prosiguió:

—Así que tenemos una vasija que quizás contenga un manuscrito cristiano del primer siglo, procedente de una época en que aún estaba con vida el apóstol San Juan, encontrada en la zona donde el apóstol San Juan pasó sus últimos años.

Maravillado, Alípio dijo:

—¿Eso es lo que hay aquí dentro, venerable padre?

Johannes el Venerable hizo una vez más un ademán hacia la vasija y respondió:

—Eso es lo que vas a investigar. Adelante, la vasija es tuya.

Rumores de guerra

I

EL INICIO DE TODO SE REMONTABA A DIEZ AÑOS ATRÁS. El actual presidente del gobierno de Turquía había llevado adelante su campaña electoral con suma agresividad. Retirado del ejército con el grado de coronel, Yamir Seliakán aplicó a la política todo su carisma personal, así como un don innato de liderazgo. Con el apoyo de numerosos sectores populares descontentos, entre los que destacaban la masa de campesinos de la Turquía asiática, y el decidido respaldo de la clase intelectual de Estambul, fundó el Partido Patriótico Popular de Turquía, fuerza política de centro derecha. El Partido Patriótico Popular emergió en un confuso ambiente de disturbios civiles, que había amenazado la democracia a principios de la década anterior, y herido la economía turca. Cuando la gloria del Imperio Otomano era solo un recuerdo encerrado en los libros de historia, Seliakán concibió la idea de reavivar la grandeza turca. Su campaña electoral presentó al pueblo castigado por la crisis un metódico y muy vasto plan de trabajo y desarrollo, dirigido a «rescatar las glorias de la nación turca».

Fruto de una campaña muy bien dirigida, Seliakán había triunfado en las urnas a finales del año 2016. Seguido por la vasta mayoría del ejército, contó entonces con el respaldo del pueblo. Una vez investido del poder político, inició un gobierno de tipo dictatorial que, avasallando algunas instituciones, y mediante ciertas transgresiones constitucionales, con el consiguiente y forzoso desafuero de algunos legisladores de la oposición, en tres años reflotó la economía turca, elevó la calidad de vida del pueblo en general, e hizo que el mundo hablara del fenómeno turco y mirase con respeto a esa nación.

El respaldo público subió punto a punto en esos años de florecimiento, hasta cifras abrumadoras para la oposición política a Seliakán, exigua pero persistentemente presente.

La adhesión del ejército, al que el antiguo coronel había modernizado y mejorado sustancialmente la paga, era prácticamente total. Luego, en el cuarto año de gobierno, llegó un momento decisivo en su gestión. La Turquía en otro tiempo islámica, ahora oficialmente agnóstica y laica, trabó estrechas relaciones con la Liga de Estados Árabes, que culminaron con la firma de un tratado de alianza. Este acto finalizó el proceso de alejamiento de la Organización del Tratado del Atlántico Norte, cuya membresía había languidecido en un estéril nominalismo, luego de más de sesenta años de participación activa. Por otra parte, técnicos nucleares pakistaníes llegaron al país, cuando Estados Unidos había evacuado ya todas sus bases de la Turquía oriental. Los pakistaníes trabajaron durante largos meses, adiestrando al personal militar de esa nación. Las finanzas del estado, saneadas luego de tres años de brillante administración, se desangraron en el programa atómico turco. A comienzos de ese año, el gobierno de Turquía anunció poseer un nutrido arsenal de armas nucleares.

2

La alarma cundió por todo el sureste de Europa. Grecia solicitó con extrema urgencia una reunión del Consejo de Seguridad de Naciones Unidas. El organismo internacional exigió al régimen de Estambul su autorización para el ingreso de inspectores, que examinarían los referidos arsenales. Turquía accedió al principio, pero después alegó que consideraba tal inspección una violación de su soberanía, por lo que la misión se canceló.

Por último, se hizo pública la intención turca de realizar pruebas nucleares en aguas internacionales del Mediterráneo oriental. Seliakán, llamado a estas alturas «el Magnífico», en alusión al gran sultán que gobernó el Imperio Otomano en el siglo 16, empezaba a mostrar síntomas de una peligrosa megalomanía, y ninguno de sus allegados podía descartar que estuviera elaborando planes de expansión para su reavivada nación.

Los países de la Liga Árabe, con costas sobre el mar Mediterráneo, advirtieron al régimen de Estambul que una detonación atómica en el Mediterráneo oriental sería interpretada como una traición a la alianza recientemente concertada. Los organismos ecologistas pusieron el grito en el cielo. Israel, por su parte, también con costas sobre el Mediterráneo, reivindicó su derecho a tomar medidas unilaterales, y fue apoyado por Estados Unidos.

En Armenia, la juventud de ambos sexos concurrió por miles a los centros de reclutamiento del ejército, la población se preparó para lo peor. Grecia advirtió a Turquía que una prueba nuclear en el Mediterráneo sería considerada un acto de guerra, por lo que se obraría en consecuencia. Rusia aconsejó prudencia, llamó a negociaciones y ofreció sus oficios como mediadora; simultáneamente, puso en estado de alerta a la flota del Mar Negro. Estados Unidos convocó a los países de la OTAN, para establecer un bloqueo económico de la Turquía europea y acompañó las maniobras navales disuasorias emprendidas por una Grecia enardecida e indignada, en el norte del mar Egeo.

Seliakán el Magnífico, lejos de amilanarse con esas advertencias, las tomó como ofensas a su orgullo individual, y vociferó por cadena de televisión que las amenazas de los griegos eran un insulto al orgullo nacional turco. Sondeó la opinión pública y observó que el respaldo a su posición había disminuido solo en escasos elementos conservadores de la población, temerosos de una guerra. La encuesta dentro del ejército le dejó más satisfecho; algunos de sus generales más belicosos se pronunciaron francamente por una extensión de la hegemonía turca sobre las islas del Egeo griego, eventual primer escalón para una posterior entrada en la península Balcánica. El continente europeo, como había sucedido cinco siglos atrás, volvía a estar en la mira del expansionismo turco.

Quizás algunos analistas políticos avisados debieron haber previsto eso, cuando Seliakán trasladó la sede del gobierno turco de regreso a la antigua capital, Estambul, en la Turquía europea. El inicio de las maniobras militares de griegos y americanos, cerca del estrecho de los Dardanelos, molestó a Seliakán, que anunció en la Asamblea General de Naciones Unidas que esa provocación no quedaría sin respuesta.

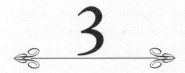

FINALMENTE, A LAS TRES DE LA MADRUGADA DEL TRES DE abril del año 2021, en un punto situado a 34 grados latitud norte y 25 grados longitud este, mientras la perlada luz de la luna se reflejaba en las tranquilas aguas del mar, un artefacto nuclear detonó a cien metros de profundidad. Un satélite de la Agencia Espacial Europea detectó la presencia de un submarino, que había zarpado del puerto de Estambul y burlado la flota conjunta griega y americana, para llegar finalmente a las inmediaciones del lugar de la explosión. El primer ministro del gobierno turco declaró, en la emergencia del momento, que uno de sus submarinos nucleares había sufrido un trágico accidente.

Pero un satélite de la ESA registró el regreso del submarino a su base, en la Turquía europea. La onda expansiva de la explosión afectó al buque pesquero griego Kyrenia, situado a veinte kilómetros del lugar de la detonación, que navegaba rumbo al puerto del Pireo. El pesquero escoró severamente, luego su sistema eléctrico enloqueció y se incendió. Momentos después el buque sufrió dos explosiones y se hundió en otros cuatro minutos. Ciento veintisiete marinos griegos murieron en el desastre. Cuando el sol del siguiente amanecer brilló sobre las aguas en el lugar de la tragedia, el gobierno de Atenas había declarado la guerra a Turquía.

Durante las primeras veinticuatro horas de la guerra grecoturca, no hubo movimiento de ninguna de las dos partes.

Por la mañana, las cadenas noticiosas internacionales trasmitieron al mundo entero imágenes de las operaciones de búsqueda y rescate de eventuales sobrevivientes del naufragio, o de los cuerpos de los fallecidos. También, un mundo horrorizado pudo ver, en las pantallas de sus televisores, las escenas desgarradoras protagonizadas por los familiares de los marinos del buque griego, cuando fue publicada la lista final de fallecidos.

En la tarde, se supo que estaba produciéndose en el mar Egeo una vasta concentración de fuerzas de la OTAN. La marina rusa, por su parte, intensificó los patrullajes en el Mar Negro. La frontera occidental de Armenia se transformó en una línea de fortificaciones y trincheras, erizada de cañones, blindados, tanques y de los fusiles de una infantería vigilante y casi adolescente, que miraba hacia el lado turco con ojos encendidos por un odio ancestral. Las bases de misiles balísticos de Europa occidental, muchos de ellos armados con cabezas nucleares, estaban en estado de alerta máxima.

Mientras, la humanidad temblaba.

4

Con las luces del alba del cuatro de abril, por fin, Estambul despertó con el estruendo quejumbroso de las sirenas de alarma por ataque aéreo. Aviones griegos, británicos y americanos surcaron el espacio aéreo de la ciudad, derramando una lluvia de muerte. El propósito manifiesto fue, como siempre se afirmaba en esos casos, atacar y destruir objetivos militares. Pero el hecho destacado de ese primer día de bombardeo fue la desaparición de la mezquita de Fatih. La primera mezquita construida luego de la caída de Constantinopla ante los turcos otomanos en 1453, edificada por Mehmet Fatih, conquistador de la ciudad, ya había conocido la destrucción por un terremoto en 1766, y una posterior reconstrucción; el primer día de la guerra grecoturca desapareció en un remolino de fuego y humo, cuando un misil perforó la cúpula y explotó en el interior. El Comando de la OTAN adujo que había sido un lamentable accidente.

Pero esa misma noche corrió el rumor, y llegó a la prensa, de que un coronel de la Fuerza Aérea griega había volado a baja altura en un vuelo casi suicida, sorteando el fuego de la artillería antiaérea, hasta encontrar la mezquita de Fatih. Doscientas treinta y seis personas, todos musulmanes, que se habían refugiado en el interior del complejo religioso, perecieron en el acto.

En las calles de Atenas se dijo que era la venganza del cristianismo ortodoxo contra el islam usurpador.

En esas segundas veinticuatro horas de la guerra grecoturca, los ataques se concentraron en la Turquía europea, particularmente sobre Estambul, sin tocar el Asia Menor.

Pero la CIA informó que Siria y Egipto habían mantenido un intenso intercambio de comunicaciones el día anterior, y al parecer tenían planes con la Turquía asiática. Esas sospechas se confirmaron al día siguiente, mientras la OTAN atacaba Estambul;

satélites del Departamento de Defensa de Estados Unidos detectaron movimiento de tropas sirias en su frontera con Turquía. También se informó que naves de guerra de las armadas de Siria y Egipto habían zarpado de sus respectivas bases, para reunirse en alta mar y formar una voluminosa flota, que puso proa hacia el Mar Egeo. Advertido por Washington, el gobierno de Chipre declaró públicamente su absoluta neutralidad en el conflicto. Israel no se pronunció, pero mantuvo sus fuerzas armadas en alerta. Esa entrada no declarada de Egipto y Siria en la guerra contra Turquía fue recibida con preocupación y desconfianza en el seno de la OTAN; sobre todo, porque los satélites mostraron numerosos lanchones de desembarco, evidenciando que la armada conjunta de Siria y Egipto constituía una verdadera flota de invasión.

Mientras tanto, los ataques aéreos proseguían.

5

EL NOVICIO ALÍPIO TEMBLABA; SENTADO EN LA SALA DE REUNIÓN de novicios, observaba la pantalla del televisor, único permitido en todo el monasterio. Contra el fondo verde luminoso de la noche de Estambul, subían hacia el cielo hileras de violentos fogonazos, en persecución de aviones invisibles, los que a su vez regaban la infeliz ciudad de misiles, bombas y metralla. Resplandores tan formidables como fugaces destellaban por momentos, mostrando edificios que se derrumbaban pulverizados por el golpe de las bombas. El horizonte era una horrorosa cadena de incendios de distinta magnitud. Cuando el audio disminuyó, cubriendo el estruendo de las explosiones, el cronista refirió el número aterrador de muertos, heridos y desaparecidos en ese ataque, verificado la pasada madrugada.

Alípio estaba a punto de llorar; sus peores temores de la semana anterior se habían hecho realidad. Turquía estaba bajo ataque, y aunque la guerra rugía a cientos de kilómetros del monasterio, los turcos europeos eran sus compatriotas y muchos estaban sufriendo. Además, su hermano mayor se encontraba en Estambul, y no sabía nada de él. Y además... Miró desalentado el recibo de Federal Express que tenía en la mano, fechado el dos de abril; se sentía parado en la nada, y a punto de caer.

Un fraile entró intempestivamente en la sala; un individuo gordo y lustroso, de esos que hacían que los novicios dudaran de los alardeados ayunos. La cara afeitada, amplia la tonsura, el ceño fruncido en forma al parecer perenne, miró el televisor con semblante de desprecio y exclamó:

—¡Televisión!

Pareció a punto de escupir, pero no lo hizo; prosiguió:

—Y radio y teléfono y computadoras. Dónde han ido los tiempos cuando el monje se aislaba del mundo para mejor servir a Dios.

Alípio, ya muy nervioso, recibió bastante mal el arrebato del fraile. Reaccionó, se puso de pie y lo enfrentó:

—El santo apóstol Juan enseña en su evangelio que Dios amó al mundo, tanto como para enviarnos a su único Hijo. ¿Cómo entonces se sirve a Dios, si nos aislamos del mundo?

Antes de terminar, Alípio estaba ya horrorizado por el inaudito atrevimiento de hablar así a un hermano de la comunidad. Pero la estocada de sus palabras había sido profunda, pues el obeso fraile lo evaluó de una mirada y respondió entre dientes:

—Estos arranques se suscitan por dejar que los novicios lean las Sagradas Escrituras, sin la adecuada supervisión.

Y volviéndose para irse, escupió:

—Prepárate, novicio; Johannes el Venerable viene a reunirse contigo.

Alípio cayó sentado al oír eso; el fraile salió, pero él no se dio cuenta. Pese a que amaba tanto al anciano guía espiritual, pensó que era la última persona a la que deseaba ver en ese momento. Luego, ya no pensó en más nada, y se quedó con la mente en blanco. Un tiempo después, no supo cuanto, Johannes el Venerable estaba allí.

6

EL ANCIANO PERMANECIÓ DE PIE, ESPERANDO. CUANDO EL JOVEN NOVICIO le miró, sonrió y dijo:

—Hace siete días que no hablamos, hijo; desde que te entregué la vasija para iniciar tu investigación. Quería saber cómo vas.

Esbozó una media sonrisa y agregó:

—Esa vasija puede llegar a ser un tesoro arqueológico, me pongo nervioso si no la veo.

Alípio empezó a derramar lágrimas en silencio. Al ver eso, el anciano inquirió, serio el gesto:

—¿Qué ocurre?

Alípio le tendió el recibo de correo. El anciano lo tomó, leyó y murmuró:

—Estambul.

Y mirando a Alípio, agregó:

—¿La vasija?

El joven asintió; miró a Johannes y vio la alarma pintada en su rostro. El Venerable tomó aire y dijo:

—Hijo mío, piensa; si esa vasija realmente contiene un manuscrito del Nuevo Testamento, procedente del primer siglo, ¿qué representa?

Alípio musitó:

—El mayor descubrimiento arqueológico del siglo veintiuno.

—¿Y tú —exclamó Johannes— enviaste el mayor descubrimiento arqueológico del siglo al centro de una zona de guerra?

—¡Oh, perdóneme, venerable padre! —exclamó Alípio; y escondiendo la cara entre las manos, rompió a llorar.

El anciano tomó asiento junto a él. Guardó silencio unos momentos; luego, dijo suavemente:

—¿Adónde fue?

Respingando, Alípio respondió:

—Al Museo de Santa Sofía.

—¿Se la enviaste a tu hermano, el arqueólogo?

—Sí, venerable padre. Creí que una pieza tan valiosa merecía ser manejada por un experto, en una institución que contara con todos los recursos necesarios. La envié el día previo al comienzo de la guerra.

Johannes el Venerable asintió y dijo:

—Le pierdo el pulso a los tiempos que corren. Setenta años atrás, nuestras investigaciones eran individuales, y la biblioteca del monasterio era suficiente para proporcionarnos casi todos los datos necesarios. Debí suponer que, en una época como la nuestra, sería absolutamente natural para ti proceder como lo hiciste. No te culpo.

Quedaron unos momentos en silencio. Luego, Alípio dijo:

—Venerable padre, ¿qué haremos?

Tras meditar un instante, el anciano contestó:

—¿Estás dispuesto a hacer lo necesario para que enmendemos este asunto y recuperemos la vasija?

—Oh, venerable padre, por supuesto.

—Bien, entonces nos prepararemos durante el resto del día de hoy, y mañana partiremos hacia Estambul.

—¡Hacia Estambul! —exclamó Alípio horrorizado y mirando el televisor.

La pantalla mostraba una imagen diurna de la ciudad de marras, llena de escombros, ruinas e incendios.

El anciano, puesto en pie, se volvió desde la puerta, miró a Alípio y dijo:

—Sí, hijo; tú y yo iremos a Estambul.

7

EL DÍA FUE SUMAMENTE EXTRAÑO PARA ALÍPIO. CUMPLIÓ CON LAS obligaciones habituales de su rutina cotidiana. Trabajó duramente en los viñedos durante toda la mañana; tomó luego su almuerzo y se retiró a un breve descanso, antes de sus devociones vespertinas. Cumplió también con su tiempo de oración congregacional, junto a los otros novicios, y recibió la habitual clase de instrucción teológica. En todo momento adoptó una expresión tranquila y mesurada, y procuró así que no se notara la enorme tensión que sentía ante la perspectiva del viaje a Estambul. La guerra lejana, que le llenaba de expectación y angustia por la noción de que algo muy malo estaba aconteciendo en algún lugar, iba a transformarse en una realidad que le rodearía, absorbería su vida y, hasta tal vez, se la quitaría. Su ansiedad no fue extinguida enteramente por la oración, pero se atenuaba al pensar que iría junto a Johannes el Venerable. Además, vería a su hermano mayor, el doctor Osman Hamid, al cual no veía desde su designación como jefe del departamento de arqueología del Museo de Santa Sofía, dos años atrás. También hervía en su corazón cierto grado de emocionada expectativa juvenil, por lo que constituiría una verdadera aventura para alguien que, como él, a sus diecisiete años de edad, solo conocía la cercana Ayasaluk, su villa natal, y el monasterio; exceptuando su breve visita a la propia Estambul, tres años atrás.

Por supuesto, podía negarse a viajar. Después del mediodía, todos los novicios habían visto en silencio un ataque aéreo sobre la ciudad, transmitido en directo por las cadenas televisivas internacionales. La intensidad del bombardeo era escalofriante, al punto que, por momentos, todo Estambul parecía envuelto en una gran bola de fuego. Algunos jóvenes encontraban inexplicable que en la ciudad aún quedara algo en pie. No, pensó Alípio; ciertamente, Johannes el Venerable no podía obligarle a ir allí. Pero al mismo tiempo que pensaba en el anciano guía espiritual, se decía a sí mismo que le sería imposible contrariarlo. Por lo tanto, inevitablemente, iría a la zona de guerra. ¿Cuándo? ¿Cómo? Eso no lo sabía.

Al promediar la tarde, mientras se duchaba para luego dirigirse al aula de doctrina ortodoxa, Alípio oyó rechinar las gruesas bisagras de los portalones del monasterio; escuchó, amortiguado, el ruido de un motor; una breve aceleración, y una frenada. Después el motor se apagó, oyéndose el chirrido de los portones al cerrarse.

Tras la cena, un grupo de novicios subió a la cornisa almenada del monasterio. Permanecieron un rato en la oscuridad de la noche, la vista fija hacia el noreste, observando. Más allá del horizonte podían divisarse relámpagos, en un cielo por otra parte estrellado. Algunos jóvenes decían, en murmullos, que aquello era el resplandor de las bombas que caían sobre Estambul, pero otros argüían que la capital estaba muy lejos para que pudiera verse el fulgor de las explosiones. Estaban en eso cuando llegó un monje, que anunció las nueve de la noche; los novicios sabían que era hora de retirarse a sus celdas. Cuando los jóvenes emprendieron la retirada, el monje permaneció junto a la escalera; al pasar Alípio, le puso una mano en el brazo, y susurró:

—Debes ver al venerable.

Tras bajar el primer tramo de escaleras y antes de entrar en la galería, Alípio oteó hacia abajo. Vio en el patio principal del monasterio una camioneta blanca, del tipo apto para desplazamiento en todo terreno; en la puerta se leía UN, en letras negras algo descascaradas.

8

Cuando entró al refectorio, vio a la cabecera de la larga mesa de roble a Johannes. Solicitó permiso y el anciano le hizo señas, invitándole a acercarse. Había otra persona, sentada junto al viejo, que ladeó la cabeza para mirarlo. El joven vio que se trataba de un hombre negro, de unos cuarenta años de edad, alto, delgado y musculoso; vestía uniforme militar verde, y enrollada bajo la charretera izquierda de la camisa, llevaba una boina de color celeste. No ostentaba distintivos ni galones de ningún tipo. Alípio notó sobre la mesa los restos de una cena. El soldado usaba el cabello muy corto y lucía un rostro bien afeitado. Con el ceño algo fruncido pero expresión atenta miró al novicio, esbozó una media sonrisa, y antes de hablar le saludó con el brillo de sus alegres ojos.

—Fernando —murmuró el anciano— este es el joven de quién te hablé.

El hombre se puso de pie y estrechó la mano de Alípio, que estuvo a punto de gritar ante la fuerza inesperada del apretón.

El anciano habló de nuevo:

—Alípio, te presento al teniente coronel Fernando Artaga, del ejército de Uruguay.

Alípio se sentó, confundido, y tontamente preguntó:

—¿Teniente coronel? —frunció el ceño y agregó:

¿De Uruguay? ¿Qué es eso? ¿Dónde queda?

Con una sonrisa avergonzada, Johannes el Venerable miró al recién llegado y comenzó:

—Disculpa, Fernando; es que el chico...

El hombre le atajó con un ademán displicente.

—Mi venerable amigo, ¿qué me quieres explicar? ¿Qué el muchacho no sabe dónde queda mi pequeño país? Vamos, estoy acostumbrado.

Alípio miró asombrado al hombre; hablaba fluidamente el griego, pero con un acento extraño. El novicio había oído muchas veces el griego hablado por turistas, cuya lengua materna era el inglés, pero el acento de este hombre sonaba muy diferente. Como si hubiera adivinado sus pensamientos, el individuo dijo:

—Mi lengua materna es el español, pero no el hablado en España. Provengo de una pequeña república de América Latina.

—América Latina... —repitió, Alípio, pensativo.

—Así es. Uruguay es un país muy hermoso, pero diminuto; de escasa importancia en el concierto mundial de naciones. Pero nuestras fuerzas armadas han participado en innumerables misiones de paz de la Organización de las Naciones Unidas, desde hace muchos años; somos experimentados veteranos en esto. Yo mismo he estado al servicio de Naciones Unidas casi desde que era cadete: la República Democrática del Congo, en 2001 y 2002; Haití en 2006; el Congo otra vez en 2008, y luego Afganistán, al año siguiente; Irak desde 2010 a 2012; la guerra de Cachemira de 2014 a 2016; Colombia en 2017; y varios etcéteras. He hecho mi carrera recorriendo países en guerra, por todo el mundo.

Johannes habló:

—Conocí a Fernando cuando era teniente, hace quince años, en Haití. Desde entonces, nos hemos encontrado muchas veces, en tiempos de guerra y en tiempos de paz.

—Lo suficiente —agregó Artaga— como para hacernos amigos, independientemente de lo diferente de nuestras respectivas profesiones; buenos amigos.

Alípio miró extrañado a Johannes.

—Venerable padre —dijo confundido—. ¿Usted ha estado en todas esas guerras?

Johannes miró a Artaga y explicó:

—El chico ingresó como novicio al monasterio hace solamente dos meses. Me conoce solo desde entonces.

—Ajá —murmuró Artaga.

Miró a Alípio y dijo:

—¿Cree usted, novicio, que su maestro espiritual no conoce otra cosa más que los muros de este vetusto convento? ¿No escuchó lo que acabo de decir, acerca de nuestras profesiones? Si bien como militar he integrado misiones de paz de Naciones Unidas, muchas veces debí combatir, pues mi oficio como soldado es, en última instancia, portar armas. Pero el oficio de este santo varón es la paz; y Dios sabe que sus labores silenciosas han hecho más por la paz, en muchos lugares del mundo, que todos los diplomáticos, que todos los mediadores y que todos los cascos azules de Naciones Unidas.

Artaga quedó en silencio. Alípio, admirado, miró a Johannes. El anciano dijo:

—El coronel Artaga ha venido en respuesta a mi llamado. Él nos conducirá a Estambul.

—¡Ah...! ¿Cómo?

—Iremos hacia el norte —respondió Artaga— cruzando por tierra el extremo occidental de Anatolia. No podemos navegar por el Egeo, infestado por barcos de guerra de la OTAN, y mucho menos llegar volando a la capital, ya que nos derribarían antes de poder acercarnos siquiera. Al llegar, veremos cómo cruzar el Bósforo. La Turquía asiática no es zona de guerra; por lo menos, no aún. Con todo, no cuento con que el viaje esté exento de peligros. Debemos estar preparados.

—Lo estamos —dijo Johannes y miró a Alípio; este asintió, si bien medroso el semblante.

—Sí, venerable padre —dijo en un susurro.

—Bien, entonces, partimos al amanecer.

—De acuerdo —musitó Johannes; volvió a mirar a Alípio y agregó:

—Hijo, ve a descansar.

La guerra

I

EL ÍMPETU DE LOS MILITARES GRIEGOS EN LA GUERRA CONTRA Turquía era difícilmente controlado por el general Harrison Wilenski, Comandante Supremo de las fuerzas de la OTAN en el Egeo. Los griegos querían a toda costa desembarcar en la Turquía europea, y fueron a duras penas disuadidos por los americanos, quienes estaban a favor de una guerra aérea prolongada, todo el tiempo que fuera necesario, para ablandar al enemigo. A cambio de eso, y aduciendo que los turcos estaban evacuando la mayor parte de sus fuerzas y recursos hacia el lado asiático, los griegos propusieron lanzar ataques aéreos sobre la península de Anatolia, lo que fue rechazado por los mandos de la OTAN, espantados ante la envergadura que tomaría la guerra si los bombardeos se extendían al Asia Menor.

Ante este enardecido encono, un analista recordó en esos primeros días la matanza de isleños griegos perpetrada por los turcos durante la Primera Guerra Mundial, más de un siglo atrás, así como la pérdida de la mitad de Chipre, en los años setenta del siglo veinte, y otros incidentes. Desde entonces, la guerra grecoturca empezó a llamarse «la venganza griega».

En el oriente, mientras tanto, las fuerzas armadas de Armenia mantenían una férrea vigilancia de la frontera. Pero los armenios también tenían algo que recordar; había una llaga abierta ciento seis años atrás y muchos jóvenes, rechazando la función de guardias fronterizos que les ofrecía su ejército, decidieron que había llegado la hora de cobrarles a los turcos el genocidio de un millón y medio de armenios, perpetrado en 1915. Por eso emigraron al norte, alcanzando Grecia vía Bulgaria, y se unieron al ejército de aquel país como milicias auxiliares. La venganza griega era también, a esas alturas, la venganza armenia. Por todo el sureste de Europa, desde los Balcanes hasta Georgia, se oía un anuncio triunfal que decía: al «turco abominable» le llegó la hora de desaparecer de la faz de la tierra.

El cuarto día de la guerra, el treinta por ciento de Estambul era un montón de escombros calcinados; la mitad del resto ardía, y los bomberos y equipos de rescate trabajaban sin descanso para auxiliar a la población, a veces arriesgando la propia vida en medio de los bombardeos. El Vaticano llamaba a la paz; los organismos humanitarios internacionales exigían a la OTAN detener los bombardeos, para poder ingresar en socorro de la población civil. Naciones Unidas instaba a Seliakán a deponer su actitud y llegar a un acuerdo, para lograr un alto al fuego. Washington le exigía la rendición incondicional. El gobierno de Atenas acompañaba silenciosamente esa exigencia, al parecer no muy interesado en el cese de las hostilidades.

Ese cuarto día de la guerra, la actitud del ejército turco cambió. Al acercarse otro raid aéreo de la OTAN, los aviones turcos despegaron por primera vez. La intensidad del fuego antiaéreo que defendió Estambul fue superior. Los turcos perdieron siete aviones, cuatro de sus pilotos murieron; pero tres aviones griegos, uno americano y uno británico fueron derribados.

Cuatro horas después, bases de misiles ocultas en el extremo occidental de la península de Anatolia dispararon sobre la flota de la OTAN en el Egeo. Dos destructores estadounidenses, uno francés y uno británico se fueron a pique, así como un buque de suministros y un crucero griegos. Luego de esta devastadora y sorpresiva reacción, Seliakán envió un mensaje televisivo al mundo, en el que anunció que la agresión a Turquía sería castigada en todos sus enemigos. Añadió que no le importaba llevar al mundo a una guerra nuclear, si eso hacía falta para lograr la victoria.

Muchos creyeron que alardeaba, profiriendo amenazas que no se atrevería a cumplir. Pero una hora después de concluida su conferencia de prensa, una bomba atómica explotó sobre las desiertas aguas del Mediterráneo oriental, doscientos kilómetros al sur de Chipre. Esta vez no se adujo que hubiera sido un accidente. Seliakán no hizo más declaraciones, los portavoces de su gobierno dijeron a la prensa que aquello que el presidente tenía que decir, ya había sido dicho.

La novedad de esa noche fue la entrada oficial de Egipto y Siria en la guerra contra Turquía; formalidad innecesaria a esas alturas, conocidos los movimientos de sus flotas. El gobierno unificado de Chipre reafirmó su neutralidad en el conflicto, pero eso no le ayudó para conservar la paz interna, pues esa misma noche estallaron en las calles de Nicosia tumultos y enfrentamientos entre la población turcochipriota y los grecochipriotas. A última hora de esa noche, el presidente de Grecia anunció, en un airado discurso televisivo, que Turquía había colmado la paciencia del pueblo griego. Dijo que, aunque Estados Unidos y la OTAN se retiraran del conflicto, Grecia estaba dispuesta a llevar hasta las últimas consecuencias la guerra contra Turquía. Añadió que Seliakán podía malgastar todo lo que quisiera sus armas nucleares en aguas internacionales, pero si una sola bomba atómica caía en territorio griego, Grecia volcaría todo su arsenal nuclear sobre Turquía.

2

JOHANNES EL VENERABLE APAGÓ EL TELEVISOR, LUEGO DE ESCUCHAR EL mensaje del presidente griego. Estaba completamente solo, ya que se aproximaba la medianoche y, al no ser día de guardar vigilia, a nadie le estaba permitido permanecer fuera de su celda a esas horas. El anciano suspiró; caminó hasta la ventana, la abrió y recibió un soplo de brisa muy fresca, que agitó su cabello cano. Apoyó los brazos en el antepecho y contempló el cielo estrellado, los campos oscuros y silenciosos, y el mar, de aguas negras y tranquilas. Cerró los ojos, aspirando el aire fresco y puro de la noche; así, con los ojos cerrados, intentó abarcar con su mente el mundo entero y contemplarlo. Un mundo que esa noche parecía silencioso, hermoso y sereno, pero que en ese preciso instante estaba siendo sacudido por el rugir de la guerra, la crueldad, la maldad y el sufrimiento de incontables seres humanos. Al pensar en eso Johannes suspiró, preguntándose si acaso volvería a ver otro amanecer, antes que todo desapareciera hundido en un holocausto nuclear.

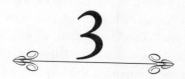

3

A LAS TRES DE LA MADRUGADA SE OYÓ EL SONIDO DE LOS PRIMEROS AVIONES. Los frailes saltaron de sus camas, asustados. Algunos se tendieron en el suelo de sus celdas; otros, los más jóvenes, corrieron aterrorizados escaleras abajo, hacia la cripta, y solo cuando todo quedó tranquilo y en silencio volvieron a sus aposentos, apremiados por el prior. Una hora después volvió a oírse ruido de aviones, pero muy lejos, hacia el oeste; casi enseguida resonaron explosiones del lado del mar, como truenos de una tormenta que ruge allende el horizonte. A las cuatro y treinta comenzó a escucharse ruido de helicópteros. Algunos monjes, y varios de los novicios, se levantaron y fueron a las cornisas almenadas; desde allí pudieron ver las luces de los aparatos, que revoloteaban cerca de la costa. A partir de las cinco de la mañana se agregó el estruendo lejano de un número indeterminado de tanques, blindados y camiones de tropas. Grandes aviones de carga aterrizaron desde las cinco y quince en adelante, cada veinticinco minutos, en una pista improvisada al norte de las ruinas de Éfeso. Las tropas comenzaron de inmediato a cavar trincheras, levantar barricadas y construir otro tipo de defensas en una línea paralela a la costa. Lo que esta conducta implicaba, fue evidente para dos observadores.

El prior del monasterio y el anciano Johannes contemplaban desde las cornisas.

—¿Los habitantes de la villa de Ayasaluk? —preguntó Johannes.

—Ya nos encargamos, venerable. Pronto llegarán los primeros.

—¿Cuántos son?

—Unos trescientos. Tenemos espacio para alojarlos a todos. Sin mucha comodidad, por cierto; pero debemos tener en cuenta las circunstancias. Con las reservas del monasterio podremos alimentarnos, a todos, un mes entero. Roguemos al Señor que el invasor, quienquiera que sea, sepa respetar una abadía cristiana, pues estos muros no son ninguna protección contra las diabólicas armas en uso.

El prior se volvió hacia Johannes y continuó:

—Creo que debes ir a prepararte.

Luego se inclinó en reverente saludo.

El anciano respondió con idéntico movimiento y se retiró.

A las seis de la mañana, cuando terminaba sus abluciones, Alípio escuchó llamar a la puerta de su celda. Al abrir, allí estaba Johannes el Venerable. El novicio abrió la boca, pero no lanzó ninguna exclamación. El anciano no vestía el hábito, única indumentaria con la que siempre le había visto; iba de pantalones oscuros y botas, y lucía camisa y chaqueta. Alípio vio al anciano moverse ágilmente al entrar a la celda; sin el hábito, apreció los detalles. La edad de Johannes era imposible de estimar, por lo que permanecía como un misterio para la mayoría de los frailes. El viejo era delgado, medía aproximadamente un metro ochenta y, a pesar de su edad, bajo su sencillo aspecto se adivinaba cierto vigor, que se resistía al paso de los años. Su cabello corto y barba encanecida le daban un aspecto anodino.

—Toma esto —dijo el anciano.

—¿Eh?

Alípio reaccionó; el anciano le tendía un bulto. El joven advirtió que estaba entregándole ropas similares a las que él vestía, incluido un par de botas.

—Prepárate rápido —apremió Johannes—. ¿Tu equipaje?

—Un hermano lo ha llevado ya a la camioneta.

—Bien; apresúrate —instó nuevamente Johannes y salió.

A las seis y quince de ese día, el quinto de la guerra grecoturca, comenzó la batalla en la costa, donde una vez había estado el puerto de Éfeso. Alípio abrió precipitadamente la puerta de su celda y salió al pasillo. Un joven novicio se acercaba a la carrera, con el hábito a medias remangado.

—Alexamenos.

—Alípio —respondió el otro, con un rictus provocado por el susto.

Alípio pudo observar que su compañero, un chico de tan solo quince años, respiraba agitadamente. Tenía el rostro desfigurado por el miedo, como nunca había visto en nadie.

Le preguntó:

—Alexamenos, ¿qué sucede ahora?

—¡Estamos bajo ataque! El mar está lleno de barcos. Deben ser un millar.

En apoyo a lo dicho por el muchacho, muy lejos hacia el oeste se escuchó una salva de sordas detonaciones. El novicio, aterrado, se aferró a Alípio y aulló con frenesí:

—Vamos a la cripta; vamos a escondernos.

Alípio se desasió con violencia, tomó al chico por los hombros, lo sacudió y dijo:

—Alexamenos, cálmate; cálmate, hermano. No atacarán el monasterio.

—¿No?

—Claro que no. Es un lugar sagrado; lo respetarán —afirmó, sin creer una palabra de lo que hablaba.

Y continuó:

—Ahora, dime, ¿has visto al venerable?

El chico asintió.

—Lo vi con un hombre negro, vestido de uniforme militar.

—Sí, ¿dónde?

—Subían por las escaleras que conducen a las cornisas almenadas.

El chico abrió los ojos desmesuradamente y exclamó, otra vez con desesperación:

—¡Oh, Alípio! No me pidas que te acompañe arriba; no quiero ver nuevamente el mar.

—No, Alexamenos; tú, ve a la cripta.

—¿Y tú?

—Yo iré después. Vamos, márchate.

Cuando el chico se hubo ido, Alípio corrió hacia las escaleras. Le sorprendió la agilidad con que podía moverse; atribuyéndolo a la clase de ropas que vestía luego de usar continuamente el hábito durante dos meses. En pocos minutos alcanzó las escaleras, subió rápidamente y salió al exterior, continuando el ascenso por las escalinatas externas. Al llegar arriba se echó, jadeando, sobre el borde de la baranda. Un estruendo espantoso proveniente del cielo casi le arrancó el corazón. Cinco aviones habían sobrevolado el monasterio, a un escaso centenar de metros, y se alejaban a altísima velocidad en dirección al mar, arrojando fuego por sus propulsores. Alípio los siguió con la mirada y, al bajar la vista, vio un espectáculo aterrador.

4

EL HORIZONTE MARINO, AÚN EN LAS BRUMAS DEL AMANECER, ESTABA cubierto de objetos oscuros, apiñados en la lejanía, como moscas sobre excremento. Todos esos objetos parpadeaban con violencia, perlados de fogonazos casi continuos. La costa, hasta donde alcanzaba la vista en ambas direcciones, se veía cubierta por una gruesa cortina de humo arremolinado, que cada nueva explosión levantaba a mayor altura, en volutas envueltas por un fuego furioso. Invisibles cañones, próximos a la orilla, respondían el fuego en forma intermitente. En dos oportunidades Alípio pudo apreciar uno de esos objetos en el mar, que se abría de pronto como una flor en llamas y desaparecía bajo las aguas.

—Este duelo de artillería no se mantendrá por mucho tiempo.

Volvió la cabeza al oír la voz. Allí, a dos metros de él, estaban Johannes el Venerable y el teniente coronel Artaga. El militar contemplaba la batalla con un sofisticado par de binoculares. Alípio vio que llevaba puesto un casco azul.

—Debemos aprovechar la resistencia del ejército turco —agregó Artaga—. Cuando las tropas desembarquen, tendremos que estar ya lejos.

—Fernando —le interrumpió el anciano— ¿Puedes identificarlos desde aquí?

Artaga volvió a colocarse los binoculares, y tras otro instante, dijo:

—Egipcios.

Suspirando, Johannes gimió:

—Musulmanes.

—Sí.

El anciano miró a sus espaldas; sobre las torres del monasterio, ya desde el día anterior, se erguían grandes cruces y mástiles en los que ondeaban banderas blancas, en un intento por identificar el lugar como casa cristiana, así como dejar clara la actitud de sus habitantes ante el conflicto. Johannes el Venerable miró nuevamente a Artaga y preguntó:

—¿Por qué aquí, Fernando? ¿Por qué crees que invaden Anatolia por este lugar?

Artaga se encogió de hombros, y respondió:

—Por las características de la costa en este punto. Pienso que pretenden tomar Esmirna. Ya sabes, esa ciudad es una de las más importantes de Turquía, y está a solo ochenta kilómetros de aquí; su puerto es el segundo en importancia del país, y también tiene un aeropuerto internacional de primer nivel

—Adnan Menderes —murmuró Johannes.

—Exacto. Si logran conquistar Esmirna, tendrán una base de operaciones para extender la invasión a toda la Turquía asiática.

—¿Entonces?

—Entonces...

—Artaga suspiró.

—Creo que procuran ganar una cabeza de playa aquí, y luego avanzar rápidamente hacia el norte, para atacar Esmirna por tierra, mientras una flota lo hace por mar.

—Pero, ¿por qué entrar en Anatolia por la costa del Egeo? —insistió el anciano— ¿Por qué no por la costa mediterránea, Marmaris por ejemplo, o Antalya?

—Bueno.

Artaga miró a Johannes:

—En el mar Egeo está la flota americana.

Arqueó las cejas y agregó:

—Buen respaldo, ¿no? Además, ¿cómo sabemos que mientras esos egipcios atacan aquí, una segunda, o incluso una tercera flota, no están atacando Marmaris, Antalya o alguna otra localidad de la costa mediterránea?

De pronto, hubo un ensordecedor estallido, y una columna de fuego y humo saltó a pocas decenas de metros de las faldas de la colina. Alípio, aterrado, se arrojó al suelo, tomándose la cabeza con las manos. Al cesar el estruendo, miró desde el piso; Johannes el Venerable y el coronel Artaga seguían tranquilamente de pie.

—Empiezan a bombardear la retaguardia, para cortar el flujo de suministros —explicó Artaga—. La invasión se prepara. Debemos irnos.

Ambos se movieron hacia la escalinata. Al pasar junto a él, Johannes le miró y dijo:

—Alípio, levántate y vamos.

—Nos vamos a Estambul —anunció Artaga—. Ahora da lo mismo estar allá o aquí, pues es la misma cosa. Quizás sea mejor allá, pues en Estambul desembarcarán los bondadosos estadounidenses.

Y se rió de su propio chiste.

5

EL PATIO PRINCIPAL DEL MONASTERIO ERA, A LOS OJOS DE Alípio, un caos insólito. Todos los frailes estaban allí; colaboraban en la ubicación de los casi trescientos habitantes de la villa de Ayasaluk, evacuados por orden del Venerable. Los infelices refugiados, vestidos con los humildes ropajes propios de los proletarios rurales, toscos y harapientos algunos, habían llegado acompañados de sus vacas, ovejas, cabras, perros y gatos, que con esfuerzo los monjes acomodaban también, para evitar verse obligados a arrojar a algún animal al exterior. Las mujeres llevaban a sus niños en brazos, y los pequeños que podían caminar lo hacían tomados de las faldas de sus madres, o de la mano de los hombres; la mayoría lloraba de pánico. Los campesinos que llegaban tenían el rostro desencajado, demudados por el cansancio, el terror y la incertidumbre; otros caminaban en forma maquinal, ajenos a lo que les rodeaba. Nadie reía, y aunque los monjes más viejos dirigían frecuentes sonrisas de ánimo a los refugiados, ninguno respondía. Nadie hablaba tampoco, y las preguntas o indicaciones de los frailes solo recibían como respuesta miradas ausentes y gruñidos. Las exhortaciones, en fin, que los hermanos de la comunidad les hacían a tener fe en Dios, y no olvidar el nombre de Jesucristo, no recogían casi ningún eco.

Súbitamente se produjo un revuelo cerca de la puerta. Alípio no había escuchado encenderse el motor, pero al mirar vio al coronel Artaga al volante de la camioneta de Naciones Unidas. Pugnaba contra la marea humana, para salir del monasterio. Eso hizo reaccionar a muchos campesinos; los desdichados comenzaron a vociferar en forma exagerada, y negándose a apartarse, llegaron a treparse al techo de la camioneta, saltando sobre la misma y pateándola, mientras gritaban insultos en inverosímiles dialectos. En tanto, el coronel hacía gala de una paciencia admirable.

Entonces, Johannes el Venerable apareció junto a la puerta.

Alípio vio una escena que le puso los pelos de punta. Las lágrimas brotaron de sus ojos.

La masa humana se desvió de pronto hacia el anciano; aun quienes estaban trepados a la camioneta saltaron de la misma y fueron junto a los demás, hasta caer de rodillas ante él. Extendieron sus manos y, el miedo, la incertidumbre y el desamparo que sentían, escaparon en sonoras invocaciones y quejumbrosos llantos. El anciano, por su parte, se esforzó por tocar todas las manos que se le tendían, y a algunos tocó en la cabeza, con un gesto de bendición. Alípio oyó un silbido; al volverse vio al coronel Artaga parado en el estribo del vehículo, haciéndole señas para que se dirigiera hacia allí. Pero cuando iba, escuchó:

—¡Alípio!

El joven giró al oír su nombre; y al punto, las lágrimas fluyeron con mayor fuerza de sus ojos. Allí, entre la muchedumbre de refugiados, estaban sus padres y su pequeña hermana. Olvidó entonces a Artaga y corrió hacia ellos. Sollozando profusamente, su madre le estrechó entre los brazos; la niña, de solo siete años, se aferró a una de sus piernas, y el padre de Alípio abrazó al grupo.

Así permanecieron largo rato.

6

Lejos rugía la batalla. El zumbido estridente de cazas turcos, volando hacia el combate, se sobreponía al tronar de los cañones. Cada vez con mayor frecuencia se oían explosiones cerca de los muros del monasterio. Alguien atravesó el patio corriendo, gritando en forma enloquecida; decía que los lanchones de desembarco habían llegado a la costa, y que en la playa se combatía furiosamente. Tras este pasaron dos mujeres jóvenes, que ayudaban a una anciana; las tres lloraban, y daban aullidos histéricos. Dijeron que la villa de Ayasaluk estaba destruida, y que muchos de sus habitantes no habían logrado salir. Alípio entonces se desprendió del abrazo de su madre, y dijo:

—Es mejor que vayan a la cripta, con los demás.

—Hijo —dijo su madre; le acarició una mejilla y continuó—: Esta guerra demente ha alterado nuestras vidas, pero al menos estaremos juntos.

El joven bajó la vista al suelo.

—No —respondió— yo no permaneceré en el monasterio.

—¿Cómo? — dijo su madre, con repentina angustia.

—Alípio —intervino su padre, poniéndole una mano en el hombro—. He notado que no llevas puesto el hábito de novicio. ¿Es que has dudado de tu vocación? ¿O acaso has sentido el llamado al combate, y te unirás al ejército?

—¡Oh, hijo mío, no! —exclamó su madre, intentando rodearle nuevamente con sus brazos.

—Ni lo uno ni lo otro —terció una voz.

Al volverse, vieron a su lado a Johannes el Venerable. El matrimonio de campesinos y la niñita doblaron sus rodillas ante él.

—Por favor —dijo el anciano de inmediato, y les tendió las manos—. Pónganse de pie; quiero hablar un momento con ustedes. Así está bien —dijo, cuando estuvieron otra vez de pie; y continuó—: Alípio viajará en una misión de suma importancia para el monasterio. Una misión que quizás ayude a detener la guerra.

Alípio miró vivamente al anciano, pero este prosiguió impertérrito:

—Será un viaje largo, y necesitará vuestras oraciones.

—¿Adónde irá, venerable padre? —musitó la madre del novicio.

—A Estambul.

El horror volvió a pintarse en el rostro de los humildes campesinos.

—Oh, venerable —gimió el padre del joven—, las bombas no dejan de caer sobre Estambul. ¿Es necesario que nuestro hijo vaya?

—Es necesario, mi buen Hamid. Pero no va forzado, sino por su propia voluntad. Yo le he solicitado que me acompañe y él, valientemente, ha accedido.

Por un momento, el matrimonio de campesinos no supo qué decir. Luego, el padre de Alípio balbuceó:

—¿Acompañarle...? ¿Quiere usted decir... que irá como su discípulo y servidor? ¿Que estará junto a usted?

Johannes asintió.

—Eso es suficiente para nosotros, venerable padre —dijo la madre con alivio, brillante la fe en sus ojos.

—Dios está a su lado dondequiera que va; así que, si mi hijo no se aparta de usted, estará protegido por nuestro Señor.

El anciano cerró los ojos e inclinó respetuosamente el rostro, en mudo agradecimiento por el reconocimiento y la confianza de los dos campesinos. El hombre y la mujer se inclinaron reverentemente; la pequeñita imitó a sus padres. Alípio, tomado por una repentina e inexplicable sensación de majestuosa solemnidad, cerró también los ojos, y por casi un minuto aquella familia y el viejo siervo de Dios vivieron por completo ajenos al rugir demente, desquiciado y cruel del mundo que les rodeaba.

El ensueño fue roto por el ensordecedor estallido de una granada de artillería naval, que golpeó cerca de los muros del monasterio; tan cerca, que el patio interior se vio regado por fragmentos de grava lanzados por la explosión. Alípio abrió los ojos, como si despertara de un sueño; una vez acallados los ecos de la detonación, escuchó dos sonidos. Uno, el llanto aterrorizado de la pequeña niña, que se apretujaba contra las piernas de su madre; también, el ruido estridente de reiterados bocinazos. Miró hacia el gran portalón y vio que una de las hojas ya estaba cerrada. Fuera esperaba la camioneta, con Artaga en su interior, que gesticulaba y tocaba la bocina. Un fraile de aspecto nervioso aguardaba junto a la puerta. Otros dos monjes se esforzaban por acomodar el ganado de los campesinos junto a las paredes, tras los bebederos; estaba claro que, si una bomba caía en el patio del monasterio, esos desdichados animales quedarían convertidos en un reguero de sangre y carne despedazada. Los padres de Alípio abrazaron por última vez al joven novicio y se fueron con la niñita, guiados por los frailes, hacia la cripta subterránea.

Johannes el Venerable y el novicio Alípio cruzaron el enorme patio desierto, y finalmente salieron del monasterio; el portalón se cerró. Pudo oírse el correr de numerosas trancas, y luego el silencio. Alípio imaginó al último fraile corriendo, hasta entrar por la puerta que conducía hacia la seguridad de la cripta subterránea. Se sintió desamparado; el monasterio estaba cerrado y él, fuera. Allí a su lado estaba Johannes y cerca la camioneta, con la puerta abierta.

Todo alrededor, la guerra.

El anciano y el novicio subieron al vehículo, el cual partió.

Camino a Estambul

I

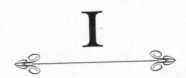

LA CAMIONETA TRAQUETEÓ POR LA CURVA DESCENDENTE DEL SENDERO, alejándose de la cima de la colina. El vehículo tenía bajo el tablero un equipo de radio; Artaga lo encendió, y subió el volumen al máximo. Mientras descendieron por la ladera, la radio solo emitió ruidos y voces entrecortadas, inmersos en una estridente estática; pero al virar hacia el norte, dejando atrás la mole de la colina, pudieron oírse las comunicaciones emanadas de los puestos de batalla. Alípio reprimió avergonzado la exclamación de alegría que se le escapó al escuchar que la primera ola de invasión había sido detenida, y aniquiladas las tropas egipcias desembarcadas en la costa. Artaga cambió de banda, buscando en diversas frecuencias de emisión, hasta que encontró una voz que hablaba en una jerga indescifrable, entre múltiples estallidos de estática. La voz, con una calidad de sonido muy inferior a las emisiones turcas, sonaba furiosa; disparaba frases cortas, como órdenes, con un frenesí violento.

Johannes el Venerable miró a Artaga con las cejas enarcadas. Este le devolvió la mirada, sonrió con picardía y dijo:

—Estos vehículos de Naciones Unidas están muy bien equipados. Este en particular tiene algunos accesorios de mi propia manufactura.

Johannes asintió. Miró a Alípio, sumido en la incertidumbre en el asiento trasero, y explicó:

—Estamos oyendo comunicaciones del mando naval egipcio, desde la flota de invasión en el Egeo.

—Sería interesante oír las comunicaciones del mando naval estadounidense —dijo Artaga.

Movió la cabeza y agregó:

—Qué rápido gira el mundo; Estados Unidos apoyando a Siria.

Johannes lo miró.

—Pero me dijiste que quienes están desembarcando en Éfeso son egipcios.

—Y es así. Pero los sirios vinieron al Egeo del brazo de los egipcios; y ambos, por lo visto, con el respaldo de los americanos.

Artaga apretó los dientes y añadió:

—Me rechina llamarlos así. Yo también soy americano.

—Sudamericano —susurró el anciano.

—Gracias por recordármelo, Johannes. Es verdad; gracias a Dios, mi pequeñito país no es el gran defensor mundial de la libertad y la democracia.

Alípio, que obviamente no había captado el profundo sarcasmo en el tono de Artaga, dijo:

—No entiendo de qué hablan.

—Tampoco importa —respondió aquel—. Lo que sí importa es que, aunque los egipcios le digan algo diferente a la prensa, acaban de confirmar lo que oímos decir a los turcos. Los soldados que desembarcaron en la playa fueron exterminados. La invasión fue detenida.

—No —le cortó Johannes—, no detenida; solo demorada un poco.

Escuchó atentamente lo que decía el egipcio, y tras otros instantes agregó:

—Tenías razón, Fernando; están llegando varios buques de guerra sirios. Reforzarán el bombardeo y más tarde lo volverán a intentar.

Solo un minuto después, retumbó a sus espaldas una gran explosión. Artaga miró por el espejo retrovisor, y exclamó con voz ahogada:

—¡Por Dios!

Viró bruscamente a la izquierda y dejó la camioneta atravesada en el camino; luego observaron. El monasterio, a cosa de dos kilómetros ya, había sido alcanzado por la artillería naval. Uno de los costados de la edificación medieval se veía flanqueado por una columna de humo muy denso y oscuro. Una torre se derrumbaba lentamente; tanto, que parecía como si el tiempo se hubiera detenido, horrorizado, para contemplar un inexplicable sacrilegio. Johannes impasible, miró a Alípio; el joven pareció poseído por una repentina desesperación, en su angustia escaparon de sus ojos silenciosas lágrimas. El anciano puso su mano en el brazo del joven y dijo:

—La bomba cayó cerca del refectorio. Está lejos de la cripta.

—Sí —le cortó Artaga—, pero la próxima puede impactar adentro.

Tomó el micrófono y empezó a vociferar en un idioma que Alípio no pudo reconocer. Habló durante largos momentos; luego hubo una rápida y autoritaria respuesta, a la que Artaga replicó en tono igualmente imperioso. Alípio solo pudo reconocer en toda esa jerga el propio nombre de Fernando Artaga. Tras una pausa de varios segundos hubo una breve respuesta. Artaga dejó el micrófono con expresión satisfecha, pero no dijo nada. Treinta segundos después se oyó un silbido bitonal y estridente, y una bomba cayó a cierta distancia de las faldas de la colina; diez segundos después cayó una segunda granada de artillería, más lejos. Luego, a intervalos de diez segundos, siguieron cayendo bombas, siendo notorio que el bombardeo se alejaba del monasterio.

Artaga dijo entonces:

—Les comuniqué las coordenadas del monasterio.

Encendió el motor y reanudó la marcha.

—Prometieron respetarlo —agregó.

Johannes miró al joven con una sonrisa y explicó:

—Nuestro coronel también habla árabe.

—Fines del 2018. Incidente fronterizo con el Sudán. Pasé once meses en las fuentes del Nilo.

Y siguió manejando con una amplia sonrisa.

2

MUCHO RATO DESPUÉS, APAGADO POR COMPLETO EL RUGIR DE LA batalla, Alípio se preguntó si los cañones habían callado por la distancia, o debido a que el combate, efectivamente, había terminado. La camioneta avanzaba a velocidad constante; muy lejos adelante, casi en la línea del horizonte, podía verse el inicio de un bosque. A ambos lados, todo en derredor y hasta donde alcanzaba la vista, no había más que terrenos áridos, salpicados por islas de pastizales silvestres, ralos y amarillentos. Cuando el monasterio y la zona de combate quedaron bajo la línea del horizonte, a espaldas de ellos, el silencio, la noche de sobresaltos y la liberación de la tensión vivida durante el escape conspiraron contra el joven novicio. Primero se difuminaron los campos; el interior de la camioneta se sumió en la penumbra, pese a que el sol ascendía hacia el cenit; el monótono ronroneo del motor se volvió hipnótico, y hasta los ocasionales intercambios de palabras de los hombres que iban delante fueron fundiéndose en un murmullo persistente, con periódicos aumentos de intensidad, como olas rompiendo en la costa. Luego vino el silencio.

El despertar del joven novicio fue sereno; simplemente abrió los ojos, y allí estaba otra vez, en el interior de la camioneta. Johannes el Venerable y el coronel Artaga dialogaban en voz baja, mientras el vehículo avanzaba casi silenciosamente. Alípio frunció el ceño; mientras dormía, su subconsciente había revivido los últimos momentos transcurridos antes de alejarse definitivamente del monasterio.

Estaba de pie junto a la puerta, sus enormes hojas cerradas, cuando un misil llegó desde el este. Alípio se preguntó cómo había sabido que era un misil, pues más bien parecía una enorme bola de fuego; pero en el sueño lo sabía. El misil golpeó el portalón, evaporándolo con un enardecido destello. Alípio se sintió admirado, pues la explosión no le aniquiló; pero recordó que no había prestado mucha atención a ese hecho, en el sueño. Tras despejarse el humo, vio el interior del monasterio. Comprobó que el resto de la edificación estaba destruida; quedaban en pie solo el muro oriental, y la puerta. Allí, tendidos entre los escombros y horriblemente mutilados, reconoció los cadáveres de cada uno de sus familiares, amigos, conocidos y vecinos de la villa de Ayasaluk. También estaban los restos despedazados de los miembros de la comunidad monástica. Su amigo Alexamenos, aquel medroso chiquillo, los otros novicios, cada uno de los frailes e incluso el prior. Llamativamente, el cadáver de Johannes el Venerable no estaba allí. Alípio recordó también que, en ese momento, había sentido una extraña indiferencia frente a lo que veía; pero ahora, ya despierto, una súbita angustia lo inundó. Su subconsciente no solo había revivido situaciones recientes, sino que introdujo en esa recreación onírica sus peores temores, transformándola en una pesadilla.

Suspiró ruidosamente. Johannes se volvió, sonriendo.

—Buenos días, hijo —susurró.

Restregándose los ojos, Alípio murmuró:

—Esta mañana muy temprano me dio los buenos días, venerable padre; al entrar en mi celda para entregarme la ropa, creo.

—Es verdad —replicó Johannes—. Pero quise saludarte de nuevo; es media mañana, acabas de despertar, y ahora no huimos de ningún bombardeo.

La voz del anciano, como de costumbre, no solo era serena, sino que también comunicaba serenidad. Johannes tomó un termo, sirvió en un tazón de plástico verde y le alcanzó. Alípio se incorporó y tomó el tazón; el humeante líquido negro olía deliciosamente a café.

—Ya tiene azúcar —informó el anciano.

—Gentileza de Naciones Unidas —agregó Artaga con una sonrisa.

El joven rodeó el tazón con las manos y sorbió en silencio. Miró hacia fuera y vio, a ambos lados del camino, hileras de árboles de tupidas ramas, extendidas hacia el cielo azul de la mañana. A uno y otro lado, el bosque crecía denso hasta donde podía verse. Ocasionalmente, aquí y allá, se divisaban cabañas muy espaciadas, ya cerca del camino, ya lejos, adivinándose entre los árboles. Pero ese amanecer, a diferencia de otros días, el humo de los hogares mañaneros no ascendía desde las chimeneas, signo muy sugestivo de la evacuación de esas moradas, verificada antes del alba.

El aire fresco del amanecer estaba saturado del canto de los pájaros y el dulce aroma de las flores, y la suave brisa traía a los sentidos el inconfundible olor del mar. El sol iluminaba ya las copas de los árboles, y desde la costa se oía el retumbar de las olas contra la orilla. Indudablemente, pensó Alípio, iban hacia el norte por algún camino provincial, situado entre la costa y la autopista; e indudablemente, razonó apretando los dientes, la batalla se había detenido. ¿O se habían alejado demasiado? ¿Cuánto había dormido? Recordó que en las noches serenas, los días previos al inicio de la guerra, podía escucharse el estampido de los cañones, cuando los buques hacían maniobras en el Egeo, a cientos de kilómetros de distancia del monasterio. ¿Entonces? ¿Había logrado la invasión quebrantar las fuerzas de defensa turcas? ¿Estaban ya los egipcios en la santa casa de San Ulrico, descargando su violencia sobre civiles inocentes?

De pronto, se oyó en la distancia el formidable retumbo de una descomunal explosión. Cuando se acallaron sus ecos, siguió un silencio extraño. Alípio demoró cinco segundos completos en darse cuenta de que todos los pájaros del bosque habían silenciado su canto. A continuación resonó en la lejanía una salva de secas detonaciones, seguido de lo que parecía el tableteo impertinente de varias ametralladoras.

Artaga habló para contestar algunas de las interrogantes del joven aunque no todas:

—Las defensas turcas resisten obstinadamente.

—Pero, ¿cómo aún podemos oírlo? ¿No hemos viajado ya...?

—No tanto. Aún estamos en la provincia de Aidin. No nos hemos alejado mucho todavía.

—¿Cuánto he dormido? —inquirió Alípio, confundido.

—Una media hora, apenas —contestó Johannes el Venerable.

—Y el mal estado de este camino no me ha permitido ir más rápido.

Alípio frunció el ceño.

—Eh..., pero, ¿por qué no tomamos la autopista...?

Más explosiones en la lejanía, y tableteo de ametralladoras, al parecer interminable.

—Menuda sorpresa se han de estar llevando los nietos del faraón —murmuró Artaga.

—Esa resistencia significará más lucha, y más muerte —dijo Johannes pausadamente—. Además los egipcios pueden enfurecerse, y olvidar que prometieron respetar el monasterio. Y si los egipcios no lo olvidan, los sirios pueden alegar que ellos no prometieron nada.

—Sí, lo sé —agregó Artaga—, pero ahora, desde aquí, no podemos hacer nada. Y tenemos problemas más reales y urgentes.

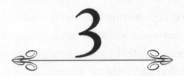

3

Adelante, a cosa de un kilómetro, al final de una larga y suave curva del camino, se divisaba un puesto de control del ejército turco. Al acercarse comprobaron que el puesto era satélite de un enorme campamento de tropas, extendido en ambas direcciones. Los edificios de comando estaban hacia el este, alejados de la costa. Soldados turcos de uniforme camuflado, armados hasta los dientes, hicieron señas a la camioneta. Artaga detuvo la marcha paulatinamente, de modo que la frenada final puso la defensa del vehículo casi en contacto con la barricada. Los soldados turcos se mantuvieron vigilantes, con las armas prontas. Un sargento de unos treinta años, corpulento y de tez oscura, que lucía un enorme bigote negro, se paró junto a la ventanilla y miró a Artaga con frialdad.

—Papeles —dijo sin entonación alguna.

Artaga tomó algo de sobre el tablero y lo entregó al sargento. Alípio arqueó una ceja; el militar había escupido la palabra en turco, pero el coronel no solicitó ninguna aclaración. El sargento examinó la documentación meticulosamente; miró a Artaga, y volvió a hojear los papeles. Por fin, extendió los documentos a un soldado, sin mirarlo, y le dijo, con voz enérgica pero indiferente:

—Teniente coronel de Naciones Unidas.

El soldado tomó los papeles y corrió hacia las cabañas de comando. Mientras, el sargento se cuadró, saludó militarmente a Artaga y dijo:

—Tenga la amabilidad de esperar, señor.

Artaga asintió en silencio; apoyó los brazos en el volante y susurró:

—Esta cortesía en el ejército turco me es muy llamativa.

Momentos después el soldado regresó; venía acompañado de un hombre muy alto, de casi dos metros de estatura, delgado y de pelo sumamente corto, que lucía un enorme bigote oscuro, casi reglamentario al parecer. Su uniforme ostentaba insignias de oficial.

—Me envían un mayor; definitivamente, esta cortesía es abrumadora.

—Tal vez no todos sean como el «magnífico» —murmuró Johannes.

—Tal vez —replicó Artaga, y abriendo la puerta, bajó para recibir al oficial turco. Cuando estuvieron frente a frente, se saludaron militarmente. Artaga pudo comprobar que el otro era alrededor de quince centímetros más alto. También era más joven, pues tendría entre treinta y treinta y cinco años de edad. No se mostraba asustado o nervioso, y no tenía por qué estarlo, pues Artaga, si bien de rango superior, no pertenecía al ejército turco y, por lo tanto, no tenía mando directo sobre él. No obstante, tampoco demostró indiferencia, insolencia o deprecio; su rostro mostraba cierta cordialidad. Extendió la mano, que Artaga estrechó, y dijo:

—Coronel, soy el mayor Kadir Ayci. Me temo que deberé someter su vehículo y pertenencias a una inspección de rutina; también deberé comprobar las identidades de las personas que le acompañan. Confío en que no les causaremos demasiadas perturbaciones.

Artaga abrió los brazos y respondió:

—Proceda usted.

El oficial turco hizo señas a sus hombres, que rápidamente rodearon la camioneta, abrieron las puertas y examinaron los bultos del equipaje. El sargento en tanto verificaba los documentos de Johannes y Alípio. El mayor Ayci se volvió hacia Artaga.

—¿Destino? —preguntó.

—Vamos hacia Estambul.

El mayor enarcó las cejas.

—¿Alguien quiere ir a Estambul en estos días?

—Este no parece el mejor lugar. Una invasión se cierne sobre Anatolia.

—Podemos controlar a las fuerzas de la Liga Árabe —replicó el turco con agresividad—, pero los de la OTAN han tomado Estambul para practicar tiro al blanco con sus misiles.

Alípio contempló asombrado al coronel Artaga, bien que no dijo una palabra; el militar de Naciones Unidas dialogaba con el mayor Ayci en turco, y lo hablaba también fluidamente, y *sin* acento. Su admiración por él creció. Puso atención a lo que decía el oficial turco:

—¿Puedo preguntar por qué se dirigen a Estambul?

Artaga señaló a Johannes y Alípio, que también habían bajado de la camioneta, y contestó:

—Asuntos de la Iglesia Ortodoxa.

—Señor, son religiosos del monasterio de San Ulrico —informó el sargento—. Alípio Hamid, el más joven, es un novicio. Del otro —prosiguió, mirando de reojo a Johannes— ningún documento informa su apellido, así como tampoco su fecha de nacimiento. Solo dicen: «Johannes el Venerable».

El mayor entrecerró los ojos y dijo, como si estuviera tratando de recordar algo:

—Johannes el Venerable, de San Ulrico... Oh, sí. San Ulrico está cerca de las ruinas de Éfeso. Ustedes vienen de la zona donde esta mañana comenzó la invasión.

—Así es —replicó Johannes dejando oír su profunda y soñadora voz—. Asuntos eclesiásticos urgentes nos obligan a dirigirnos hacia la capital, a pesar del peligro. Pero podemos decirle que su ejército resiste bien, y ha detenido hasta ahora la invasión. Roguemos al Señor que la resistencia turca no sea quebrada, pues nuestra santa casa alberga como refugiados a cientos de campesinos, civiles inocentes que trabajan cada día de paz por el progreso de Turquía.

—Sí, roguemos —murmuró el oficial turco, y quedó en silencio unos momentos, como rumiando las palabras del anciano. De pronto dijo:

—¿Ustedes son turcos?

Johannes negó con la cabeza:

—Yo provengo de Palestina. Nací allí antes que surgiera el actual estado de Israel.

El mayor asintió y miró a Alípio.

—¿Y tú?

—Yo nací en esta tierra, y la amo.

—¿Y la defenderías?

Siguió un silencio nervioso. Alípio miró a Johannes y este dijo:

—¿A qué se refiere?

—¿Qué edad tienes, hijo? —preguntó el mayor, sin hacer caso de Johannes.

Alípio contestó:

—Diecisiete años.

—Es una edad adecuada para ser reclutado, en las actuales circunstancias. Es la edad que tenían muchos de los soldados que hoy, en las playas de Éfeso, dieron la vida por su patria.

Alípio quedó petrificado. Johannes intervino otra vez:

—El chico trabajó en el campo toda su vida; incluso en el monasterio se ocupa de los viñedos. No tiene entrenamiento militar, y no serviría en el frente; pondría en peligro las vidas de otros soldados. Necesita al menos dos meses de entrenamiento, y para entonces quizás esta guerra haya terminado.

—No estoy de acuerdo —dijo Artaga—, creo que Alípio podría ser útil al ejército ahora mismo, y servir a su país en esta guerra.

Johannes lo miró impasiblemente. Alípio en cambio, lo contemplaba con la expresión de quien está viendo a un loco. Sonriendo, el mayor Ayci dijo:

—El coronel razona como un militar.

—Sí —prosiguió Artaga—. El joven tiene ya dos meses de instrucción teológica. A falta de sacerdotes ordenados, sería un aceptable capellán, sobre todo para soldados que deben ir al frente a arriesgar la vida.

Ahora, era el mayor Ayci quien miraba a Artaga como si estuviera loco.

—Coronel Artaga, señor, el ejército de Turquía es secular. No tiene ni admite capellanes de ninguna religión.

—¿Ah, no?

—No, señor.

—Entonces, mayor, ¿qué le parece si deja de molestarnos, y nos permite seguir nuestro camino?

Tras un solo momento de vacilación, el oficial turco asintió. Con un gesto hizo levantar la barricada, entregó a Artaga sus papeles, le saludó militarmente y se apartó, poniéndose a la vera del camino. Una vez los tres en la camioneta, Artaga devolvió el saludo militar y partieron de allí.

4

DESDE EL BORDE DEL ACANTILADO, UN TERRAPLÉN ROCOSO DE TRES o cuatro metros de altura por encima de la playa, Johannes contempla el ocaso. El disco del sol ha tomado contacto con el horizonte y tiñe las lejanas aguas de un rojo sangriento que se extiende cada vez más a medida que el astro se hunde tras la línea del horizonte. Johannes el Venerable deja vagar su mente en esa imagen de un mar que parece llenarse de sangre; luego enfoca sus pensamientos, repara en la analogía que le ha inspirado ese sereno atardecer y siente su cuerpo recorrido por un desagradable escalofrío. Mira a sus espaldas; a cosa de diez metros, el terreno pelado linda con un bosque espeso y abrigado. Otros treinta metros más allá se yergue una cabaña de turismo agreste deshabitada, ahora con sus puertas y ventanas abiertas. El teniente coronel Artaga conocía la existencia y ubicación de la cabaña; vaya a saber cómo, piensa admirado Johannes. Luego de conducir once horas la camioneta de Naciones Unidas, ahora oculta bajo los árboles, el militar sudamericano les ha llevado allí para pasar la noche. Artaga descarga provisiones. Johannes recuerda que, en todo el día, el viaje solo se ha interrumpido dos veces: cuando fueron detenidos por los soldados turcos, temprano en la mañana, y al mediodía, veinte minutos, para almorzar a la vera del camino. Ahora están a casi quinientos kilómetros al norte de San Ulrico, si bien han recorrido más de mil de caminos ocultos, senderos retorcidos, curvas y meandros escondidos, con el fin de evitar otros encuentros, quizás desagradables. Probablemente al día siguiente llegarán a Estambul, si no hay contratiempos.

Johannes ve a Alípio cargar ramas secas y algún tronco hallado en las cercanías. Otro escalofrío recorre el cuerpo del anciano, pero esta vez debido al fresco de la tarde. Sube el cuello de su chaqueta y contempla momentáneamente los arreglos florales de los canteros que rodean la cabaña, multicolores en esa primavera. El canto de un ave tardía le distrae unos instantes, y luego vuelve a mirar la playa arenosa y blanca, sobre la que rompen olas mansas perladas de espuma.

El bosque, el mar, la cabaña, las flores, las aves y su canto, todo se funde en un cuadro, en una escena al parecer arrancada de tiempos remotos; una escena de multicolor belleza, de naturaleza virgen, y hombres en respetuoso contacto con esa naturaleza. Una imagen de paz y serena calma, de existencia no inquietada ni agitada por el odioso orgullo y la odiosa crueldad humana. Es una imagen estereotipada de vida sencilla y tranquila, perenne a través de los siglos, insertada ahora en el presente atroz de un mundo en guerra. Una escena de paz natural, tan grotescamente interpolada en una tierra donde la vida se está destruyendo, que parece pugnar por extrapolarse de esa realidad a la que pertenece, y volver a otros siglos; tal vez, a la misma alborada de los tiempos.

Johannes el Venerable se siente envuelto por esa atmósfera casi mística, de la que no quiere escapar. La sensación de irrealidad temporal que experimenta en ese momento, se une a la que siente desde la última madrugada, cuando la guerra llegó una vez más hasta él, como tantas veces a lo largo de su ya muy prolongada vida. Tan intensa es esa sensación, que llega a creer que si en verdad hubiera sido trasladado en el tiempo, y viera aparecer de pronto una cohorte de soldados romanos, no se asombraría. Pero al pensar en los soldados romanos, recuerda que estos fueron la fuerza sustentadora y representativa de otro dominio poderoso y cruel, que aplastó esa misma tierra dos milenios atrás, extendiéndose por amplias regiones del mundo entonces conocido. Y se pregunta qué diferencia hay entre aquel imperio y este gobierno; entre aquella fuerza conquistadora y tiránica, y esta ambiciosa y demente actitud de soberbia, esta ambición de poder, que ha conducido a otra guerra sin sentido. Piensa luego en los cristianos; en su mensaje, sus iglesias y su fe, y se pregunta en qué ha avanzado la humanidad en los últimos dos mil años. Cuáles han sido los progresos morales y espirituales si al final, debe concluir, están prácticamente igual que al principio. Al principio de esa era, que ahora además ya no se hace llamar cristiana.

Y se siente confundido; confundido y desorientado. El venerable anciano levanta los ojos al cielo estrellado; está agitado y expectante. Se siente inerme a merced de hombres y situaciones que no comprende ni le comprenden. Repentinamente le invade la sensación de estar fuera de lugar, de ser ajeno a todo lo que le rodea; de ser extraño, foráneo, intruso. Se siente débil y viejo; muy viejo. Se siente solitario, y cierra los ojos; dos lágrimas corren por sus mejillas. Musita entonces las palabras suspirantes de una plegaria:

«Jesús... Jesús... no permitas que me sienta solo... por favor».

Johannes el Venerable piensa vagamente que, si en vez de soldados romanos, al volverse viera allí, cerca de él, a Jesús de Nazaret, tampoco se asombraría. A pesar de todo, no cree que el Señor le abandone. Otra vez, como tantas, siente finalmente fluir en su interior un murmurante río de paz y consuelo; algo que él sabe proviene de una fuente que hombre alguno puede mensurar y nada en el mundo puede detener.

No, no se sorprendería si al mirar hacia un lado viera allí, sentado sobre una roca, a Jesús, el Rabí de Galilea, el Mesías de Israel, el Salvador del mundo, con su rústico ropaje, sus manos entrelazadas, sus oscuros ojos irradiando amor, y en el rostro aquella indescifrable expresión de paz sobrehumana. Así, de la misma manera que lo vio tantas veces en su juventud. ¿O acaso lo soñó tantas veces? ¿Es tal vez un afiebrado anhelo religioso? No importa ahora; su corazón, lleno de paz, le hace sentirse fortalecido.

Johannes escucha pasos que se acercan. Como si despertase de un sueño, mira a su alrededor, con curiosidad. Ha caído la noche, casi sin que se diera cuenta. Al volverse, ve la cabaña tenuemente iluminada; un delgado hilillo de humo asciende desde la chimenea. Alípio llega junto a él.

—Venerable padre —dice— está lista la cena.

Al caer la noche, frías corrientes de aire helaron los campos y en las lindes del bosque, allí donde estaba la cabaña, la sensación térmica descendió hasta hacerse penosa. Johannes no esperaba que en el lugar hubiera alguno de los sofisticados medios de calefacción que podían verse en la ciudad; pero al comprobar que la vivienda contaba con una soberbia estufa a leña, quedó encantado. Cuando Artaga trajo la madera y encendió el fuego, le observó con interés, y rato después de la cena los tres disfrutaban del calor, repantigados en los sillones. Artaga estudiaba atentamente unos mapas. Alípio parecía sumido en melancólicas cavilaciones; de pronto, sus ojos se iluminaron, levantó la cabeza y mirando al anciano, dijo:

—Venerable padre, quiero darle las gracias.

Mirándole, Johannes sonrió y contestó:

—¿A causa de qué, hijo?

—Por lo que les dijo a mis padres. Hizo que yo pareciera un héroe, cuando la verdad es que tuvimos que emprender este viaje a causa de mi torpeza.

El anciano observó su regazo; sin levantar los ojos, dijo:

—En realidad, Alípio, no cometiste ninguna torpeza. Yo te entregué la vasija, porque sabía que la enviarías al Museo de Santa Sofía.

—¿Cómo?

—Así es, hijo. Era la manera correcta de proceder al estudio de la pieza. Podría haberla enviado yo mismo, pero tú tienes un hermano arqueólogo, que ocupa una jefatura de departamento en el museo. Tu envío, por lo tanto, saltaría limpiamente las barreras administrativas previas, y también nos ahorraría el tiempo perdido habitualmente por eruditos de segunda categoría, que demorarían el análisis hasta que alguien se diera cuenta del tesoro representado por la vasija. Además, también te brindaba a ti la oportunidad de realizar una excelente tesis de noviciado, como te dije al entregarte la pieza. Lamentablemente, estimé en forma incorrecta la progresión de la locura de nuestro bien amado presidente. Creí que tendríamos unas semanas más, que podríamos ganarle a la guerra; pero esta se nos precipitó. Ahora, pues, debemos recuperar la vasija.

Alípio permaneció en silencio unos momentos; luego habló de nuevo:

—Pero, venerable padre, usted les dijo a mis padres que partíamos en una misión de tal importancia, que podía incluso ayudar a detener la guerra. ¿Lo dijo acaso para contentarlos?

El anciano negó con la cabeza.

—¿Entonces? —insistió el joven— ¿Es eso posible? ¿Puede la vasija, o lo que contenga, detener la guerra? ¿Qué tiene que ver una cosa con la otra?

Johannes miró a Artaga que le observaba con expresión inquisitiva. De pronto, se oyeron hacia el norte dos estallidos muy agudos. Artaga se puso de pie e indicó silencio a ambos. Apagó la luz, se colocó un aparato de visión nocturna y oteó hacia el exterior. Un minuto después abrió la puerta y salió. Al cabo de otros dos minutos, Johannes y Alípio fueron tras él.

Lo encontraron de pie en el borde del acantilado; cuando estuvieron junto a él, resonaron otra vez dos sonidos agudos y secos, como latigazos. En el norte aparecieron dos grandes chispas que se elevaron a altísima velocidad, desapareciendo tras el horizonte. Acto seguido, todo fue silencio; dos tenues estelas de humo fosforescente flotaban en el firmamento nocturno. Johannes carraspeó.

—Estamos cerca de una base de misiles turca.

—Sí —dijo Artaga— pero no estamos en la caldera del volcán. Nos encontramos en la provincia de Çanakkale, a veinticinco kilómetros de la capital, que está situada en la costa sur del estrecho de los Dardanelos. Por lo que pude saber, la población de Çanakkale ha sido evacuada casi en su totalidad; esa ciudad es ahora una inmensa plaza fortificada. Los turcos defienden a muerte la entrada al mar de Mármara, pues si la OTAN logra aislar a la Turquía europea, la ciudad de Estambul estaría definitivamente perdida.

—¿No estamos en la caldera del volcán, Fernando? —preguntó Johannes señalando hacia el mar, sumido en la densa oscuridad de la noche, y continuó—: Los estadounidenses y sus aliados están allí. ¿No podrían intentar un desembarco aquí mismo? De hecho, esta zona no está vigilada por las fuerzas militares turcas. ¿Cómo lo explicas?

—¿Recuerdas, esta mañana, la llegada de las tropas turcas a la playa de Éfeso, antes de que aparecieran los egipcios? Sospecho que alguien está prestando su satélite a Seliakán.

Johannes frunció el ceño.

—¿Rusia? —susurró.

—O Irán, tal vez; o China. Quién sabe.

—¿Por qué estamos tan cerca de una zona tan peligrosa? —preguntó Alípio de pronto, en un tono que denotaba molestia—. ¿Por qué nos ha traído bordeando la costa? Nos ha mantenido permanentemente entre dos fuegos, y ha demorado nuestra llegada a Estambul. ¿Por qué no tomó una ruta interior, más directa y más segura?

Artaga permaneció unos momentos callado. Una tercera pareja de misiles se elevó en silencio; cuando alcanzaron el cenit de su trayectoria, se oyó el trallazo de la ignición. En un instante se perdieron, allende el horizonte. Entonces, Johannes habló.

—Alípio ha formulado interesantes preguntas —dijo—. Adelante, Fernando. Estoy seguro de que tienes buenas respuestas.

Artaga carraspeó y respondió:

—Gracias, Johannes; aprecio tu confianza.

Se aclaró aún más la garganta, y prosiguió:

—Es verdad; yo los traje por la costa. Hemos viajado por lo que es, de hecho, tierra de nadie, pues como tú dijiste, venerable amigo, en cualquier punto puede haber un desembarco; masivo, como en Éfeso, o furtivo, por grupos comando. Lo hice así, y lo hice deliberadamente.

—¿Viajar deliberadamente por tierra de nadie? —exclamó Alípio—. ¿En una guerra rabiosa como esta, a quién se le ocurre? ¿Y por qué?

Artaga bajó los ojos al suelo.

—Lo siento, Alípio. En tu concepto, un camino interior habría sido más seguro, pues habríamos atravesado territorio controlado cien por ciento por fuerzas turcas. Pero yo no estoy de acuerdo.

—¿Y acaso usted considera más seguro estar parado aquí en la costa, sabiendo que en cualquier momento podemos quedar entre dos fuegos?

Artaga miró a Johannes.

Dirigiéndose a Alípio, el Venerable habló:

—Fernando no confía en el ejército turco.

—Así es —asintió Artaga— por eso te dije que lo siento, muchacho. Ellos son tus compatriotas, pero tú no eres más que un campesino adolescente; y yo, un militar desde hace más de veinte años. Conozco los ejércitos de muchos países, y conozco al de tu nación. Por eso es que no confío. Piensa en lo ocurrido esta mañana, por ejemplo. El mayor Ayci podría haberte reclutado por la fuerza; y podría habernos matado, si nos resistíamos. Podía hacerlo, como oficial jefe de tropas en una zona de guerra. Yo no habría podido hacer nada, pues aunque tengo rango superior, no tengo mando directo sobre él. Si no sucedió, es porque no quiso hacerlo. Y yo aún me pregunto por qué razón no lo hizo. Y mientras no conozca la respuesta, seguiré sin confiar en el ejército turco; o tal vez deba decir, que confiaré aún menos.

Siguió un silencio pesado, roto instantes después por Alípio, que rechistó y movió la cabeza, volviéndose hacia el mar.

Artaga miró a Johannes a los ojos.

—Ahora, venerable amigo —dijo— tú me llamaste de Chipre para que te sacara de San Ulrico y te llevara a Estambul. Me dijiste que te urgía recuperar una pieza arqueológica de gran valor, y nada más. Pero no me dijiste todo.

—¿Por qué afirmas eso?

—Por lo que dijo este muchacho hace un rato. Tú aseguraste que lo que hay en esa vasija puede ayudar a detener la guerra.

Johannes asintió.

—Pero me dijiste que la vasija probablemente tenga más de mil novecientos años.

Johannes asintió nuevamente.

Artaga enarcó las cejas, abrió los brazos y dijo:

—¿Entonces...?

El anciano suspiró, se volvió para también mirar el mar, y respondió:

—Entonces... debemos llegar a Estambul.

Camino a
Estambul 2

I

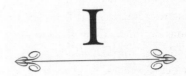

AL CUMPLIRSE LA PRIMERA SEMANA DE LA GUERRA, LA MORAL del pueblo turco empezó a resquebrajarse. La población de la extensa península de Anatolia se sentía asediada, rodeada por la vigilante hostilidad de armenios y georgianos. Y sabiéndose avasallada por dos de los más poderosos miembros de la Liga Árabe, pasó muy rápidamente de un fogoso entusiasmo inicial a una alicaída apatía apenas estimulada por el rechazo de la invasión en las ruinas de Éfeso. La apatía se profundizó al saberse que esa había sido la única victoria real del ejército turco. Sirios y egipcios habían establecido numerosas cabezas de playa a lo largo de la costa mediterránea de Anatolia. En el sureste, los sirios habían cruzado tranquilamente la frontera, empujando a las tropas turcas, escasas, mal pertrechadas y peor entrenadas, y llevaban treinta y seis horas marchando hacia Ankara.

En la Turquía europea las cosas iban peor. El castigo despiadado de la guerra aérea sobre Estambul había reducido la milenaria ciudad a un averno de muerte y desesperación. La población sobreviviente perecía poco a poco en una urbe sin energía eléctrica ni agua potable, sin servicios médicos y casi sin alimentos. También aquí, al enardecido patriotismo había seguido la apatía, y esta a su vez era sucedida por el terror desesperado, la locura y el suicidio.

Vicente Ruy' González, diplomático español y embajador de su país ante Naciones Unidas, señaló al final de esa primera semana que la participación en la guerra del Mediterráneo oriental de Estados Unidos y otros países de la OTAN, así como de las naciones árabes, favorecería que la misma fuera una guerra breve, por dos razones. La primera, era el poderío bélico abrumadoramente superior, desplegado contra una nación aislada y encerrada entre enemigos. La otra razón esgrimida por el analista español tomaba como base la diversidad de naciones, razas y credos, empeñados en la guerra contra Turquía, lo cual hacía que para los turcos este conflicto excediera los límites de una lucha étnica contra los griegos. Esto restaba al pueblo turco la fuerza motivadora representada por el odio racial, algo que Seliakán el Magnífico quiso explotar al inicio de las hostilidades, pero que se desinflaba con asombrosa rapidez.

Siete mil billones de euros se transformaron en fuego y humo sobre el territorio turco, durante la primera semana de la guerra. Las pérdidas materiales provocadas por los ataques aéreos a Estambul y la invasión de Anatolia tardarían años en evaluarse. Las pérdidas definitivas sufridas por la humanidad en su patrimonio histórico, artístico y cultural, eran imposibles de calcular. En Estambul, a la desaparición de la mezquita de Fatih, debía sumarse la destrucción de la mezquita del Sultán Eyup, daños considerables a muchas otras mezquitas, el derrumbe de la Torre de Gálata, la destrucción del Palacio de Topkapi, daños al Museo Arqueológico, al Museo de Santa Sofía y la virtual desintegración del Museo de los Mosaicos, entre muchas otras pérdidas, aún por determinar. En Asia Menor, durante el fallido desembarco egipcio había sido destruido el anfiteatro de Éfeso, y la fachada de la Biblioteca de Celsus quedó hecha pedazos, barridos por misiles y bombas de diferentes nacionalidades, pero idéntico poder devastador. Tarso, en el otro extremo del país, cuna del apóstol San Pablo y del filósofo Antipatros, había sido aplastada tranquilamente por la caballería mecanizada siria.

El saldo en vidas humanas perdidas en esos primeros siete días de conflagración demoraría décadas en establecerse definitivamente; pero esto parecía ser lo que menos importaba.

Turquía se quedaba sola. Siguiendo el ejemplo de Armenia, Georgia rompió relaciones diplomáticas con Estambul, y procedió a una celosa vigilancia de la frontera. El tercer país en cortar sus relaciones diplomáticas con Turquía fue Chipre, presionado por un beligerante sector grecochipriota de su gobierno, y por la presencia naval de Siria y Egipto, cuyos buques rodeaban por completo las aguas territoriales chipriotas. Esta conducta le valió a Chipre la renovación de los disturbios callejeros en Nicosia y otras ciudades de la isla.

Entretanto, el régimen de Estambul mantenía férreamente su posición. Seliakán el Magnífico no aparecía ni para alentar a sus seguidores ni para contemplar las desgracias de su pueblo. La guerra llevaba solo una semana; ni la OTAN, ni los países islámicos, ni la propia Turquía parecían estar siquiera cerca del desgaste que provoca un conflicto más prolongado. Recién en sus primeros movimientos, la lucha estaba lejos del estancamiento que lleva a las conversaciones de paz. El estado mayor turco, en reunión permanente con su presidente, continuaba planificando la ofensiva. La adhesión de las fuerzas armadas al Magnífico seguía siendo total, a excepción de escasos y muy dispersos focos de disidencia entre los oficiales de los mandos medios, que fueron rápidamente suprimidos, evitando cuidadosamente que cualquier fuga de información llegara a la prensa. Seliakán parecía seguro de la capacidad de sus fuerzas armadas para enfrentar tanto a la OTAN en el oeste, como a los sirios y egipcios en el sureste. Por el momento, la hostilidad pasiva de armenios y georgianos no parecía preocuparle mientras se mantuvieran de su lado de la frontera. Más importante para la causa turca era la férrea neutralidad asumida por los rusos respecto al conflicto, lo que garantizaba al régimen de Seliakán que no había peligros que temer por el lado del Mar Negro. Si Rusia se llegaba a unir a la OTAN e invadía el norte de Anatolia, indudablemente, Turquía estaría perdida. Estambul lo sabía; Moscú lo sabía; Washington lo sabía. Por eso, no faltaban presiones sobre el presidente del gobierno ruso.

Mientras tanto, una lluvia de misiles turcos seguía cayendo sobre la flota de la OTAN surta en el Egeo; la efectividad de las baterías de cohetes antimisiles alcanzaba el setenta por ciento, por lo que los ataques turcos se cobraban cantidades no despreciables de víctimas y pérdidas materiales. Seguro, al parecer, de que el Comando de la OTAN no planeaba invadir por tierra el sector europeo de Turquía, el mando turco envió gran cantidad de batallones aerotransportados hacia el corazón de Anatolia. Satélites de la NASA, del Departamento de Defensa de Estados Unidos y de la ESA, detectaron masivos movimientos de tropas. La mitad quedó estacionada en Ankara, con la ostensible consigna de defender la antigua capital. El resto había seguido hacia el sureste, al encuentro de los sirios.

Turquía sacaba fuerzas escondidas e insospechadas, y se plantaba ante sus enemigos como una muralla firme y difícil de derribar. A despecho del analista español, la guerra grecoturca parecía destinada a prolongarse, salvo que algo sucediera, y que un hecho portentoso, fuera de la naturaleza que fuese, convocara por su importancia la atención de la humanidad. Y la convocara a tal punto que el mundo exigiera el silencio de las armas para oír la noticia de un suceso asombroso.

2

Con las primeras luces del alba, la camioneta de Naciones Unidas marchaba nuevamente por los agrestes senderos arbolados de la costa noroeste de Asia Menor. Artaga mantenía firme el volante, mientras contemplaba el exterior; sentía su espíritu envuelto en la particular y serena magia del amanecer. Con su mano izquierda sostenía un jarro de café vacío, apretado contra el volante. Había insistido en no perder tiempo desayunando en la cabaña, pues persistía en su posición de evitar a toda costa las rutas principales, lo que implicaba un viaje más largo y mayor demora.

En algunos sectores, el cielo brumoso descendía hasta el horizonte occidental, aún sumido en las sombras de la noche que huía. Los claros rápidamente se cerraban y volvían a sumergirse en islas de árboles en flor llenas del sonido musical de aves mañaneras. Artaga miró brevemente a Johannes; el anciano miraba hacia adelante con expresión serena. Artaga volvió espasmódicamente la vista al frente. Estaba tenso, y la tranquilidad de Johannes paradójicamente, lo inquietaba. Era aquella tensión que veinte años de soldado e innumerables batallas, combates y escaramuzas, no habían logrado curar. Era la tensión previa a la entrada a combate. ¿Cuál era la causa de aquella tensión? ¿La descarga de adrenalina, que preparaba su cuerpo para la lucha? Sí; llevaba demasiado tiempo en el oficio para saber que, en ese momento, estaba fisiológicamente preparado para pelear, matar o huir; lo que fuera necesario para sobrevivir. Igual que las bestias que poblaban los campos y praderas de la tierra desde la creación. ¿Podía suceder que se viera en la necesidad de luchar, para proteger a ese santo varón al que transportaba, y a su imberbe y flacucho discípulo? No era improbable. Viajaban, como él mismo había dicho la noche anterior, y por su decisión, por tierra de nadie, y el enemigo podía aparecer en cualquier momento. El enemigo, no suyo, pero sí de esa tierra por la que transitaba. Egipcios, sirios, griegos, estadounidenses, quienes fueran; se preguntaba si tendrían respeto por un representante de Naciones Unidas, o por dignatarios de la Iglesia Cristiana Ortodoxa. Y en cuanto al ejército turco, como también había dicho, no le inspiraban confianza, y no creía volver a tener la suerte del día anterior, cuando el encuentro con el enigmático mayor Ayci.

Bueno, pensó, en caso de tener problemas, esperaba poder sortearlos; como había hecho tantas otras veces, única explicación para el insólito hecho de seguir vivo, tras estar metido con los cascos azules, durante más de quince años, en las peores guerras del planeta. Sí, se dijo para sus adentros con renovada confianza; cumpliría su misión. Esa misión autorizada de inmediato por el comandante de los cascos azules estacionados en Nicosia, a la sazón un general búlgaro, cristiano ortodoxo de religión. Llevaría a Estambul al venerable Johannes de San Ulrico; entonces estaría libre. ¿Y luego? Luego esperaría una nueva misión, viniera de su comandante, del Mando Superior de las Fuerzas de Paz de Naciones Unidas, o de su ejército, allá en la lejana América Latina; recibiría las órdenes, correría los riesgos, eludiría los obstáculos, y cumpliría y esperaría una nueva misión...

Al llegar a este punto, sintió un fuerte sabor a vacío en la garganta. Ya conocía esa sensación; nada parecía satisfacerle: ni las fuertes emociones de su oficio, ni la esperanza de paz, ni el ideal de un mundo mejor y más justo que alentara cuando siendo un alférez joven e idealista, se había unido a los cascos azules. Rondaba su espíritu la amarga y peligrosa impresión de que todo era inútil; que aún la vida misma no tenía sentido; que todo era sacrificio, sufrimiento, dolor, y conducía finalmente hacia un abismo sin fondo, sin luz y sin regreso a alguna forma de felicidad que diera una razón al existir. Recordó brevemente aquel hermoso idilio de su juventud, cuando conoció el amor de su esposa; experimentó un momentáneo temblor de ira desesperada e impotente al recordar la injusta muerte de su negra bonita, como él la llamara en otro tiempo, a manos de un ladrón drogado en aquel maldito carnaval de Río de Janeiro. Enseguida reflexionó acerca de cómo el descubrimiento de aquel amor había llenado su vida con la luz de una felicidad no imaginada. Hacía años que no sabía lo que era experimentar el amor, no el sexo sin más, sino el amor verdadero de una mujer. ¿Tal vez...?

Desechó enseguida el pensamiento, cuando el sabor a vacío se avivó en su interior. ¡Pero qué hombre complicado! ¿Qué era lo que quería entonces? Aunque manoteó desesperadamente, cayó en el pozo profundo y oscuro de una depresión. En los últimos dos años, esas caídas se venían reiterando cada vez con mayor frecuencia.

Quizás porque su alma estaba harta de ver violencia, miseria, sangre y muerte. Un instante después, enormes lágrimas brotaron de sus ojos, sin que pudiera ni quisiera contenerlas.

3

Contrariamente a lo que Artaga había supuesto, Johannes el Venerable no iba concentrado en lo que se veía afuera. Había tomado nota del rostro tenso de su amigo, y reconoció las lágrimas antes que humedecieran los ojos de este.

—¿Qué te ocurre? —le dijo suavemente.

Artaga se encogió de hombros. Tras otro momento de silencio:

—¿Cómo se llamaba ella?

—¿Ella? ¿Quién ella?

—Supongo que no será tu tía abuela segunda —el tono del anciano era cordial. Agregó—: Tu esposa, claro. ¡Quién otra!

—¿Cómo sabes que estaba pensando en ella? Ah, no importa; tú siempre pareces saberlo todo. Se llamaba Andrea; creí que ya te lo había dicho.

—Tal vez, hace tiempo.

Siguieron callados durante un trecho. Muy lejos adelante, al final del camino, pudo verse otra vez el azul del mar. Artaga sacudió la cabeza y susurró con amargura:

—Todo es inútil, venerable amigo. De nada vale luchar, de nada vale vivir. Pensaba en mi esposa, es cierto. Pero también pensaba en la rutina, en la monotonía de nuestra vida; una vida de sacrificios, de riesgos, de tristezas pasadas y, en algunos casos, deseos de venganza futura. Fíjate qué grave es mi caso, que las fuertes emociones de la guerra y los ideales elevados de paz y justicia me resultan ya algo insulso. Y entonces, ¿para qué continúo? ¿Sabes qué pensaba? Que desde la muerte de mi esposa no he vuelto a saber lo que es amar y ser amado por una mujer. Pensé en volver a intentarlo, pero de inmediato algo en mi interior me hizo sentir un inmenso fastidio. No me creas poco hombre, venerable amigo, por favor; es que siento mi alma sofocada, siento que necesita algo más. Algo diferente a lo que he conocido hasta ahora.

Johannes el Venerable permitió una pausa de unos segundos; luego susurró:

—Ni antes de ayer ni ayer estabas así. ¿Qué pasó durante la noche? ¿Acaso soñaste con ella?

Artaga asintió, y dijo:

—Sí. Justo ahora y aquí, en medio de todo esto.

El anciano replicó:

—Es la tercera vez que te veo tan deprimido, al punto de plantearte a ti mismo cuestiones existenciales respecto a tu vida. La última vez fue hace un año, en Nepal. ¿Me equivoco?

Artaga negó con la cabeza.

—No —dijo—. Efectivamente, nos vimos por última vez en Katmandú. Pero desde entonces, los momentos de melancolía y disgusto con la vida que he llevado se han repetido periódicamente. Últimamente estaba bien; pero desde ayer en la tarde mi ánimo se ha cargado otra vez de emociones negativas.

—¿Consultaste un psiquiatra?

—¿Un psiquiatra? ¿Yo?

Con una media sonrisa, el anciano agregó:

—¿No será la crisis de los cuarenta?

Artaga rió y dijo:

—Creo que mi crisis se desencadena al tomar contacto contigo, venerable y santo varón. Muchas veces he sido asaltado por la depresión, al recordarte y pensar en ti; en tu serena y fructífera vejez, en tu corazón radiante de bondad y amor, y también al pensar en tu alma, que aún en los peores sobresaltos, está llena de paz.

—Eso se debe, no a una virtud inherente a mí, sino al mensaje que dediqué mi vida a divulgar. Jesucristo dijo que Él vino al mundo para que tuviéramos vida en abundancia.

Artaga lo miró y rápidamente volvió la vista al frente.

—Vida en abundancia —repitió—. Claro, por eso quedaron enterrados cien metros bajo el suelo, en las criptas que perforan el basamento de San Ulrico, sabiendo que si asoman la cabeza los egipcios la cortarán, y si no lo hacen los egipcios lo harán los propios turcos. ¡Vida en abundancia!

Johannes suspiró.

—Creo que ya hemos tenido esta conversación en diferentes partes del globo terráqueo —dijo—. ¿Puedes tú ver lo que hay en mi interior, si yo no te lo doy a conocer? Yo sí puedo ver lo que hay en tu interior, ahora, pues me lo acabas de mostrar. Me lo has mostrado con palabras; dijiste que ni el amor de una mujer, ni los ideales elevados, ni la guerra, pueden satisfacer el ansia eterna de tu alma. Tu ser interior se muere porque el vacío y la desesperanza lo están matando. ¿Por qué crees que nosotros, aunque a veces sufrimos y padecemos, nos mantenemos firmes en nuestra fe? Por el inmenso amor de Aquel que nos da plenitud, y llena nuestro corazón de vida abundante. Fernando, Jesucristo tiene lo que necesitas. Me rectifico, Jesucristo es lo que necesitas.

Artaga rió otra vez, con humor forzado.

—Pareces un evangelista latinoamericano —dijo.

Luego repitió—: Jesucristo es lo que necesito. Lo tendré en cuenta.

—Es lo que desde hace años intento que hagas, pero hasta ahora he fracasado.

—Estás equivocado —sentenció Artaga con firmeza—. Yo podría estar a estas alturas convertido al islam, o al budismo, al confucianismo o a alguna otra de las docenas de religiones con las que he tenido contacto. O podría ser más ateo que Nietzsche. Pero no es así, sino que creo que en el cristianismo está la verdad. Y eso, gracias al hecho de haberte conocido a ti.

Johannes le miró con una sonrisa cómplice y dijo:

—¿Has visto como, a pesar de todo, tú también puedes levantarle el ánimo a alguien?

Artaga soltó una carcajada.

Llegaron al final del camino. El sendero de tierra terminaba junto con los árboles en una franja arenosa de veinticinco metros de ancho. En cuanto el vehículo emergió a la playa, Artaga miró a su izquierda, y la risa se le congeló en el rostro.

4

Apenas a diez metros, cinco hombres les miraban sorprendidos. Iban vestidos de negro y algunos aún portaban implementos de buceo, lo que indicaba cómo habían llegado a la costa. Estaban ocupados en cargar y ocultar equipo cuando la camioneta de Naciones Unidas los sorprendió. Iban fuertemente armados. Artaga sonrió más ampliamente aún, sacó una mano y gritó un saludo en árabe. Algunos enarcaron las cejas. Dobló rápidamente hacia la derecha, procurando alejarse, mientras decía:

—Parece que deberemos dejar la filosofía para otro día.

Pero al mirar al frente, se vio obligado a frenar en forma abrupta; dos hombres les apuntaban con ametralladoras.

—Parece que les caíste demasiado simpático —murmuró Johannes mirando hacia atrás.

Alípio, que dormitaba en el asiento trasero, despertó y se incorporó lentamente. Los hombres se acercaron con las armas prontas. Johannes miró otra vez a Artaga y le preguntó:

—¿Qué haces?

—¿Qué crees?

Había desenfundado su pistola.

—Es un grupo sirio de operaciones especiales; han desembarcado, y los hemos visto. No querrán dejarnos vivir, así que por lo menos voy a luchar.

—¡Fernando, guarda esa pistola!

Johannes había puesto una mano en el brazo de Artaga; cuando este lo miró, le dijo:

—...y no apagues el motor.

Artaga obedeció; la camioneta había quedado en medio de la playa. Los sirios que les interceptaron el paso se aproximaron, caminando uno a cada lado del vehículo.

—Cuando me veas actuar, hazlo tú también —susurró el anciano.

Los hombres llegaron, cada uno a la ventanilla de su lado. Artaga le dedicó al suyo su mejor sonrisa. En ese momento Johannes abrió la puerta con violencia, golpeando al hombre que cayó junto al vehículo. Casi simultáneamente, Artaga proyectó su puño por la ventanilla, aplastando una nariz; el individuo también cayó al suelo. El precipitado arranque de la camioneta los cubrió de arena.

—¡Alípio, abajo! —gritó Johannes.

Dentro de la cabina retumbaron varios impactos de bala. Johannes miró hacia atrás, exclamando con los ojos muy abiertos:

—Tienen un vehículo; ¡nos persiguen en un vehículo!

Manejando a gran velocidad por la playa, Artaga miró el espejo retrovisor y gritó:

—Un Saurus A33.

—¿Un qué?

—Un anfibio de asalto, de fabricación británica. Un modelo introducido en el mercado negro del tráfico de armas hace tres años.

Una ráfaga de proyectiles explosivos impactó en la parte trasera de la camioneta, destruyendo parte de la carrocería.

—Tiene ametralladoras de gran calibre.

—¿Qué esperabas, venerable amigo? Es un vehículo de uso bélico. Volvemos a estar en mi salsa.

—¿Y ese entusiasmo? ¿No dijiste que las fuertes emociones de la guerra te tenían harto?

—Por lo menos, en estos momentos uno no tiene tiempo para meditaciones deprimentes —Artaga miró el tablero—. No sé a qué le dieron, pero creo que nos alcanzarán.

No obstante, describió un amplio zigzag por la playa, mientras las balas explosivas estallaban a su alrededor, levantando columnas de fuego y humo y cortinas de arena.

—¿Dónde están? —susurró Artaga, mirando los alrededores—. Nos hallamos a diez kilómetros de los Dardanelos. ¿Es que esos turcos cretinos se olvidaron de vigilar justo esta zona?

Se metió en el agua, seguido por el anfibio de asalto. La metralla explosiva levantó flamígeras cortinas de líquido. La camioneta emergió de en medio de ellas y cruzó la playa como una exhalación, introduciéndose entre los árboles. Los sirios fueron tras ellos.

Durante varios minutos se produjo una alocada persecución por el bosque lindero a la costa; los sirios abriendo fuego contra ellos y los árboles incendiándose. Al salir otra vez hacia la playa, un proyectil impactó en el techo, haciéndolo estallar. Alípio aulló y se echó al suelo.

—¿Estás bien? —gritó Johannes.

—¡Maldición! —exclamó Artaga.

Enfiló hacia la orilla y volvió a girar en dirección a los árboles. Al virar, un proyectil impactó en el costado de la camioneta e hizo saltar el capó, que cubrió el parabrisas y luego se desprendió. Una enorme nube de humo y varios fragmentos de metal saltaron desde el interior del motor; el vehículo continuó su desplazamiento, paralelo a la orilla. Artaga giró el volante, a uno y otro lado, desesperada e inútilmente.

—¡Nos hemos quedado sin dirección! —aulló.

—Es el fin —dijo apaciblemente Johannes, mirando hacia atrás.

Vio, enorme y oscura, la boca de un lanzacohetes portátil, que les apuntaba.

5

LO QUE NADIE VIO FUE UNA PEQUEÑA SOMBRA NEGRA QUE surgió del bosque, y dejó un rastro de vapor en el aire. El pequeño misil impactó en la arena, explotando bajo la parte posterior del anfibio, que voló y cayó ruedas arriba. Artaga se detuvo cien metros adelante. Dos sirios estaban tendidos bajo el armazón del vehículo, y no volverían a levantarse. Los otros cinco aparecieron de pronto y abrieron fuego contra la camioneta con sus ametralladoras.

—¡Tienen siete vidas! —gritó Artaga, y encendió nuevamente el motor para huir.

Pero antes de que arrancara, varios fusiles de repetición dispararon desde distintos puntos del bosque envolviendo a los sirios en un fuego cruzado tan efectivo, que en un instante los cinco cayeron para siempre junto a su moderno anfibio de asalto. Durante un minuto completo, luego de acallarse el estampido del último disparo, todo en esa playa fue quietud, y silencio ensordecedor.

Alípio se llevó una mano al oído y dijo:

—Ni siquiera puedo oír el romper de las olas.

—El mar está calmo —susurró Johannes—. Tan calmo como la muerte.

—¿Quién liquidó a esos infelices? —murmuró Artaga, mirando hacia los árboles.

Entonces surgieron y avanzaron por la playa, fusil en mano y alertas, siete soldados turcos. Uno de ellos, con insignias de sargento y un impresionante bigote negro, se acercó a la camioneta, saludó militarmente y dijo:

—Buenos días, coronel.

Luego inclinó la cabeza hacia Johannes:

—*Monseñor* y joven monje —se dirigió otra vez a Artaga y continuó—: Lamento nuestra demora, señor.

—Hace rato que les necesitábamos. Si hubieran tardado unos minutos más... Oiga, ¿no nos hemos visto en alguna parte estos días?

El sargento sonrió y contestó:

—Por eso nos adelantamos, coronel. Al escuchar disparos en la playa, el mayor nos ordenó salir a encontrarlos.

—¿El mayor?

El sargento se volvió. Por entre los árboles del bosque emergió un *humvee,* seguido de un carro blindado. En el vehículo que iba delante, sentado junto al chófer, una cara conocida les sonreía. Johannes el Venerable dijo, sorprendido:

—¡Mayor Ayci!

6

Johannes el Venerable estaba de pie en la playa; a dos metros yacía el semidestruido anfibio de asalto utilizado por los sirios en su fallido intento por penetrar el territorio turco. La arena estaba manchada de sangre. El anciano miró los cadáveres; sus ojos lucían un gris opaco, como el mar bajo el cielo nublado. La mayoría de los sirios muertos eran muy jóvenes. Ahora que la muerte había quitado la expresión feroz que el entrenamiento, el odio inculcado y la desesperación por sobrevivir imprimieran en sus expresiones faciales, estos parecían rostros de niños. Johannes miró a su izquierda; creyó ver a Alípio, allí cerca. Pero de inmediato comprendió que el joven novicio estaba lejos, con Artaga. Allí había un soldado turco, atento y con el fusil pronto. El Venerable miró el rostro del combatiente, viendo allí a otro chiquillo, pintados en su semblante el miedo, el desamparo y la incertidumbre. El joven se llevó una mano a la garganta; retiró el cuello de la camisa, y allí el anciano pudo ver, colgada de una cadena renegrida, una cruz de plata. Silenciosamente, Johannes el Venerable levantó su mano derecha, con los dedos índice y medio extendidos. También en silencio, el joven soldado inclinó la cabeza; un momento después, se fue.

Tras otro instante, Artaga y Alípio llegaron junto a él. El coronel dijo:

—La camioneta está inutilizada. El mayor Ayci se ofrece para llevarnos a Estambul. Tiene un vehículo blindado y le acompaña una patrulla. Creo que si evitamos más contratiempos, en seis horas estaremos en la capital.

—¿El hombre que ayer nos preguntó si alguien quiere ir a Estambul en estos días? ¿Va a Estambul? ¿Y dónde quedó tu suspicacia?

—Está satisfecha por ahora. Y la tuya, si la tienes, será satisfecha luego de oír lo que él tiene que decir. Vamos, tenemos transporte.

Johannes no fue tras él. Volvió a mirar a los soldados muertos, cuyos cadáveres insepultos quedarían a disposición de los animales carroñeros. Artaga lo notó, se detuvo y dijo:

—Sé lo que piensas, Johannes. Pero no podíamos hacer nada por ellos. Esto fue necesario para que no nos destruyeran. Es la guerra.

Johannes suspiró y dijo:

—Es la guerra.

La llegada
a Estambul

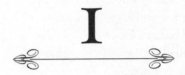

I

EL CARRO BLINDADO SE DESPLAZABA SUAVEMENTE Y A VELOCIDAD CONSTANTE; el temblor era casi nulo, pues ahora iban por una carretera provincial en condiciones aceptables. Estaban justamente donde Artaga no había querido: lejos de la costa, en territorio bajo control del ejército de Turquía. Y pese a los recelos del oficial de Naciones Unidas con los militares de esa nación, iban en un vehículo del mismísimo ejército turco, un blindado para transporte de tropas. Artaga había cambiado radicalmente su posición de la noche anterior y, si no lo hubiese conocido de muchos años atrás, Johannes el Venerable habría desconfiado lo suficiente como para largarse de allí y dejarlo con el mayor Ayci. Para el anciano, el oficial turco era un individuo aún enigmático, que había demostrado la singular habilidad de hacer cambiar de opinión a un zorro viejo como Fernando Artaga. Con todo, sentía curiosidad por conocer las razones que el oficial turco había presentado.

Alípio iba a su lado y, sentado en frente, el sargento Mehmet Saracoglu. El resto de los miembros de la patrulla viajaban sentados en el techo del blindado, o en el *humvee* que abría la marcha; pero no podía verlos desde donde estaba. Ayci hablaba mientras mostraba, en la pantalla de una *laptop* un mapa de la zona sur de Estambul y áreas adyacentes.

—...llegados a este punto, al oeste de Yaloua, cruzaremos el mar de Mármara, frente a la entrada del golfo de Izmit; nos ahorraremos entre tres y cuatro horas, y llegaremos rápidamente al sector europeo de la ciudad, que es el que les interesa a ustedes.

—En el sector europeo está el Museo de Santa Sofía —dijo Alípio.

—Mayor —interrumpió Johannes con voz suave—, ¿Domina la marina turca las aguas del mar de Mármara? ¿Es segura la travesía?

Con una torva sonrisa, Ayci dijo:

—En teoría, nuestra Armada domina el mar de Mármara, cosa que en la práctica es difícil de afirmar. Pero será una travesía breve, de no más de una o dos horas.

—¿No sería más seguro cruzar de noche? Porque si ese fuera el caso, entre esperar la noche, y perder tres o cuatro horas en rodear por tierra, esta última opción es la más obvia.

—Comprendo, *monseñor*; pero con la tecnología de detección a distancia en boga en estos días, cruzar de noche o de día es exactamente lo mismo. Además, si debemos cruzar el sector asiático de Estambul, perderemos mucho más que tres o cuatro horas, pues la ciudad está en ruinas y los sobrevivientes vagan en bandas salvajes, esperando recibir ayuda, o tomándola por la fuerza. No me gustaría verme obligado a abrir fuego contra mis propios compatriotas, civiles además. Pero lo que usted dice es cierto; pese a lo que diga el almirantazgo turco, es indudable que el mar de Mármara ha sido infiltrado por submarinos estadounidenses. Nuestros marinos lo saben y, por lo que sé, nadie se arriesga a zarpar ni siquiera hasta la primera boya.

—¿Pero se arriesgarán los submarinos a llegar hasta la entrada del golfo de Izmit? —preguntó Artaga.

—No y tampoco necesitan hacerlo. Pueden detectarnos desde diez kilómetros de distancia y soltar un par de torpedos rastreadores. O, si prefieren ser aparatosos, pueden disparar un misil que emerja, describa una graciosa parábola en el aire y nos caiga en la cabeza.

—¿Entonces? —dijo Johannes amable pero severamente.

—Tomaremos un bote pesquero. Ocultaremos los vehículos y simularemos ser civiles. El chiste está en convencerlos de que lo somos. Los estadounidenses tienen una moral particularmente retorcida. Son capaces de lanzar un artefacto nuclear y matar a medio millón de personas a quienes no pueden ver, pero difícilmente dispararán contra civiles que tienen ante sus ojos.

—¿No confía usted mucho en la moral de esas personas?

—Tal vez, pero podemos reforzar esos escrúpulos morales. Una hora de travesía no es demasiado, como para que dos personas, vestidas de sacerdotes cristianos ortodoxos, viajen parados junto a la borda. Las cámaras telescópicas de alta resolución de sus periscopios verán la clase de carga humana que lleva el bote y lo dejarán en paz. Incluso, pienso que el señor teniente coronel también podría ir allí, junto a usted y su discípulo. Sí, dos sacerdotes cristianos y un oficial de Naciones Unidas los disuadirán de hundirnos.

Artaga sonrió indeciso y dijo:

—Usted cree conocer a los estadounidenses y, sin embargo, opina que no dispararán un misil contra un negro. Tengo mis dudas.

—El punto es, mayor Ayci —dijo Johannes, con voz arrulladora— que usted, por alguna razón, debe llegar a Estambul; y para hacerlo rápido, necesita cruzar las aguas del mar de Mármara. Y para hacer eso con seguridad, quiere usarnos como escudos humanos.

EL MAYOR AYCI SONRIÓ, CON LA CLASE DE SONRISA INTRANQUILA que esboza quien se
siente en una situación sumamente embarazosa; tenía el rostro de un rojo encendido.
Comenzó a hablar apresuradamente; se detuvo y empezó nuevamente, diciendo:

—Se equivoca, *monseñor*; no quise que creyera eso. Me ocupo solo de que ustedes
lleguen cuanto antes a su destino. Si mi plan le parece mal, iremos por tierra; aunque
debamos perder entre cinco y seis horas más, y quizás matar a unos cuantos civiles.

Johannes el Venerable sonrió con dulzura.

—¿Por qué —dijo— no me cuenta las cosas que le contó al coronel Artaga en aquella
playa? Tal vez así logre vencer también mi desconfianza.

Ayci asintió varias veces y respondió:

—Lamento que desconfíe de mí, *monseñor*, pero le comprendo. Y celebro que me
brinde la oportunidad de hablar. Escuche con atención.

El turco tomó aire, tragó saliva, y prosiguió:

—Es muy probable que usted no lo sepa, pero el ascenso meteórico de Yamir Seliakán
en el terreno político no fue respaldado por el cien por ciento del ejército, como luego su
partido quiso que el mundo creyera. Usted sabe que siempre, en toda fuerza armada a lo
largo de la historia, los hombres que han ocupado altos cargos tuvieron sus partidarios,
quienes muchas veces se enfrentaron entre sí por la primacía de su líder. Seliakán ni
siquiera llegó a ser general; hubiera podido hacerlo, pero comprendió que si a su carisma unía la demagogia y los aplicaba a la actividad política, podría volar más alto que si
permanecía en el ejército. Es un hombre inteligente; se lanzó a la lucha política en un
momento clave, cuando las viejas estructuras partidarias estaban desgastadas y Turquía
sufría la peor recesión del último medio siglo. Sacó a la nación de la quiebra, la renovó, la

transformó e hizo que el mundo hablara del fenómeno turco. Pero eso no hizo que sus camaradas de armas, incluidos algunos generales que habían sido sus superiores, olvidaran quién es en realidad Seliakán: un megalómano ambicioso y sin escrúpulos. Un místico delirante además, que sueña con resucitar la grandeza turca de hace quinientos años, sin detenerse a pensar que el tiempo no se para y que el mundo y la gente cambian.

—De su discurso —interrumpió Johannes— es obvio concluir que Seliakán no es el presidente que usted cree conviene a Turquía y a los turcos. Ahora, todo lo que usted dice ya es evidente para el mundo entero. Seliakán es un megalómano delirante, además de carismático y persuasivo, y ha arrastrado a toda una gran nación a esta guerra demente. Incluso es sabido, y si lo sabemos nosotros lo sabe la OTAN, que estaba entre sus planes la invasión del archipiélago del Egeo griego, para posteriormente entrar en la Península Balcánica.

—Exacto —asintió Ayci—. Si no hubiera sido por el estúpido cacareo de detonar un artefacto nuclear en aguas del Mediterráneo, no habría forzado a Estados Unidos a intervenir, y ahora nosotros estaríamos mojándonos las botas en las costas de Grecia.

—No sé si creer que no fue algo más que un estúpido cacareo.

—Tiene razón; quizás fue algo más que un error de cálculo, pero yo no lo sé.

—Bien, mayor; usted no sabe lo que yo no sé, y lo que me ha dicho, yo ya lo sé. ¿Entonces?

—Entonces, *monseñor*, que no le he dicho todo. Usted no sabe nada, por ejemplo, de las ejecuciones.

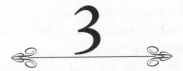

3

Johannes el Venerable calló al oír eso. Solo un instante después, susurró:

—¿Perdón?

—Así es. Hace unos momentos le dije que Seliakán nunca contó con el apoyo del cien por ciento del ejército. Siempre hubo una disidencia, tanto en filas militares como entre los civiles; no olvide que en la elaboración del fenómeno turco, Seliakán atropelló algunos derechos constitucionales, tanto de individuos como de instituciones. Por otra parte, algunos generales patriotas no compartían el expansionismo de su sueño imperialista. No creían que una crisis económica justificara un cambio tan drástico en la política exterior; había recesión, pero el camino recorrido por la nación turca en los últimos cien años era seguro. Comenzó a haber reuniones, incluso antes de importar la tecnología nuclear de los pakistaníes. El movimiento disidente se extendió rápidamente, transformándose en una verdadera subversión. El desarrollo de armas nucleares fue un elemento preocupante, que llevó a los líderes de la disidencia a considerar la posibilidad de iniciar acciones más drásticas. Un mes antes del comienzo de la guerra, los servicios de inteligencia del gobierno descubrieron una conspiración en marcha, cuyo objetivo era derrocar a Seliakán. Los cabecillas fueron encarcelados. Otros ocuparon su lugar, y el movimiento rebelde siguió adelante. Hace dos días hubo otra redada. En realidad, luego de aquel primer fracaso, no se había hecho nada más que mantener el contacto. Pero la guerra enrareció la atmósfera; los ánimos se polarizaron. Algunos oficiales de los mandos medios se negaron a obedecer órdenes, por lo que fueron encarcelados e interrogados; eran de los nuestros. Ellos, junto con los que habían sido encarcelados un mes atrás, fueron ejecutados ayer. Por supuesto, todo esto se hizo en el más absoluto secreto; oficialmente, el cargo fue alta traición, pero nada fue dado a conocer a la opinión pública. Por eso es que ahora voy a Estambul; soy el oficial de mayor graduación del movimiento disidente. Todos estos hombres que me acompañan comparten mis ideas.

—Entonces —dijo Johannes el Venerable—, ahora usted es el líder de una revolución contra Seliakán el Magnífico.

—Una revolución en ciernes, interrumpida por el inicio de la guerra. Sí, así es, *monseñor*.

—Pero si usted no comparte ni los ideales ni la política de Seliakán, tampoco puede estar de acuerdo con esta guerra. ¿Por qué entonces pelea en ella?

Ayci tosió y respondió:

—*Monseñor*, en primer lugar, soy un oficial del ejército. Yo estaba de servicio en Esmirna desde antes del inicio de la guerra. Solo participé en algunas escaramuzas contra los egipcios, que dicho al pasar, no me son simpáticos, y no los quiero corriendo en mi país. Ni a ellos ni a los sirios, los griegos o los estadounidenses. Seliakán es un problema de los turcos, y debe ser solucionado por nosotros los turcos.

—¿Y para eso es que va usted a Estambul?

Ayci bajó la vista y guardó silencio.

Tras una pausa, Johannes dijo:

—Una pregunta más, mayor, ¿es verdad todo lo que me ha contado?

El oficial turco miró a Artaga; luego, rebuscó en un bolsillo de su pantalón, y extrajo algo similar a una diminuta cartera de cuero, negra y gastada. Del interior sacó una tarjeta y la tendió al anciano. Johannes reconoció en el documento de identidad la foto del mayor, que se veía más joven, bien que había cambiado muy poco. Le llamó la atención el apellido.

—¿Aydin?

Miró al mayor.

—Ciertos elementos de la disidencia me ayudaron a cambiar mi apellido por Ayci, para así librarme de sospechas, después del encarcelamiento de mi padre, hace un año.

—¿Su padre?

—Doctor Emil Aydin, profesor de filosofía de la Universidad de Fatih.

—Por supuesto —exclamó Johannes—. Lo conozco; desapareció hace un año.

—Lo conocía, *monseñor*.

—¿Qué quiere decir?

—También fue ejecutado ayer —murmuró Ayci entre dientes, y sus ojos derramaron una súbita desesperación; continuó—: Parece que el Magnífico está muy ocupado con la guerra, por lo que quiso eliminar de un solo golpe todas las preocupaciones internas.

—Johannes —intervino Artaga—, Amnistía Internacional estaba investigando a Seliakán por presuntas violaciones a los derechos humanos, en la persona de opositores políticos a su régimen. Aydin era uno de los nombres que se manejaban como víctima de dichas violaciones. Se opuso pública y enérgicamente a la política nuclear de Seliakán.

Agentes de la organización con base en Nicosia, donde yo estaba como observador, confirmaron antes del inicio de la guerra que Aydin estaba secuestrado por el gobierno turco. Ayer me comuniqué con mi comandante en Chipre, luego de la batalla en la costa de Éfeso. Él corroboró que, muy temprano en la mañana, mientras nosotros huíamos del monasterio, hubo numerosas ejecuciones en Estambul.

—No me comentaste.

—No lo hice. No tenía nada que ver con nosotros. Pero ahora, viajamos bajo la custodia del hijo de uno de los ajusticiados. Por eso cambié de idea respecto a él.

Johannes asintió en silencio, miró a Ayci y dijo:

—Y ahora, mayor, va usted a la capital en una cruzada de venganza.

—Voy para continuar el trabajo que empezaron otros, entre ellos mi padre. Tengo intenciones de solucionar el verdadero problema que agobia a los turcos: Seliakán el Magnífico.

—Y de paso, nos hace el favor de llevarnos, bajo su segura escolta —concluyó Johannes.

El viejo y el oficial turco se miraron a los ojos un largo instante.

—Aún desconfía de mí —exclamó Ayci—. Usted es como todos los viejos, amargado y suspicaz.

—¿Amargado yo? —respondió Johannes, sonriendo por primera vez en un largo rato—. Tal vez lo soy, sí; como será usted cuando llegue a mi edad.

—Si es que llego a su edad, cosa que cada día dudo más —replicó con auténtica amargura el mayor—. A veces pienso que quienes nos enrolamos en el ejército y hacemos la guerra, buscamos eso: escapar de una oscura vejez. Luchando, huimos de un presente angustioso, y muriendo, escapamos de un futuro miserable.

—¿También, como su padre, se dedica a la filosofía?

Ayci suspiró:

—Me dediqué a las leyes; soy abogado. Creí en la administración de justicia como una forma de vida y un ideal. Pero en lugar de eso me convertí en sirviente de los caprichosos decretos del presidente y su gabinete. Y me cansé; por eso me uní al ejército, hace cinco años.

—¿Qué edad tiene, mayor?

—Treinta y seis años.

Johannes asintió, miró hacia otro lado y cerró los ojos. Pareció orar.

Alípio habló entonces; inclinándose hacia delante, dijo a Ayci:

—Señor, el Venerable se ha dado por satisfecho con sus explicaciones.

—Sí —susurró Artaga—. Cuando adopta una actitud de relajación, es porque ha concluido que dice usted la verdad.

—¿Ha concluido que digo la verdad? ¿Y si estuviera mintiendo?

—Él lo sabría —dijo Alípio, absolutamente convencido.

—Estoy de acuerdo, mayor —agregó Artaga—. Tómelo como un delirio místico, si lo prefiere; pero una cosa le digo: los mejores psicólogos de este planeta son niños de pecho al lado de este santo varón.

Ayci iba a hablar, pero Johannes, aún con los ojos cerrados, dijo:

—La peyorativa incredulidad que usted siente en este mismo momento, mayor, es la reacción habitual de las personas, ante afirmaciones como las hechas por mi discípulo, y por el coronel Artaga.

Ayci levantó las manos, en gesto de darse por vencido, y se fue a la cabina del carro.

4

CON LOS BRAZOS APOYADOS EN LA BORDA, JOHANNES EL VENERABLE contempló las agitadas aguas del mar de Mármara, de un azul profundo. Su mirada se perdió en la anchura de la masa de agua, en cuyas profundidades se movían submarinos estadounidenses, como traidoras serpientes ocultas, listas para lanzar el veneno sobre su víctima. Johannes observó nuevamente al patrón del barco, un apocado turco de Anatolia, capitán del bote pesquero que les transportaba en ese momento hacia el sector europeo de Estambul. El pescador, un individuo alto y de complexión delgada, que lucía un gran bigote negro, sostenía el timón mientras lanzaba, él también, frecuentes miradas hacia el mar. Sus ojos negros, brillantes y llenos de temor, escrutaban las aguas oscuras, desde donde podían venir los silenciosos torpedos rastreadores, que en una décima de segundo destruirían la barcaza y a todos sus ocupantes. Con un ligero temblor de su mandíbula, el anciano recordó la forma en que el mayor Ayci, a pesar de las ideas de que había hecho gala, utilizó su autoridad como oficial de rango «en el ejército del Magnífico», para obligar al humilde pescador a que se hiciera a la mar con su bote. Johannes podía oír aún los gritos de la esposa y el llanto de los cinco hijos del hombre, mientras la patrulla de Ayci abordaba con los dos vehículos, que fueron ocultados lo mejor posible. El venerable había puesto sus manos sobre las cabezas de la mujer y los niños, y susurrado una bendición, para luego prometerles que el jefe de familia volvería pronto, sano y salvo. Ahora, llevaba ya cuarenta y cinco minutos pidiendo perdón a Dios por hacer promesas sin consultarlo, y rogando que el pescador, efectivamente, volviera junto a su familia sin sufrir ninguna desgracia.

Johannes miró a su derecha. Prácticamente derrumbado sobre la borda, Alípio se aferraba lo mejor que podía, pero largo rato atrás había renunciado a mantener erguida la cabeza. El indudable nerviosismo vivido antes de zarpar, y el vaivén por momentos violento del bote, habían afectado al joven novicio. Alípio venía tolerando muy mal la travesía, y pese a haber vomitado en la cabina, amén de una docena más de lugares, debido a lo dicho por Ayci quiso permanecer junto al anciano. El patrón del barco rezongó, lanzando chillonas imprecaciones por la cantidad de vómito con que el muchacho rociara su bote, hasta que una perentoria seña del mayor Ayci lo redujo al silencio. Alípio ladeó trabajosamente la cabeza y miró al anciano.

—¿Qué tal? —dijo Johannes, con una sonrisa.

—Venerable padre, la mejor descripción de cómo me siento sonaría sacrílega.

—En quince minutos llegaremos a tierra. Entonces te sentirás mejor.

—Venerable padre, usted camina como si tal cosa. Desde que zarpamos está fresco como una lechuga, si disculpa la comparación; y yo no puedo mover un hueso.

Johannes lo miró, dedicándole una media sonrisa muy peculiar. Alípio volvió la cabeza a su lugar, levantó una mano y dijo:

—Sí, venerable padre; ya sé. En el servicio del Señor se aprenden muchas cosas.

Johannes miró ahora a su izquierda. De pie a un metro suyo, serio y silencioso, el teniente coronel Artaga escrutaba también, con sus ojos en dirección a Estambul. Al notar la mirada del anciano, le miró a su vez y sonrió.

Johannes inclinó brevemente la cabeza, y volvió la vista al frente.

5

LUEGO, EL VENERABLE ANCIANO CIERRA LOS OJOS, Y DEJA QUE su mente se inunde con el ruido de las olas, el olor del mar y el balanceo del bote. Permite que sus músculos viejos y cansados se relajen. En un intento por escapar del presente duro y cruel que viven, deja que su corazón y su alma vuelen lejos, hacia el pasado, hacia días felices. La travesía en la barcaza le rememora una situación similar, desprovista de la tensión, el peligro y la negra incertidumbre del momento. Por un instante, parece dormirse; cree soñar, o imagina una escena, sumergida en una atmósfera onírica. Un hombre de barba y cabellos largos, salido no sabría decir de dónde, que viste túnica, manto y sandalias, se acerca desde la orilla y dice: «Venid en pos de mí, y os haré pescadores de hombres». Johannes mira entonces a su derecha; allí, donde debería estar Alípio, hay ahora un individuo joven y fornido, de barba rala y cabellos castaños. Sujeta una red entre sus brazos, y mira al hombre de los cabellos largos. Johannes puede ver que están aún en una barca, mucho más rústica que el bote del pescador turco; es una barcaza muy primitiva. El hombre de la barba rala se vuelve hacia él, con una sonrisa radiante. A Johannes, su rostro le evoca un recuerdo perdido en las brumas del pasado; el anciano piensa. Ese rostro le es conocido; más aun, le es familiar. Con timidez, casi en un susurro, dice: «¿Jacobo?»

—¿Cómo dices, venerable amigo?

Johannes el Venerable abrió los ojos y miró a Artaga.

—¿Eh?

—Dijiste algo. Creo que dijiste «Jacobo». ¿Tú no lo oíste, Alípio? —inquirió el coronel, inclinándose sobre la borda para hablar al novicio; pero el joven estaba vomitando de nuevo, y lo que salía explosivamente de su boca tenía un color que apenas se distinguía de su rostro, completamente verde.

—¡Ah, bueno! —continuó Artaga con una sonrisa—. No creo que haya podido oírte. No importa. ¡Mira! —exclamó, señalando hacia adelante.

Había aparecido la costa de Europa y, al verla, Johannes sintió una emoción peculiar, muy antigua y casi olvidada. Al inicio, creyó ver las cúspides de las altas torres de Estambul, oscuras bajo el cielo nublado de las primeras horas de esa tarde. Se preguntó si no estarían muy lejos aún para ver edificios; luego pensó si acaso Estambul era una ciudad donde proliferaran los rascacielos, pues llevaba muchos años sin visitarla. Finalmente, consideró con amargura cuántos edificios podrían quedar todavía en pie. Miró inquisitivamente al coronel Artaga, pero solo vio en él un semblante sombrío e inexpresivo, por lo que esforzó la vista en dirección a la ciudad. Notó entonces que las negras líneas verticales que había divisado oscilaban, como largas briznas de hierba al capricho del viento. En pocos minutos comprendió que estaba viendo numerosas columnas de humo, algunas muy espesas, que ascendían de la infeliz ciudad de los sultanes. Cinco minutos después comenzaron a verse las estructuras construidas por el hombre, arrasadas por la guerra: férreos esqueletos retorcidos, restos de torres de moderno diseño y efímera existencia, montañas de piedra y escombro, vestigio de milenarias estructuras, en pie hasta pocos días atrás.

6

Costearon durante un rato el sector europeo de Estambul, al sur del Cuerno de Oro. Navegando silenciosamente hacia el este, pasaron frente al puerto de Seabus en Yenikapi, que vieron en ruinas. Numerosas embarcaciones, yates y un crucero turístico, emergían ennegrecidos de las aguas tranquilas; sus restos asomaban entre los vestigios de muelles y otras instalaciones. Rato después, finalmente, tocaron tierra, entre Kumkapi y Cankurtaran. La avenida costera Kennedy Caddesi estaba destruida y las vías de ferrocarril, paralelas a aquella, prácticamente habían desaparecido. El suelo, hasta la misma orilla del mar, era una descomunal alfombra de escombros. Al adentrarse en la ciudad resaltaban por doquier casas y edificaciones agrietadas, partidas y a medias derribadas. Las puertas y ventanas de esas estructuras, cuyas hojas se habían desvanecido, parecían negros hoyos de bordes inestables e interior amenazante. Las paredes se veían rotas, descascaradas y ennegrecidas. Algunas fogatas iluminaban el oscuro interior de las pocas casas que quedaban en pie y entre el inaudito montón de restos de edificaciones desmoronadas, caídos por todos lados, se adivinaba la luz temblorosa de varios fogones. La presencia humana, indudable desde el principio pero invisible, empezó a dejarse ver a medida que la barcaza se acercaba a la orilla. Cuando atracó, por el expediente simple de topar con la tierra fangosa, grupos temerosos de hombres vestidos de harapos, sus rostros expectantes negros de humo y suciedad, fueron los primeros en acercarse; detrás venían las mujeres, con niños pequeños en brazos y otros tomados de sus faldas o pantalones.

Alípio, aún muy mareado pero alentado por haber llegado a tierra, desembarcó y miró con curiosidad la ciudad y su gente. Esta no era la Estambul que recordaba. La urbe en esa zona era baja; algunos edificios, diseminados en un radio de varios cientos de metros, habían sido reducidos a oscuros y deformes esqueletos de acero. Lo que veía era una zona devastada, más allá de lo que podía haber imaginado. Las antiguas calles parecían caminos, que bordeaban interminables hileras de ruinas; aquí y allá, columnas de cemento o ladrillo, por alguna extraña razón todavía en pie, flanqueaban montones de escombros, como patético testimonio de la destrucción provocada por los bombardeos. Alípio contempló fascinado, horrorizado y perplejo, algo que no olvidaría por mucho tiempo: los rostros de los niños; rostros alterados, cincelado en ellos el horror, y en cuyos ojos brillaba de forma constante el miedo. Los adultos, tanto hombres como mujeres, más allá de cierto fatigado temor, mostraban una expresión impregnada de apatía. Al ver que los recién llegados eran militares de su propio país, parecieron animarse y llegaron con más resolución. Algunos, notando en Johannes un ministro religioso, vinieron hasta él, se arrodillaron y suplicaron su bendición sin importarles la religión específica que el anciano representara. Alípio vio reiterarse la escena que contemplara asombrado la mañana del día anterior, en el monasterio. El anciano puso sus manos sobre las cabezas de hombres, mujeres, niños y viejos, al tiempo que susurraba palabras de aliento y bendición, que pretendían ser reconfortantes; su rostro, ensombrecido por la angustia, exhibía una forzada sonrisa de ánimo. El joven novicio notó el vocabulario y la forma de hablar de aquella gente; no era la ruda y tosca jerigonza de los campesinos de Anatolia. Esta era gente de ciudad, y probablemente muchos de ellos gozaban de una buena posición social y económica antes de que la guerra los convirtiera en indigentes refugiados entre los vestigios de una sociedad otrora próspera.

Los soldados de Ayci descargaron los vehículos de la barcaza; luego, ayudaron al pescador a hacerse nuevamente a la mar. Johannes el Venerable se acercó a la orilla y, saludándole con la mano en alto, le dio su última bendición. El pescador agradeció vivamente al anciano, encendió el motor y luego prorrumpió en una incontenible catarata de imprecaciones e insultos, adornados con inauditas obscenidades, contra los soldados. El anciano volvió la mirada ansiosa hacia el mayor Ayci, pero vio que este solo sonreía.

—Alguna válvula de escape debe tener el pobre hombre. Dejémosle en paz.

Al mirar nuevamente al pescador, su bote se perdía ya lejos.

El grupo avanzó con lentitud hacia el norte por una avenida profusamente regada de piedras y fragmentos de madera, metal y vidrio, seguidos silenciosamente por la gente. Doscientos metros tierra adentro, una calle relativamente despejada torcía hacia el noreste. Seiscientos metros en esa dirección pudieron ver una edificación majestuosa. Alípio señaló, en mudo gesto de interrogación. Johannes miró y dijo, con voz neutra:

—La mezquita de Sultanahmet.

—¿No tiene seis minaretes? —preguntó Artaga.

—Mi coronel, imagine lo que pasó con los dos que faltan —murmuró Ayci con amargura.

La mezquita Azul revelaba, además de la ausencia de dos de sus seis minaretes, extensos daños en la fachada, y numerosos agujeros en la cúpula; pero seguía en pie. A falta de mejor orientación, tomaron esa calle. Avanzaron menos de medio kilómetro y llegaron a una amplia zona abierta de cerca de ciento cincuenta metros de lado. Al centro quedaba la calle. Todo alrededor se veía una desolación ruinosa que encogía el corazón; allí no quedaba nada en pie.

7

UNA TIENDA DE CAMPAÑA, LEVANTADA A LA DERECHA DE LA calle, era la única estructura visible. Se erguía entre grandes y profundos agujeros, algunos de varios metros de ancho. Los soldados comentaban el hecho, muy llamativo para ellos, de haber desembarcado sin ser interceptados en ningún momento por tropas del ejército turco. En comparación, cada centímetro cuadrado de la península de Anatolia estaba vigilado por las fuerzas armadas de Turquía. Quizás, dijo el sargento Saracoglu, ya habían sido vistos e identificados, y los vigilaban a distancia, para ver cuáles eran sus intenciones. O tal vez, terció el mayor Ayci, ya todos habían huido de Estambul, dejando a la población civil abandonada a su suerte. El carro blindado y el *humvee* estacionaron cerca de la tienda de campaña. Esta era grande, con una capacidad para quince o veinte personas y, sobre su puerta y costados tenía pintadas, en caracteres enormes y visibles, una cruz roja y una media luna roja. Cuando se acercaron a la tienda, salió una mujer joven, muy delgada, con un cutis que se antojaba delicado, pelo castaño y ojos negros, brillantes y hermosos. Lucía sucia y cansada, y tenía el rostro manchado de polvo y sudor; pero mantenía sus labios de un rojo encendido y conservaba una belleza que evocaba la de una modelo o actriz. Iba vestida de casaca y pantalones verdes de lona, y calzaba zapatos deportivos blancos, muy manchados; llevaba encima una bata blanca, que le llegaba a las rodillas.

—Buenas tardes —dijo con naturalidad, y sin inmutarse por la presencia de los soldados—. ¿Qué clase de ayuda traen? Miren a toda esta gente. Necesitamos alimentos y agua. Además, se me terminó la sangre, y queda poco suero, y casi nada de morfina.

—Perdón —la interrumpió Ayci— pero, ¿quién es usted?

La mujer le miró con su rostro de niña, y Ayci se sintió impresionado por su enérgica expresión.

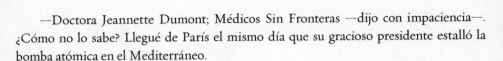

—Doctora Jeannette Dumont; Médicos Sin Fronteras —dijo con impaciencia—. ¿Cómo no lo sabe? Llegué de París el mismo día que su gracioso presidente estalló la bomba atómica en el Mediterráneo.

—Disculpe, doctora —contestó Ayci con respeto—. Acabamos de llegar de Anatolia, y sabemos muy poco acerca de la situación en Estambul.

—¿Quiere decir que ustedes no son los que traen las provisiones y los insumos médicos? ¿Cómo es posible? ¿Y qué hace un coronel de Naciones Unidas con ustedes, entonces?

—Lamento su frustración, doctora —dijo Artaga— pero temo que mi misión aquí es otra.

—Doctora —tornó Ayci—, tenemos algunos alimentos en el carro blindado. Son para la patrulla, pero podríamos repartirlos a esta gente. Nosotros conseguiremos provisiones cuando tomemos contacto con nuestro ejército aquí.

La doctora lanzó una risita y replicó:

—Le agradezco, mayor. Usted parece una buena persona. Pero no espere que le resulte fácil contactarse con su ejército. Les vino un deseo irresistible de visitar Anatolia, y emigraron en masa; solo quedan los que disparan los misiles, pero esos están bien a salvo en los búnkeres.

Ayci se sintió un poco ofendido por la evidente insinuación de la doctora, y replicó:

—Hable usted, una francesa que viene aquí a hacer de heroína, realizando ayuda humanitaria a favor del pueblo turco, mientras su gobierno envía su fuerza aérea para atacar Estambul.

—¿Y qué culpa tengo yo de las decisiones que tomen en París esos cerdos socialistas? Además, yo estoy aquí, y arriesgo mi pellejo para ayudar al pueblo turco. ¿O no?

Ayci no supo qué contestar.

Entonces habló Johannes:

—Doctora, disculpe la interrupción. Hace mucho que no vengo a Estambul, y en este momento no creo poder reconocer nada. Debemos ubicar a un arqueólogo de Santa Sofía.

Se volvió hacia Alípio:

—¿Sabes su domicilio?

—Sí, por supuesto —replicó Alípio, animado—. Mi hermano vive cerca de la mezquita Azul, sobre la calle Ayasofya, en un edificio de apartamentos de cinco pisos, exactamente frente al Garden House Hotel.

La doctora miró al novicio con el ceño fruncido:

—¿Tu hermano?

—Sí... —musitó Alípio, expectante.

—Esa es Ayasofya Cad —la mujer se pasó la lengua por los labios; su ceño seguía fruncido cuando continuó—: Y estamos parados en los terrenos que ocupaba el Garden House Hotel, antes de ser destruido en un bombardeo, hace cinco días.

Al oír esto, Alípio se dió vuelta convulsivamente, para mirar.

—Esta madrugada —susurró la doctora— dos misiles impactaron allí, en forma casi simultánea. Yo estaba hundida en aquel agujero de allá, como siempre. Pasamos toda la mañana entre los escombros, pero no encontramos sobrevivientes. Solo rescatamos cadáveres. Los bastardos de la OTAN aniquilaron setenta y tres civiles, en ese condominio; había muchos niños —sacudió la cabeza y concluyó—: Lo lamento.

Johannes el Venerable miró, en un horrible silencio.

Tras oír a la doctora, Alípio corrió hasta el lugar, distante unos veinticinco metros. Era una extensión grande que bordeaba la calle, detrás de un amplio jardín, ahora calcinado. El montón de escombros en que había sido convertido el edificio por los misiles era formidable. El centro, más hundido que la periferia, parecía un punto radiante del que salían en todas direcciones conglomerados de vigas de madera carbonizada y acero renegrido que apuntaban al cielo; paredes partidas, recorridas por peligrosas fracturas, y millones de fragmentos de piedra y tejas quemadas se esparcían por todas partes. Todo estaba cubierto de una fina película de hollín y polvo que ninguna brisa agitaba, intensificando así la impresión de muerte definitiva de la destruida edificación.

Este parecía ser el destino final de un peligroso viaje, iniciado treinta y seis horas antes junto a las ruinas de Éfeso. Si el hermano de Alípio había tenido consigo la vasija en el momento del ataque, hecho poco probable pero no imposible, significaba la pérdida de un tesoro arqueológico que Johannes consideraba suyo, pero que también, pensaba él, pertenecía a la humanidad. Un tesoro arqueológico que podría haber enriquecido, más allá de lo sospechado, el patrimonio espiritual de la raza humana. Si la vasija contenía un documento cristiano del primer siglo, tal vez un manuscrito del evangelio escrito de puño y letra del apóstol San Juan, el valor de la pieza para la fe individual y colectiva, dentro y fuera del cristianismo, era incalculable, y su pérdida, una auténtica tragedia. Johannes el Venerable sintió una insoportable desazón, y un momentáneo rapto de ira contra sí mismo, por haber entregado tan invalorable tesoro a un novicio joven e inmaduro, si bien talentoso y prometedor. Recordó luego que, como él mismo le había dicho al muchacho, lo había hecho a sabiendas de lo que Alípio haría: enviarla al Museo de Santa Sofía en Estambul. El problema era, como siempre había sido a lo largo de la historia accidentada de esa raza maldita, la guerra. La guerra que destruía no solamente la vida, sino también el alma, la fe, la caridad y absolutamente todo lo bueno, lo positivo o lo favorable que el espíritu humano pudiera producir en sus mejores momentos de inspiración divina. Johannes el Venerable miró tristemente a Alípio, que sollozaba y daba voces, mientras iba de un lado a otro, frente al lugar donde había vivido su hermano los últimos tres años; tratando seguramente de ver su cadáver, sepultado bajo los escombros. Johannes maldijo la guerra; su corazón pidió perdón a Dios y maldijo otra vez la guerra. Y volvió a pedir perdón a Dios, porque sentía en su alma el impulso irrefrenable de maldecir a aquellos que hacían la guerra, a aquellos que daban las órdenes para desencadenar toda esa destrucción y a aquellos que las cumplían; estuvieran en el bando que fuere. Y era tan fuerte el ímpetu de maldecirles, que espantado llegó a creer que, de hacerlo, la maldición caería realmente sobre aquella gente. Volvió a mirar a Alípio, y el impulso paternal de auxiliar espiritualmente a aquel muchacho en su desesperación fue el mejor antídoto para ahogar el odio que, creía, estaba emergiendo con arrolladora violencia en su interior.

Y entonces, distantes y quejumbrosas, atronaron el aire las sirenas de alarma. Otro ataque aéreo se cernía sobre la desdichada Estambul.

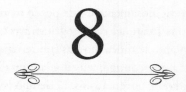

8

Johannes miró a su alrededor. Los civiles habían desaparecido en forma instantánea, seguramente hundidos en los protectores agujeros y huecos de la tierra. El conductor del carro blindado encendió el motor y, a una indicación de Ayci, embistió una casa muy dañada y aparentemente abandonada, la que cayó encima del vehículo y lo ocultó. Los soldados corrían a cubrirse. Artaga se acercó al anciano, mirando en todas direcciones, hasta que los vio. Johannes siguió su mirada.

Venían del noroeste. Era una multitud de puntos negros, como un enjambre de langostas, muy alto en el cielo. Emitían un zumbido apenas por encima del umbral de lo perceptible. Pero venían muy rápido; los aviones, moviéndose a velocidad de ataque, en breves momentos estarían sobre ellos. Desde el horizonte occidental de la ciudad comenzaron a elevarse grandes bolas de fuego, que se perdieron en dirección a la nube de puntos negros. Se oían detonaciones retumbantes y continuas, provenientes de las plataformas de disparo de misiles y de los emplazamientos de la artillería antiaérea. La nube de puntos comenzó entonces a dispersarse; desde miles de metros de altura empezaron a regar su arsenal de muerte sobre la ciudad. Artaga tomó del brazo al anciano y lo apremió:

—Vamos, Johannes; tenemos que protegernos.

Miró hacia la calle y gritó:

—¡Alípio, ocúltate!

Juntos corren hasta el borde de un enorme hoyo, abierto por alguna bomba. El coronel Artaga salta al primer saliente, y la mitad de su cuerpo queda bajo el nivel del suelo. Entonces se da cuenta de que el anciano ha corrido en dirección contraria. Se vuelve y ve una escena alarmante. El novicio, que regresaba dando tumbos, se ha quedado de pie, como petrificado, contemplando el destruido edificio que fuera morada de su hermano. Está a cinco metros escasos del *humvee* del ejército turco, abandonado y totalmente expuesto. Artaga sabe perfectamente que es imposible que ese vehículo, un objetivo evidente para los pilotos de la OTAN, pase por alto a las cámaras rastreadoras de los aviones, guiadas satelitalmente. Levanta los ojos, y ve venir el misil. Es como una bola de fuego, que trae un punto negro en el centro; como un ojo negro y maligno. Cae vertiginosamente desde por lo menos dos mil metros de altura. Artaga cree soñar. Mientras Johannes corre y grita advertencias a Alípio, él comprende que el joven, ajeno a cuanto le rodea, no buscará refugio. Johannes sigue corriendo, con un vigor y una agilidad que contradicen su edad; una edad indescifrable, pero que Artaga estima en alrededor de noventa años. El tiempo parece hacerse más lento. Todo alrededor, Estambul es un infierno de explosiones e incendios, pero por un prolongado instante, Artaga cree escuchar el silencio de la eternidad. Ve de pronto que el suelo comienza a ascender; no sabrá sino hasta después que Ayci se había erguido para meterlo dentro del hoyo. El tiempo se hace cada vez más lento; en un estado mental cercano a la locura, el teniente coronel Artaga cree ver que Johannes corre más rápido de lo que vuela el misil. Contempla la llegada del temible artefacto de destrucción, detenido casi horizontalmente frente al *humvee*; aprecia su forma de cohete, el fulgor de su escape que ya se extingue, la cónica nube de gases, difuminada hacia las alturas. Escucha el rugido bitonal y estridente que perfora los tímpanos. Johannes el Venerable llega en ese instante junto a Alípio, y abre los brazos para cubrirlo, para interponerse entre el novicio y el lugar donde estallará el misil. Transportado de horror y asombro, Artaga cree ver que el anciano, en lugar de brazos, abre enormes alas, y envuelve al muchacho en un abrazo protector, como un águila que cubre a sus polluelos. Cuando sus ojos pasan el nivel del suelo, el misil impacta en el vehículo, y una furiosa bola de fuego de treinta metros de diámetro destruye todo lo que hay dentro de su radio de alcance.

La mano de Dios

I

EL RAID AÉREO DURÓ DIEZ MINUTOS COMPLETOS. EL CORONEL ARTAGA, largamente acostumbrado a estar metido en un agujero, el rostro contra el suelo y la cabeza escondida entre sus brazos, no dejó de experimentar una tensión rayana en lo intolerable, y en su interior imploró ayuda a Dios, como tantas otras veces. De pronto, vino el silencio; tras la última explosión, un zumbido peculiar se alejó en dirección suroeste, hacia el estrecho de los Dardanelos. Desde el oeste se oyeron algunos estampidos más; luego, una calma total. Tras unos instantes, el silencio fue rasgado por un extraño sonido agudo, bajo, distante y débil. Artaga hizo denodados esfuerzos por serenarse y recuperar lo más rápidamente posible el dominio de sí mismo; miró a Ayci y vio en su rostro similar lucha interna. Poco a poco se incorporaron, sin asomar aún la cabeza fuera del hoyo protector. Con espanto, Artaga reconoció el sonido quejumbroso que siguiera al bombardeo. Era llanto, llanto de niños; de muchos niños, hundidos en otros agujeros, cercanos o lejanos, para refugiarse de la bestial orgía de destrucción caída desde el cielo. Niños tal vez heridos, o mutilados; niños que quizás lloraban sentados, mientras sacudían la mano de una madre muerta. Artaga volvió a mirar a Ayci; el rostro del turco era inexpresivo cuando dijo:

—Lo siento, coronel. Lo siento mucho.

Entonces, Artaga recordó. ¡Johannes! ¡Alípio, de pie a cinco metros del vehículo militar!

—¡Cuidado! —exclamó Ayci, al ver que Artaga se incorporaba demasiado impulsivamente; con una mano en el brazo del coronel, ambos asomaron la cabeza fuera del hoyo.

Millones de fragmentos de piedra, metal y otros materiales se habían agregado a los ya esparcidos por todas partes, producto de ataques anteriores. En ocho puntos de los alrededores ardían incendios de diferente magnitud. El aire estaba saturado de humo y cenizas arremolinadas. Una descomunal nube de polvo ocupaba el lugar donde, hasta quince minutos antes, se erguía la mezquita Azul, y en su interior un formidable incendio desprendía gruesas volutas de humo. Más allá se veía Santa Sofía, parcialmente desmoronada y humeante.

Todo parecía más oscuro, hasta las nubes del borrascoso cielo. Veinte metros a la derecha emergió de otro agujero una cabeza esbelta, cuyos cabellos castaños, ahora sueltos, caían desordenadamente sobre los hombros. Quince metros hacia el otro lado, un grupo de escombros tembló; rugió un motor, los escombros saltaron, y debajo emergió el carro blindado. Al verlo, Artaga recordó nuevamente el *humvee* destruido; lo buscó con la mirada, solo para comprobar que no había quedado ni un punto de referencia. El precario hospital de campaña había desaparecido por completo, y del vehículo golpeado por el misil no se veía el más mínimo resto; tan solo manchones negros sobre el pavimento de la calle. Con terrible sobresalto, Artaga comprobó que unos de esos manchones no era tal, sino un bulto oscuro, inmóvil en el suelo. Entonces saltó fuera del hoyo y corrió al lugar. Al hacer eso llamó la atención de la doctora Dumont, que siguió su mirada y, al ver los cuerpos tendidos, salió también de su agujero, y corrió hacia allí.

2

Cuando Artaga llegaba junto a ellos, Johannes el Venerable se dio vuelta y quedó sentado en el suelo. Debajo estaba Alípio, con el rostro ennegrecido, los cabellos y la ropa chamuscados, pero vivo e ileso. Artaga se detuvo estupefacto; la doctora Dumont, más expedita, de inmediato se arrodilló junto a Johannes para examinarlo.

—Doctora, atienda al muchacho. Yo estoy bien.

—Deje que yo decida eso, reverendo.

—Lo siento, doctora; le digo que atienda a Alípio. Yo soy viejo, no tengo necesidad de reciclaje; soy descartable.

Y la apartó con cortés firmeza.

—Muy bien —respondió la doctora algo molesta, y atendió al joven.

—Venerable amigo —susurró Artaga—. Ese misil desintegró todo en quince metros a la redonda. Ustedes dos no pueden estar vivos. Es imposible sobrevivir a esa destrucción.

—Pero lo estamos, ¿no? Por lo tanto, indudablemente Dios está de nuestro lado.

—Es un milagro —dijo Artaga, azorado.

—Es la mano de Dios que nos ha cubierto, coronel, y te ha permitido verlo.

Johannes sonrió.

—Es una interesante muestra de benevolencia. Deberías creer que Cristo está interesado en ti, así como en todos los demás aquí presentes.

Artaga sonrió.

—No pierdes oportunidad de hacer propaganda —dijo—. Pero no puedo dejar de creerte, por lo menos esta vez. Creí que te había perdido, amigo; y ahí estás, como si solo hubiera estallado un petardo.

Johannes se encogió de hombros y miró en dirección a Alípio. La doctora Dumont se quitó el estetoscopio, miró al viejo y preguntó:

—Reverendo, ¿de qué están hechos los sacerdotes cristianos en Turquía?

—Ah, hija mía, somos de una aleación muy dura; pero por dentro estamos llenos de la ternura de Cristo.

—Es usted un viejecito muy simpático, reverendo, si me disculpa —replicó sonriendo la doctora; se incorporó, miró hacia donde había estado la tienda y exclamó en un lamento—: Mi hospital de campaña. ¡Mire! No ha quedado nada.

—¿Tenía usted a alguien ahí dentro? —preguntó el anciano—. ¿Personal a su cargo... o pacientes?

—No, reverendo; trabajaba sola, y no tenía personas hospitalizadas en este momento. Pero en medio de este caos, era *mi* hospital, y estaba haciendo que funcionara. Además, era también mi vivienda, y cuando una vive cada día con la intensidad con que cada día se vive en una guerra, la morada de una semana es casi un hogar. Mi hospital de campaña resistió una semana, desde el inicio de la guerra, y no hubo un solo piloto de la OTAN que no lo respetara, hasta que un estúpido militar turco estacionó a su lado un vehículo del ejército.

El mayor Ayci, que estaba allí cerca escuchando, exclamó con expresión dolida:

—Que falta de consideración.

Se volvió hacia el sargento Saracoglu e inquirió:

—¿Me equivoco o el misil que nos cayó encima llevaba escrito *Made in France?*

—¡Mayor, váyase al infierno! —exclamó enojada la doctora Dumont, y se fue de allí.

Con una sonrisa divertida, Ayci se volvió a Johannes y le dijo:

—*Monseñor*, estoy de acuerdo con el coronel; esto es un maldito milagro. ¿Cómo lo hizo?

—Hijo mío, yo no hago milagros. A nuestro Señor Jesucristo le plació mantenerme entre ustedes por algún tiempo más. Y otra cosa, los milagros de Dios nunca son malditos.

—Lo siento, *monseñor* —dijo Ayci.

Los tres miraron en derredor. Los civiles habían salido de sus escondites y vagaban por el lugar; congregados en el sitio donde había estado el hospital de campaña, uno de ellos les arengaba. Artaga se volvió hacia el viejo y preguntó:

—¿Qué dice? No entiendo el dialecto que utiliza.

Quién respondió fue el mayor Ayci:

—Este grupo se mantenía aquí por la presencia del hospital y la doctora. Era un punto de atención médica, y reparto de alimentos y agua. Ahora que fue destruido, el líder exhorta al grupo a emigrar hacia el norte, fuera de Estambul, pero algunos están renuentes.

—Quizás esta gente tenía sus hogares por estos alrededores. Es difícil abandonar el propio lugar.

Johannes suspiró y agregó:

—Es una dura experiencia que conocí reiteradamente en mi larga vida.

—Yo también sé lo que se siente, *monseñor* —dijo Ayci—. Es difícil desprenderse de un lugar querido.

—Sí —agregó Artaga—, también yo he pasado por esa experiencia.

Mientras Johannes miraba con ojos vidriosos a los habitantes, algunos de los cuales ya iniciaban su éxodo hacia el norte en busca de otros campos de refugio, un chasquido hizo volverse a Ayci. El mayor miró en esa dirección; la doctora Dumont hacía señas hacia la otra punta de la calle, cerca de los restos de la mezquita Azul. Allá había un hombre joven, flacucho y desgarbado, vestido con pantalones de lona, zapatos deportivos y una camisa a cuadros de colores chillones. Llevaba el cabello rubio recogido en una larga cola, y enfocaba con una pequeña cámara de televisión a una joven morena de no más de treinta años, vestida de ropas negras y borceguíes, que usaba el cabello recogido en un moño. Contrastaban con la austeridad de su aspecto dos enormes y resplandecientes zarcillos, pendientes de sus pequeñas orejas. La joven llevaba colocado un micrófono con auricular y hablaba animadamente. Evidentemente, eran periodistas de alguna cadena televisiva, que cumplían su admirable y valiente labor en una ciudad devastada por la guerra. El grupo se dirigió hacia allí y Alípio, al ver que Johannes iba con los dos militares, se le unió. El anciano lo miró.

—¿Cómo te sientes?

El muchacho parecía haber regresado de su momentáneo extravío en el bosque de la desesperación. El bombardeo de Estambul, peor que el ataque y desembarco en las playas de Éfeso, y la cercana explosión del misil, le habían hecho volver en sí; estaba tranquilo, como resignado. Alípio entendía que no estaría vivo a no ser por Johannes, que ofreció su cuerpo para protegerlo de la destrucción; pero también entendía que era imposible que Johannes sobreviviera a esa explosión. Sabía asimismo que, aunque Johannes hubiera muerto, aún cubierto por el cadáver del viejo, no habría logrado escapar a la furiosa y descomunal onda expansiva, que debería haberlos destrozado y barrido como hojarasca, matándole también a él. Mientras la doctora lo examinaba, sentado en el suelo allí donde el anciano había caído sobre él para cubrirlo, observó a su alrededor, mudo de espanto, los efectos de la explosión. Todo estaba desintegrado; aun las piedras y el polvo habían desaparecido, lanzados a centenares de metros por la potencia del estallido. El mismo suelo estaba completamente quemado.

Alípio miró al anciano y sonrió, pero no contestó. No comprendía a Johannes; lo amaba como a un padre y consejero espiritual, pero no lo comprendía. Y ahora, además, le temía. Con el mismo temor con que aquellos discípulos, luego que Jesús de Nazaret calmó la tormenta, decían entre sí: «¿Quién es este hombre, que aun los vientos y el mar le obedecen?» Alípio se preguntaba cómo podía haber resistido ese anciano, en apariencia tan débil, la fuerza de una explosión que desintegró un carro militar de combate.

La mano de Dios, había dicho Johannes. Un milagro, imposible pero verdadero, pues él había estado en el centro del mismo. Alípio se sintió avergonzado. Él, un novicio, alguien que estaba preparándose para ser ministro de Dios, un profesional de la religión, no lograba vencer la incredulidad ante lo que constituía la única explicación posible para el hecho imposible de seguir vivo. El joven novicio sabía bien que Johannes y él no podrían estar con vida, salvo por obra de Alguien superior que así lo había dispuesto, poniendo su invisible y poderosa mano para guardarlos de la descomunal destrucción provocada por el misil; con facilidad, y acaso con indiferencia ante la futilidad de las armas humanas, emblemáticas de un poder insignificante ante su majestuosa potencia. Y le costaba creerlo. Por eso, experimentaba la desazón de la vergüenza y la inquietud de la culpa.

—Es más fácil oír de milagros que creer, cuando los vemos —dijo Johannes el Venerable con voz apacible—. La primera vez que vi un milagro tuve durante varios días una lucha interior contra la incredulidad y la suspicacia.

Alípio le observó admirado. Sintió que junto al asombro, crecía su confianza y veneración por aquel misterioso anciano; y decrecía el temor. Era el Johannes de siempre, enigmático como un fenómeno sobrenatural, pero dulce como un padre que enseña con amor a su hijo pequeño.

—Venerable padre, no preguntaré cómo es que sabe en qué estoy pensando, porque su intuición es proverbial. Cuénteme, por favor, cuándo presenció por primera vez un milagro de Dios.

Johannes el Venerable entrecerró los ojos.

—Fue hace... —suspiró— ...hace tanto.

Una imagen vaga y difusa le asalta de súbito, de esas que aparecen de tanto en tanto, cuando intenta recordar los sucesos de una vida muy larga, atiborrada de experiencias. Unas tinajas de piedra llenas de agua van definiéndose con rapidez; pero al aclararse los contornos y detalles de la escena, el agua cristalina se ha oscurecido, y toma el color rojo oscuro del vino.

—Mira, venerable amigo —escucha la voz de Artaga, que nuevamente rompe el ensueño.

3

Llegaban ya junto a la reportera y el camarógrafo que la acompañaba. Un poco más allá había un automóvil Lada modelo 2017, partido por la mitad y totalmente carbonizado. Solo alcanzaron a escuchar el final de la nota de la joven:

«...Rosanna Coleman, CNN, Estambul».

Concluida la transmisión, la reportera se quitó el auricular, giró en forma furibunda hacia el grupo y dijo:

—Creí que interrumpirían mi nota. ¿Qué pretenden al venir de esa forma hacia nosotros? Porque les advierto algo: esta cámara tiene una antena de alto poder de emisión, conectada por satélite a nuestra central en Atlanta. Si intentan algo contra nosotros, serán vistos en simultáneo por todo el planeta.

—Caramba —murmuró Ayci—, otra mujer joven con los nervios alterados.

—Así parece —contestó Artaga.

—No sé si está de acuerdo, coronel, pero creo que esta guerra está devastando la psiquis femenina.

—Estoy de acuerdo, mayor.

El camarógrafo volvió el rostro y rió en silencio. Con el ceño fruncido, la reportera agregó:

—Perdón, señores, pero ¿es que están burlándose de mí?

El camarógrafo, un jovenzuelo de apenas veinte años, se adelantó con la mano extendida.

—Myron Spencer Davis, trabajando para CNN; mucho gusto.

Estrecharon sus manos, mientras se presentaban.

—Teniente Coronel Fernando Artaga, ejército de Uruguay, al servicio de Naciones Unidas.

—Mayor Kadir Ayci, ejército de Turquía.

Johannes el Venerable se adelantó y saludó, también con naturalidad. El joven pareció sorprendido, si bien tendió la mano.

—Oh —dijo—, usted es un *pope*.

—Johannes de San Ulrico —replicó el anciano con una sonrisa—. Este es mi discípulo Alípio, novicio del monasterio de San Ulrico. Señorita, lamentamos que nuestra forma de acercarnos la haya sobresaltado.

—No, padre, disculpe —contestó la joven muy apenada.

El cutis oscuro, suave y terso de su rostro pareció encenderse:

—Es que, mirando de reojo, vi primero a los militares y... comprenda usted... en medio de esta guerra...

—Comprendo perfectamente —dijo Johannes con voz serena.

—Johannes de San Ulrico —repitió el camarógrafo—. Aun en medio de la locura de esta guerra, creo haber escuchado algo de usted y de ese... ¿Qué es? ¿Una parroquia? ¿Está aquí en Estambul?

—Como acabo de decir, es un monasterio.

—Es una casa conventual de ochocientos años de antigüedad —terció Artaga—. Está en el suroeste de la península de Anatolia, junto a las ruinas de Éfeso. Johannes fue abad allí y ahora es maestro, guía y consejero espiritual. Y el apelativo completo con que es conocido es Johannes el Venerable.

—¿Venerable? —el joven pareció interesado—. ¿El Vaticano avala esa dignidad eclesiástica?

Johannes miró a Artaga, sonrió ampliamente y preguntó:

—¿Qué edad tienes, hijo?

—Veintidós años, señor.

—Eres muy joven para estar aquí como camarógrafo de CNN.

—Pues verá, padre —explicó el muchacho—. Soy estudiante del Instituto Tecnológico de Massachusetts. De hecho, yo soy quien diseñó esta cámara.

Levantó la mano donde la tenía para mostrarla; el aparato era un poco mayor que su puño.

—La novedad es que lo que yo capté con mi lente aquí, lo ven al instante en Atlanta, sin necesidad de estaciones retransmisoras. Incluso, si fuera necesario, podría prescindir del satélite.

—Entonces, la señorita reportera no alardeaba —dijo Artaga mirándola; la joven enrojeció otra vez, pero antes que contestara, el muchacho estaba hablando de nuevo—: No. De hecho, la ofrecí a CNN; esta guerra era la oportunidad para probarla. Pero la vieja guardia de la cadena está un poco sedimentada; engordada por la comodidad, no sé si me entienden. No es fácil encontrar a alguien que venga a arriesgar el pellejo en una guerra brutal como esta. Así que, para probar mi cámara, tuve que venir yo mismo. Oiga, tampoco soy un camarógrafo aficionado; desde niño me dediqué a técnicas de imagen. Y

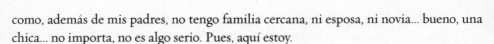

como, además de mis padres, no tengo familia cercana, ni esposa, ni novia... bueno, una chica... no importa, no es algo serio. Pues, aquí estoy.

—Muy bien, Myron —dijo Johannes; y la conversación pareció llegar a un punto muerto durante un momento, hasta que la reportera habló—: ¿Y ustedes qué hacen aquí? Hace por lo menos veinticuatro horas que no vemos soldados turcos en Estambul. Y de Naciones Unidas, no vimos a nadie en ningún momento; creímos que habían olvidado a Turquía.

—Llegamos hace un par de horas desde el sector asiático —dijo el mayor Ayci; con gesto preocupado agregó—: Usted es la segunda persona en decirme que no es posible ubicar al ejército turco en Estambul.

—Por supuesto —replicó la reportera—. El ejército desapareció luego que Seliakán, su estado mayor y todos los miembros del gabinete se fueron hacia Ankara.

—¿Cómo dijo?

Ayci se transformó de súbito y la muchacha retrocedió asustada.

—Tranquilo, mayor —le contuvo Artaga.

Miró a la reportera y dijo:

—Señorita, ¿está usted segura de eso?

—Sí, lo estoy. Ayer en la mañana Seliakán abandonó Estambul. Incluso antes de que sus opositores políticos fueran ejecutados. Luego, la mayor parte de las fuerzas armadas se retiró. Se rumorea que dejaron el sector europeo de Turquía a merced de la OTAN, y que se acuartelaron en Anatolia, donde continúan preparándose para resistir la invasión.

—Rosanna —intervino Johannes—. ¿Puedo llamarla por su nombre? Gracias. Rosanna, ¿está la OTAN al tanto de esta información?

—Nosotros la confirmamos ayer, pasado el mediodía. Y francamente, no creo que la OTAN dependa de nosotros para obtener su información.

—Entonces —se preguntó Artaga—, ¿por qué atacaron hoy Estambul, otra vez? ¿Para qué?

—¿Por qué atacaron hoy? —intervino Myron el camarógrafo—. Desde que Seliakán salió de Estambul, ayer en la mañana, ha habido seis bombardeos más.

—Así es —confirmó la reportera—. La OTAN ha proseguido con la destrucción sistemática de este lugar. Estambul prácticamente ha dejado de existir como ciudad. Creo, incluso, que cuando la guerra termine, la cantidad de escombros, los daños al suelo, las bombas no detonadas, regadas por toda la ciudad, y la destrucción de toda la infraestructura de distribución de energía eléctrica, gas por cañería y agua potable, harán virtualmente imposible que Estambul sea reedificada para ser habitada de nuevo.

—Pero, ¿por qué? —insistió en preguntar Artaga—. ¿Por qué proseguir hasta la devastación total?

Quedaron un momento en silencio. Luego, sin dirigirse a nadie en particular, Alípio dijo en un susurro:

—Y todo Israel oirá y temerá.

4

Johannes miró a Alípio y asintió.

—Comprendo lo que quieres decir, hijo —observó a los demás y explicó—: Alípio acaba de citar una expresión del Antiguo Testamento. El castigo radical y extremo se transforma en un escarmiento para el resto. La OTAN está mostrando a Seliakán lo que puede pasarle a toda Turquía, si no depone su actitud.

Ayci, con el rostro profundamente demudado vino hasta ellos y dijo:

—Tiene razón, *monseñor*. Debemos detener esto; yo debo detenerlo. Parto ya mismo rumbo a Ankara.

Johannes asintió; miró el suelo y luego contempló los alrededores, ya vacíos de civiles. Quedaba solo el carro blindado, con los soldados que aguardaban y la doctora sentada encima del vehículo. Miró al mayor a los ojos, con comprensión, si bien no con aprobación.

—Sí, lo sé *monseñor* —murmuró Ayci—. Pero debe hacerse, y lo haré.

—Aquí se separan nuestros caminos, entonces.

—Sí.

Se estrecharon las manos.

—Ah —Myron tosió y dijo—: ¿Su reunión había sido ocasional, entonces?

—Así es. Mi discípulo y yo veníamos al Museo de Santa Sofía, y el coronel nos acompaña. El hermano de Alípio era jefe de departamento en el Museo; necesitábamos verlo.

—Pues entonces —Myron sonrió— creo que sus caminos no se separan aún. Todo el personal del museo evacuó ayer la ciudad.

—¿Cómo?

—Es verdad —dijo la reportera—. Nosotros entrevistamos al director del museo, el profesor Tayyar Yesil, y a algunas de sus principales autoridades, la noche anterior. Recuerdo que uno de ellos, el doctor Osman Hamid, estaba particularmente preocupado por preservar una pieza arqueológica, recientemente llegada desde Anatolia. No dijo más al respecto.

Con lágrimas en los ojos, Alípio se acercó a la reportera y dijo:

—¿Usted... usted vio a mi hermano? ¿Él está bien?

—¿Su hermano? —murmuró ella; luego, al reparar en el rostro contraído de angustia del joven, dijo—: Yo... yo solo sé que partió hacia Ankara.

Johannes pasó un brazo sobre los hombros del joven y dijo:

—Eso es suficiente, Alípio. Al menos sabemos que tu hermano no está bajo aquellos escombros.

—¿Iremos a Ankara, venerable padre?

—Iremos a Ankara.

El anciano miró a Artaga, que sonreía de pie allí cerca, y le dijo:

—Te pedí que nos trajeras a Estambul, y cumpliste. No quiero que te sientas obligado a venir con nosotros también a Ankara. Te libero, mi buen amigo; tienes ahora una oportunidad para salir de Turquía, y escapar de esta guerra demente.

Sin dejar de sonreír, pero con un teatral gesto de ofensa, Artaga contestó:

—Johannes, tú me conoces, ¿verdad?

—Sí que te conozco.

—Entonces, ya sabes cuál es mi respuesta.

—Por supuesto que lo sé. Pero debía cumplir con la formalidad.

Y volviéndose a Ayci, dijo:

—Bien, mayor. Espero que tenga espacio para tres pasajeros más.

—Por supuesto, *monseñor*. Me place que venga con nosotros.

—Oiga, jefe —dijo Myron—. ¿Pueden ser cinco los pasajeros? Mire —señaló el auto destruido— este bombardeo finalmente nos dejó a pie. Además, Estambul ya no ofrece nada para nosotros. ¿No es así, Rosanna?

—Es verdad. Hasta donde sabemos, aún no hay reporteros de CNN en Ankara. Es difícil entrar en Asia Menor, pues está rodeada de enemigos. El único punto de entrada es a través de Irán, que no adoptó una neutralidad beligerante como la de Armenia y Georgia, y no ha fortificado la frontera. Creo, incluso, que el régimen de Teherán manifestó ciertas simpatías con la posición turca. Pero eso no importa ahora, si podemos cruzar desde aquí.

—Podemos —dijo Ayci decidido— si ustedes se atreven. Hay un aeródromo civil, situado al oeste de Estambul. Seguramente encontraremos una avioneta con la que cruzar hacia el sector asiático.

—¿Otro pescador de Anatolia, mayor?

—No, *monseñor*. El aeródromo pertenece a mi familia, y yo mismo puedo pilotar la avioneta.

—De acuerdo, entonces.

—Vamos —dijo Ayci; se volvió hacia donde esperaban sus hombres, y entonces vio algo que le hizo exclamar—: ¡Oiga!

Corrió hacia el blindado, seguido por los demás.

Allí, cómodamente instalada sobre el techo del vehículo, estaba la doctora Dumont.

—¿Adónde cree que va? —aulló Ayci.

—Con ustedes, por supuesto.

—¡Está loca!

—No, señor; loca estaría si me quedara aquí. Mire a su alrededor; mi hospital ha desaparecido, la gente se ha ido. ¿Qué piensa que voy a quedarme haciendo en este lugar? Además, usted es responsable de la destrucción del hospital de campaña. Ahora deberá hacerse cargo de mí. ¿Tiene médico su pequeño pelotón? Ahora ya tiene uno. Mayor, me voy con ustedes.

—No sabe lo que dice. Nosotros vamos hacia Ankara. Es peligroso.

—Más peligroso es Estambul, bajo una lluvia de misiles que se repite cuatro veces al día, y yo hace una semana que estoy aquí. Ahora, por lo que tengo entendido, la guerra se muda para Ankara, de modo que seré necesaria allá.

La doctora miró a Ayci directo a los ojos y le espetó:

—¿Va a dejarme aquí arriba? ¿No me invitará a entrar a su blindado, para viajar sentada en forma civilizada?

Ayci suspiró, resignado.

La mano de Dios 2

I

En Ankara, durante un atardecer primaveral, un frío penetrante muerde la ciudad, oculta bajo un cielo encapotado. A la penumbra de la incipiente noche, las luces de la calle y los focos de los autos brillan sobre el pavimento, mojado por la lluvia de la tarde. Comienza a llover otra vez, y las primeras gotas retumban en el techo del vehículo. La comitiva, formada por tres autos negros, precedida por tres motos de la policía que abren paso, y seguida por dos patrullas, se desplaza rápidamente por el Bulevar Atatürk, hacia el norte. En el segundo auto, en el amplio espacio del asiento trasero, viajan un hombre y una mujer

El hombre, de cincuenta y siete años, coronel retirado del ejército y presidente de la república, mira breve y silenciosamente a la joven, sentada casi frente a él. La chica, muy joven, va vestida al estilo occidental, e incluso lleva una falda demasiado corta, para una Turquía otrora islámica. Sobre sus delicadas piernas descansa un maletín. La asistente personal del presidente de Turquía cruza una mirada con Seliakán; desvía los ojos de inmediato, y mira a su derecha, con el ceño fruncido por una expresión de angustia. Seliakán el Magnífico también desvía la mirada, indiferente tanto a los encantos de su casi adolescente secretaria, como a sus ansiedades. Tiene otras preocupaciones que atender.

La reunión privada con el embajador iraquí no ha sido más que una partida de ajedrez terminada en tablas. Irak, el último país en pronunciarse acerca del conflicto armado que ha transformado la cuenca del Mediterráneo oriental en un polvorín, no acepta ni un solo compromiso de cooperación con Turquía. Luego de la larga guerra con Irán, en la década de los ochenta del siglo veinte, y sobre todo tras enfrentarse en dos guerras con Estados Unidos, Irak ha aprendido a ser prudente. Y si bien no ha armado su frontera, en beligerante previsión de lo que a Turquía se le ocurra hacer en el oriente, continúa negándose rotundamente a mostrar la más mínima simpatía para con la causa turca. Incluso, el recelo crónico que después de aquella guerra quedó entre Bagdad y Teherán, ha determinado que los iraquíes afirmen su neutralidad ante el apoyo moral a Seliakán proclamado por los iraníes. Seliakán ríe sin humor y en silencio; casi con amargura. Si bien los iraníes se han llenado la boca, verbalizando su respaldo al avasallado pueblo turco, no han movido ni un dedo para ayudar a Turquía en el conflicto.

Seliakán piensa en eso, sin dejar de mirar la calle. Repentinamente, el Magnífico se crispa al ver surgir de entre la gente que transita por la acera a su derecha, a un adolescente de unos catorce o quince años. El chico extrae algo de un bolso que cuelga de su cintura, se abalanza sobre el segundo auto y lo arroja. Al verlo, el chofer hace una brusca maniobra hacia la izquierda, creando una momentánea confusión de frenadas y toques de bocina. Mientras una mancha de pintura blanca se extiende por las ventanillas, en el lado derecho del vehículo, Seliakán abre la otra puerta y ve siete u ocho individuos, pulcramente vestidos de traje y sobretodo oscuro, surgidos de los otros autos, que han capturado al chico, y manteniéndolo boca abajo en el piso, lo muelen a puntapiés, luego de esposarle las manos a la espalda. Mientras, el jovenzuelo no cesa de gritar:

—Abajo Seliakán. No a la guerra. Fuera el Magnífico...

—No le peguen más, imbéciles —truena Seliakán.

Los individuos miran a su presidente, un hombre de un metro noventa de estatura, corpulento y de recia voz de mando, y palidecen.

Seliakán continúa increpándoles:

—No arreglarán con golpes su falta de atención. Entréguenselo a la policía, y vuelvan a sus vehículos; nos vamos.

Dos policías uniformados llegan a la carrera y se llevan al chico hacia una de las patrullas. El Magnífico cierra la puerta del auto y da orden de reanudar la marcha. Luego, se dirige al hombre que viaja junto al chofer; con enojo a medias reprimido, dice:

—¿Y bien, Ibrahim? ¿Qué pasa con sus hombres? ¿Qué pasa con usted? ¿Dónde está ese gran entrenamiento, esa especialización en servicios de seguridad?

El aludido, que con el incidente se ha puesto tan blanco como la pintura que mancha las ventanillas, ahora se pone colorado y balbucea:

—Se...señor presidente, no es lo usual; un niño... con una bomba de pintura.

—¿Qué si hubiera sido una granada? Nos habría matado a todos. Anote esto en su libro de experiencias. Usted es el jefe de mi custodia personal; no me haga creer que se ha vuelto un inepto para la función.

El hombre calla, entreteniendo su vista en la calle por la que circulan. Ibrahim suspira inaudiblemente al ver que el presidente, al parecer, ha dado por concluido el asunto. Al cabo de unos momentos, viendo que la serenidad ha vuelto al rostro del número uno, se anima a hablar:

—El populacho está muy agitado. Saben lo de Estambul y les duele.

Seliakán mira a Ibrahim brevemente; luego, con los brazos cruzados, sigue contemplando el exterior. Dice:

—Aún no hemos hecho un comunicado oficial.

—Aún no hay un comunicado oficial —repite Ibrahim— pero lo saben. Estos piojosos saben que perdimos la Turquía europea, y ahora creen tener razón para protestar contra la guerra. Y eso pese a que, hace una semana, ellos mismos marchaban por las calles, gritando que aplastarían a los griegos y a los estadounidenses.

La jovencita resopla de pronto, y se sacude molesta en su asiento, sin mirar ni a Seliakán ni a Ibrahim. Esta vez, el Magnífico ni siquiera observa a su guardaespaldas al hablar.

—Tranquila, Samira —susurra a la joven.

Se mira la punta de los dedos y agrega, con acritud:

—Deje que yo me encargue de eso, Ibrahim. Usted encárguese de la seguridad.

2

SELIAKÁN YA NO HABLÓ, PERO PENSÓ INTENSAMENTE EL RESTO DEL viaje. Miró con atención las calles de Ankara y su gente. Odiaba Ankara y a Asia. Él era un turco europeo, nacido en la milenaria Estambul. Había soñado que Estambul volviera a ser la ciudad histórica y emblemática de una nueva Turquía, la capital de un grandioso imperio. Dos años atrás había trasladado la administración central de su gobierno a la legendaria ciudad de los emperadores bizantinos y los sultanes; eso lo hizo blanco de las críticas de ciertos opositores políticos. Opositores que, por supuesto, silenciaron dichas críticas rápidamente, en consideración a su propia salud. El traslado de la capital nacional a Estambul había sido celebrado con ceremonias, televisadas a todo el mundo, como el día del renacimiento de la gloria turca. Ahora, perdida la Turquía europea en manos de los griegos, y con Estambul arrasada hasta los cimientos, su regreso oficial a Ankara, en medio de una guerra rápida y desastrosa, tenía el color de una huida, y olía fuertemente a fracaso personal y nacional.

Seliakán había visto las cosas escritas en las calles de Ankara. Los muros de su palacio presidencial, la Torre del Futuro, construido antes del traslado de la capital a Estambul, no eran impermeables a los rumores del pueblo. Las irónicas alusiones a la «magnífica retirada del Magnífico», las burlonas insinuaciones sobre su frágil estado de salud mental, su delirio, al considerarse heredero de Solimán el Magnífico y sucesor del gran Mustafá Kemal Atatürk, y otros comentarios de la gente, eran la comidilla de su personal administrativo. Pero esos idiotas no comprendían que aún había turcos luchando y muriendo para detener una invasión de griegos, sirios y egipcios, apoyados por estadounidenses, británicos, franceses, italianos y alemanes. El pueblo de Ankara, inculto y despreciable a sus ojos, no había sufrido ni los bombardeos, ni las ansiedades de la invasión, ni las angustias de una guerra cercana; no obstante, tenían el atrevimiento de ridiculizar al dirigente de la nación, y opinar acerca de sus estrategias políticas y tácticas militares.

Pero esos turcos asiáticos no sabían que esa guerra no estaba perdida; o mejor dicho, ellos no verían la guerra perdida. Como lo había dicho ya en sus anuncios a la prensa desde Estambul, estaba dispuesto a hacer lo necesario para vengarse de sus enemigos; no solo de los externos, sino también de los internos. Sus misiles nucleares apuntaban hacia Atenas, Damasco y El Cairo; sus submarinos nucleares tenían orden de atacar las capitales europeas, y aun de cruzar el Océano Atlántico y bombardear Nueva York. El Magnífico sonrió al pensar que el mundo sabría de la forma más dolorosa, que él no había alardeado. Y también lo sabrían los turcos. Un arma nuclear estratégica estaba lista para ser detonada en Ankara.

3

Tras cruzar Estambul hacia el suroeste, más allá del Aeropuerto Internacional de Atatürk, el cual estaba en ruinas, encontraron el aeródromo familiar del mayor Ayci. Sus instalaciones eran pequeñas y estaban rodeadas por densas arboledas, hacia el norte y el oeste. El aeródromo tampoco había escapado a las bombas; su única pista se veía sembrada de agujeros y grietas, casi en toda su extensión. Pero Ayci restó importancia a eso, pues la avioneta podía carretear por la hierba, si era necesario. El hangar, también único, había sufrido asimismo un impacto; pero seguramente Dios estaba de parte de ellos, pues el pequeño avión no había sido tocado, ni tampoco los depósitos de combustible.

De pie sobre la pista, a unos cincuenta metros del hangar, el teniente coronel Artaga observaba los terrenos boscosos tendidos al oeste. Binoculares en mano, intentó escrutar más allá, pero solo vio árboles y más árboles, sin casas ni edificaciones de ningún tipo. Bajó los binoculares, se restregó los ojos con los dedos, y entonces fue sobresaltado por una formidable explosión. Colocándose nuevamente los binoculares miró hacia el este; otro raid aéreo comenzaba, y la ciudad de Estambul sufría un nuevo bombardeo. En el cielo gris de la tarde, los cazas de combate de la OTAN se recortaron contra las nubes, como puntos difusos semejantes a moscas. Artaga reparó en un detalle que le hizo fruncir el ceño: en ningún momento había oído las sirenas de alarma de la ciudad. El aeródromo distaba unos cinco kilómetros de Estambul; no creía que esa distancia hiciera inaudible el ulular de las sirenas.

Preocupado, observó a los demás. Los soldados miraban también hacia el este, y seguramente agradecían no estar allá. El mayor Ayci martillaba las alas del avión, un bimotor pequeño y moderno, mientras hablaba con Johannes el Venerable. Incluso le oyó decir que en realidad era una tontería destruir las luces de navegación, pues no podía silenciar el ruido de los motores del avión. Luego comenzó a referirse a los «malditos radares» que podían detectar un alfiler en la superficie de la luna. No parecía inquieto por el nuevo ataque aéreo sobre Estambul. En cuanto a los demás, Myron tomaba y transmitía imágenes con su supercámara mientras Rosanna Coleman y el novicio Alípio andaban por allí. La doctora Dumont se afanaba por ordenar y clasificar el poco equipo que había rescatado; mientras trabajaba, demostraba una total indiferencia al ataque que estaba verificándose sobre la cercana ciudad.

Artaga volvió a escrutar los alrededores con sus binoculares. Otra cosa le alarmaba, y recién había caído en cuenta de qué era. No había respuesta de las defensas turcas; ni baterías antiaéreas, ni misiles, nada. Miró intranquilo en dirección al mayor Ayci, por lo que Johannes captó su mirada. Por cuarta vez se colocó los binoculares y escudriñó el cielo, desde el sur, describiendo una circunferencia hacia el norte. Y exactamente al oeste vio algo que lo dejó petrificado. Caía la noche, y en el cielo nublado era difícil distinguir correctamente imágenes lejanas; pero al ajustar el foco pudo reconocer, claramente recortados contra el cielo del ocaso que moría, innumerables paracaídas. Bajó la vista; manteniendo los binoculares sobre los ojos, volvió a describir una circunferencia, hacia el norte y este. No había respuesta de ningún tipo. Bajó los binoculares y corrió hacia el hangar.

Ahora, Ayci finalmente le vio. No esperó más información; ver al coronel que corría despavorido fue suficiente. Ordenó perentoriamente a sus hombres subir todos los equipos al avión. Los soldados obedecieron de inmediato salvo dos de ellos, que por orden del mayor, a instancias del sargento Saracoglu, quedaron de guardia a doscientos metros del hangar, uno hacia el norte, y otro hacia el oeste. Dos de los soldados llevaron a bordo el equipo de la doctora Dumont, que protestó enérgicamente durante unos momentos, y luego colaboró con ellos. Mientras el sargento verificaba la carga de combustible, los dos soldados restantes subieron algunas provisiones. Artaga estaba ya junto a ellos, y tendió los binoculares a Ayci, que escrutó los cielos durante algunos segundos. Mientras lo hacía, otro avión pasó por allí, a unos tres mil metros de altura sobre el aeródromo, y colmó el cielo de paracaídas. No solamente descendían tropas aerotransportadas, sino también equipo pesado y vehículos.

—Griegos —murmuró Ayci; bajó los binoculares y agregó, mirando aún el cielo—: Parece que llegó la hora de la invasión de nuestro territorio europeo. En diez minutos más los tendremos encima de nosotros.

La amargura de su voz desapareció, cuando gritó a sus hombres:

—¡Dense prisa! Debemos despegar cuanto antes.

—¿Es seguro despegar en este momento, con tantos aviones enemigos en el aire? —preguntó Rosanna Coleman.

—Por supuesto que no es seguro; pero si nos quedamos, no podremos salir jamás. Caeremos en manos de los griegos. Usted y su amigo de la cámara pueden quedarse; tal vez no los toquen y respeten sus vidas. Mis hombres y yo no tendríamos oportunidad; los griegos nos matarían sin preguntar nada, y con una admirable miopía ante nuestras manos en alto.

Rosanna miró a Myron, que dijo:

—Jefe, si no le importa, yo me voy con ustedes.

Aferró la cámara y subió la pequeña escalerilla. De inmediato se lo vio aparecer en la primera ventanilla, acomodándose para realizar unas tomas del aeródromo. Sin decir una palabra, la reportera subió al avión, y detrás de ella lo hizo la doctora Dumont. Mientras Johannes el Venerable y Alípio hacían lo propio, se presentó el sargento Saracoglu y dijo:

—Señor, carga de combustible completa. Todo el equipo está a bordo.

—Bien, sargento. Abord...

Ayci fue interrumpido por una descomunal explosión en el otro extremo del hangar. El techo se derrumbó allí, y unos tanques de combustible remanentes volaron en ancas de enormes llamaradas. Artaga se caló de inmediato el casco azul y desenfundó la pistola. El soldado de guardia doscientos metros al oeste del hangar estaba cuerpo a tierra, y disparaba rabiosas ráfagas de fusil hacia los árboles. El otro corría hacia allí, cuando Saracoglu le ordenó a gritos que volviera. Ayci ya se había lanzado escalerilla arriba; en un instante estaba en la cabina del piloto y encendía los motores. Los cuatro soldados subieron de inmediato, y cuando el quinto llegó y trepó al avión, Saracoglu empujó hacia arriba al teniente coronel.

—Disculpe —le dijo y subió él también, apartando la escalerilla de una patada.

Luego preparó su fusil.

Ayci sacó el avión del hangar y enfiló hacia el oeste, presentando así la nariz del aparato a las balas del enemigo. Desde la escotilla, aún abierta, el sargento Saracoglu disparó su fusil; Artaga, tirado en el suelo del avión, también abrió fuego con su pistola. El resto de los ocupantes de la aeronave contemplaba el espectáculo. El mayor pareció intuir lo que pasaba, pues volviéndose asomó la cabeza por la puerta de la cabina del piloto y gritó:

—¡Aléjense de las ventanillas!

Mientras Artaga y Saracoglu tiraban hacia los árboles, asomó entre ellos un RPG, que disparó en la misma dirección. El proyectil impactó algunos metros tras el límite de la arboleda. Una enorme y expansiva bola de fuego estalló allí; el tableteo de ametralladoras desde los árboles cesó. Entonces, Saracoglu llamó al sexto soldado, el cual se incorporó y corrió como un verdadero atleta hacia el avión que venía a su encuentro. El joven combatiente, con el rostro desencajado por la agitación, se lanzó hacia la portilla. El soldado del RPG tomó su fusil, y entre Artaga y Saracoglu lo levantaron, metiéndolo en la aeronave.

Cinco segundos después el avión levantó vuelo y cruzó la barrera de árboles a unos cuarenta o cincuenta metros de altura. Entre cinco y seis granadas cayeron allí, y luego la portezuela se cerró. Ayci inclinó el avión pronunciadamente hacia la derecha, en un giro de ciento ochenta grados que les llevó hacia el este, rumbo al Mar Negro.

4

LA NOCHE CAYÓ RÁPIDAMENTE. TAMBIÉN LOS SUCESOS DE AQUELLA GUERRA fulgurante evolucionaban con insólita rapidez. Unos treinta minutos después de decolar desde el pequeño aeródromo, el mayor Ayci sacó la cabeza de la cabina de vuelo para informar las novedades captadas en una emisión de radio procedente de Ankara. Las fuerzas turcas se habían retirado definitivamente del sector europeo de Turquía, abandonando a su suerte a los civiles que aún quedaban. De inmediato, el ejército griego había cruzado la frontera grecoturca, y también la búlgara, dando con esto la razón al gobierno turco, que acusaba a Bulgaria de colaborar con los griegos. Grecia y sus aliados habían ocupado la Turquía europea, pero desde la costa norte de la península de Anatolia, las baterías turcas seguían disparando sobre la flota de la OTAN que trataba de forzar el estrecho de los Dardanelos. Ayci explicó que, seguramente, Turquía se preparaba para defender el Bósforo a cualquier precio, pues si la OTAN forzaba un corredor hacia el Mar Negro, dijo, podrían en acuerdo con los egipcios y sirios envolver con una fuerte flota la Turquía asiática. De hecho, continuó explicando el mayor, ellos volarían aún un largo trecho hacia el este, sobre las aguas del Mar Negro, pues si viraban al sur y pretendían entrar al espacio aéreo de Asia Menor cerca del Bósforo, seguramente serían derribados, aun antes de poder identificarse como aeronave turca.

Cuando Johannes el Venerable dijo que, por lo menos, los civiles de la Turquía europea tendrían una tregua, Ayci le contestó que no debía olvidar algo: que los ciudadanos de otras poblaciones de las provincias europeas de Turquía eran turcos, y los soldados invasores, en su mayoría griegos. Dicho esto, arqueó las cejas de modo muy significativo, y se metió de vuelta en la cabina del piloto.

El pequeño avión era compacto y cómodo. La cabina de pasajeros, de unos cuatro metros de largo, tenía dos hileras de siete asientos a cada lado, con un pequeño pasillo central, estrecho pero transitable. El sargento Saracoglu ocupó la cabina del piloto junto al mayor, y los seis soldados turcos se agruparon en los últimos asientos. Alípio iba delante de ellos, y el camarógrafo de CNN a su lado; luego venían las mujeres, y adelante de todo Johannes el Venerable y, a su lado, el coronel Artaga. El anciano miró por la ventanilla. El avión era un moderno bimotor a hélice; asomado a la cabina del piloto, Johannes había visto un cuadro de mandos muy complejo. A lo lejos, hacia el oeste, podía verse aún una línea de luz de un color rojo vivo; el resto del mundo parecía sumido en densas tinieblas, y en el cielo nublado no se divisaban ni luna ni estrellas. Johannes contempló el ala, que a la sazón temblaba por alguna turbulencia pasajera; el motor, casi silencioso, se veía borroso por efecto de la hélice que lo cubría y reflejaba los trémulos haces de luz provenientes de la cabina. Abajo, a cosa de mil quinientos metros, las aguas oscuras del Mar Negro, absolutamente en tinieblas, mostraban extraños destellos fugaces, muy espaciados y muy esparcidos. En el fondo de la cabina, los soldados mantenían una conversación animada, en turco. También en un muy precario turco, el camarógrafo de CNN hablaba con el joven novicio.

—¿Cómo es que te llamas Alípio? —dijo.

—Es el nombre que me pusieron mis padres —respondió el chico con sencillez.

—Oh, ya sé... quiero decir, claro... A lo que me refiero es... ¿eres turco?

—Sí, señor.

—No me digas señor, que no soy más que un jovenzuelo como tú. Ah, y no vayas a tratarme de usted.

—Está bien, Myron. ¿Qué es lo que quieres saber? —dijo Alípio con una sonrisa, y su tono simuló impaciencia.

El «jovenzuelo» sonrió y replicó:

—Alípio no es un nombre turco, me parece. Suena a griego, o a latín; en realidad, no estoy seguro de qué sea exactamente. ¿Por qué tus padres te pusieron ese nombre? ¿Nunca te dio problemas con tus compatriotas?

—No, nunca me dio problemas, pues salvo una vez que fui a Estambul, nunca salí del lugar en el que me crié, la villa de Ayasaluk, que está cerca del monasterio de San Ulrico, junto a las ruinas de Éfeso.

Con un rictus de amargura, Alípio prosiguió:

—Quiero decir, que estaba. Ayer en la mañana los egipcios la destruyeron.

—Lo supe.

Alípio continuó:

—Hace dos meses ingresé al monasterio, como novicio. Hubo un Alípio, que fue Obispo de Bizancio en el siglo II de la era cristiana. Pero mi nombre se inspira en otro Alípio, un misionero chipriota que pasó a Anatolia a fines del siglo 18. Se vinculó con los monjes de San Ulrico, y predicó mucho en toda la península. En aquellos tiempos, el islam era muy fuerte en Turquía, no un convencionalismo social como ahora. Las autoridades lo prendieron cuando llevaba ya varios años en el país y lo ejecutaron en las ruinas del teatro de Éfeso, el primero de febrero de 1804. Pero no pudieron eliminar su influencia. La villa en la que nací y me crié es un poblado de mayoría católica ortodoxa, como tantos otros de Turquía. Incluso, la mezquita de la villa está abandonada desde hace más de cien años.

—¿Y por qué no la derriban?

Con una amplia sonrisa, Alípio contestó:

—Porque los convencionalismos sociales no dejan de tener peso legal en nuestra patria y nadie quiere comprobar si nuestras autoridades mantienen métodos como los utilizados hace doscientos años.

—Entiendo —dijo Myron. Pensó un momento y arremetió nuevamente—: —Déjame adivinar, Alípio. Tú naciste el primero de febrero...

—...de 2004. Sí, el día en que se conmemoraron doscientos años del martirio de San Alípio.

—Perfecto; es una historia interesante. No esperaba tal explicación cuando te pregunté cómo es que te llamas Alípio. Eso sí, no esperes una historia semejante si es que me preguntas cómo es que me llamo Myron. En realidad, no tengo idea de por qué me llamo así.

Alípio sonrió, y volvió el rostro hacia la ventanilla.

5

Saracoglu había salido de la cabina del piloto; dio órdenes a dos de sus soldados, los cuales de inmediato se levantaron y entraron en un compartimiento posterior del avión. Quince minutos después, cada uno de los catorce ocupantes de la pequeña aeronave, incluido el piloto, tenía ante sí una ración.

—¿Qué es esto? —había dicho Myron, observando con recelo la comida.

—Kazan kebabi —contestó Alípio.

—Ajá. ¿Y se supone que lo coma, ahora que sé cómo se llama?

Con una sonrisa, Alípio había contestado:

—Consiste en albóndigas de carne picada, cebolla, berenjenas y ajo, con yogurt.

—Ah, bien —murmuró el camarógrafo, olisqueando los alimentos.

Cada porción iba acompañada de una botella de agua mineral, sin gasificar, de medio litro. Las mujeres se quejaron de las calorías contenidas en el menú, de las cebollas y del ajo; y varios de los hombres se quejaron de no tener nada más fuerte para beber. Pero todos comieron con ganas y en silencio. Después de la consabida fila para hacer uso del gabinete higiénico, las luces de la cabina de pasajeros se atenuaron. Eran cerca de las nueve y media de la noche; la aeronave volaba bajo, en una trayectoria paralela a la costa norte de Anatolia. Demoraría aún cerca de dos horas en llegar a Ankara, teniendo en cuenta las necesarias maniobras evasivas para acercarse a la costa de Anatolia, más todas las comunicaciones, claves y códigos necesarios para ser reconocidos como nave turca, y evitar así ser derribados.

Media hora después, en la penumbra de la cabina podían oírse solo dos sonidos: el zumbido bajo y grave de los motores del avión, permanente y con leves variaciones provocadas por las correcciones automáticas que realizaba la computadora de vuelo para

mantener rumbo, altura y velocidad. El otro ruido era el cuchicheo del coronel Artaga, que vuelto hacia el pasillo, conversaba con la periodista de CNN, sentada tras él.
Johannes el Venerable le observaba con el ceño fruncido y expresión divertida, hasta que
Artaga, incómodo, lo miró con los ojos muy abiertos y las cejas arqueadas, en mudo gesto
de interrogación. El anciano sacudió la cabeza y se volvió para mirar hacia afuera. La
charla de los soldados había concluido; minutos después, comenzaron a llegar ronquidos
desde el fondo de la cabina. Paulatinamente, la respiración pesada del sueño, matizada
por algún ronquido, se extendió hacia adelante, como una ola silenciosa que se acerca a
romper en la costa. Finalmente, aun el coronel y la reportera suspendieron la plática y se
durmieron.

Estamos en guerra, reflexiona Johannes y no solo para los combatientes estos son
tiempos difíciles y extenuantes. Luego de pensar eso, cierra los ojos y, no bien lo hace,
una muy extraña sensación recorre su cuerpo; siente su cabeza flotar. Algo así como ríos
torrentosos fluyen en su interior, y se derraman hacia fuera por todos los poros de su piel.
Suspira, y piensa que él no está más allá del cansancio, fruto del esfuerzo, la tensión y la
expectación a que todos están sometidos. Él, particularmente, tiene un motivo especial
para ser torturado por la ansiedad.

La vasija, y el manuscrito en ella, siguen perdidos; o por lo menos fuera de su alcance,
hasta que lleguen a Ankara. Se siente agitado por el temor de que al llegar a la antigua
capital algo haya pasado nuevamente y la vasija no esté allí. O peor aún, que haya sido
destruida. La guerra podría volver a adelantársele. Los griegos, o la OTAN en pleno,
pueden decidir que ha llegado la hora de acabar de una vez, y lanzarse sobre Asia Menor.
Lo pueden decidir en cualquier momento.

Con un suspiro de angustia piensa que nadie en el mundo, salvo él, puede comprender la trascendencia de lo que hay en esa vasija, por lo que es dudoso que otras personas,
por muy bien intencionadas que estén, pongan todo el esfuerzo necesario en preservar la
pieza. Aun se siente responsable, y se censura una y otra vez por el método que empleó, el
cual resultó en el envío de la vasija a Estambul en el momento menos adecuado. Pero al
mismo tiempo, piensa que el momento era el más indicado. Nunca antes, desde el final de
la guerra fría, el mundo había estado más cerca de una guerra nuclear. Ayudado tanto por
los monjes de su orden como por sus contactos en Naciones Unidas, de los cuales el ahora
dormido Artaga es uno de los más importantes, había calibrado hasta dónde podía llegar
la megalomanía de Seliakán, el alcance de su programa atómico y el punto culminante
del odio racial grecoturco. Y lo había hecho correctamente. A diferencia de lo dicho a
Alípio la noche anterior (¡le parecía el mes anterior!), no estimó en forma incorrecta la
progresión de la locura de Seliakán; la vasija había partido hacia Estambul en el momento
justo. Pero, plan imperfecto por depender del giro azaroso de los acontecimientos, no fue
abierta cuando debía serlo. Ahora él procurará que el contenido de la vasija sea revelado
y que el mundo lo conozca. Tiene esperanzas que otros considerarían ilusorias; pero las

tiene, y las mantiene. Cree que el descubrimiento obligará a detener las hostilidades, pero no solo en Turquía. Las hostilidades deberán ser detenidas en todo el mundo, para que la humanidad contemple asombrada el registro de la vida, pasión, muerte y resurrección del Salvador del mundo, escrito de puño y letra de alguien que vio con sus propios ojos a Jesucristo de Nazaret, habló con él, anduvo a su lado, y aprendió de él. Espera descubrir que la vasija guarda el manuscrito original del Evangelio de San Juan. Un autógrafo; es decir, el manuscrito escrito por el mismísimo apóstol.

Un autógrafo sagrado.

El mundo no posee los autógrafos bíblicos, recuerda; todos se perdieron hace siglos, entre los fuegos de las persecuciones y el deterioro propio del paso del tiempo. El hallazgo del autógrafo del evangelio, piensa, no solo detendrá la guerra sino que también inyectará nueva fe en un mundo descreído y fútil, cuya civilización tambaleante dice haber dejado atrás la era cristiana.

Cansado, ladea la cabeza; sus ojos siguen cerrados. Sus más preclaros pensamientos y gloriosas esperanzas se diluyen en el neblinoso limbo del sueño superficial, esa zona fronteriza entre la vigilia y las breves e irreales imágenes oníricas de una ensoñación. Una extraña luz entra en ese momento por la ventanilla del avión. Abre los ojos, y más allá ve siete candelabros de oro; flotan sobre las aguas oscuras y peligrosas del Mar Negro. Entonces puede contemplarlo otra vez, como una vez lo había visto, en un pasado inmemorial, vestido de una ropa que le llega a los pies, ceñido con un cinto de oro, con cabellos blancos como la nieve y ojos como llamas de fuego. Y ve el rostro, ese rostro único, resplandeciente como el sol naciente. Y lo escucha otra vez, como una vez lo había escuchado, en un pasado inmemorial, con su voz estruendosa que dice: «No temas... Escribe las cosas que has visto, y las que son, y las que han de ser después de estas».

—Ya fue hecho, Señor —musita, aún con los ojos cerrados.

—¿Otra vez?

6

El anciano abrió los ojos; quizás dormido, había ladeado la cabeza hacia el pasillo y, al despertar vio, al otro lado, el rostro atento y sonriente de Artaga. El resto de los ocupantes de la cabina de pasajeros dormía, y solo el zumbido de los motores alteraba el tranquilo silencio del habitáculo.

—¿Eh?

—¿Otra vez hablas dormido?

—¿Qué dije?

—Ya fue hecho, Señor.

—Ajá, ¿y cómo estaba?

—Dormido, supongo. Estabas con los ojos cerrados.

—¿Y no se te ocurrió pensar que podía estar en oración?

Artaga quedó cortado, y en la casi oscuridad su rostro moreno pareció enrojecer. Pero de repente sonrió aliviado y dijo:

—¿También en tus oraciones dices «Jacobo»? ¿Invocas a Dios o a san Jacobo?

—¿Cuándo dije Jacobo?

—Hoy, en la lancha, cruzando el mar de Mármara.

—De acuerdo —sonrió Johannes—. Sí, es una costumbre que tengo.

Miró a Artaga con picardía y agregó:

—Por eso me echaron de una orden en la que debía guardar voto de silencio.

Artaga se echó a reír; tras unos momentos, su risa se atenuó hasta convertirse en una sonrisa triste, y su mirada se perdió más allá de Johannes de la ventanilla del avión, y aun, al parecer, más allá del cielo oscuro de esa noche ignota.

—¿Qué ocurre? —susurró Johannes—. ¿Otra crisis existencial?

—No —dijo, y una sonrisa más amplia iluminó su rostro—. Me ocurre lo mismo desde hace quince años; en las noches llenas de incertidumbre extraño mi paisito.

—¿Paisito? —terció Rosanna Coleman.

Artaga había pronunciado la palabra en español, y la reportera inquirió:

—¿Qué significa paisito?

—Pequeño país —explicó Artaga, en inglés—. Uruguay, mi pequeño país.

Johannes el Venerable guardó silencio, mientras Rosanna proseguía:

—Ah, sí; Uruguay. Es un bello país.

Artaga la miró con interés.

—¿Has estado en Uruguay?

El rostro de Rosanna enrojeció.

—N... no; en realidad, vi en internet algunas fotos de Montevideo y también de Punta del Este... hace tiempo.

—Ah, bueno —suspiró Artaga—, entonces lo de bello país lo dijiste como una formalidad.

—Lo siento, Fernando.

Johannes alzó una ceja.

Artaga no dijo nada; con un gesto, restó importancia al punto.

Un instante después, Rosanna habló de nuevo:

—¿Alguna de esas es tu ciudad natal, Montevideo o Punta del Este?

—Ninguna de las dos. Yo nací y crecí en Rocha.

Artaga miró a la americana, la que asimiló el vocablo:

—¿Extrañas tu ciudad de Ro... —le costó pronunciar el nombre— Rocha?

—Sí. La extraño mucho. Hace quince años que salí de allí, luego que mi esposa Andrea murió en Río de Janeiro, y nunca más volví.

Un silencioso dolor cruzó el rostro de Rosanna:

—¿Y por qué no regresas?

Vuelto al frente en su asiento, Artaga contestó con voz neutra:

—Porque allí viví cinco años con Andrea; y después que ella murió, viví dos meses más en ese lugar, y luego me fui, pues de lo contrario me habría suicidado.

Volvió a mirar hacia atrás, a los ojos de esa bella morena procedente de una cultura distinta a la suya, y concluyó:

—Han pasado quince años, y aún creo que no soportaría volver al lugar donde fui tan feliz. Pero algo bueno tuvieron estos años de andar por el mundo, al servicio de la Organización de las Naciones Unidas y con el beneplácito de mi ejército. Conocí a este santo varón, Johannes de San Ulrico, el Venerable, y nos hicimos amigos. Ese hecho compensa muchos sinsabores que he tenido en esta vida.

Johannes inclinó la cabeza, y murmuró:

—Muy honrado.

Y el teniente coronel Fernando Artaga encontró ánimo para volver a sonreír.

Pero la sonrisa se congeló en su rostro cuando un destello cruzó por la ventanilla, del lado de Johannes. En ese momento se abrió la puerta de la cabina del piloto y Ayci, asomándose, gritó:

—¡Misiles!

7

El grito los despertó bruscamente a todos. Rosanna Coleman, al ver un destello por las ventanillas del otro lado, se levantó para acercarse. En ese momento, Ayci hizo una brusca maniobra hacia la derecha poniendo al avión casi de costado. La joven perdió el equilibrio, y fue atajada por el teniente coronel cuando le caía encima. Johannes desapareció dentro de la cabina del piloto mientras Artaga ayudaba a la joven a sentarse en su lugar. Un impacto impresionante sacudió con violencia la aeronave.

—¡Todos, pónganse sus cinturones de seguridad!

Artaga miró por la ventanilla; vio el motor derecho parcialmente destrozado y humeante. Entonces no esperó más y se lanzó, él también, hacia la cabina del piloto. Dentro encontró a Johannes de pie tras el asiento del copiloto. Saracoglu, a la sazón, pugnaba por controlar el chisporroteo de algunos paneles.

—¿Qué fue eso? —gritó Artaga—. El motor derecho está averiado.

—Impacto de misil —respondió Ayci en un graznido.

—¿Cómo dice?

—El maldito artefacto no explotó; si no, no estaríamos aquí.

—Habría sido menos angustioso —agregó Saracoglu.

—Es verdad.

Sin hacerles caso, Artaga miró a Johannes, arqueó las cejas y preguntó:

—¿La mano de Dios?

El anciano hizo un gesto, pero no respondió.

Artaga se dirigió de nuevo a Ayci.

—¿Por qué no trasmite sus códigos o lo que sea? Identifíquenos como aeronave turca.

Otro misil se acercaba, como un pequeño punto oscuro en ancas de una llamarada terrible. Con una desesperada maniobra, Ayci lo evitó y contestó:

—Ya lo hice.

—¿Entonces?

—El ataque empeoró.

—¿Eh?

—¿No lo entiende, coronel? Quienes nos disparan no son las defensas turcas. Aún sobrevolamos el Mar Negro, pues todavía no nos hemos acercado a las costas de Anatolia. El corredor por el Bósforo, que mi país trataba de evitar, ya fue establecido. Ahí abajo hay un maldito submarino de la OTAN, cuyo capitán está empecinado en derribarnos.

Un misil apareció de la nada; se aproximó al avión, tal que parecía imposible esquivarlo, pero por alguna razón explotó antes de hacer impacto, y la aeronave pasó a través de una bola de fuego, sin sufrir daños.

—Allí abajo deben estar preguntándose por qué razón aún no han podido abatirnos.

Artaga miró a Johannes:

—La mano de Dios.

—*Monseñor* —exclamó Ayci—, yo hace tiempo que perdí la fe en Alá. Por favor, si Jesucristo es todopoderoso, como dicen ustedes los cristianos, *por favor*, que haga algo, y le honraré.

—Tomaré nota y elevaré su solicitud —replicó Johannes, con voz neutra.

Artaga le miró extrañado, pero en la penumbra solo pudo distinguir una leve inquietud en el rostro del anciano, por lo demás, sereno. Parecía intranquilo por algo ajeno a sí mismo, como si no le preocupara su seguridad personal.

—¡Señor! —dijo Saracoglu con un temblor en la voz, y señaló hacia adelante.

Un misil estaba prácticamente encima del avión. Ayci intentó una maniobra evasiva, pero de inmediato comprendió que era inútil; el impacto era cuestión de instantes. Volvió entonces la cabeza y dirigió a Johannes dos ojos llenos de terror. Mirando hacia adelante, este gritó:

—¡Abajo!

El misil chocó contra la trompa del avión.

Todos los cristales de la cabina estallaron; en el costado izquierdo del fuselaje se abrió un agujero, y los instrumentos volaron despedazados. La aeronave se escoró hacia la derecha, iniciando una trayectoria descendente. Ayci y Saracoglu levantaron la cabeza y Artaga salió de atrás del asiento del mayor. Vieron que Johannes estaba aún de pie. Luego, los tres militares comenzaron a mirarse, cada uno a sí mismo, palpándose el cuerpo para ver si sus miembros aún estaban allí. Al cabo de diez segundos, el mayor Ayci exclamó:

—¡Tampoco explotó! —miró a su alrededor, contempló el exterior y aulló—: ¡Tampoco explotó!

Se volvió hacia el anciano y exultó, aferrando la manga de su hábito:

—¡Gracias, *monseñor,* gracias! ¡Muchas gracias!

—No me agradezca a mí —dijo Johannes, con voz grave—. Ya sabe a quién debe usted dirigir su gratitud. Ahora, mire.

Johannes señalaba hacia delante, a la derecha. La noche, sin luna ni estrellas, era de una negrura impresionante; debajo se extendía un mar sin luces de embarcaciones de ningún tipo, y adelante, una costa invisible con sus poblaciones oscurecidas por la guerra. Sin embargo, el anciano había visto algo. Los demás esforzaron la vista por unos momentos.

—No veo nada —dijo Saracoglu.

—Yo tampoco —murmuró Ayci.

Miró los instrumentos y añadió:

—Estamos cayendo y todo está inutilizado. Nos estrellaremos en el mar. No puedo controlar la caída y no lograremos llegar a la costa.

—Pues se equivoca —dijo Johannes, mirando aún en la dirección que había señalado.

—Un momento —cortó Artaga— sí... la veo.

Los turcos esforzaron la vista, y entonces también ellos la vieron. Una línea de un blanco fosforescente, irregular y continuamente cambiante, se extendía por kilómetros en ambas direcciones. El avión se acercaba vertiginosamente a esa línea, que conforme estaba más próxima, exhibía un movimiento hacia adelante y atrás, en un vaivén cíclico y regular.

—¡Rompientes! —exclamó Ayci—. ¡La costa de Anatolia!

—Estamos salvados, señor —gritó Saracoglu.

—Aún no, hijos —dijo Johannes—. Todavía debemos descender; y una vez en la costa, tendremos que sortear a los del submarino.

Ayci se volvió.

—No se atreverán.

—¿No? Solo recuerde a los sirios. Ahora, mejor atienda el problema número uno. Aterrice esta cosa.

En una actitud de impotencia, el mayor se volvió al cuadro de mandos; abrió los brazos en gesto de desolación y dijo:

—Todo está destrozado. No puedo ni siquiera elevar la nariz del avión. Y volamos muy bajo para saltar en paracaídas; además, no tenemos paracaídas para todos. Solo podemos adoptar posición de impacto, y esperar lo mejor.

—Bien —dijo Johannes.

Miró a Artaga e indicó:

—Volvamos a los asientos.

EL VUELO TERMINÓ EN OTROS TRES MINUTOS. EL AVIÓN, QUE había perdido ya mucha altura, continuó planeando sostenido por el motor izquierdo. Por otra parte, el descenso había comenzado a no más de doscientos metros de altura, por lo que la energía de la caída no fue excesiva. Con un fuerte golpe, la aeronave tomó contacto con el agua; se deslizó unas decenas de metros sobre la superficie, y luego se hundió. Encontró el fondo a solo un metro y medio, en realidad el lecho de una playa arenosa y suave. Durante dos minutos completos corrió por dicho fondo arenoso, con un temblor general rayano en lo intolerable, y lanzando cataratas de agua hacia ambos lados. Era imposible que las defensas costeras, si las había, no los detectaran de inmediato, por el expediente simple y llano de oír el estruendoso amerizaje. Cuando el avión se detuvo, Ayci levantó la cabeza y miró hacia la orilla. La oscuridad era densa y temible; el silencio, luego de la estrepitosa caída, absoluto.

—Rápido, sargento, rápido —apremió Ayci, mientras aflojaba sus cinturones de seguridad.

El sargento pasó a la cabina de pasajeros e hizo una seña a los soldados. Acto seguido, los seis hombres entraron al compartimiento posterior, hicieron saltar la compuerta trasera y salieron del avión. El sargento hizo lo propio con la portezuela anterior, tomó su fusil y tronó:

—¡Todos fuera!

Uno a uno, todos los civiles y el coronel Artaga saltaron del avión, y se encontraron con el agua hasta la cintura. Apremiados por el sargento, a quien Artaga secundó, corrieron lo más deprisa que pudieron hacia la orilla. En otro minuto, todos estaban en tierra firme; se alejaron unos diez metros de la orilla, para luego sentarse en la arena a descansar.

Unos treinta metros más allá se veía la pared vertical de lo que parecía un barranco de piedra caliza, de entre diez y quince metros de altura, con numerosas grietas y bocas de pequeñas cuevas. Artaga observó los alrededores. Johannes el Venerable estaba de pie y contemplaba el barranco; cerca de él, sentado en la arena, Alípio jadeaba y resoplaba. Así estaban también Myron y su compañera reportera. También sentada, la doctora Dumont aspiraba y exhalaba el limpio aire de la noche con lentitud, procurando tranquilizarse. Artaga se acercó a Johannes, mirando también el barranco. El ataque los había llevado a caer en una zona desconocida; por ende, encontrar la manera de llegar a Ankara podía ser todo un problema. Procurando consolarse pensó que, al menos, no tendrían problemas con los defensores de la zona, pues les acompañaba una patrulla del ejército turco. Considerando esto, miró a su alrededor nuevamente; oteó la playa en ambas direcciones, miró hacia el mar, y volvió la vista hacia el borde superior del barranco. Luego, miró al anciano, preguntándole:

—¿Dónde están los turcos?

—El sargento venía detrás de nosotros —contestó el anciano, extrañado—. Los demás salieron por atrás.

Los otros se pusieron de pie y también miraron en derredor. Paulatinamente, les invadió una incómoda sensación de alarma.

—¿Nos abandonaron? —dijo Rosanna Coleman, con la voz trémula de angustia.

—Ese perro de oficial turco —exclamó la doctora Dumont—. Y yo que le creí una buena persona.

Artaga suspiró y dijo:

—Esto se ha puesto interesante. Solo hay un turco entre nosotros. Tendremos que explicar mucho para dar razón de nuestra llegada a este lugar, y de la manera en que llegamos. Creo que lo mejor es no movernos durante la noche. Permaneceremos aquí hasta la mañana, y entonces procuraremos tomar contacto con unidades del ejército turco apostadas en esta zona.

—Sí, mi coronel —dijo Rosanna Coleman. Saludó militarmente e hizo un esfuerzo por sonreír.

Artaga le sonrió también y añadió:

—Por lo menos nos sacudimos a los del submarino, quienesquiera que hayan sido. Seguramente detectaron que el avión se estrelló, y es razonable que supongan que estamos muertos.

Miró hacia el mar y se le contrariaron todas las esperanzas. En las negras aguas, tres coronas de espuma se movían en formación, acercándose paulatinamente. Algo venía hacia la costa, y Artaga sabía bien qué. Los hombres de la OTAN no dejaban nada librado a la suposición. Indudablemente habían detectado la colisión, y si creían que estaban muertos, venían a cerciorarse de ello. Al ser el avión siniestrado un punto de referencia para el enemigo, era menester alejarse de allí. Apremió entonces a los demás:

—Vamos, debemos ir hacia el barranco.

Desenfundó la pistola y gritó:

—¡Vamos!

—Pero, ¿qué ocurre? —dijo Rosanna Coleman, mirando asustada el arma—. Recién dijiste que debíamos quedarnos aquí.

Artaga no notó el tuteo. Con el arma señaló hacia el mar y dijo:

—¡Balsas!

Como parecían no entender, explicó:

—Desembarcan fuerzas especiales.

—Vamos —dijo Johannes, y corrió hacia el barranco.

Todos corrieron tras él hacia la relativa seguridad y dudoso escondite representados por las cavernas, en las paredes de piedra caliza. A mitad de camino, Artaga se volvió. Una balsa había llegado a la orilla; de ella saltaron cuatro hombres, armados con fusiles, que comenzaron a perseguirlos. El coronel de Naciones Unidas se hizo pesimistas conjeturas, pero siguió corriendo. Cuando los seis estaban prácticamente en la base del barranco, el muro estalló en diversos lugares, horadado y agrietado por casi inaudibles ráfagas de proyectiles que rodearon al grupo por completo. Entonces, todos supieron que era el momento de finalizar aquella fuga. Artaga tiró la pistola; lentamente, con las manos en alto, se dieron vuelta y enfrentaron a los cuatro hombres, aún a cuarenta metros, que caminaban lentamente hacia ellos.

—Oigan —susurró Myron—. Si son de la OTAN, son occidentales, igual que nosotros. Bueno, por lo menos la mayoría. Expliquemos; Rosanna y yo somos de CNN. La doctora pertenece a Médicos sin Fronteras, y estaba en misión humanitaria...

—Volábamos en una aeronave turca, identificada por códigos del ejército turco —respondió Artaga—. Eso basta para que nos consideren enemigos, e incluso nos liquiden aquí mismo. Además, imagina si son griegos... Tú estabas con los turcos, sus particularmente odiados enemigos. En fin...

—Por favor —replicó Myron—. No estamos en la Edad Media. No pueden actuar así.

—Estamos en medio de una guerra, muchacho. Aquí no hay reglas.

—Tenemos a los religiosos —insistió Myron, desesperado—. Alípio es un monje católico ortodoxo. Eso es importante para los griegos.

—No soy monje, soy novicio —aclaró Alípio—. Además, estos griegos son militares, por lo que seguramente tienen una mentalidad muy secular. Y además, yo soy turco; el único turco del grupo.

Resignado y sereno, Alípio miró a sus captores. Los cuatro hombres caminaban con total desenvoltura, y mantenían los fusiles a media altura, sin dejar de apuntarles. Les alumbraban con linternas sujetas al extremo de las armas. Uno de ellos, con suma tranquilidad, dejó caer el cargador vacío de su fusil, colocó otro en su lugar, montó y apuntó, con una sonrisa que denunciaba una satisfacción asesina. Artaga suspiró resignado, asintiendo a lo que ya sabía. En la presente situación, los hombres de las fuerzas especiales probablemente no se dieran el lujo de tomar prisioneros. Otra balsa estaba ya en la orilla y los hombres permanecían dentro de ella; la tercera se mantenía algo más atrás.

Con calma, Artaga miró a los soldados.

Y mientras lo hacía, escuchó ráfagas de secos chasquidos, provenientes de las paredes del barranco. Con un espasmo de horror, vio a los cuatro hombres sacudirse y derrumbarse entre convulsiones. Los infelices rápidamente quedaron inertes. Desde las rocas del barranco surgieron dos sombras, que alcanzaron las dos primeras balsas, la vacía y la ocupada por otros cuatro soldados; ambas estallaron en una furiosa bola de fuego. Los hombres de la tercera balsa comenzaron a remar desesperadamente mar adentro. Otras dos sombras salieron tras ellos; una erró, pero la otra hizo impacto. La tercera balsa, con sus ocupantes, desapareció en una vorágine de llamas. Luego hubo una detonación, y cien metros hacia el este aparecieron tres grandes chispas que se alejaron a altísima velocidad en dirección al mar desapareciendo bajo las aguas. Por unos segundos algo destelló salvajemente bajo la superficie.

Después, todo fue silencio y quietud.

La vasija

I

CON LA MENTE EN BLANCO, JOHANNES EL VENERABLE MIRÓ LOS cadáveres, los restos de las balsas y luego el mar. Volvió la vista a los cuerpos tendidos sobre la arena y el primer pensamiento que asomó a su espíritu fue: «¡Otra vez!»

Artaga, por su parte, contemplaba el mismo espectáculo. Comprendía perfectamente lo que implicaba ese destello imponente bajo la superficie del mar.

Alípio estaba petrificado. Le costaba creer que, habiendo estado dos veces a punto de morir en manos del enemigo, se hubiera librado de ellos; al menos por el momento.

Los demás no eran más que sombras; sombras quietas y silenciosas, como estatuas horrorizadas.

Acerca de la naturaleza e identidad de quienes acababan de ayudarles, todos se hacían muy claras conjeturas. Pero en el silencio ahora reinante, se mantuvieron a la espera. Por fin, la radio de mano que Artaga llevaba sujeta al cinturón crepitó brevemente; luego se oyó una voz:

—Coronel Artaga, coronel Artaga, ¿me oye? —la voz hablaba en turco, y no era la del mayor Ayci.

El coronel tomó la radio en sus manos y sin saber qué otra cosa decir, respondió:

—Sí.

—Nuestros misiles han destruido el submarino de la OTAN, señor. Están ustedes a salvo.

—¿Quienes son ustedes?

La pregunta le pareció tan tonta...

—Por favor, permanezcan donde están. Iremos para allá en seguida.

Momentos más tarde, a unos veinte metros a la derecha apareció un vehículo de transporte; un carro blindado, dotado de diez pares de ruedas articuladas, descendió por un desfiladero y traqueteó por el áspero suelo hasta detenerse cerca de ellos. A través del estrecho visor delantero podían verse dos individuos en uniforme verde. Se abrió una escotilla lateral y salieron varios hombres. Artaga reconoció a los soldados de Ayci, que guiados por Saracoglu, iniciaron un cauteloso reconocimiento de los cadáveres. El propio Ayci, entretanto, se acercó a ellos, acompañado por un oficial más joven. Otros siete u ocho soldados tomaron posiciones en el perímetro. El mayor dijo:

—Coronel Artaga, señor, le presento al capitán Ozdemir. Está bajo las órdenes del teniente coronel Üzümcü, comandante de las fuerzas de defensa de esta región.

Artaga y Ozdemir se saludaron militarmente y luego estrecharon sus manos. El joven debía tener entre veinticuatro y veinticinco años; seguramente había sido ascendido apresuradamente a causa de la guerra. Era alto, aunque no tanto como Ayci, de complexión gruesa, tez oscura, ojos negros vivos y brillantes, y lucía el casi reglamentario bigote, espeso y oscuro. Saludó con expresión atenta y respetuosa, advirtiéndose en su rostro una sonrisa, más de alegría que de suficiencia. Tal vez, pensó Artaga, alivio por la momentánea victoria.

Dirigiéndose al mayor en un tono de reproche, el coronel de Naciones Unidas dijo:

—Creímos que usted y sus hombres nos habían abandonado.

—Señor —respondió Ayci—, lamento no haber podido avisarle. Pero la insistencia del enemigo en destruirnos me indujo a pensar que no se contentarían con registrar nuestra colisión, sino que vendrían detrás de nosotros para acabar su trabajo. Por eso llevé a mis hombres al barranco para tomar posiciones defensivas. Debí haberlos sacado a ustedes de la playa; de hecho quise hacerlo, pero el enemigo desembarcó muy rápido. Además, me demoré pues fuimos hallados por soldados de la compañía que defiende esta zona.

Artaga miró a Ozdemir, y dijo:

—¿Dónde estamos?

El joven oficial respondió:

—En la costa de la provincia de Kastamonu, casi en el límite con la de Sínope.

Artaga miró a Ayci.

—Estamos al noreste de Ankara.

—En efecto. Nos pasamos algunos kilómetros hacia el este, en lo cual influyó el rabioso ataque del submarino.

—Pero, ¿ha penetrado la OTAN tanto en el Mar Negro? ¿Y los rusos?

—Bebiendo vodka en el Kremlin. ¡Qué les importa! —exclamó Ayci con amargura.

Ozdemir continuó:

—Esta zona de Anatolia ha estado absolutamente tranquila desde el inicio de la guerra. Detectamos con facilidad el avión, que volaba a unos trescientos metros mar adentro;

además, lo oímos. También vimos y oímos el ataque del submarino, y detectamos los códigos secretos trasmitidos por el mayor Ayci para identificar su aeronave, pues creyó, según nos dijo, que era atacado por nosotros. Supimos entonces que uno de nuestros aviones estaba en problemas, y nos dispusimos a actuar. Cuando el mayor Ayci y sus soldados llegaron al barranco, tomamos contacto con ellos, y nos preparamos para contrarrestar un eventual ataque. Lo logramos; destruimos al enemigo, y les rescatamos.

Artaga miró a Ozdemir y luego clavó la mirada en Ayci.

El oficial turco le miraba con expresión anhelante; emanaba de su semblante aquella insólita transparencia que le había hecho cambiar de opinión esa misma mañana allí en Anatolia, muchísimos kilómetros al oeste, camino a Estambul.

Artaga bajó los hombros y dijo:

—Gracias, señores; combatieron bien, y nos salvaron.

Miró hacia el mar y preguntó:

—¿En verdad destruyeron el submarino?

—Eso espero, aunque en realidad es muy poco probable —contestó Ozdemir—, pero seguramente lo ahuyentamos. Deberíamos aprovechar este tiempo para alejarnos de la playa, pues aunque el submarino se haya retirado, puede bombardearnos desde una distancia de decenas de kilómetros. Le sugiero coronel Artaga, señor, que suban ustedes al blindado para irnos de aquí.

Artaga no contestó esta vez. Miraba hacia la orilla, donde yacían los cadáveres de los hombres del submarino. Todos estaban allí, junto a los soldados. Johannes y Alípio, silenciosos a un lado; las dos mujeres, al otro extremo. Myron gritaba desaforadamente, sin dirigirse a nadie en particular; se tomaba la cabeza, mesándose los cabellos, y caminaba de un lado a otro. Los tres hombres fueron hacia allí.

2

—¿QUÉ OCURRE? —PREGUNTÓ ARTAGA A JOHANNES.

—Identificaron a los comandos —respondió el anciano.

—¿Griegos? —susurró el negro.

En ese momento, escuchó que el sargento Saracoglu decía al mayor:

—Estadounidenses.

Artaga miró a Johannes.

—¿Infantes de marina estadounidenses?

—*Seals** —murmuró Johannes.

Myron gritaba, señalando a Ayci:

—Ustedes, malditos asesinos; ellos eran mis compatriotas. Malditos turcos criminales, ojalá mueran exterminados; ojalá mi país les arroje cien bombas atómicas.

Volvió a mirar los cadáveres y siguió:

—¡Oh Dios... oh, Dios!

Ozdemir, que obviamente no sabía inglés, preguntó en turco a Ayci:

—¿Qué le sucede al afeminado?

Myron se había soltado el pelo y su cabellera rubia, larga hasta la mitad de la espalda, ondeaba con cada giro del joven. Ayci abrió los brazos y respondió:

—Creo que acaba de percatarse de que pudo haber muerto, y se ha puesto algo histérico.

—Ya —dijo Ozdemir con una sonrisa, y se fue hacia al blindado.

La sonrisa del capitán turco enfureció aún más a Myron.

—Malditos turcos salvajes, hijos de... Alguno de ellos podría ser un amigo mío. ¡Alguno podría ser mi hermano!

---

* Marinos especialistas en tareas de tierra, mar y aire.

—¡Myron! Cálmese ya —le apremió Ayci y señalando a los soldados turcos, añadió—: Estos hombres le salvaron la vida.

Artaga se encontró de repente con Rosanna Coleman de pie a su lado. La joven morena lloraba desconsoladamente, en silencio. El coronel le tendió la mano, ella se refugió a llorar en su pecho. Con un suspiro de sorpresa, Artaga la abrazó y permaneció inmóvil. Mientras, el joven camarógrafo gritaba:

—¿Cómo? ¿Cómo? ¿Sus salvajes aborígenes de m... me salvaron la vida? ¡Esto es genial! El enemigo me salvó de mis amigos.

—Myron, usted ha visto demasiadas películas hechas en Hollywood. Cree que los soldados de su país son ángeles justicieros, que castigan al malo y protegen al inocente. Estos hombres iban a matarlos.

—No, no —negó Myron, meneando la cabeza; corrió hasta la pared del barranco, señaló los impactos de bala y dijo:

— Nos hicieron disparos de advertencia. Si hubieran querido matarnos, ¿para qué capturarnos primero?

—Para interrogarlos — replicó Ayci— para violar a las mujeres, para... para disfrutar al ejecutarlos.

—No, no —repitió el joven, lloriqueando; y continuó—: ¿Qué voy a decirles a papá y a mamá, cuando vuelva a casa? ¿Les diré acaso que nuestro país está en guerra con Turquía, y que yo andaba del brazo de los turcos mientras mataban a nuestros muchachos?

Ayci suspiró. El sargento Saracoglu, que evidentemente sí entendía inglés, se adelantó, tomó a Myron por el cuello y dijo con voz amenazadora:

—Oiga, niño llorón, usted está con nosotros porque quiso venir con nosotros. ¿O no es así? Usted y su amiga querían su reportaje.

Saracoglu lo remeció y continuó:

—A usted no le importan las personas que han muerto en esta guerra; no le interesan los sufrimientos que esta guerra provoca a los turcos. A usted solo le importaba probar su cámara. Pero cuando ha visto muertos a unos cuantos de esos asesinos entrenados que ustedes llaman *seals*, se pone histérico, lleno de lacerante dolor nacional por los compatriotas caídos. Y ahora yo le pregunto, ¿quién dirige la guerra contra Turquía, poniendo al servicio de los griegos tropas, armas, equipos y asesores militares? La OTAN. ¿Y quién dirige la OTAN? Estados Unidos, *su* país.

Saracoglu soltó a Myron con auténtico desprecio, y le espetó:

—Y ahora, pregúntese si a pesar de eso, nosotros nos negamos a traerlos.

Siguió un tenso silencio. Rosanna Coleman lloraba aún, en los brazos de Artaga, pero sus sollozos disminuyeron. Myron quedó de pie, quieto, con la mirada perdida. Ozdemir asomó la cabeza por la escotilla del blindado y dio un grito. Los soldados comenzaron a volver hacia el vehículo, pero ellos permanecieron en la playa, estáticos.

Ayci, con semblante mortificado, miró a su alrededor; apenas a un metro suyo vio a la doctora Dumont.

—¿Y usted? —murmuró con amargura—. ¿También me condena?

—No. Usted tiene razón. Esos hombres probablemente me habrían violado, para luego matarme. Sé que les debo la vida a usted y a sus hombres. No está escrito en ninguna parte que en esta guerra los turcos sean los malos. Tal vez Seliakán lo sea, pero no todos los turcos; y menos usted.

Jeannette Dumont y el mayor Ayci se miraron a los ojos; ella entreabrió los labios, mientras la ternura impregnaba el rostro del oficial turco. Al cabo de un momento que pareció inmensamente largo, ella movió la cabeza y dijo:

—Además, mayor, el sargento Saracoglu tiene razón en algo. Yo también estoy aquí porque quise venir con ustedes, aunque algunos pilotos franceses fueron derribados sobre Estambul, y murieron. Y usted no me rechazó, a pesar de que Francia también atacó su país.

—Yo nunca la rechazaría —musitó Ayci, con un hilo de voz tenso de emoción.

La doctora volvió a entreabrir los labios, sorprendida, mientras sentía que muy adentro algo pequeñito se quebraba. Otra vez, durante un segundo eterno, se miraron fijamente a los ojos.

Otro grito del capitán Ozdemir rompió la magia del momento. Ayci oteó hacia atrás, le hizo un ademán a la doctora y la acompañó al blindado. Alípio iba con Myron, ambos subieron al vehículo. Artaga acompañó a Rosanna, pero al ver que Johannes permanecía junto a los cuerpos, contemplando el mar, bajó y fue hacia él. Cuando estuvo a su lado, el anciano susurró, sin mirarlo:

—Algo me llama poderosamente la atención.

—¿Sí? ¿Qué es?

—Demasiado interés en capturarnos.

—Se arriesgaron mucho al desembarcar y, de hecho, doce hombres perdieron la vida. Y todo por atraparnos.

—Pero cuando estábamos en el aire, intentaron aniquilarnos —objetó Artaga.

—Entonces Ayci tiene razón —replicó Johannes— y los estadounidenses querían matarnos a toda costa. La pregunta es: por qué.

—¿Los códigos que transmitió Ayci? Él manifestó que después de emitirlos, el ataque arreció. Además, Ozdemir dijo, creo que inadvertidamente, que desde los puestos de vigilancia de la costa habían detectado «códigos secretos».

—Deberemos conversar con Ayci en privado —murmuró Johannes, levantando la frente para mejor mirar el horizonte, sumido en tinieblas.

—Creo que sí —respondió Artaga, lacónicamente.

El anciano se restregó los ojos con ambas manos, suspiró largamente y se lamentó:

—Y yo, que salí de San Ulrico para recuperar una vasija.

—Y yo, que vine de Chipre para llevarte a Estambul. No puedes negar que esto se ha puesto muy interesante.

—Es verdad.

En ese momento, Ayci llegó junto a ellos.

—Solo faltan ustedes —informó—. Debemos irnos de aquí. Tal vez logremos que el teniente coronel Üzümcü nos asigne un transporte para llevarnos rápidamente hacia Ankara.

Johannes el Venerable se dio vuelta, lo miró fijo a los ojos, y dijo:

—Mayor, debemos hablar.

Pausa.

—Por supuesto, *monseñor*. Les diré lo que creo que está sucediendo.

Juntos, los tres subieron al blindado.

Se acercaba medianoche.

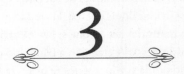

EL SOL SE ALZA SOBRE ANKARA, CIUDAD QUE HA VUELTO al primer plano tras la destrucción y pérdida de Estambul, luego de su fugaz resurgimiento como capital de Turquía, bajo Seliakán el Magnífico. Ankara, levantada sobre una colina de casi doscientos
metros de altura, domina la estepa que la rodea. Entre los minaretes de sus mezquitas
se levantan los rascacielos del fenómeno turco; torres de cemento gris en las que ni una
sola cornisa, motivo o relieve altera líneas rectas que caen desde tal altura, que parecen
proseguir hacia el centro del planeta. La bruma de la mañana flota sobre Ankara y se
difumina lentamente bajo el toque de los rayos solares. En los barrios se oye la voz de
los almuecines, llamando a los musulmanes a la oración. No por eso se detiene el trajín
de la ciudad, iniciado antes del alba como en cualquier ciudad moderna. Un torrente
continuo de vehículos fluye hacia el centro de la ciudad; un tránsito constante, ruidoso,
congestionado y sumido en los vapores y gases nocivos de la combustión de numerosos
motores, en un país donde aún no se ha generalizado el uso de nuevos combustibles a
base de carbohidratos y agua. Grandes y pesados buses de transporte colectivo llevan
a miles de personas a sus lugares de trabajo. Por numerosas vías férreas que convergen
hacia la ciudad, ascienden los ekspres [trenes], conduciendo a multitud de trabajadores.
Centenares, miles de personas deambulan por las aceras, en todas las calles y avenidas
de la urbe. Los rostros de los ciudadanos, a quienes la Guerra del Mediterráneo Oriental
ha quitado el carácter de provincianos, también fugaz, no por eso se muestran alegres o
agradecidos. El habitante de Ankara marcha a su lugar de trabajo, a sus obligaciones, o
anda de un lado a otro, con el rostro inexpresivo y fatigado de quien ha dormido mal y
enfrenta un día que sabe no será mejor; tal vez, peor. A la rutina fastidiosa de una nueva mañana de trabajo y cargadas ocupaciones, se suman las limitaciones de la guerra;

escasez de alimentos, oscurecimientos nocturnos, absoluta suspensión de todas las actividades recreativas públicas. Al derrumbe financiero inminente, con el consiguiente riesgo de desastre para todos los proyectos individuales y empresariales, se agrega una carestía cada vez más pronunciada de todos los elementos necesarios para la subsistencia básica. El suministro de energía eléctrica y agua potable se ve constantemente amenazado por reiterados ataques de fuerzas especiales que se infiltran, golpean y desaparecen. A determinadas horas del día, la ciudad entera se ve privada de electricidad y agua potable. En las horas del día en que sí hay electricidad y provisión de agua, estas se reservan para los hospitales, que trabajan a pleno; no obstante, la atención sanitaria de la población se descuida cada vez más, pues se prioriza la asistencia de los soldados que llegan del frente y, en ello, se agotan los recursos. Ankara, levantada en el corazón de Anatolia, hace sentir al ciudadano común que vive en una ciudad sitiada; pues si bien el enemigo se encuentra aún lejos, Turquía está cercada.

Ese ciudadano común que ha dormido mal, pues piensa que durante la madrugada pueden empezar a sonar las sirenas de alarma anunciando el esperado e indeseable ataque aéreo, en la mañana camina pesadamente por las calles de su ciudad, con ánimo a la vez expectante y depresivo; y mientras, mira el cielo y piensa: desde qué dirección vendrá la bala, la bomba o el misil, certero y traidor, que le arrancará la vida.

4

El nuevo palacio de gobierno de Ankara, la Torre del Futuro, terminado por Seliakán un año antes de trasladarse a Estambul, era una estructura notable. Levantado en una amplia explanada abierta, en la esquina noreste del bulevar Mustafá Kemal y Strazburg Caddesi, próximo a la mezquita Maltepe, lo rodeaban jardines solícitamente cuidados. La estructura en sí no era muy elevada; no más de cincuenta pisos: un pequeño rascacielos, construido por el Magnífico cuando vinieron los pakistaníes.

Yamir Seliakán, tranquilo, manos al bolsillo, silencioso y satisfecho, caminó hasta su sillón. Pulsó un botón en el brazo derecho del asiento, y las persianas se levantaron; la gran ciudad de Ankara resplandecía bajo la luz del amanecer. Seliakán tomó asiento al oír una melodía surgida de algún punto del escritorio. Ante el Magnífico apareció, en el monitor de su intercomunicador, el encantador y casi adolescente rostro de su secretaria personal:

—Señor presidente —dijo ella, en tono grave.

—Te escucho, Samira.

—El general Öcalan y el brigadier Sari están aquí.

—Bien, acompáñalos hasta aquí.

La joven le miró un momento, desconcertada; luego bajó los ojos y dijo:

—Sí, señor.

Un instante después, en el extremo de la sala se abrió una puerta. Samira entró, seguida de los dos militares. Demoraron unos cinco segundos en caminar hasta el escritorio de Seliakán. El Magnífico evaluó a la joven con la mirada. Indudablemente, el ajustadísimo pantaloncito de satén negro, que realzaba la belleza de sus pálidos y delgados muslos, hacía juego no solo con las sandalias, también negras, sino también con su revuelta cabellera oscura, que caía hasta su angosta cintura. El penúltimo toque lo daba una vaporosa blusa sin mangas, de color turquesa. Y el último era el rostro, hermoso pero prácticamente infantil, pues Samira tenía solo diecisiete años de edad. Seliakán siempre había tenido debilidad por las adolescentes, una debilidad no precisamente de naturaleza paternal. Pensó que la chica le venía dando satisfacciones, en todo sentido, desde hacía ya tres meses, cuando la «contrató» tras despedir a su anterior secretaria, de la que se había aburrido, en todo sentido. Samira, tratando de seguir el juego de su jefe, apoyó las palmas de sus manos en el borde del escritorio y adelantó el cuerpo, dejando colgar su busto ante los ojos de Seliakán. Con su voz de niña dijo:

—¿Desea el señor?

Y sonrió.

El tono, que quiso ser a la vez dulce y sugestivo, y el pretendido aire seductor de su sonrisa, dejaron advertir patéticamente su inexperiencia en este tipo de juegos. Además, tampoco pudieron ocultar la velada ansiedad que parecía permanente en ella desde el inicio de la guerra. Seliakán, zorro viejo, y harto de las inquietudes y congojas de la muchacha, ignoró tanto su torpeza como sus angustias:

—Ahora tendré una reunión con los señores. Pon a punto la agenda para mañana; luego puedes retirarte.

—Esperaré en la casa —dijo la joven, y se encaminó hacia la puerta.

Seliakán la contempló al irse, y concluyó que la retirada era tanto o más espectacular que la llegada. Se regocijó al imaginar la noche que le esperaba. Luego pensó torvamente que, fuera de lo que ofrecía con su cuerpo, Samira le venía causando más molestias que placeres. Cambió de pensamiento de inmediato; giró bruscamente el sillón y enfrentó a los dos militares, que aguardaban de pie a un costado. Señaló dos sillas ante su escritorio y dijo:

—Caballeros, por favor.

Los dos hombres saludaron militarmente a su presidente, luego tomaron asiento. Tanto Öcalan como Sari se veían jóvenes, incluso más que Seliakán. Ambos eran oficiales del ejército, adictos al Magnífico; habían estado bajo sus órdenes cuando era coronel, y se mantuvieron leales a él tras su elección como presidente. Por esa razón habían sido ascendidos rápidamente, desplazando a generales más viejos, los más afortunados de los cuales se vieron obligados a retirarse; los menos, habían sido ejecutados. En la presente situación, con el futuro muy comprometido por la guerra, ambos persistían en una fidelidad casi canina al Magnífico, entre todo el Estado Mayor, y constituían un círculo íntimo de alta confianza para Seliakán. Sari, el más joven de los dos, contaba apenas cincuenta años; comandante en jefe de la Fuerza Aérea turca, era un hombre de estatura media, prematuramente canoso, de complexión gruesa, que no usaba bigote y tenía el labio superior permanentemente contraído en una mueca de ironía. Öcalan por el contrario era alto, delgado, calvo, de ojos oscuros y apagados y mirada calculadora, que lucía un grueso bigote negro; hablaba poco y llevaba el ceño constantemente fruncido. Su rostro y su porte transparentaban la determinación férrea, casi patológica, de ir hasta las últimas consecuencias por una causa. Los dos eran importantes para Seliakán. Öcalan, porque era quien ejecutaría las órdenes del presidente en lo relativo a los arsenales nucleares turcos; Sari, porque disponía de los transportes aéreos necesarios para abandonar Turquía, si llegaba el momento en que la situación estuviera perdida más allá de toda esperanza.

Con una media sonrisa que denotaba un carácter desagradablemente sensual, Sari miró en la dirección en que se había ido la secretaria; volvió el rostro hacia el presidente y dijo:

—¿Y ese atuendo? ¿Va de acuerdo con las enseñanzas del Profeta?

Seliakán abrió los brazos, sonrió y respondió:

—Brigadier, vamos, estamos en el siglo veintiuno. Además, no sale así a la calle. Esa vestimenta la luce solo para mí.

—Nosotros la vimos —replicó Sari, todavía con su repugnante sonrisa.

—Privilegios otorgados a los amigos íntimos —contestó el Magnífico; miró a Öcalan y dijo—: General.

Öcalan puso una carpeta sobre el escritorio; la abrió y la dejó allí, como una prueba de lo que iba a decir, dispuesta para ser examinada por el presidente. Comenzó:

—Ayer, poco antes de medianoche, hubo una escaramuza en la costa del Mar Negro. Un submarino disparó misiles contra un pequeño avión turco, en el que viajaba una patrulla militar, evacuando civiles desde Estambul. El hecho se produjo aproximadamente cuatrocientos kilómetros al este del Bósforo. Hubo un desembarco de *seals* estadounidenses que fueron aniquilados por las defensas locales.

—¿Estadounidenses a cuatrocientos kilómetros al este del Bósforo?

—Sí, señor —dijo Öcalan—. El corredor del Bósforo se estableció a pesar de nuestros esfuerzos. La OTAN está en el Mar Negro.

—¿Y los rusos?

Öcalan replicó rápidamente:

—No han hecho declaración alguna —se encogió de hombros y agregó—: Tal vez aún no lo sepan.

—General... —dijo el Magnífico, con muy significativa expresión.

—De acuerdo, señor. De todas maneras, el Mar Negro no les pertenece en su totalidad; si los submarinos estadounidenses navegan en aguas internacionales, los rusos no pueden protestar. Y si lo hacen en nuestras aguas, no creo que les importen un comino nuestras protestas.

—¡O sea, que tenemos enemigos por el norte, por el sur y por el oeste!

—Así es, señor —dijo Sari, antes que Öcalan empezara a hablar—: Los griegos, los sirios y los egipcios muerden nuestras costas. Estados Unidos y sus socios están al norte y al oeste de Anatolia, apoyando a los malditos griegos. Y esos árabes mugrientos están en el sur y aún intentan introducirse por el oeste.

—¿Qué pasa en el este?

Öcalan suspiró y dijo:

—Los sirios están cincuenta kilómetros dentro de nuestras fronteras, pero al menos pudimos detenerlos por el momento. En ese frente la situación está estancada. Georgia e Irak mantienen una férrea neutralidad.

—¿Irán?

Öcalan sacudió la cabeza y respondió:

—Debemos descartarlo, señor presidente. Los iraníes no hacen más que hablar; no moverán un dedo para ayudarnos. No deberíamos esperar nada de ellos.

—Error —exclamó Sari—. Cuando las cosas se pongan imposibles aquí, si ese momento llega, señor presidente, los aviones en los que evacuaremos a su excelencia y colaboradores pondrán rumbo a Teherán. Tenemos asilo asegurado por parte de las autoridades iraníes.

—Sí —murmuró Seliakán pensativo—; persas y otomanos nos lamentaremos juntos recordando los tiempos en que ganábamos batallas a las naciones de occidente.

—Los iraníes no son precisamente persas —susurró Sari.

—¡No me importa! —exclamó el Magnífico.

Tras una pausa, Öcalan reanudó la charla.

—Señor, aún hay una cosa más.

Seliakán levantó la vista.

—¿Sí?

—Armenia, señor.

—¿Eh?

—Creo que Armenia no se limitará a la actitud neutral que ha mantenido hasta ahora.

—Bonita neutralidad han mantenido, fortificando la frontera como si esperasen la invasión de Atila —exclamó el presidente.

—Pues —Öcalan tragó saliva—. En los últimos dos días han movilizado equipos, vehículos y tropas hacia la línea fronteriza. No creemos que lo hagan por precaución, para fortalecer aún más sus posiciones; sobre todo teniendo en cuenta que nosotros no hemos hecho el más mínimo movimiento contra ellos. Según nuestros servicios de información, los armenios se disponen a invadir.

—¿Ellos también?

Sari intervino:

—Esos armenios mugrosos, aprovecharán la oportunidad para cobrarnos el genocidio de hace cien años.

—Ciento seis años —puntualizó Öcalan.

—Tanto da —musitó Seliakán, rabioso.

Siguió un pesado y ominoso silencio. Momentos después, Seliakán miró a Öcalan y ordenó:

—Agrega Yerevan a la lista.

—Sí, señor —respondió el general.

El silencio se prolongó unos instantes más; luego, Öcalan dijo:

—En cuarenta y ocho horas nuestros submarinos estarán en posición de atacar con misiles nucleares las capitales europeas: Madrid, París, Londres, Roma y Berlín. También habrá un submarino pronto para disparar un arma nuclear estratégica sobre Nueva York. Entonces nuestras bases lanzarán misiles nucleares sobre Atenas, El Cairo, Yerevan y Damasco.

—En cuarenta horas —intervino Sari— los aviones de evacuación estarán listos para el señor presidente y su familia, así como —agregó con tono de advertencia— para los colaboradores más cercanos del señor presidente y sus familias. Aviones cazas de combate están prontos para custodiar la flotilla aérea durante la evacuación.

Seliakán suspiró, jugó unos segundos con un papel sobre su escritorio, movió la cabeza y respondió:

—El mundo lamentará haberse metido conmigo.

Su voz era fría, impersonal, desprovista de emoción; prosiguió:

—Y nuestros compatriotas, que se regocijaron con el fenómeno turco, y hace tan solo nueve días marchaban por las calles especificando las diversas maneras en que aplastarían a los griegos y despedazarían a los árabes; estos malditos turcos asiáticos de Ankara, que no han hecho otra cosa que burlarse de mí desde que nos retiramos de Estambul, raza retrógrada y salvaje, que se permite murmurar en las calles, que escribe en las paredes de toda la ciudad y vocifera por los medios de comunicación lo que ellos llaman los argumentos de una oposición racional a la «irracionalidad» del régimen que los llevó a esta guerra. Estos primitivos sabrán quién es Yamir Seliakán. También me vengaré de ellos.

Dicho esto, miró a Öcalan.

Sin pestañear, el general asintió con la cabeza y murmuró:

—Una bomba atómica está lista para estallar en el corazón de Ankara.

5

EL BOLÍGRAFO RESBALÓ DESDE SUS MANOS HASTA EL SUELO Y, el ruido al chocar, apenas audible, le pareció un estruendoso golpe. Samira, la joven secretaria de Seliakán, sintió como si su corazón le saltara fuera del pecho. La muchacha, con su infantil rostro surcado por lágrimas y horriblemente contraído de terror, se llevó la mano derecha al oído. Temblaba tanto que tuvo que intentar tres veces la maniobra antes de lograr retirarse una minúscula pieza de su conducto auditivo. Con un terrible estremecimiento en sus manos, despegó una lámina metálica de dos centímetros cuadrados, adherida a una pared medianera con la oficina de Seliakán. Se puso de pie, teniendo entre sus manos la lámina y la pieza auditiva, y dio varias vueltas sin saber qué hacer, los ojos anegados en lágrimas y trémulos los labios. Pensó en sus padres, que hacía tanto tiempo no veía. Allá en Estambul, cada vez que sonaba la alarma de ataque aéreo y debía correr hacia el refugio subterráneo, agradecía a Dios que sus padres estuvieran en Ankara, donde aún no habían llegado los bombardeos, y donde el Magnífico le había asegurado que no llegarían. Ahora estaba en Ankara, y si bien no había ido a ver a sus padres, sabía que se hallaban en la antigua capital, al igual que otros miembros de su familia.

¿Qué podía hacer? ¿Cómo avisarles, cómo sacarlos a todos de la ciudad? ¿Y hacia dónde? No podía ser, no podía creerlo. ¿Qué clase de monstruo era Seliakán, que pretendía aniquilar a su propio pueblo, después de lanzarlo a la locura de una guerra que solo había traído sufrimiento, muerte y destrucción?

Se sentó nuevamente y procuró calmarse. Miró sus manos y vio allí, aún, la pieza y la lámina; dentro de esta, en un microdisco, estaba grabada toda la conversación que mantuvieran el presidente y sus generales. Si Seliakán la descubría, seguramente las haría desaparecer; a la grabación, y a ella. Abrió un cajón de su escritorio, sacó una muy pequeña bolsita de cuero, introdujo ambos artefactos en la misma, y luego de cerrarla miró a su alrededor, buscando un lugar seguro. Por último, tomó una decisión. Separó de su cuerpo el borde superior de su pantaloncito, e introdujo la bolsa en su ropa interior.

6

JOHANNES EL VENERABLE Y EL CORONEL ARTAGA, DE PIE JUNTO a la camioneta del ejército, miraban con gesto adusto al mayor Ayci. Por la curva descendente de la carretera desfilaban múltiples vehículos militares; salían de la cercana metrópoli, en procesión continua, rumbo al norte. Algunos autos particulares discurrían en ambas direcciones, y muchos buses, cargados de civiles, subían a la capital. Cien metros más allá de la autopista, un mototren atestado de obreros ascendía lenta y trabajosamente hacia la ciudad. Ayci miró en dirección a la urbe; volvió el rostro, y dijo con una sonrisa:

—Yo nací en Ankara, ¿saben?

Los rayos del sol de aquella mañana primaveral incidían tangencialmente en la ciudad. Los rascacielos despedían dorados fulgores, y destellos cegadores las cúpulas de las mezquitas. Una bruma muy tenue persistía aún sobre la urbe; más arriba, el cielo azul resplandecía sereno y hermoso. Un lejano murmullo llegaba a los oídos, los ruidos mañaneros de una gran ciudad. Ayci se acercó. A unos veinte o veinticinco metros, Rosanna Coleman y Myron realizaban un informe, con la vista de Ankara de fondo. Alípio estaba cerca, y observaba. La doctora Dumont no estaba a la vista, metida seguramente en el camión de transporte de tropas, donde continuaría clasificando el equipo rescatado de Estambul. El sargento Saracoglu estaba de pie junto a la carretera; y los seis soldados descansaban, sentados en el suelo o sobre rocas a la vera del camino.

—Anoche hubo un momento en que creí que no volvería a verla —agregó el mayor, junto a Johannes y Artaga, mirando aún hacia Ankara.

—Anoche hubo un momento en que creímos que los estadounidenses no querían otra cosa que aniquilarnos —contestó Artaga, con un tono significativo.

—Y lo creemos aún —añadió Johannes con voz profunda— por lo que esperamos alguna explicación. Díganos, mayor, ¿hay algún fragmento de información que se le haya olvidado trasmitirnos?

Ayci les miró un momento; luego abrió la puerta de la camioneta y entró, sentándose en el asiento del chofer. Johannes subió, y tomó asiento a su lado; el teniente coronel Artaga se ubicó detrás. Mirándose la punta de las uñas, Ayci comenzó:

—Los códigos que transmití cuando comenzó el ataque...

Hizo una pausa.

—Sí —dijo Artaga— claves secretas del ejército turco, cuyo propósito era identificarnos.

—Así es.

—Una vez que nos estrellamos en la costa, deberían habernos dejado tranquilos —arguyó el coronel—. ¿Por qué seguirnos? ¿Por qué arriesgarse a desembarcar, en una misión que a la postre resultó suicida? ¿Por simple orgullo de guerrero?

—Yo volé sobre el Mar Negro hasta la zona en la que amerizamos... porque conocía la posición de Ozdemir en la red de defensa costera del norte de Anatolia.

—Fue a buscar al capitán Ozdemir —dijo Johannes—. Específicamente a él.

—Es verdad.

—¿Cuál es la razón?

—Debía establecer contacto con él, para llegar a Ankara por los medios adecuados; para entrar en contacto, a su vez, con las personas adecuadas. Cuando empezó el ataque, en verdad creí que eran las defensas costeras; lo digo en serio, no oculto nada. Transmití los códigos para identificarnos como aeronave turca, e inmersa entre esos códigos, envié mi clave personal; una clave que solo Ozdemir podía reconocer.

Hubo un breve y pesado silencio. Johannes y el coronel Artaga se miraron. El segundo arqueó las cejas, y el primero asintió.

—Ozdemir pertenece a la disidencia —aseveró el coronel Artaga.

Ayci asintió varias veces.

—Como les dije —prosiguió— considero que tengo una misión que cumplir en esta Turquía trastornada por el loco Seliakán. Para eso iba a Estambul y para eso vine a Ankara. Yo sabía que penetrando en el sector asiático a través de Ozdemir sería dirigido por los canales convenientes para llegar a la capital en las mejores condiciones. En las mejores para hacer lo que vine a hacer. ¿Necesito ser más claro?

Ambos negaron con la cabeza; comprendían perfectamente.

Ayci continuó, con un tono de voz en el que se mezclaban la indignación y la incertidumbre:

—Pero esto está más intrincado de lo que esperaba. Sencillamente no lo puedo creer.

—¿A qué se refiere? —murmuró Artaga.

—¿No lo entiende, mi coronel? ¡Alguien en el submarino estadounidense conocía la clave personal que me identifica como jefe de la disidencia! Tal cosa no debería ser posible. La disidencia contra Seliakán es cosa nuestra, de los turcos; lo hemos manejado en el máximo de los secretos.

—Sin embargo —dijo Johannes—, la disidencia ha sido descubierta, mayor. Usted mismo nos dijo que los líderes disidentes fueron ejecutados en Estambul, y por eso usted se dirigía a esa ciudad. ¿Cree acaso que los servicios de inteligencia de la OTAN no tenían agentes infiltrados en Estambul? ¿Que no saben de su existencia?

—Por supuesto que lo saben. Pero el punto es que saben la clave secreta que identifica al actual líder de esa disidencia; es decir, a mí. ¿Cómo? ¿Un traidor, acaso?

—Un traidor lo entregaría a Seliakán. Sería lógico que la OTAN le apoyara a usted, contra Seliakán —respondió rápidamente Artaga.

—Exacto, mi coronel. El traidor es un agente del gobierno turco, que espía a la disidencia. ¿Pero qué hace ese traidor en un submarino estadounidense, submarino que, además, se empecinó en aniquilarme?

Pausa.

—Lo que esto me sugiere —dijo Artaga dubitativo— es que este espía es un individuo sumamente hábil, que está infiltrado entre los disidentes hace tiempo, y sabe de usted. Al comenzar la guerra, o antes incluso, a este tipo muy hábil se le ordenó abandonar lo que estaba haciendo entre los disidentes e infiltrarse en la OTAN, lo que logró. Y anoche estaba en ese submarino, por lo que llegado el momento, intentó matar dos pájaros de un tiro: espiar a los estadounidenses, y liquidarlo a usted.

También meditabundo, Ayci les miró y dijo:

—¿Se dan cuenta de lo complicado que se ha puesto esto?

Otro nuevo silencio.

Johannes suspiró al cabo de un momento y habló, dirigiéndose a Artaga:

—¿Recuerdas lo que te dije anoche en aquella playa?

—¿Qué?

El viejo suspiró de nuevo y continuó:

—Que yo salí de San Ulrico con el único propósito de recuperar una vasija.

Artaga sonrió.

—Sí, claro que lo recuerdo.

Ayci terció:

—Le entiendo, *monseñor*. Pero esté tranquilo; una vez en la ciudad, iremos a nuestro cuartel general. Desde allí, yo mismo les llevaré a la Facultad de Letras de la Universidad de Ankara, en Sihhiye. Ahí están, según pude averiguar, esos arqueólogos que buscan. Allí nos separaremos, y ustedes podrán seguir con sus asuntos, mientras yo sigo con los míos.

Ayci miró hacia fuera; vio que los soldados hacían señas en dirección a la ciudad: el convoy reanudaba la marcha hacia Ankara. Encendió el motor y anunció:

—Nos vamos.

7

Johannes el Venerable volvió el rostro y miró a las personas ubicadas detrás de
él. Aún recordaba el momento, solo treinta minutos antes, cuando de pie sobre la amplia
explanada de acceso al edificio de la Facultad de Letras, vio marcharse el vehículo militar
con el mayor Ayci, que se despidió con profunda y triste mirada. El anciano siervo de
Dios tembló al pensar en la tenebrosa misión que el oficial turco se creía obligado a cumplir. Trató de olvidar por un momento al militar, y recordó la admiración que le produjo
conocer el interior del edificio. Su amplio vestíbulo central, las columnatas en mármol
gris y negro, y el suelo de mosaicos negros y rojos pintado con motivos medievales, de una
edad media islámica, contrastaba con las cámaras, monitores, tableros y demás equipamiento electrónico, dedicado exclusivamente a la seguridad del edificio. Habían andado
un largo trecho por un pasillo en penumbras, sumido en un ambiente de recogimiento y
silencio que recordaba los corredores del monasterio, allá, próximo a las ahora muy lejanas ruinas de Éfeso. Tras subir un tramo de umbrosas escaleras, y después de otro tramo
de corredores y dos pisos por ascensor, llegaron al Departamento de Arqueología e Historia del Arte, en cuyas instalaciones habían sido recibidos los arqueólogos del Museo de
Santa Sofía que habían escapado de Estambul.

Johannes estaba complacido. Alípio había encontrado finalmente a su hermano. El
doctor Osman Hamid, unos quince años mayor que el novicio, era bajo y delgado; lucía
barba y bigote de color rojizo, y una incipiente calva coronaba su enjuto rostro. Recibió a
su hermano menor con sorpresa y alegría, lo abrazó como a un hijo, y los primeros quince
minutos la comunicación entre ellos fue una catarata de palabras en un dialecto difícil
de entender, aun para el anciano. Los hermanos se contaron mutuamente sus peripecias,
y cada uno se asombró al saber de los peligros pasados por el otro, hasta el encuentro en

Ankara. Johannes no pudo sacar a Hamid del hermético diálogo con su hermano menor, sino hasta después que este le hubo informado del estado de sus padres y de la pequeña hermanita de ambos, los tres ocultos aún, suponían, en el monasterio de San Ulrico. Hamid agradeció profusamente a Johannes por el cuidado tenido para con su familia y acto seguido presentó a su jefe, el director del ahora destruido Museo de Santa Sofía, experto en la antigüedad clásica, profesor Tayyar Yesil. El profesor Yesil y Hamid le habían llevado a la sala en la que estaban en ese momento, con Alípio y los dos enviados de CNN, que habían optado por quedarse con ellos. Johannes miró nuevamente hacia adelante; en la pared, frente a él, una ventana comunicante permitía ver la habitación contigua. Myron tomaba imágenes de esa habitación con su cámara; el resto guardaba silencio. El anciano miró a su derecha, allí donde estaba un sonriente Artaga. Johannes sonrió también, y suspirando con alivio y contento, clavó sus ojos en lo que se veía más allá del vidrio de la ventana.

Del otro lado, en un ambiente estrictamente controlado en cuanto a temperatura, índice de humedad, presión atmosférica, y con un nivel de polvo ambiental reducido a menos de una partícula por millón, descansando sobre una mesa de metal, había un objeto conocido. La vasija tenía un metro de alto, y en su parte más ancha alcanzaría un diámetro de cuarenta centímetros. Era de estilo griego; sobre el color verde oscuro, debajo del angosto cuello, la pieza lucía una hilera de pececillos dorados, que daba toda la vuelta.

—Por fin —susurró Artaga, al lado del anciano—. Allí la tienes.

—Sí —respondió Johannes, quedo— ¡Ahí está!

Tras una pausa, el coronel dijo:

—¿Tan importante es esa pieza?

—No tienes idea de cuánto —musitó Johannes el Venerable—. ¡Oh, hijo! No tienes idea de cuánto.

El manuscrito

I

EL TENIENTE CORONEL ARTAGA ESTABA ACOSTUMBRADO A ESTO. TAL VEZ por eso apreciaba aún más la oportunidad de almorzar con serenidad, darse una ducha, completa, vigorizante y tranquila y tomar posteriormente un descanso prolongado, en este caso por más de tres horas y libre de toda perturbación, sobre un colchón mullido y entre sábanas suaves y limpias. El militar uruguayo estaba, efectivamente, acostumbrado a incomodidades, esfuerzos, corridas, escaramuzas donde arriesgaba la piel, bombardeos de ciudades (en los que habitualmente ocupaba el peor lugar, metido en algún agujero para salvar la vida), y toda clase de situaciones similares a las pasadas en las últimas sesenta horas; desde el escape del monasterio de San Ulrico, en medio del peligroso caos provocado por la invasión egipcia, hasta ese momento sereno y silencioso, en el tranquilo recogimiento de un recinto universitario. Momento en el que se habían reunido para discutir sobre algo muy distinto de la guerra. Guerra que rodeaba por completo a una Turquía asediada, y en cuyo corazón Ankara sabía del conflicto por las noticias llegadas desde la periferia, convertida en múltiple frente.

Ahora, aquí, la guerra parecía lejana. Artaga había comido bien, para luego tomar un baño y descansar, en el Büyükhanli Park Hotel, en el que estaba alojada la mayoría de los académicos que evacuaran Estambul dos días atrás. Artaga se preguntaba por qué se habrían hospedado en un hotel tan lejano a la Facultad de Letras; pero dado que le habían alojado también a él, así como a sus compañeros, por cuenta del gobierno turco, no dijo una palabra. Lo que más había llamado su atención respecto al hotel, era su ubicación. Un latinoamericano como él no podía dejar de sorprenderse al encontrar en una ciudad, enclavada en el centro de Turquía, una calle llamada Simón Bolívar. Se le ocurrió averiguar si acaso existía en Ankara una calle José Artigas, pero decidió dejarlo para otro momento.

Se sentía como nuevo. También lo parecían quienes le habían acompañado en la odisea vivida durante las últimas sesenta horas: Alípio, al que los cuidados y el aseo le habían devuelto el aspecto juvenil de sus diecisiete años; y el anciano Johannes el Venerable, a quien raramente veía cansado o abatido, pero en el cual también se notaban los efectos positivos de la comida, el aseo y el descanso. Los otros dos presentes, Myron el camarógrafo y Rosanna Coleman, asimismo, mostraban un aspecto renovado, también beneficiados por el alojamiento y uso de las comodidades del hotel. Por un momento, Fernando Artaga volvió a fijar la vista en Rosanna; ella, además, se veía esplendorosa.

Allí el coronel pudo, finalmente, darse un gusto postergado en las agitadas jornadas precedentes. Frente a él, un termo lleno de agua caliente humeaba por la boca. Al lado, un recipiente redondeado lleno de polvillo verde, del que sobresalía un sorbete metálico, también humeaba. Artaga volcó el termo, echando agua en el recipiente, y luego sorbió tranquilamente.

—¿Qué es eso? —había preguntado Alípio.

—Mate.

—¿Eh?

—Una infusión que se bebe habitualmente en mi tierra y en otros países de aquella región.

—¿Mate? —volvió a echar agua en el recipiente y le alcanzó a Johannes.

Con los ojos muy abiertos, Alípio miró al anciano sorber de la infusión.

—Venerable padre, ¿usted también bebe *máte*? —le costó pronunciarlo.

—Así es, hijo. Aprendí a disfrutar de esta tisana con mi buen amigo Fernando.

—¿Y cómo es?

—Es... —Artaga buscó una ilustración— como un té; un té amargo.

—¿Amargo? ¿Y beben todos del mismo tazón?

—Sí, Alípio —replicó Artaga—. El mate se bebe entre amigos.

Volvió a echar agua y le ofreció:

—¿Quieres uno?

Alípio había sacudido la cabeza enérgicamente, rechazando el ofrecimiento. Los demás hicieron lo mismo.

Los cinco, más el profesor Yesil y el doctor Hamid, estaban reunidos en la sala de sesiones, sentados alrededor de la mesa. En un extremo, el ocupado por Yesil, había una pequeña mesa accesoria, sobre la que descansaban un teclado y un monitor de veinte pulgadas, cuya pantalla era perfectamente visible para todos. El otro extremo de la larga mesa, no ocupado por nadie, terminaba a un metro de la pared en la que una gran ventana permitía ver la sala contigua; más allá estaba la enigmática vasija.

Yesil decía:

—Su decisión de enviarnos la vasija directamente a nosotros fue muy sabia, *monseñor*. El doctor Hamid me la mostró de inmediato. A propósito, debo reconocer que la idea de entregarla a su discípulo tiene mucho mérito; este inteligente joven, encargado de investigar la pieza para su tesis, hizo lo más lógico: enviársela a su hermano, para ser estudiada por profesionales, lo que era justamente su propósito, *monseñor*. Hizo llegar la vasija al lugar adecuado, al tiempo que estimulaba a su discípulo; muy ingenioso.

Alípio sonrió ampliamente, mientras se ponía colorado. Artaga le miró con simpatía, preguntándose qué reconfortaba más al joven: si los elogios del profesor, o el ser considerado «discípulo» de Johannes el Venerable. El anciano, por su parte, clavó en el profesor la mirada de sus ojos perennemente serenos y dijo:

—Si no me equivoco, hace ya diez días que la vasija llegó a vuestras manos.

—Es verdad, *monseñor* —dijo Hamid.

—Me place que arribara intacta, señores; y me reconforta mucho más el cuidado que han puesto para preservarla así, aun en medio de esta guerra. Imagino que el escape de Estambul debió ser muy azaroso.

—No imagina cuanto, *monseñor* —exclamó Yesil.

Johannes asintió.

—Pues bien —dijo, juntando las puntas de los dedos— nos gustaría conocer ahora los resultados de sus investigaciones; digo, las que hayan podido realizar en estos diez días y en medio de esta guerra.

Artaga miró rápidamente a Alípio, y volvió la vista al anciano, indeciso acerca de si Johannes había dicho *nos* hablando de él y su discípulo, o si lo había utilizado como plural mayestático, refiriéndose a sí mismo. El coronel asintió para sí, en silencio; Johannes, descubridor de la vasija, era el verdadero dueño de la pieza, y pedía cuentas a los académicos acerca de qué habían hecho con ella. Aparentemente Yesil así lo entendió, pues sonrió nerviosamente y miró hacia la otra habitación, donde estaba la mentada vasija. Luego, comenzó a hablar con entusiasmo.

2

—La vasija, reverendo, nos ocupó los primeros tres días. Se trata de una cerámica de estilo griego, un modelo que probablemente ya fuera antiguo en la época en que fue procesada, de la manera que veremos enseguida. Lo llamativo es la ausencia de asas de ningún tipo, comunes en esta clase de recipientes para facilitar su transporte; tampoco presenta señales de que dichas asas hayan sido arrancadas, o que se hubieran roto y perdido con el paso del tiempo. El barro cocido original fue cubierto con una pintura hecha a base de un pigmento de origen vegetal, que aún no determinamos. Los pececillos que rodean el cuello de la pieza fueron agregados sobre el pigmento. Pensamos que fueron moldeados a base de una pasta caliente de bronce derretido, siendo fijados cuando aún no se habían solidificado; creemos que el modelado final les fue dado uno por uno, sobre la vasija. Indudablemente, fue una tarea larga y tediosa. Todo parece indicar que la manufactura de la vasija exigió el trabajo de un artesano experto; pero sobre todo, que fue hecha como una pieza especial, quizás por encargo particular. A propósito, estamos de acuerdo en cuanto a los pececillos; el pez fue el símbolo cristiano por excelencia durante el primer siglo de la era cristiana.

En este punto Myron, que escuchaba las traducciones que de las palabras del profesor le hacía Alípio en su precario inglés, interrumpió:

—¿El pez? ¿El símbolo cristiano no es la cruz? Siempre creí que la cruz era el símbolo cristiano por excelencia.

El profesor Yesil miró en silencio al joven, mientras Hamid le traducía sus palabras; luego dijo:

—Joven, en el siglo primero la cruz era símbolo de maldición, humillación y vergüenza, amén de un recordatorio de la justicia despiadada que Roma aplicaba a los pueblos conquistados. No fue sino en el siglo sexto cuando la cruz se generalizó como símbolo de la victoria de Cristo. El pez fue utilizado por el primitivo arte cristiano, y los seguidores de Cristo se reconocían mutuamente por este símbolo. En sí, contiene una declaración resumida de la fe de los primeros cristianos

—¿Cómo es eso? —preguntó Rosanna Coleman.

El profesor la miró con un poco más de simpatía que a su compañero, y respondió:

—En el mundo grecorromano del primer siglo de nuestra era, el idioma más extensamente hablado era el griego; sucedía algo así como con el inglés en nuestros días. Pero ese griego tan extensamente hablado no era el lenguaje culto de los filósofos y poetas, sino el griego popular, el de la gente común. Era el llamado griego *koiné*; en este griego, pez se decía ichthys.

—Ichthys —repitió Rosanna, pronunciándolo sin la pureza del profesor.

—Sí —asintió Johannes el Venerable— era un acróstico, una palabra formada por las letras iniciales de la expresión *Iesous Christos Theou Hyios Soter*.

—¿Y eso qué significa? —exclamó Myron.

—Jesús Cristo, Hijo de Dios, Salvador —explicó Johannes con natural solemnidad.

Hubo un segundo de indispensable silencio. Luego, el profesor Yesil retomó su conversación:

—Ahora, señores, entramos a los datos más interesantes que recabamos de esta excepcional pieza, descubierta por usted. La sometimos a fechado por método radiométrico. Tal vez no sepa usted, *monseñor*, que los más modernos métodos incluyen determinación de radiactividad originada en elementos biológicos estables, y afinan el diagnóstico de fechas con un margen de error de meses; máximo, doce meses. Esto quiere decir que, si el fechado por método bioradiactivo arroja como resultado que esta vasija fue fabricada en el año 95 después de Cristo, la vasija fue fabricada en algún momento entre los años 94 y 96 de nuestra era.

Los ojos de Yesil brillaban.

—¿Y bien? —exclamó Artaga, tras una pausa.

Johannes, que sonreía; dijo:

—La vasija fue fabricada en el año 95 después de Cristo.

—Exacto —confirmó Yesil—. No sé si comprenden la importancia de esto, señores. Tenemos aquí una pieza de origen cristiano, perteneciente al primer siglo de la era cristiana.

—Y el siguiente paso —continuó Johannes— es estudiar qué hay en su interior.

—Eso hicimos, *monseñor*.

Yesil miró a Hamid y le invitó:

—Doctor, por favor.

Hamid se incorporó; dio un pequeño golpe al teclado y giró el monitor hacia los demás. Compartía ostensiblemente el entusiasmo de su jefe, en cuanto al estudio de la vasija, y ahora tuvo ocasión de expresarlo.

—En Estambul contamos con medios que aquí, desgraciadamente, no tenemos. No obstante, y a pesar de los bombardeos, pudimos completar la fase uno de estudio del interior de la pieza; es decir, analizar su contenido sin abrirla.

—¿Eh? ¿Cómo sin abrirla? —murmuró Myron, luego de la pausa necesaria para la traducción de Alípio.

—Por imagenología —replicó Hamid—. Sometimos la vasija a estudio de imágenes por resonancia magnética. Si bien aquí en Ankara, como recién dije, no tenemos un resonador para aplicaciones de este tipo, esta computadora posee el software necesario para reproducir las imágenes obtenidas. Vean ustedes:

En la pantalla se sucedieron cortes longitudinales, coronales, sagitales y coronales de la vasija. La pieza mostraba su interior casi totalmente ocupado por una imagen en tres partes, una encima de otra, cada una de las cuales tendría unos veinticinco centímetros de altura. Múltiples líneas sugestivas de hojas enrolladas, aparecían a medida que la cambiante imagen profundizaba hacia el corazón de la vasija. En los cortes transversales, en los que la pieza se veía desde arriba, cortada horizontalmente, la imagen mostraba en forma definitiva un rollo apretadamente introducido, con planas de bordes arrugados pero sanos.

Hamid continuó:

—Se trata, efectivamente, de un rollo; mejor dicho, de tres rollos, guardados juntos por constituir, probablemente, un mismo documento. Cada rollo tiene un ancho de veinticinco centímetros, y un largo de tres metros. Los tres están escritos en el lado recto, es decir, el anverso, mientras que el reverso está en blanco. Cabe recordar que los documentos del primer siglo eran todavía escritos en libros con formato de rollo. Los libros en forma de códice, es decir —aclaró, mirando a los periodistas— en formato de libro moderno, fueron introducidos por los cristianos en la segunda mitad del siglo segundo, y su uso se generalizó en el mundo romano a partir del siglo cuarto. Es opinión de la mayoría de los eruditos que los libros de la Biblia fueron originalmente escritos en forma de rollo.

—¿De la Biblia? —preguntó Artaga, con tono de sorpresa—. ¿Es eso un libro de la Biblia?

Hamid miró a Yesil, con la patética expresión de quien ha cometido un desliz. Pero el profesor se limitó a sonreír y contestó:

—Vayamos por partes. Recuerden lo que hemos dicho hasta ahora; esta es una vasija fabricada en las postrimerías del primer siglo, con un motivo simbólico cristiano en uso durante el primer siglo, que contiene un manuscrito en tres rollos; un manuscrito que, muy probablemente, sea un documento cristiano del primer siglo.

—Venerable padre —dijo Alípio, admirado— es el mismo razonamiento que usted hizo cuando me entregó la vasija.

Johannes asintió.

Yesil dijo:

—Así es —y mirando a Hamid sugirió—: Prosigamos.

El hermano mayor de Alípio tecleó algo; en la pantalla se vio la boca superior de la vasija, obturada por una sustancia de color rojo oscuro. Caracteres peculiares aparecían escritos en dicha sustancia. Hamid dijo:

—La vasija fue sellada herméticamente con una masa de arcilla roja cruda, endurecida a fuego tras ser colocada en su lugar; es el tipo de arcilla común que puede encontrarse aún en las costas del Mediterráneo, incluyendo las costas de Anatolia sobre el Egeo. La inscripción que ven está en griego *koiné*. Dice, literalmente: «Cerrado en el año uno de Nerva César». Eso fue el 96 después de Cristo. Nerva sucedió a Domiciano como emperador de Roma; fue un hombre justo y magnánimo, aunque desgraciadamente, como sucede en forma habitual, duró poco tiempo en el trono. Nerva hizo que el apóstol San Juan regresara de su exilio en la isla de Patmos. Lo siento, profesor —dijo, mirando a Yesil— pero parece que no puedo evitar adelantarme en mis explicaciones. La vasija fue sellada mientras Nerva reinaba en Roma; quienquiera que haya sido el que introdujo en ella el manuscrito, lo hizo en un tiempo cuando el apóstol San Juan había regresado de Patmos a Éfeso, lugar donde pasó sus últimos años, según la tradición histórica. Y la vasija —prosiguió con creciente emoción— fue hallada en las cercanías de las ruinas de Éfeso. Es nuestra opinión que el manuscrito ahí contenido se relaciona con el apóstol San Juan.

—También ese fue su razonamiento, venerable padre — dijo Alípio, maravillado.

—Sí —dijo Hamid; miró a Johannes y continuó—: *Monseñor*, es para nosotros importante saber las circunstancias del hallazgo. ¿La vasija estaba en el monasterio? ¿Cómo llegó allí?

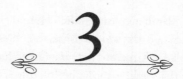

3

JOHANNES CARRASPEÓ UN POCO, SE ACOMODÓ EN EL ASIENTO Y respondió:

—La vasija fue encontrada por mí en una cripta muy profunda, una verdadera cueva en las profundidades de la colina sobre la que se asienta el monasterio de San Ulrico. En ese lugar no encontré ningún otro objeto, documento o señal, que explicara su presencia allí. Nada que permitiera fecharla. Ni siquiera sabemos bien cómo es que existen esas criptas. Siempre pensamos que fueron labradas por los monjes, para evadir la fiscalización de las autoridades islámicas, en los períodos en que los musulmanes incrementaron sus presiones sobre los cristianos. Tal vez esas criptas ya existieran antes de que el monasterio fuera edificado en ese sitio, ochocientos años atrás.

Hamid y Yesil se miraron.

—*Monseñor* —dijo el primero— en San Ulrico está la tumba del apóstol San Juan, ¿no es así?

—Bueno, dice Eusebio en su *Historia Eclesiástica* que la tumba está en esa región —replicó Johannes pensativo; movió la cabeza y agregó—: Hace mucho tiempo, para estimular el peregrinaje... y las ofrendas al monasterio, un abad ideó la leyenda que sitúa la tumba de San Juan en la colina.

Los académicos volvieron a mirarse.

—¿Qué sucede? —inquirió Artaga.

—Hay algo llamativo en esto —dijo Hamid.

Señaló el tapón de arcilla que obturaba la vasija y prosiguió:

—Vean.

—¿Qué es eso? —preguntó Alípio.

En el tapón había una muy pequeña irregularidad.

—Por ahí introdujimos la sonda.

—¿Perdón?

—Introdujimos una fibra óptica al interior de la vasija —explicó Hamid.

En la pantalla del monitor pudo verse una imagen en movimiento. Una luz blanca, muy brillante y temblorosa, avanzaba hacia un apretado grupo de folios gruesos y amarillentos.

—Miren el color —indicó Hamid— el manuscrito apenas se ha puesto amarillo. Eso significa que el grado de conservación es muy alto. Hicimos la toma en condiciones muy controladas. Creemos firmemente no haber alterado el ambiente interior de la vasija.

—¿La toma? —masculló Johannes, ceñudo.

—Sí, *monseñor*. Mediante imagenología, localizamos una zona del manuscrito con una pequeña mancha de tinta, que no correspondía a ninguna letra del texto, y realizamos la toma de una muy pequeña muestra, que extrajimos para estudiar.

Más ceñudo aún, el anciano exclamó:

—¿Arrancaron un trozo del manuscrito?

—*Monseñor* —intervino Yesil— fue un fragmento de apenas dos milímetros cuadrados; lo suficiente para analizarlo con los equipos actualmente disponibles, pero que no afecta para nada la integridad del documento.

El anciano respiró hondo y murmuró:

—Eso espero —miró a Hamid y agregó—: Continúe, por favor.

El hermano de Alípio levantó las manos.

—El análisis inicial no arrojó sorpresas —explicó—. El manuscrito está escrito sobre papiro; el clásico «papel» de aquellos días, fabricado con trozos de la planta *Cyperus papyrus* que aún crece en el delta del Nilo. La tinta, la típica mezcla de carbón vegetal y óxido de hierro. Hasta aquí, nada particularmente llamativo. Lo interesante vino, otra vez, al establecer el fechado radiométrico. Ambos, el papiro y la tinta, fueron fabricados en los primeros años de la década del sesenta del siglo primero. En realidad, no sería extraño que en los noventa de aquel siglo se hubiera utilizado material de escritura manufacturado treinta años antes. Pero el carbón vegetal y el tejido de papiro producen a nivel ultraestructural una reacción química, que hoy en día se puede detectar, y permite determinar no solo la fecha de fabricación de los materiales, sino también el momento en que el documento fue escrito, más menos doce meses, como dijimos antes.

Hamid hizo una dramática pausa, y concluyó:

—Este documento fue escrito en el año 67 del primer siglo.

Luego, siguieron cinco segundos completos de silencio.

De pronto, Myron dijo, con una sonrisa:

—Estudiaron la vasija con resonancia magnética y fibroscopía. ¿Qué le harán entonces cuando vayan a abrirla? ¿Una anestesia general?

Nadie rió con el chiste. Rosanna miró a Myron desaprobándolo con los ojos. El profesor Yesil habló directamente al joven; en un inglés aceptable, le dijo con mal contenida indignación:

—Muchacho, a diferencia de los estadounidenses, la mayoría de los ciudadanos de otras naciones hablamos un segundo idioma, además de la lengua de nuestro país; en mi caso, hablo y entiendo bastante bien el inglés. Comprendí lo que dijo, y considero su broma una impertinencia fuera de lugar.

Myron, rojo de vergüenza, respondió a Yesil:

—Disculpe, señor; lamento mi impertinencia. Tal vez se deba a que estoy nervioso, porque no entiendo mucho de lo que se está hablando aquí. Pero algo de lo que dije, va en serio.

—¿Qué? —inquirió secamente Yesil.

—La apertura de la vasija, señor. Ustedes no han abierto aún esa cosa.

Yesil y Hamid se miraron.

—No, no la hemos abierto.

—El joven Myron tiene razón —aseveró Johannes—. Hay allí un documento cristiano procedente del año 67 después de Cristo. Hasta donde yo sé, los manuscritos cristianos más tempranos, son copias posteriores al año 100. Este manuscrito es un tesoro invaluable para la arqueología, para la historia, pero también para la fe. Ustedes ya hicieron todas las investigaciones que podían hacer, sin sacarlo de allí. Ahora, debemos abrir la vasija.

—*Monseñor* —dijo Yesil— no tenemos los equipos necesarios para eso.

—Yo creo que sí tenemos —contestó el anciano, y se puso de pie—: Basta un punzón para romper el tapón de arcilla.

Y dicho eso, se encaminó hacia la puerta que comunicaba con la sala contigua.

—*Monseñor* —Hamid se interpuso en su camino— aguarde un momento; piense en lo que está por hacer. Los rollos llevan mil novecientos veinticinco años encerrados en esa vasija. Si abrimos la pieza en condiciones no adecuadas, pueden dañarse irreparablemente.

—Algunos de los rollos de Qumrán llevaban más de dos mil años encerrados en sus vasijas, cuando aquel joven pastor árabe rompió algunas de ellas a pedradas; y no se desintegraron al contacto con el aire.

El anciano estudió un tablero adosado a la pared, junto a la ventana, que mostraba las constantes ambientales de la sala contigua; luego agregó:

—Y creo, además, que las condiciones son adecuadas.

Dicho esto, abrió la puerta y entró a la sala donde estaba la vasija.

4

Al cruzar el umbral, Johannes se encontró en un habitáculo de paredes de vidrio, de unos dos metros de ancho. Se volvió, y vio allí a Hamid, que operaba un pequeño teclado adosado a una de las paredes transparentes. Contrariamente a lo que esperaba, Yesil no había entrado con ellos, sino Alípio, que le miraba en silencio y con cierta aprensión. De pronto, el techo del cubículo se retiró, y encima apareció una rejilla. Una fuerte corriente de aire frío les golpeó desde arriba; casi enseguida resonó un ruido de succión a nivel del suelo. Al mirar, el anciano y Alípio comprobaron que un orificio rectangular se había abierto en cada esquina del suelo; de allí provenía el sonido de succión.

—Estamos en una cámara de flujo laminar, *monseñor* —explicó Hamid—. Nos quitamos polvo, gérmenes y esas cosas. El aire frío disminuye la humedad de nuestra piel, sin hacernos sudar, lo que sería contraproducente. Serán solo dos minutos.

Transcurrido ese tiempo, Hamid dijo:

—Ya está —tecleó unos instantes en el tablero, y luego agregó—: He igualado las condiciones ambientales. Ahora podemos entrar. Pero antes... —y señaló unos percheros, en la puerta interna de la cámara—. ¿Debemos usar eso? —murmuró Johannes el Venerable.

—Obligatoriamente. ¿Sabe colocársela, *monseñor*?

—Sí. Hay para todos, supongo.

—Afortunadamente, sí.

El anciano examinó la túnica quirúrgica; era celeste, de material descartable, y tenía un bolsillo que contenía un gorro quirúrgico y un tapabocas. Se colocó la suya con destreza, mientras comentaba, dirigiéndose a Alípio:

—Myron tenía razón; parece que le haremos una cirugía a la vasija.

El novicio soltó una risita. Luego, la risita se le borró de la cara; intentó ponerse la túnica, y entreveró los cordeles, mezclándolos con los del tapaboca, e incluso con el gorro. Johannes terminó de equiparse, le miró y dijo:

—¡Jesucristo! Alípio, qué bruto eres. Déjame ayudarte.

—Lo lamento, venerable padre.

En un momento, estuvieron preparados. Hamid también lo estaba, así que abrió la puerta interior, y entró a la sala. El anciano le siguió y detrás pasó el novicio.

La habitación estaba totalmente pintada de blanco; no solo las paredes, sino también el cielorraso y el suelo. En todas las paredes, exceptuando la medianera con la sala de sesiones, había aparatos similares a equipos de aire acondicionado, con largas bocas de ventilación a ras del suelo; en dichas bocas, unas rejillas de forma peculiar se abrían y cerraban lenta y silenciosamente. Cada uno de estos aparatos lucía paneles de luces multicolores y pantallas de cristal líquido de color rojo, con indicadores de constantes ambientales. La sala tenía una larga mesa metálica, de cinco metros de largo por metro y medio de ancho, cubierta por un dosel con largos tubos de color violeta, en ese momento apagados. En un extremo de la mesa había un monitor de computadora con su correspondiente teclado, y alrededor ocho sillas, dispuestas en forma desordenada. Una mesa, adosada contra la pared del fondo, sostenía cuatro grandes aparatos, también cubiertos de tableros y pantallas; tres de ellos tenían sus puertas abiertas, y permitían ver receptáculos internos. La voz del profesor Yesil resonó en la habitación, distrayendo momentáneamente al anciano, que levantó la mirada pero no pudo ubicar los altoparlantes.

—Doctor Hamid, por favor, cierre la puerta interna de la cámara. De este lado hay una especie de nerviosismo por entrar allí.

Hamid obedeció.

Mientras tanto, el anciano y Alípio se acercaron a la mesa. Johannes extendió la mano; apoyó suavemente los dedos sobre la vasija, y así permaneció unos instantes. El joven novicio le miró y dijo:

—Venerable padre, a pesar de lo que usted me dijo en aquella cabaña, cerca de los Dardanelos, recién ahora puedo respirar aliviado. La vasija está entera, y ha vuelto a sus manos.

Johannes el Venerable miró un momento al joven y sonrió. Se arrimó al borde de la mesa y echó el cuerpo hacia delante, hasta casi tocar la pieza. Mientras, detrás de ellos, Yesil había entrado, seguido del teniente coronel Artaga, de Rosanna Coleman y de Myron. El profesor decía:

—El ambiente se mantiene a temperatura constante, con una presión atmosférica equivalente al nivel del mar, un nivel de polución de casi cero, y un muy bajo porcentaje de humedad. Atiendan a esto: aquí dentro hay menos de un cinco por ciento de humedad. Si experimentan alguna dificultad para respirar, quiero que lo digan de inmediato, pues deben salir.

Todos asintieron en silencio, aproximándose luego a la mesa. Johannes pasaba sus dedos suavemente por el tapón de arcilla de la boca de la vasija. Myron miró a Hamid y susurró:

—Doctor, usted dijo que ese manuscrito lleva allí dentro mil novecientos años.

—Mil novecientos veinticinco, para ser exactos.

—¿Y piensa que será seguro abrir la vasija y sacarlo?

—¿A qué se refiere?

—No sé... tal vez exista alguna maldición contra quien pretenda sacar los rollos.

Al oír esto, Hamid dejó automáticamente de prestarle atención. Rosanna lo miró otra vez con desaprobación, y Artaga le dijo:

—Myron, si no me equivoco, alguien ayer te informó que esto no es una película de Hollywood.

Rosanna agregó:

—Si tienes miedo, o simplemente no te das cuenta de la trascendencia de este momento, puedes irte.

Myron no contestó. Todos contuvieron la respiración. Johannes el Venerable había levantado una mano. Sin mirar al joven camarógrafo, dijo:

—El chico tiene razón otra vez. Es mi convicción personal que aquí dentro no tenemos simplemente un manuscrito cristiano del primer siglo. Yo creo que este es un manuscrito del Nuevo Testamento, un libro de la Biblia; muy probablemente un original, un autógrafo. Cuando lo saquemos de allí y lo demos a conocer, la actitud que la humanidad tome ante este descubrimiento determinará si constituye una bendición o una maldición. La posibilidad existe; solo Dios sabe qué acontecerá. Y ahora...

El anciano tomó un punzón de sobre la mesa. Lo apoyó sobre la arcilla y se detuvo; suspiró largamente y permaneció callado.

La solemnidad del momento era impresionante, y contribuía a ello el absoluto silencio de la estancia, aislada de ruidos externos. La noción de estar viviendo un instante augusto podía palparse en el aire, en los rostros graves, en los labios callados, en las respiraciones lentas, casi contenidas. El peso de una responsabilidad muy grande parecía cernirse sobre los presentes y depositarse sobre todo en el venerable anciano, que sostenía la vasija con su mano izquierda, apoyando el punzón en el barro que la sellaba.

Johannes retiró un momento la herramienta y miró la pieza; suspiró otra vez.

—Estamos grabando en video —informó Hamid.

Johannes no se movió; eso no parecía ser lo que le preocupaba.

—Me pregunto —dijo Rosanna en un tenue susurro— qué habrá sentido Howard Carter, cuando estaba a punto de abrir la tumba de Tutankamón.

—O Neil Armstrong, al poner un pie en la Luna —agregó Artaga.

Tras una pausa Johannes dijo, con voz profunda y emocionada:

—O el joven apóstol Juan, cuando llegó a la tumba de Jesucristo, y la vio vacía, y creyó que el Señor había resucitado.

—Alabado sea Jesús —se le escapó a Alípio.

El anciano pareció cobrar ánimo con esas palabras; levantó nuevamente el punzón, y lo hundió en la arcilla. La masa que sellaba la vasija resistió al principio, pero el anciano aplicó esa energía que siempre sorprendía a quienes le rodeaban; y así, hurgando y sacudiendo el instrumento en la boca de la vasija, comenzaron a saltar pedazos del antiguo barro. La inscripción que aludía al César Nerva desapareció, y debajo se vio la masa arcillosa, algo más rojiza y brillante que en la superficie. El tapón de arcilla no era muy grueso, no más de dos centímetros, y al abrir un agujero hacia el interior, el anciano se detuvo un momento y miró dentro. Obviamente solo vio oscuridad, así que reanudó su trabajo; hizo saltar arcilla en todas direcciones, ampliando el agujero, ensanchándolo cada vez más, hasta que en dos o tres minutos estaba raspando la cara interna de la boca de la vasija, limpia ya de su tapón y abierta. Dejó el punzón entonces y miró a Hamid, que le señaló un lavatorio en el otro extremo de la mesa. Se lavó las manos con abundante jabón y dejó correr mucha agua por su curtida y arrugada piel. Mientras lo hacía, nadie miró el interior de la vasija, ni se acercó siquiera. Una vez lavadas sus manos, las puso bajo un dispensador de aire caliente, al que encendió cuatro veces, procurando un secado perfecto; complementó el secado con una toalla de algodón, que Yesil extrajo de un armario. Luego, se ubicó nuevamente junto a la vasija. Miró el interior y se volvió hacia el profesor. Yesil le alcanzó un par de guantes quirúrgicos, que se colocó rápida y hábilmente. Al fin, introdujo su mano derecha en la vasija.

5

Un segundo después, extrajo el primer rollo y lo depositó con infinito cuidado sobre la mesa. El rollo estaba envuelto en una fina tela blanca amarillenta; probablemente lino. Lo desenvolvió y encontró que un sello de barro cerraba el borde de la plana final contra el reverso. El pequeño sello circular tenía la figura de un pez, y encima una letra griega, una lambda, acostada junto a la cola del pez. Hamid acercó una cámara fotográfica y realizó tres tomas del sello. Yesil, con el ceño fruncido, murmuró:

—El pez confirma que es un escrito cristiano. Pero esa letra... ¿por qué lambda?

—Confirma que es un escrito de San Juan —replicó Johannes.

—¿Cómo lo sabe?

—Vea.

El anciano señaló un garabato escrito frente a la nariz del pez, y dijo:

—Sigma.

Luego mostró dos pequeñas marcas redondas que casi pasaban inadvertidas, encima y debajo del pez, y agregó—: Esas dos son letras ómicron. El cuerpo del pez hace la letra gamma.

Miró a Yesil y explicó:

—El sello dice *Logos*.

El profesor abrió desorbitadamente los ojos.

—Tiene razón, *monseñor*. San Juan utilizó la idea griega del Logos, personificando en Jesucristo la sabiduría divina, el *Verbo de Díos*, para presentar el mensaje cristiano al mundo pagano.

—Algo así —musitó Johannes; y sacudiendo el rollo provocó la rotura del sello, sin tocarlo. El barro se desmenuzó y cayó sobre la mesa. Hamid lo limpió rápidamente con un paño seco. El anciano finalmente abrió el rollo, revelándose una plana de apretada caligrafía en caracteres griegos, con letras de unos diez milímetros de alto, escasos espacios entre palabras, sin signos de puntuación. Yesil se ubicó junto a Johannes y miró unos momentos la escritura.

—Es *koiné*, sin duda.

—Sí —coincidió el anciano—. Miremos el principio.

Desenrolló el lado izquierdo, mientras el otro lado se enrollaba en su mano. Cuando llegó a la primera plana del rollo, leyó unos instantes; ante sus ojos aparecieron antiguas y evocativas palabras, siempre recordadas, siempre presentes:

$$\text{ἐν ἀρχῇ ἥν ὁ λόγος καί ὁλόγος ἥν πρός}$$
$$\text{τόν θεόν καί θεός ἥν ὁ λόγος}$$

Luego, el Venerable cerró sus ojos, y permaneció así por unos segundos. Yesil, respetuosamente, no se acercó a leer. Por fin Myron, impaciente, dijo:

—¿Y bien? ¿De qué se trata?

—*Monseñor* —musitó Hamid—. ¿Podría usted leernos las palabras con que se inicia el rollo?

Johannes suspiró, abrió los ojos, hizo un gesto afirmativo con la cabeza e inclinándose sobre el rollo, leyó:

—*'En arkhê ên ó lógos, kaì ó lógos ên pros ton theon, kaì theos ên ó lógos.*

Alípio cerró los ojos y dos lágrimas corrieron por sus mejillas. Yesil y Hamid estrecharon sus manos por encima de la mesa; amplias sonrisas se adivinaban bajo los tapabocas. Artaga los miraba ceñudo, sin entender; en igual situación estaban los dos enviados de CNN. Myron, otra vez impertinente, exclamó:

—¿Qué dijo? ¿En qué idioma habló, en latín?

Sin mirarlo, Hamid replicó:

—No es latín, señor Davis. Es griego; griego antiguo.

—Ajá. Pues yo no entiendo griego antiguo; y si no me equivoco mi compañera, y el señor coronel, tampoco lo entienden. Así que agradecería si alguno de los sabios aquí presentes nos traduce lo que el *pope* ha leído.

—Yo mismo lo haré —anunció Johannes; y volviendo a mirar el rollo, recitó:

—En el principio era el Verbo, y el Verbo estaba con Dios, y el Verbo era Dios.

Siguió otro breve silencio.

—¿El Verbo? —murmuró Rosanna—. ¿A qué se refiere? ¿La Palabra de Dios? ¿Está hablando de la Biblia?

—No —respondió Alípio— en la teología de San Juan, el Verbo es el mismo Cristo, la personificación de la sabiduría de Dios.

—¿En la teología de San Juan? —dijo Artaga—. Pero entonces...—miró a Johannes con una sonrisa— ...entonces el manuscrito...

—Sí —confirmó el anciano— el rollo contiene el santo Evangelio según San Juan.

6

HAMID CERRÓ LA PUERTA EXTERNA DE LA CÁMARA EN LA que reposaba la vasija, y regresó a la mesa. Los demás se hallaban sentados nuevamente en la sala de sesiones. Johannes el Venerable parecía pensativo. Yesil esperó que Hamid tomara asiento; observó luego al anciano, paseó la mirada por el resto de los presentes y finalmente clavó sus ojos en Johannes. Hubo un solemne momento de silencio. El anciano sintió los ojos de todos sobre él; levantó la vista y les miró. Artaga sonreía; Alípio estaba aún muy emocionado. Los dos académicos se veían radiantes e interesados, mientras que Rosanna Coleman y Myron se mantenían expectantes.

Y habló:

—Tenemos el Evangelio de San Juan en un manuscrito del año 67 del primer siglo.

Pausa.

Miró a Yesil y agregó:

—¿Cuál es la opinión de los eruditos?

Yesil se revolvió en su asiento.

—Bueno, si bien nosotros somos arqueólogos, no somos precisamente eruditos en arqueología bíblica, y menos en el estudio y crítica de manuscritos antiguos. Pero una cosa puedo decir: las pruebas de fechado biorradiométrico fueron hechas en forma cuidadosa, siguiendo estrictamente un procedimiento claramente protocolizado, y las llevó a cabo personal entrenado bajo nuestra propia supervisión. No tenemos dudas en cuanto a la fecha de fabricación de los materiales, ni tampoco sobre la fecha de composición del documento. Por supuesto, debe hacerse la salvedad acerca del margen de error de la técnica actualmente en uso; pero, como ya dijimos, los modernos métodos biorradiactivos reducen dicho margen a un máximo de veinticuatro meses. Esto quiere decir, y reitero aunque huelgue la aclaración, que ese manuscrito fue escrito entre los años 66 y 68 después de Cristo.

—Y bien...

—Johannes le invitó a continuar.

—Reverendo, si es auténtico, indudablemente constituye el mayor descubrimiento arqueológico del siglo. Las copias más tempranas del Evangelio de Juan, existentes en la actualidad, datan de la primera mitad del siglo segundo; concretamente, de alrededor del año 130 después de Cristo. Por lo tanto, aquí tendríamos una copia que antecedería en más de sesenta años a la más antigua que se ha descubierto hasta el momento.

—¿Una copia? —le interrumpió Alípio—. Perdone, señor, pero, ¿en qué fecha fue compuesto el evangelio de San Juan?

Hamid arqueó las cejas, miró a su profesor y dijo:

—Mi hermano tiene razón. Tradicionalmente, en círculos eruditos se ha adjudicado al Evangelio de Juan, como fecha de composición, algún momento entre los años 85 y 90 del primer siglo. No tiene sentido que hablemos de una copia, si fue escrita antes de la composición del evangelio.

—Entonces tenemos una situación muy interesante —dijo Yesil; y agregó—: Considerando lo que el doctor Hamid acaba de decir, deberíamos concluir que este documento es un original del Evangelio de San Juan.

—Personalmente —terció Johannes— creo que este manuscrito es *el* original del evangelio, escrito de puño y letra del apóstol San Juan.

Hamid esbozó una media sonrisa y dijo:

—Eh... *monseñor*, verá... es opinión de los expertos que San Juan *dictó* su evangelio.

—¿Y en qué evidencia fundamentan dicha opinión? —replicó el anciano.

Aguardó una respuesta de Hamid, pero este contestó con otra pregunta:

—¿Qué aduce usted a favor de que el propio Juan haya escrito el evangelio y no un amanuense?

Johannes le miró de reojo un momento; esbozó él también una media sonrisa, y respondió:

—¿Me creería si le digo que reconozco su letra?

Hamid frunció pronunciadamente el ceño.

Yesil soltó una carcajada y aseveró:

—El reverendo juega con nosotros, pero tiene razón. Su posición acerca de que el apóstol Juan escribió el evangelio de su puño y letra, es tan buena como la opinión de que lo haya dictado a un secretario.

—Amén del hecho que, al final del evangelio, Juan dice: «Este es el discípulo que da testimonio de estas cosas, y *escribió* estas cosas».

Yesil y Hamid se miraron; el primero dijo:

—Tiene usted razón, *monseñor* —sonrió entusiasmado, y continuó—: Esto es cada vez más emocionante. Encontramos un original del Nuevo Testamento, escrito por un apóstol; es decir, un autógrafo.

Movió la cabeza y añadió:

—El registro de la vida, hechos y enseñanzas de Jesús de Nazaret, escrito de puño y letra de un hombre que anduvo con Él, y se recostó en su pecho en la Última Cena; un hombre que corrió hasta su tumba junto a Pedro, la mañana de aquel día y la vio vacía, y que esa misma noche le vio resucitado. Un autógrafo sagrado. Este hallazgo es invaluable; este manuscrito vale más que todo el oro del mundo.

—Profesor Yesil —dijo Hamid—. Si Juan el apóstol escribió su evangelio al final de la década de los años sesenta de aquel siglo, ¿por qué no se conocen los comienzos de su circulación sino hasta fines de la década de los años ochenta, es decir, veinte años después?

—Tal vez porque, por alguna razón, no le dio circulación sino hasta finales de siglo.

Miró a Johannes e inquirió:

—¿Usted qué piensa?

—Estoy de acuerdo —respondió el anciano—. Tal vez este manuscrito represente la primera puesta por escrito del evangelio por parte de San Juan. Luego ha de haberlo completado y corregido, bajo la inspiración del Espíritu Santo tal como la Iglesia enseña, y finalmente lo dio a conocer. Esto concuerda con las circunstancias en que fue hallado.

—¿A qué se refiere exactamente? —preguntó Hamid.

—Piensen en el valor que tienen para los cristianos las Sagradas Escrituras. No precisamente los manuscritos antiguos, sino el registro de la Palabra de Dios. A finales del siglo primero los discípulos de San Juan atesorarían sus escritos con el mismo respeto y veneración con que los cristianos en general guardaban los escritos producidos por los apóstoles a lo largo de ese siglo. En vida de Juan, otros cristianos a lo largo y ancho del Imperio Romano veneraban ya sus escritos, por considerarlos Sagradas Escrituras. Este documento, escrito por él treinta años antes, debió ser un tesoro espiritual y afectivo para él mismo, y para sus discípulos. Entonces tomó medidas para su conservación. Resulta muy sugestivo el que haya aparecido en las cercanías del lugar donde Juan pasó sus últimos años de vida. Tal vez las criptas, como dije hace rato, existían en esa región desde mucho antes de que San Ulrico fuera edificado. Allí quedó la vasija, mientras los siglos transcurrían, hasta que se fundó el monasterio; y los siglos siguieron transcurriendo, hasta que la encontramos y descubrimos lo que guarda en su interior.

—El legado final del apóstol San Juan —añadió Yesil—, el original del evangelio, escrito por el mismísimo apóstol. Un autógrafo sagrado.

Hamid cortó su admirado estupor para decir:

—Profesor, debemos dar a conocer este descubrimiento a nivel internacional.

—Imagínese usted —comentó Yesil, sonriendo—, lo que significará para su carrera publicar este hallazgo. El descubrimiento del autógrafo del Evangelio de San Juan merece ser divulgado en las más prestigiosas revistas internacionales de arqueología.

Quedó un momento pensativo y luego agregó:

—Me temo que, primero, deberemos contrastar nuestros resultados con los obtenidos en laboratorios de otros países, sobre todo en el aspecto del fechado biorradiométrico. Además, el manuscrito debe ser entregado a un grupo de lingüistas expertos en el griego del Nuevo Testamento; de ser posible, el mejor.

—¿Dónde? —preguntó plácidamente Johannes el Venerable.

Yesil se encogió de hombros.

—Los lugares posibles son muchos. Por mencionar solo algunos, en Estados Unidos, la Universidad John Hopkins, el Seminario Teológico Fuller en California o el Gordon Conwell de Massachusetts. Otro lugar adecuado sería el Instituto Estadounidense de Estudios Orientales, en Jerusalén.

—Profesor —interrumpió Hamid— si me permite, me gustaría sugerir un lugar.

—Por supuesto.

—El Departamento de Arqueología de la Universidad de Manchester.

—Inglaterra —dijo Johannes.

—Así es, *monseñor*. Yo hice un curso de postgrado allí.

Johannes pensó un momento. Levantó la mirada hacia los dos académicos, y dijo:

—Excepto Israel, que mantiene una beligerante neutralidad en este conflicto, todos los centros que han mencionado están en países enemigos.

Los dos hombres suspiraron, y parecieron desanimarse. Yesil exclamó:

—¡Maldita guerra! Con el entusiasmo que esto me ha provocado, olvidé que nuestro país está en guerra. Es más, ¡cómo haremos llegar este manuscrito a ninguna parte, estando nuestro país rodeado por enemigos!

—Bueno —dijo Johannes con un gesto— lo que tenemos que hacer es detener la guerra, o por lo menos lograr una tregua.

Yesil soltó una risita.

—¿Y cómo piensa usted lograr eso?

—Tal vez no pueda lograrlo yo, pero el manuscrito, sí. Dejemos que la humanidad sepa lo que tenemos aquí.

El anciano miró a ambos, y luego fijó los ojos en la computadora.

—¡La red! —exclamó Hamid—. Ni siquiera la guerra ha logrado cortar la conexión por internet. Puedo tener acceso desde aquí mismo a las páginas de las principales sociedades de arqueología. Si pongo esto en internet ahora, en treinta minutos lo sabrá el mundo entero.

—Hágalo, hijo mío —le animó, apaciblemente, el anciano—. Mientras tanto, podemos divulgar esta información por una vía paralela, mediante una conexión con Atlanta; también vía satélite, y desde esta misma habitación.

Yesil y Hamid fruncieron el ceño. Pero Myron saltó como movido por un resorte, se inclinó para tomar algo del suelo, y levantó triunfalmente su cámara; con una sonrisa de oreja a oreja aclaró:

—Si fuere necesario, podemos prescindir del satélite.

Rosanna Coleman, también sonriendo, se inclinó sobre la mesa, miró a Yesil y dijo:

—Profesor, ¿me concedería una entrevista sobre este descubrimiento, para CNN?

—CNN —dijo Yesil, asombrado.

Mirando a Johannes con una amplia sonrisa, Artaga dijo:

—Por eso querías que ellos dos permanecieran con nosotros ¿eh?

Johannes el Venerable se recostó cómodamente contra el respaldo de la silla, cruzó los brazos sobre el pecho, inspiró profundamente y exhaló el aire con suavidad.

No contestó.

La tregua

I

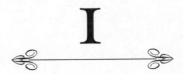

LA PRESENTADORA DE NOTICIAS ERA JOVEN, RUBIA Y BONITA. SUS ojos claros y soñadores miraban la cámara con expresión atenta, sin desviarse un instante, con un pestañeo elegante y no muy acusado. Hablaba un idioma español claro y bien pronunciado, con un fuerte acento centroamericano. Sus palabras recorrían decenas de miles de kilómetros, y alcanzaban a los hogares de habla hispana en Estados Unidos, Latinoamérica y España, con las noticias que, llegadas a Atlanta directamente desde Ankara, se emitían hacia el mundo entero.

«...así como la primera expedición tripulada ruso-estadounidense a Marte, aún a mitad de camino al planeta rojo, debió ceder su primer lugar en los titulares informativos a los sucesos derivados de la guerra en el Mediterráneo oriental, ha surgido ahora un nuevo hecho, ajeno a la guerra pero proveniente de la misma zona, que concita la atención mundial por sus implicaciones históricas, científicas, culturales y religiosas».

La imagen de la presentadora desapareció de la pantalla, viéndose la fachada de la Facultad de Letras de la Universidad de Ankara; la voz continuó:

«Eruditos del Museo de Santa Sofía, refugiados en Ankara tras la caída de Estambul ante fuerzas de la OTAN, anunciaron a las dos de la tarde de hoy, hora de Atlanta, el hallazgo de un manuscrito de gran antigüedad, que fechados radiométricos permitirían afirmar fue escrito el año 67 del primer siglo de la era cristiana. El manuscrito contendría el texto del cuarto evangelio del Nuevo Testamento de la Biblia y los científicos que han analizado el documento coinciden en afirmar que un manuscrito del Santo Evangelio según San Juan, proveniente de fecha tan temprana, no puede ser otro que el original, escrito por el propio apóstol Juan. Desde Ankara nos amplía nuestra corresponsal, Rosanna Coleman».

Enseguida pudo verse en los televisores de millones de hogares la imagen de la joven morena, espléndidamente ataviada y con su larga cabellera crespa arreglada de un modo leonino. Frente a ella, sentado en el sillón de su oficina y con las manos entrelazadas sobre el escritorio, estaba el profesor Yesil, sencillamente vestido, sin corbata y con expresión amable. Rosanna comenzó:

«Desde Ankara, la ciudad sitiada en el corazón de una Turquía asediada, comunicamos al mundo la naturaleza de este trascendental descubrimiento. Estamos con el profesor Tayyar Yesil, director del Museo de Santa Sofía de Estambul, quien nos hablará sobre el manuscrito de San Ulrico, presuntamente, el autógrafo del Evangelio según San Juan. Profesor, querríamos que nos ofreciera brevemente detalles sobre el hallazgo de este manuscrito, así como acerca de los resultados de los estudios a que fue sometido; resultados que hacen pensar, a usted y su equipo, que este documento es un autógrafo bíblico».

Yesil carraspeó brevemente, miró con nerviosismo la cámara y comenzó:

«Sí, eh... como usted ha dicho, ya en la etapa de estudios preliminares el doctor Osman Hamid y yo, ese es todo el equipo —aclaró con una tímida sonrisa— llamamos a este documento el "Manuscrito de San Ulrico"».

Su inglés era fluido y perfectamente inteligible lo que favorecía la traducción simultánea realizada por la cadena.

«El documento», prosiguió, «que consta de tres rollos independientes, todos ellos cerrados con un sello que lleva inscrita la palabra "logos", fue encontrado dentro de una vasija de cerámica griega, sellada a su vez con arcilla. El tapón de arcilla tenía una inscripción en griego *koiné,* la lengua en boga en el mundo grecorromano del siglo primero de la era cristiana. La inscripción decía, la tenemos documentada en video, "Cerrado en el año uno de Nerva César"; la fecha de referencia es el año 96 después de Cristo. Realizamos pruebas de datación biorradiométrica con técnicas y equipamiento de última generación, siguiendo estrictamente protocolos de análisis aceptados por la comunidad científica internacional. Los resultados de dichas pruebas nos permiten afirmar, con un margen de error de más menos doce meses, que el manuscrito fue escrito en el año 67 de nuestra era. Esa fecha antecede en alrededor de seis décadas a las más tempranas copias del Evangelio de San Juan descubiertas hasta el momento, y es incluso dos décadas anterior a la fecha tradicionalmente aceptada de composición de dicho evangelio; es decir, entre los años 85 y 90 de nuestra era. Por lo tanto, hemos planteado que un manuscrito tan temprano no puede ser una copia».

Aseverando más que preguntando, Rosana lo interrumpió:

«El manuscrito, entonces, contiene, efectivamente, el texto del Evangelio de San Juan».

«Oh, sí. Abrimos la vasija en condiciones controladas, en conjunto con su descubridor, un monje cristiano ortodoxo de gran erudición y extensa influencia piadosa en la población de su provincia. Dicho monje descubrió la vasija en catacumbas subterráneas, localizadas bajo el monasterio de San Ulrico; de ahí el nombre del manuscrito. Dicha casa monástica se asienta sobre una colina, en las cercanías de las ruinas de Éfeso, lugar ampliamente visitado por el turismo antes del inicio de la guerra. En dicha colina, según una tradición que cuenta siglos, se encuentra la tumba del apóstol San Juan. Está históricamente documentado que el apóstol Juan pasó sus últimos años de vida en la ciudad de Éfeso. El hallazgo de un manuscrito con el texto del Evangelio de San Juan de fecha tan temprana, en la región donde San Juan pasó sus últimos años de vida, nos induce a pensar que se trata del original del evangelio, guardado por el apóstol por motivos religiosos o afectivos».

«O de otro tipo», acotó Rosanna.

«O de otro tipo», repitió Yesil, «que sería más difícil esclarecer».

«Profesor Yesil, ¿qué esperan ustedes que suceda ahora?»

«Pues, queremos someter este descubrimiento al estudio de la comunidad científica internacional; de aquellos, se comprende, que entienden el análisis de documentos antiguos. Estamos deseosos de que los resultados de nuestras pruebas radiométricas sean contrastados con pruebas realizadas sobre el manuscrito en centros de primer nivel, en el extranjero. Además, el texto debe ser sometido al estudio y crítica de un equipo de lingüistas expertos en el griego del Nuevo Testamento, algo que está fuera de nuestro alcance. Creemos que esa sería la manera adecuada de continuar con el estudio de esta pieza arqueológica. Ahora resta esperar que los gobiernos de los países empeñados en esta guerra contra nuestra nación, así como el nuestro, entiendan la magnitud de este hallazgo y tomen las medidas necesarias para detener el conflicto, permitiendo llevar el manuscrito, con seguridad, a un lugar adecuado para su exhaustivo análisis. Creemos que los resultados de dicho estudio iluminarán a toda la humanidad».

«Profesor Yesil», dijo Rossana, «para terminar, en virtud de los conceptos que ha vertido sobre el Manuscrito de San Ulrico, ¿cómo calificaría usted este hallazgo?»

Yesil inspiró profundamente, esbozó una media sonrisa y concluyó:

«Diría que es un descubrimiento asombroso».

2

LA IMAGEN CAMBIÓ CON DINÁMICA RAPIDEZ.

Rosanna, vestida y peinada de modo diferente pero igualmente ostentoso, hablaba otra vez:

«Y ahora, unas palabras con el descubridor del manuscrito: el monje ortodoxo cristiano, antiguo abad del monasterio de San Ulrico, Johannes el Venerable».

Sentado en un sillón, en el despacho del decano de la facultad, cedido para la ocasión, Johannes miró con serenos ojos a la joven. En su mirada había paz, y mucha autoridad, aun sin decir palabra. Rosanna vaciló brevemente ante la imponente tranquilidad del anciano, se repuso y dijo:

«*Monseñor*, usted es un hombre de iglesia y de claustro; tal vez sea la primera vez que está ante una cámara de televisión. Al otro lado de ese aparato que lo está enfocando hay seguramente miles o millones de personas ávidas por oír las palabras del hombre que descubrió el Manuscrito de San Ulrico. ¿Qué nos puede decir al respecto?»

«En realidad», comenzó Johannes el Venerable, tranquilo, «soy un hombre de iglesia, pero no de claustro. He viajado mucho, y he estado en diversos países, casi siempre en situaciones como la que ahora azota a Turquía: guerras y desastres naturales. Y no es la primera vez que estoy ante una cámara de televisión; yo le diría que es la enésima».

Y sonrió.

Rosanna vaciló un momento, se notaba turbada. Evidentemente, tendría que haber preparado mejor la entrevista; eso era lo que otros imaginaron que pensaba. Pero demostró ser una profesional, al superar el traspié inicial con elegancia:

«Celebro eso, *monseñor*, pues significa que podrá hablar con total soltura al relatar a los televidentes los pensamientos, emociones e impresiones que le provocan ser el descubridor del que puede ser el manuscrito original del Evangelio de San Juan».

«Indudablemente. El primer pensamiento que me viene a la mente, sobre todo por la manera en que usted me presenta, como el descubridor del manuscrito, es que haber hallado dicho documento antiguo no constituye un mérito personal. Lo sería, si yo fuera un arqueólogo que hubiese estado buscándolo, y hubiera deducido dónde podía encontrarse. Pero fue un hallazgo fortuito, fruto de la preocupación por los habitantes de la región en la que se asienta, desde hace ochocientos años, el monasterio de San Ulrico, y de buscar un refugio para ellos en las criptas subterráneas de nuestra Santa Casa, ante lo inevitable de esta guerra. En esa búsqueda, en una cueva subterránea hasta entonces desconocida, encontré la vasija de la que extrajimos tres rollos, que juntos contienen el texto del Evangelio de San Juan. La emoción por este hallazgo, como usted puede imaginar, es muy grande; creo que solo la superaría la que debió haber sentido el bienaventurado apóstol San Juan, al escribir el evangelio. Considere usted que nos planteamos haber encontrado un manuscrito original del Nuevo Testamento, escrito de puño y letra de un apóstol de Cristo; es decir, un autógrafo. De todos los libros de la Biblia, tanto del Antiguo como del Nuevo Testamento, no existían hasta hoy más que copias; algunas muy antiguas, como los rollos de Qumrán. Pero ni un solo autógrafo. Ningún fragmento de la ley escrito por el propio Moisés, ni tampoco un salmo escrito por David, o algún pasaje de la profecía escrito por Isaías, Ezequiel, Jeremías o algún otro. Y tampoco una epístola escrita por San Pablo, o San Pedro, o un evangelio de puño y letra de Mateo, o Lucas, o Marcos... o Juan».

El anciano hizo una pausa, inspiró y concluyó:

«Si lo que afirmamos que este manuscrito es se confirma, y yo creo que se confirmará, el mundo podrá leer en él las palabras escritas por un hombre que vio a Jesucristo, y anduvo tres años con él; un hombre que lo vio transformar el agua en vino y alimentar a miles de personas con cinco panes y dos peces; un hombre que contempló con sus propios ojos cómo Jesucristo sanó al paralítico junto al estanque de Betesda, y vio a Lázaro resucitar de entre los muertos».

Su voz se hizo más profunda y finalizó:

«Un hombre que vio morir a Jesús en aquella cruz y tres días después lo vio otra vez vivo. Creo que este descubrimiento iluminará al mundo, en un momento en que lo necesita y mucho».

Siguió un silencio, luego del cual Rosanna se volvió hacia la cámara, que excluyó a Johannes enfocando solo a la reportera y dijo:

«Los eruditos, científicos y religiosos, reunidos en Ankara, están de acuerdo en que este hallazgo, que se ha dado en llamar el Manuscrito de San Ulrico, es un descubrimiento de trascendental importancia para la humanidad en su conjunto. Esto se da en un momento en que Turquía se enfrenta a la peor amenaza de destrucción nacional de toda su historia. Países miembros de la OTAN, y dos poderosos miembros de la Liga Árabe, rodean casi completamente a esta nación, que ya ha perdido su territorio europeo y una ciudad milenaria emblemática, Estambul. Ahora que la existencia del Manuscrito de San Ulrico ha sido dada a conocer al mundo, resta ver si los gobiernos de las naciones empeñadas en la guerra del Mediterráneo oriental están dispuestos a otorgar una tregua a Turquía, y el gobierno del presidente Seliakán, a su vez, consiente un alto al fuego, con el fin de permitir que el manuscrito sea trasladado, según el deseo expreso de quienes tuvieron que ver con el análisis inicial, para un más completo estudio que permita corroborar lo que hasta ahora se afirma de este documento. Desde Ankara, para CNN, Rosanna Coleman».

Los estudios de Atlanta volvieron a verse en las pantallas de millones de televisores. La joven presentadora retomó la palabra:

«Muchas gracias, Rosanna. Efectivamente, las repercusiones del descubrimiento del Manuscrito de San Ulrico ya se han dejado oír a nivel internacional. En el Vaticano, Su Santidad el papa Gregorio XVII dirigió un mensaje a los fieles reunidos en la plaza de San Pedro, fustigando el ánimo guerrero de los países de la OTAN, así como de turcos, egipcios y sirios, e hizo un enérgico llamado a concertar una tregua, para permitir que el Manuscrito de San Ulrico salga de Turquía y sea llevado a un lugar seguro, donde pueda ser estudiado con devota dedicación. Propuso que los rollos sean trasladados al Vaticano para esos efectos. Por otra parte, Su Toda Santidad Basilio IV, Patriarca Ecuménico de Constantinopla, refugiado en Atenas desde antes de iniciarse la guerra del Mediterráneo oriental, lanzó una amarga imprecación contra Seliakán por los tormentos que está imponiendo a la nación turca, al arrastrarla al actual estado de guerra; además, lo considera responsable de poner en peligro la integridad de lo que desde hoy debe considerarse el más grande patrimonio espiritual de la humanidad: el autógrafo del Evangelio de Jesucristo según San Juan, encontrado en Anatolia.

»Despachos de último momento nos informan que el presidente de los Estados Unidos de América convocó a los líderes de los países miembros de la OTAN a una reunión urgente para considerar la situación en el Mediterráneo oriental. Voceros de la Casa Blanca manifestaron que el presidente Jackston, de inclinaciones religiosas protestantes, desea una tregua en la guerra contra Turquía para favorecer el traslado del Manuscrito de San Ulrico hacia Estados Unidos. En el Reino Unido, el Reverendísimo y Muy Honorable James Bourke, Arzobispo de Canterbury, ha hecho igual planteamiento, ofreciendo todos los recursos humanos, materiales, económicos y financieros de su diócesis para el estudio del Manuscrito de San Ulrico. En esto fue emulado por el Patriarca de la Iglesia Ortodoxa Rusa, Tikón II, que desea que el Instituto Arqueológico de Moscú se encargue de dicha tarea.

»Desde el espacio, a una distancia de treinta millones de kilómetros, el coronel Jonathan Klaise, comandante de la misión a Marte, envió un sentido mensaje a favor de la paz en el Mediterráneo oriental, instando a las partes en conflicto a recordar una de las frases más famosas de Cristo, recogidas en el Evangelio de San Juan: "La paz les dejo, mi paz les doy". Aún no ha habido declaración oficial del gobierno turco acerca de la postura que adoptará el presidente Seliakán frente a la situación planteada a nivel internacional por la existencia, hoy revelada, del Manuscrito de San Ulrico».

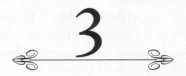

3

Cuatro horas después, la rubia presentadora de noticias estaba en su oficina particular. Estudiaba datos relativos a temas que serían analizados el día siguiente, en un programa destinado al debate sobre la intervención de Estados Unidos en la economía de los países de América Latina. Inmersa en sus hojas de informe, no reparó en los dos golpes, breves y secos. La puerta y las paredes translúcidas podían ser oscurecidas a voluntad, pero la joven siempre desdeñaba ese artificio tecnológico que garantizaba intimidad. Había ascendido rápidamente y, pese a que algunos atribuían dicho ascenso a los méritos de su escultural cuerpo antes que a su talento y capacidad para las tareas que desarrollaba, le gustaba mantenerse en contacto con sus compañeros, aquellos con los que compartiera las áreas de trabajo. Pero en ese momento, concentrada en el análisis que efectuaba, no solo no escuchó la puerta, sino que tampoco vio al joven de pie al otro lado que con gesto nervioso aguardaba ser atendido. Con un enorme montón de papeles bajo el brazo izquierdo, levantó el puño derecho para golpear nuevamente; vaciló y por fin echó mano al pestillo. Empujó apenas la puerta e introdujo los enhiestos mechones de su cabello castaño.

—¿Señorita Ballesteros?

La joven levantó la vista, sonrió y dijo:

—Hola; entra por favor. ¿Tú eres...?

—Eddie... de la producción de Panorama Mundial, señorita Ballesteros. Disculpe que la moleste...

—No hay problema. Pasa y siéntate... y llámame Eugenia.

—Gracias —dijo el joven y tomó asiento; extendió los papeles sobre la mesa, y revolvió entre ellos mientras decía: —El jefe quiere que le muestre algunas cosas extrañas que han llegado.

—¿Cosas extrañas?

—Se trata de algunas cartas llegadas por fax a los estudios y muchísimos correos electrónicos, todo relacionado con el reportaje que realizó Rosanna Coleman en Ankara, acerca del hallazgo del Manuscrito de San Ulrico.

—¡Ah, sí! —la joven frunció el ceño—. ¿Y por qué esas cosas extrañas son enviadas a CNN en español?

—Pues —el joven titubeó—, las que llegaron en español fueron traducidas al inglés y viceversa. La dirección de la cadena quiere que todos los que tuvieron que ver con la emisión de esa nota analicen esta información.

—Ya —murmuró Eugenia—. Imagino que una noticia de ese tipo ha de haber provocado inmediatas repercusiones en el mundo entero, sobre todo entre arqueólogos, religiosos y creyentes en general.

—Pues, sí las provocó y nuestra sección está desbordada de hojas de fax, notas de correo electrónico y llamadas telefónicas que comentan diversos aspectos del informe, o del manuscrito, o de ambas cosas. Pero han llegado tres o cuatro cartas diciendo cosas... imposibles, sobre ese monje ortodoxo.

—¿Johannes el Venerable?

—Sí. Vea por favor.

Extrajo un fax de la pila y se lo entregó.

—Esta es de un tal Wilhelm Libbermann; llegó hace dos horas desde Alemania. Este hombre afirma haber estado en un campo de concentración nazi durante la Segunda Guerra Mundial. Dice que él era aún un niño cuando fue capturado por soldados del Tercer Reich, en 1940; permaneció cinco años en el campo de concentración, situado en el sur de Alemania; hasta el fin de la guerra.

Eugenia levantó la vista del fax, apretadamente escrito, y obviamente deseosa de abreviar, instó al joven a seguir:

—¿Y bien?

El joven titubeó antes de responder:

—Pues... este señor asegura que Johannes el Venerable estuvo en ese campo de concentración, en 1945, poco antes del final de la guerra, y que le salvó a él y a su familia de ser llevados a la cámara de gas.

—¿Cómo los salvó?

—Según refiere este señor Libbermann, el monje simplemente convenció con pocas palabras a un oficial nazi de no ejecutarlos.

Eugenia miró al joven un momento y respondió:

—Rosanna ha dicho que no sabe la edad del monje, pero que un amigo del mismo estima que tiene unos noventa años. Si es así, y estuvo en ese campo de concentración hace setenta y seis años, tenía entonces catorce años. Edad suficiente para hablar elocuentemente a favor de su supervivencia; quizás fuera ya religioso, un novicio tal vez.

El joven negó con la cabeza.

—No —dijo—. Libbermann afirma que el monje no rogó por su propia vida, sino por la de ellos. Pero el punto es que, según este señor, en 1945 Johannes el Venerable se veía tal como se lo vio hace unas horas por televisión.

—¿Cómo?

—Sí; lea por favor todo el fax. Luego si quiere. Libbermann jura por lo más sagrado que el monje que le salvó de la muerte en 1945 era un hombre anciano, que aparentaba una edad muy avanzada; quizás noventa años. Que nunca más volvió a verlo hasta hoy, en el reportaje hecho en Ankara, y que no le cabe ninguna duda de que es el mismo.

—Un momento —dijo Eugenia, poniendo las manos sobre el escritorio—. ¿Este tal Libbermann dice poder recordar perfectamente el rostro de un hombre al que hace setenta y seis años que no ve? Espera un poco, ¿qué edad tiene ese alemán?

—Eh... tiene ochenta y cinco años. Tenía nueve años de edad cuando terminó la guerra.

—Ya.

La joven rió brevemente; luego, con semblante serio, continuó:

—¿La dirección de la cadena cree que no estoy suficientemente ocupada, que me manda a estudiar los delirios seniles de un anciano demente?

—Por favor, lea aquí.

El chico tomó la hoja de fax, señaló un párrafo subrayado y lo devolvió a la presentadora de noticias.

Esta leyó en voz alta:

«...tal vez se pregunten cómo puedo afirmar que ese hombre que apareció hoy ante cámaras, es el mismo que estuvo en Alemania en 1945, en aquel campo de concentración. Permítanme decirles que aunque pasen los años, aunque transcurran décadas, uno no olvida fácilmente el rostro del hombre al que debe la vida».

La chica levantó la vista.

El joven prosiguió:

—Y en cuanto a lo de anciano senil, creo que tampoco es aplicable. El doctor Libbermann es profesor de matemáticas y estadística en la Universidad de Manheim. Todavía dirige su departamento y dicta clase.

Hubo un momento de silencio; luego, Eddie prosiguió:

—Hay otro fax... no, un correo electrónico. Lo envió un tal Quincy Peterson, residente de un hogar para veteranos de guerra de Los Ángeles. El señor Peterson dice haber sido el único sobreviviente de un pelotón de reconocimiento, aniquilado por el Vietcong en 1967, en... no recuerdo el nombre, alguna región selvática de Vietnam.

—Y Johannes el Venerable estaba allí.

—En efecto.

—¿Y qué hizo? ¿Detuvo las balas?

—No. Peterson afirma que, horas después del combate, apareció un ministro cristiano. Atendió sus heridas y le llevó a través de la selva, según el veterano, infestada de guerrilleros del Vietcong, hasta dejarlo, treinta horas después, a escasos cien metros de la entrada de una base militar estadounidense.

—¿El monje dijo algo?

—Según Peterson, Johannes le dijo pertenecer a una misión cristiana; no aclaró si católica romana, protestante u ortodoxa. Peterson, que es evangélico, le tomó por un anciano pastor, misionero en Indochina. Dice que cuando los soldados de la base llegaron a recogerlo, el anciano había desaparecido.

—Y nunca más le vio, hasta el reportaje hecho hoy por Rosanna en Ankara ¿verdad?

—Así es.

Luego alargó a Eugenia otro fax. Era una página de revista, con un fotograma.

—¿Qué es esto?

—Un artículo tomado de *Surgery, Gynecology & Obstetrics*, lo que es hoy el *Journal of American College of Surgeons*; el número es de marzo de 1918. Fue enviado por un bibliotecario de la Escuela de Medicina de la Universidad de Chicago. El artículo, publicado por un equipo de cirujanos estadounidenses, trata sobre cirugía de lesiones abdominales por herida de bala, durante la Primera Guerra Mundial en Europa. Vea la foto; dos paramédicos atienden en el campo de batalla a un soldado herido. A la derecha, detrás de ellos, hay una figura.

Eugenia miró la silueta, encerrada en un círculo hecho antes de enviar el fax. Tenía forma humana, y se veía ligeramente encorvada. Vestía atuendo negro y lucía cabello blanco, corto; en el rostro se distinguían barba y bigote, también canosos, y prácticamente nada más. La joven miró al muchacho y dijo:

—Esto puede ser cualquier cosa. Tal vez ese bibliotecario tenga mejores ojos que yo, pero si no se ve con claridad no podemos afirmar nada, y menos lo imposible, sobre la base de una mancha borrosa.

El joven sonrió y contestó:

—La computadora tiene mejores ojos que el bibliotecario, y sobre la base de esta mancha borrosa realizó una copia de alta definición.

Y alargó una foto a la presentadora.

Al verla, Eugenia se puso de pie, exclamando:

—¡Oh, Dios mío!

Miró al joven, con la foto temblorosa entre sus manos, y dijo:

—Chico, esto no puede ser posible.

El fotograma computarizado de alta resolución mostraba a Johannes el Venerable, con exactamente el mismo rostro, el mismo cabello canoso, la misma barba y bigote blancos que se habían visto pocas horas antes en las pantallas de CNN.

—No es posible —repitió Eugenia.

—Pues, parece que el monje que entrevistó Coleman en Ankara no ha cambiado su aspecto físico en los últimos cien años.

Eugenia miró por un momento a Eddie, con las manos apoyadas en el escritorio; luego dijo resueltamente:

—Ahorita mismo te vas a hablar con el jefe. Quiero una comunicación inmediata con Rosanna; ruega si es necesario. Ve.

4

Dos horas después, Eddie volvió a la oficina. Eugenia lo miró, entre sorprendida e impaciente.

—¿Y bien?

Apesadumbrado, el muchacho respondió:

—Me temo que la comunicación no será posible por el momento.

—¿Cómo? ¿No fue aceptada la tregua?

—Sí lo fue. Justamente, ahora trabajamos en las noticias al respecto. Seliakán se apresta a recibir en Ankara al secretario general de Naciones Unidas y a un representante militar de la OTAN para negociar un alto al fuego. Se celebrará, probablemente esta misma noche, una reunión en la que también participará el embajador egipcio ante el gobierno turco, que en estos momentos vuela de regreso desde El Cairo. Incluso, los sirios se retiran del sureste de Turquía.

—¿Se retiran? ¿Y qué les importa a los sirios el Manuscrito de San Ulrico?

—Probablemente nada. Pero Israel y el Líbano presionaron a Damasco para que coopere en la tregua. Al parecer, Siria no quiere problemas en su patio trasero, no mientras tenga la mayor parte de sus tropas dentro de Turquía y accedió a evacuar el territorio ocupado.

Quedaron un momento en silencio; Eugenia levantó ambos brazos y los balanceó en busca de un comentario adecuado.

—Pero, entonces —dijo por fin—, la guerra terminó. ¿No es genial?

El chico movió la cabeza negativamente.

Dijo:

—La guerra se detuvo por el momento, sí. Si se llega a un acuerdo, no se reanudarán las hostilidades, y entonces se podrá considerar que la guerra acabó.

—¿Y cuál es la causa de que no podamos comunicarnos con nuestra gente allá? ¿Qué mejor momento que este para incrementar el flujo de información en ambos sentidos?

El joven arqueó las cejas y tomó asiento; cruzó las manos sobre el escritorio y prosiguió:

—El jefe solo pudo hablar unos minutos con Myron. En Ankara se ha impuesto la ley marcial.

—¡Ley marcial! ¿No lo estaba ya, desde el inicio de la guerra?

—Al parecer no en Ankara. Pero ahora sí. Hubo un intento de asesinato; quisieron matar a Seliakán. Se ha descubierto una red de conspiradores. Al parecer, se relaciona con la disidencia cuyos líderes fueron ejecutados antes de la caída de Estambul. En pocas horas hubo centenares de arrestos en la capital.

El chico levantó la mirada hacia Eugenia y agregó:

—Y adivine qué.

—¿Qué?

—Nuestro venerable anciano también fue arrestado; hace solo una hora.

—¿Johannes el Venerable, un conspirador? ¿Ese anciano aparentemente inofensivo, un asesino?

—Myron no lo cree, ni tampoco Rosanna. Ellos también fueron interrogados, y solo por su condición de periodistas los dejaron en libertad; en una libertad vigilada. Se les permitirá cubrir las negociaciones de paz, pero les fue anunciado que el material a enviar será fiscalizado estrictamente por el ejército turco.

El joven se encogió de hombros y continuó:

—Según parece, todo se debería a que accidentalmente tomaron contacto con oficiales turcos implicados en la conspiración, cuando escaparon de Estambul, inmediatamente antes de la invasión griega. Myron opina que puede deberse a eso, ya que también fueron arrestados un novicio casi adolescente, discípulo del anciano, y un coronel latinoamericano de Naciones Unidas, que les acompaña. Myron tomó nota de los datos que le pasamos, pero duda que puedan hacer una investigación adecuada, en medio de esa situación.

Ambos quedaron otro momento en silencio. Eugenia tomó asiento, cruzó también las manos sobre el escritorio, y murmuró pensativamente:

—Dos guerras mundiales, la guerra de Vietnam, la guerra del Mediterráneo oriental, una conspiración de asesinato... y quién sabe cuántas otras andanzas tiene en su haber ese hombre...

—Si es que se trata de un hombre normal.

Ella miró al joven con ojos intrigados.

—Tienes razón —replicó—. ¿Quién es Johannes el Venerable? ¿Qué es él?

Eddie sonrió con gesto incongruente, y concluyó:

—Sea quien sea o lo que sea, no cabe duda de que su vida no es nada de rutinaria.

La fuga

I

ANKARA SE VEÍA MAGNÍFICA. LOS AMPLIOS VENTANALES DE LA OFICINA, situada en el piso cuarenta y nueve, ofrecían una soberbia vista panorámica de la ciudad, sumida en las sombras de la noche y encendida en multitud de puntos luminosos, cual estáticas y multicolores luciérnagas. Un destellante océano de caleidoscópica belleza alfombraba el horizonte. No había oscurecimiento esa noche. Si bien la OTAN no había insinuado siquiera la intención de bombardear la Turquía asiática, Ankara había debido someterse a las condiciones que imponía un conflicto bélico. Pero no esa noche, la primera luego de concertarse una tregua formal con el enemigo, y encontrándose en la ciudad el secretario general de Naciones Unidas y una delegación de la OTAN, para negociar la paz. La urbe había estallado de alegría, al saberse que la guerra estaba a punto de finalizar.

Pero esa alegría se vio inmediatamente empañada, cuando el intento de asesinar al presidente sacó a luz una impensada conspiración, y se impuso la ley marcial. Los arrestos, efectuados discretamente a lo largo de la tarde, brindaron a la población de la capital una cierta normalidad, cuando se anunció por fin que la red de conspiradores había sido totalmente desarticulada. Empero, no había multitudes que poblaran calles y avenidas; no había festejos públicos. Blindados de la policía y el ejército ocupaban las calles de toda la ciudad, y escasas personas circulaban, bajo la mirada vigilante de policías y soldados. Unos y otros respiraban aliviados al saber que en ese momento, allí mismo en Ankara, se desarrollaban conversaciones de paz. El toque de queda se cumplía en forma deliberadamente laxa, y fue suspendido luego de anunciarse el final de los procedimientos de captura de los disidentes. Al no emitirse la orden de oscurecimiento, luego de muchos días de angustiosas tinieblas, la ciudad finalmente estalló en luz. La población agradecía por la paz. Rápidamente aparecieron carteles en las calles y cruces de las principales avenidas, agradeciendo al apóstol Juan por haber escrito el Evangelio de Jesucristo; leyendas pintadas furtivamente aun en muros y fachadas de mezquitas agradecían a Cristo por el Manuscrito de San Ulrico. Y el nombre de Johannes el Venerable, evocador del recuerdo de momentos aciagos, en que una mano piadosa y misteriosa había acudido para brindar ayuda, estremecía a multitudes. Multitudes que veían en las pantallas de televisión al anciano, entrevistado por CNN, y cuya imagen evocaba recuerdos más extraños todavía, que conducían a insólitas conclusiones. El nombre del descubridor del Manuscrito de San Ulrico y su imagen, reproducidos en enormes fotogramas, ocuparon las calles de la capital. Se le llamó el «artífice de la paz», si bien lo único que había hecho, razonaban los menos propensos a las fantasías, había sido hallar el manuscrito y traerlo para su estudio. Tal vez, argüían otros, ese hombre había hecho por la paz algo más que encontrar y traer el manuscrito; quizás había hecho otras cosas, decían los que tenían recuerdos extraños. Y guardaban silencio, y pensaban, y llegaban a conclusiones aun más insólitas, que no se atrevían a repetir en voz alta.

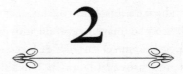

2

JOHANNES EL VENERABLE SE ESTIRA EN LA SILLA; PROCURA CONTEMPLAR, de ser posible, todos los detalles de la formidable vista de la ciudad, visible desde aquella altura. Son casi las diez de la noche, y está en esa oficina desde hace por lo menos quince minutos. Sentado ante el enorme escritorio de cristal, frente al asiento vacío del presidente de la nación turca, aprecia la belleza de aquella urbe. No está atado a la silla, pero a sus espaldas cuatro individuos de temible aspecto se mantienen inmóviles, silenciosos y muy atentos. No lucen uniforme del ejército o la policía; tampoco fusiles. Por el contrario, sus ropas de civil, y las armas cortas de mortífera apariencia que asoman por entre las mismas, les dan el acabado aspecto de profesionales, bajo órdenes directas de un individuo rico y poderoso. El individuo rico y poderoso llega.

Al encenderse las luces principales de la sala, las ventanas se oscurecen; desaparece entonces la majestuosa vista de la ciudad. Seliakán se detiene tras el escritorio, y mira al viejo con una sonrisa burlona. Una chica muy joven y muy hermosa está a su lado.

—Dame eso —dice Seliakán, quitándole una carpeta de las manos—. Te dije que yo podía traerla. ¿O tenías curiosidad por ver a mi invitado? Vamos, fuera; tengo que hablar con él, ¡Fuera!

La chica se inclina y le da un rápido beso en la mejilla; echa una mirada al anciano y se marcha.

Luego, el Magnífico toma asiento tras el escritorio. Entrelaza sus manos y apoya el mentón en ellas; mantiene el silencio, mientras la sonrisa burlona persiste en su rostro. Finalmente, Johannes habla:

—Ya, hombre, termine con esto; es tarde y tengo sueño.

Seliakán levanta la cabeza, y responde lentamente:

—¿Sabe acaso, *monseñor*, por qué le he arrestado?

—Oficialmente, fui detenido por estar implicado en una conspiración de asesinato contra usted.

—Ah, vamos, *monseñor*; usted es un hombre inteligente. No me creerá tan obtuso como para considerarlo cómplice de ese desagradable asunto, debido a su encuentro accidental con el mayor Ayci en el límite entre Aidin y Esmirna, y el posterior viaje que hicieron juntos hasta Ankara.

—Por eso dije: oficialmente. Usted sabe bien que no estoy implicado en ninguna conspiración.

Piensa un momento, mueve la cabeza y agrega:

—Bueno, quizás sí lo esté en una.

El Magnífico frunce el ceño.

—¿De qué habla?

—De una conspiración para detener esta guerra demente, a la cual usted ha lanzado a Turquía, y a la cual amenaza lanzar al mundo.

—Demente —exclama Seliakán—. Gracias por el calificativo. Es verdad, el Manuscrito de San Ulrico apareció en el momento justo. ¿Lo tenía usted preparado en algún lado? ¿En alguna celda o en alguna catacumba de su monasterio?

—¿Usted qué cree?

—¿Qué importa lo que yo crea? Oiga, *monseñor*, ¿no tiene usted, por ahí, un original del Salmo 23, de puño y letra del rey David? O tal vez la epístola del apóstol San Pablo a los romanos; aunque esa no podría decir que fue escrita por San Pablo, pues lo hizo un secretario, si no me equivoco.

—En efecto, casi al final dice: «yo, Tercio... escribí la epístola» —replica el anciano, y continúa—: Permítame una pregunta, señor presidente, ¿movilizó sus servicios de inteligencia para arrestarme con el exclusivo propósito de burlarse de mí?

—Ah, pero no; no, de ninguna manera. Le hice venir precisamente para que hablemos de su hallazgo, de ese manuscrito.

Johannes guarda silencio un instante, mientras pasea su mirada por el suelo, alrededor de la silla; levanta luego los ojos y los clava en Seliakán:

—¿Necesita realmente a estos cuatro amables individuos que están a mis espaldas... con sus manos cerca de las armas? ¿Tan peligroso me considera?

El Magnífico frunce el ceño otra vez; mira a los hombres un momento, y replica:

—Tiene razón, *monseñor*; discúlpeme.

Hace un ademán y los cuatro hombres salen, cerrando la puerta.

El anciano espera otros instantes; luego dice:

—Creí que me había hecho venir para hacerme hablar sobre Ayci.

Levanta la mirada y espera.

Seliakán suspira:

—El mayor Ayci fue convenientemente interrogado, así como sus hombres. Toda la información acerca de él y su tristemente fracasada disidencia, como ellos la llaman, ya está en nuestro poder. Le reitero que su breve confluencia de caminos entre la costa oeste de Anatolia y esta ciudad no podrá agregar nada a lo que ya sabemos.

Con cautela, Johannes pregunta:

—¿Qué pasará con Ayci?

Seliakán endurece momentáneamente su expresión y responde:

—¿Qué le parece a usted, *monseñor*? ¿Cómo trata la Iglesia a los traidores y herejes?

—Los invita al arrepentimiento, para otorgarles el perdón.

El Magnífico suelta una carcajada estridente, fresca, prolongada; vuelve a mirar al anciano, pero sus ojos están ahora desprovistos de humor, acerados por una crueldad abismal.

—Disculpe, *monseñor*; olvidé que estamos en el siglo veintiuno. Debí preguntar: ¿qué hacía la Iglesia con los traidores y herejes hace quinientos años, por ejemplo? Les esperaba la hoguera, ¿no es así? Es una idea formidable; creo que debería considerarla.

Johannes el Venerable suspira y guarda silencio, con la mirada en el piso.

Ninguno de los dos habla durante algunos segundos. Luego, el Magnífico toma la palabra.

—Bien, *monseñor*, dejemos de lado este desagradable expediente de la conspiración. Desde hacía tiempo mis agentes estaban detrás de Ayci; incluso estuvieron a punto de hacerlo desaparecer cuando atacaron el avión desde el submarino estadounidense. Si lo hubieran logrado, yo no habría tenido que pasar por ese intento de asesinato hace algunas horas. Pero celebro que no lo hayan logrado, pues en ese caso usted habría sido aniquilado, y yo habría perdido la oportunidad de que tuviéramos esta charla.

—¿Tiene usted agentes infiltrados en un submarino estadounidense con la autoridad suficiente como para decidir un ataque de ese tipo?

Seliakán sonríe:

—Eso lo explica todo, ¿no? Me refiero a lo ocurrido anoche en la costa del Mar Negro. Vea, *monseñor*, aunque el enemigo diga que estoy perdiendo el apoyo de mis hombres, en realidad tengo aún muchos elementos sumamente competentes, que me son enteramente leales. ¿O qué? ¿Acaso solo la OTAN tiene agentes capaces de infiltrarse entre el enemigo? Varios de esos elementos establecieron contacto con la disidencia, *desde* filas de la OTAN. ¿Lo entiende? Los imbéciles recibieron a mis agentes con los brazos abiertos. Ese trabajo peligroso y discreto es lo que nos permitió finalmente desarticularlos, la tarde de hoy. Pero anoche uno de ellos, un individuo excepcionalmente hábil, reconoció la clave personal del mayor Ayci, que el idiota no pensó o no creyó necesario cambiar, y sabiéndolo el líder de la disidencia, procuró exterminarlo. Como le dije, celebro que no lo haya logrado, por lo que a usted se refiere, aunque desafortunadamente mi hombre murió en esa playa, abatido por las balas de sus propios compatriotas. Bueno, por las balas de Ozdemir, otro traidor que también recibirá lo que merece.

»Pero ya; acabo de decir que no quiero hablar más de este tema, e igualmente me extendí más de lo que quería en explicaciones que le benefician solo a usted.

—Por las cuales le agradezco, señor presidente.

Seliakán mira fijamente a Johannes y continúa:

—Cuando supe quiénes habían tenido contacto con Ayci en el vuelo que dio lugar a esa fallida operación, ordené investigarlos a todos de inmediato. Parece una medida obvia, ¿verdad? Así, recibí datos completos de esos dos estadounidenses, la reportera y el chico aprendiz de ingeniero, que cubren la guerra para CNN. También de la doctora francesa, perteneciente a Médicos Sin Fronteras, que vino a Ankara luego de perder su hospital de campaña en Estambul. Y, por supuesto, de las dos personas que salieron con usted de San Ulrico. El teniente coronel Fernando Artaga, de Uruguay, pequeñísimo y hermoso país sudamericano, según dicen. Un veterano soldado de las fuerzas de paz de Naciones Unidas, este Artaga; cuenta con un pasado transparente y muy honroso, como integrante de múltiples misiones con los cascos azules, en diversos puntos del planeta. Y por último, el joven novicio, discípulo suyo, oriundo de una familia de campesinos de Ayasaluk. Una hermosa villa de campesinos, Ayasaluk; lástima que los malditos egipcios la borraron de la faz de la tierra. Bien, hasta aquí mis servicios de inteligencia no tuvieron ningún problema. Se sorprendería usted al saber lo rápida y completamente que se puede reunir la información hoy en día: datos referentes a fecha de nacimiento y lugar de origen, familia, historial médico, antecedentes criminales si los hay, actividades políticas, créditos académicos, filiación filosófica o religiosa, etcétera. Incluso, la tregua y las negociaciones de paz nos permitieron ahondar en datos sobre los extranjeros involucrados en su pequeña aventura. Todo estaba completo en dos horas.

—¿Todo?

Seliakán sonríe:

—Es usted rápido, *monseñor*; no, no todo, es verdad. Usted es un misterio; usted... usted casi no existe. Abad de San Ulrico desde 1980 hasta el año 2005. Luego, consejero espiritual del mismo monasterio. Participante, muchas veces en solitario, de múltiples misiones particulares, calificadas como misiones de paz, en zonas de conflicto armado. Pero ningún dato más; no hay información sobre su fecha de nacimiento, ni el lugar, salvo algo mencionado por Ayci: que usted le refirió provenir de Palestina.

Johannes asiente, pero no dice nada. Seliakán aguarda un segundo, y luego continúa:

—¿No va a decir nada todavía? Bien. No sabemos nada de su familia, medios, lugar ni época de su educación, historial médico, nada. Y nadie sabe, más que en forma aproximada, su edad. ¿Qué edad tiene usted, *monseñor*?

El anciano suspira y contesta:

—Más de lo que un anciano puede contar...

—*Monseñor* —le corta Seliakán con tono duro—. Le he hecho una pregunta y le exijo una respuesta directa y concreta, ¿qué edad tiene usted?

Johannes no responde. Seliakán frunce el ceño; luego arquea las cejas y susurra:

—¿Qué es usted, *monseñor*?

—Solo un hombre viejo —replica Johannes y se acomoda en su asiento—. Un hombre que siempre ha luchado y lucha por la paz, y la iluminación de las almas con la bendita luz de Cristo.

—Muy bonito —murmura el Magnífico, pero sigue con semblante perplejo; se rasca el mentón y agrega:

—Usted es un misterio, alguien casi inexistente, que de repente aparece con un manuscrito proveniente del remoto pasado, y logra detener una guerra, transformándose en el héroe de toda esta pérfida e ingrata nación de turcos piojosos.

—Perdón —susurra el anciano—, ¿no es usted turco?

—Sí —exclama Seliakán, propinando un puñetazo al escritorio—. Soy un hijo, un nieto, un descendiente de la antigua grandeza turca. Yo levanté a Turquía del desastre económico de la pasada década; la llevé con más firmeza que nunca antes rumbo al primer mundo, la puse en camino a las antiguas glorias...

—Y entonces detonó la bomba atómica en el Mediterráneo, pese a las advertencias de los griegos y de la OTAN —le interrumpe Johannes—. Luego, empezó esta guerra absurda, y se acabaron los sueños de grandeza.

—Se equivoca —contesta, agresivo, Seliakán—. Los sueños de grandeza no se acabaron; no acabarán nunca. La bomba atómica precipitó una guerra necesaria, una guerra que de otra manera no habría sido iniciada por los cobardes griegos, y los aún más cobardes estadounidenses. Ahora, gracias a esa detonación nuclear, por fin estamos en guerra; es más, nosotros fuimos atacados, y esa es la mejor justificación para contraatacar y lanzarnos a la conquista.

—¿A la conquista de qué? Señor presidente, usted perdió Estambul, perdió la Turquía europea, ocupada ahora por Grecia.

—¿A quién le importa la Turquía europea? —grita Seliakán.

—A usted, señor. Usted es un turco europeo; tengo entendido que desprecia a los turcos asiáticos.

Seliakán frunce aún más el ceño.

—¿Cómo sabe eso? No importa. El punto es que Turquía puede contraatacar; tenemos el poderío bélico necesario para limpiar todas nuestras costas, y luego nos ocuparemos de todos, uno por uno. Pondremos a los sirios y a los egipcios en su lugar; luego barreremos del Egeo la flota de la OTAN, y después empujaremos a los griegos. Los empujaremos, los empujaremos hasta que todos se ahoguen en el mar Adriático.

Johannes recuerda entonces algo dicho por Ayci, el día anterior: «... si no hubiera sido por el estúpido cacareo de detonar un artefacto nuclear en aguas del Mediterráneo, no habría forzado a Estados Unidos a intervenir, y ahora nosotros estaríamos mojándonos las botas en las costas de Grecia». Piensa también en lo que ha oído acerca de la megalomanía del presidente; su interior empieza entonces a estremecerse por el tenue e incómodo tremor del miedo a un hombre peligroso y fuera de sus cabales.

Dice:

—Usted... usted tiene intenciones de continuar la guerra, ¿verdad?

—Por supuesto, ¿qué creía, *monseñor*?

—Pero entonces, ¿por qué esta parodia de la tregua y las negociaciones de paz con los representantes de Naciones Unidas, la OTAN y la Liga Árabe?

—Por algo que usted dijo hace un momento. Estos mugrosos turcos asiáticos, que no son dignos de las grandezas del Imperio Turco, no solo son objeto de mi desprecio, sino que también me hacen objeto del suyo. Pero lamentablemente, para proseguir en la consecución de los altos objetivos que me he fijado para resucitar las glorias de la Turquía imperial, necesito a estos seres atrasados, a los que por supuesto no me molestará lo más mínimo enviar a morir en el frente de combate. El punto es que necesito la tregua para recuperar el respaldo de mi pueblo; sin el respaldo popular no será posible lanzar la contraofensiva hacia el oeste. Esta maldita primera fase de la guerra, con la intervención comedida de los idiotas de la OTAN y de los otros cretinos, los egipcios y los sirios, no ha hecho más que estorbar mi victoria sobre Grecia y la extensión de la hegemonía turca sobre la Península Balcánica. Concertaré un adecuado alto al fuego con los egipcios y los sirios; les explicaré que se tienen que quedar quietos en su lugar, y por qué. Ofreceré Chipre a los egipcios, y dejaré que los sirios pasen hacia Armenia. Por otra parte, autorizaré la entrada de los inspectores de Naciones Unidas; les permitiré mirar una o dos armas nucleares tácticas de nuestro arsenal, las que por supuesto se les informará son las únicas que nos quedan, y ya desactivadas. De esta manera me sacaré de arriba a la OTAN. Luego, cuando haya recuperado el respaldo del pueblo, vendrá la fase dos de la guerra, y el sureste de Europa será turco.

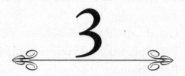

3

Seliakán finaliza abruptamente su discurso. Sigue un profundo silencio. Johannes, literalmente espantado ante la evidente locura del hombre que gobierna aún los destinos de Turquía, solo atina a balbucear:

—Usted... usted es un demente... señor.

Seliakán ríe con frescura.

—No, *monseñor*, está todo calculado; incluso, la manera de recuperar el respaldo público.

La sonrisa del Magnífico se vuelve una mueca feroz.

—Solo necesito tener conmigo al héroe del momento, el monje sagrado de Anatolia, el artífice de la paz, el padre espiritual del monasterio de San Ulrico.

—La ferocidad de las facciones de Seliakán se acentúa aún más, y prosigue:

—Hasta la mayoría islámica del país está pendiente de usted, en este momento. Por supuesto, no se ha revelado que fue arrestado, ni se revelará. Oficialmente, *monseñor,* a diferencia de lo que usted cree, oficialmente, usted es mi huésped. Aparecerá conmigo en público, e incluso hablará a la nación; claro que se le indicará detalladamente lo que ha de decir. Yo arengaré a los turcos, para traerlos nuevamente bajo mi conducción moral, y usted me apoyará en todo. Luego, cuando esté en condiciones de lanzarme sobre la Península Balcánica, usted tal vez quede libre; tal vez.

Otro silencio.

Johannes el Venerable, cerrados sus ojos, parece meditar profundamente, con el ceño fruncido. Tras un instante abre los párpados, clava la mirada en Seliakán, exhala explosivamente y dice:

—Y ahora viene la amenaza.

—¿Perdón?

—Usted sabe, señor o imagina, lo que pienso de sus ideas, de sus planes y de su nefasta determinación de continuar esta guerra. Sabe que me negaré a colaborar, como es obvio y, por lo tanto, formulará amenazas de muerte; me amenazará a mí, o a mis compañeros, o a todos, para que haga lo que usted pretende.

—Vea, no le amenazaré de muerte.

—¿Ah, no?

—No.

—¿Y qué hará? ¿Intentará convencerme con un discurso político?

Seliakán sonríe.

—No exactamente. Usted, *monseñor*, puede creer que es inmortal, o no importarle su propia muerte; esperaría eso de usted. Incluso puede considerar que la muerte de unos pocos es un mal menor frente a la continuación de la guerra. Por supuesto, si no coopera, ordenaré la ejecución inmediata de su joven discípulo, del coronel Artaga, y también de la doctora Dumont y los dos jovenzuelos de CNN; en suma, de todas las personas que viajaron con usted desde Estambul hasta Ankara.

Seliakán le mira fijo y agrega:

—Conozco a las personas como usted, *monseñor*; usted se interesa por la vida humana. Yo no padezco ese defecto. Pero, por si cree que es mejor sacrificarse a sí mismo y a unos pocos más antes que colaborar conmigo y conducir a millones a la reanudación de la guerra, escuche esto: mi argumento, para convencerle de cooperar, tiene la forma de once misiles de cabeza nuclear, preparados y listos para ser disparados sobre Atenas, El Cairo, Damasco, Yerevan, Madrid, París, Londres, Roma, Berlín, Nueva York... y Ankara.

Johannes el Venerable, súbita y profundamente alarmado, se pone de pie; la silla cae hacia atrás con estrépito. Seliakán, inconcebiblemente medroso frente a un anciano, también se pone de pie, y toca el borde del escritorio en un sitio particular. Al punto, la puerta se abre y sus hombres entran rápidamente. Uno de ellos levanta la silla del anciano; otro le toma del brazo, forzándole a sentarse. Johannes siente en la piel de su cuello el frío metal del cañón de una pistola. La mano en el brazo y la pistola en el cuello no se apartan, cuando ya está sentado. Seliakán permanece de pie. El anciano le mira con horror.

—Tú, destruiste tu tierra... mataste a tu pueblo —susurra.

—Lo siento, *monseñor*; yo no soy el rey de Babilonia.

Al ver que Johannes arquea las cejas, el Magnífico sonríe y agrega:

—Sí, yo también conozco la Biblia. Ahora, *monseñor*, quiero que asimile la idea; usted hará exactamente lo que digo, pues de lo contrario, hundiré en un horno nuclear a todo el sureste de Europa, el cercano oriente y las principales capitales del primer mundo.

—¿Usted... usted qué hará en ese caso?

—Yo, estaré volando cómodamente rumbo a Teherán. ¡No esperará que me quede en Ankara, para vaporizarme con el resto de la ciudad! Bien, *monseñor*, ya sabe cuáles son las alternativas. Esta equívoca nación continuará luchando hasta entrar en un camino de conquista y expansión, o se sumergirá en una hecatombe. Personalmente, creo que el futuro de Turquía es promisorio.

Mira a sus hombres y ordena:

—¡Llévenselo!

Mientras lo levantan con rudeza para llevárselo, el anciano exclama:

—¡El manuscrito!

—¿Eh? —dice Seliakán, levantando una mano.

—El manuscrito, señor presidente; la tregua. ¿Permitirá que el Manuscrito de San Ulrico sea llevado fuera de Turquía?

—*Monseñor*, ¿acaso me vio cara de imbécil? Cuando se reanude la guerra, el manuscrito protegerá Ankara de bombardeos. Y si la guerra no se reanuda, esas viejas hojas de papiro se incinerarán, junto con el resto de los habitantes de esta desdichada ciudad. Y ahora sí, esta charla concluyó.

UNA HORA DESPUÉS, JOHANNES EL VENERABLE ESTÁ SENTADO EN UN camastro, con las manos entrelazadas sobre las piernas y los ojos fijos en el techo. Seliakán no había olvidado alimentarlo; media hora antes, le habían llevado comida. Mas apenas había probado bocado. La habitación, si bien espartana, no tenía el aspecto de una celda; pero la gruesa puerta, la ausencia de ventanas y el guardia de pie fuera, bastaban para hacer palpable la reclusión. El anciano no sabía dónde ni cómo estaban Alípio y el teniente coronel Artaga; un peso le agobiaba el corazón por su joven discípulo, así como por su querido amigo. Se sentía responsable de lo que les pasara, ya que era él quien les había traído al centro de la vorágine. Se crispó; tal vez Artaga, extranjero desconocido, inútil en todo caso para los planes de Seliakán, ya había sido ejecutado. ¿Y Alípio?

Avanzaba la noche y, en la soledad, el silencio y la penumbra de la celda, oía sin escuchar su propia respiración. Pensaba furiosamente; se encontraba al borde de la desesperación, no hallaba esperanza sino en palabras que ahora sus tormentosos y encontrados sentimientos se negaban a recibir. No podía apartar de su mente el horrible cuadro de consternación de aquellos refugiados que ingresaban al monasterio cuando él se iba; refugiados que escapaban de la batalla, y de la vejación ulterior a una invasión y conquista. También recordaba los cadáveres sobre la arena, la noche anterior, en las costas del Mar Negro. O aquellos otros, en una ignota playa sobre el Egeo; aquellos comandos sirios aguerridos, entrenados y decididos, pero apenas niños. ¡Dios, y todo había sucedido ayer! Pero había más. En una sucesión de cuadros, como una antigua película en blanco, negro y sepia, o como una pesadilla demasiado real de la que no es posible despertar, pasaron ante sus ojos todas las imágenes, todas las escenas de muerte, llanto y desesperación, vistas por él en todos aquellos lugares donde la desdichada humanidad se había visto azotada por el viejo y maldito flagelo de la guerra. A estas imágenes se unía el pensamiento de que aún millones de personas sufrirían algo similar, sin avizorarse un límite para la locura. El desconsuelo y una impresionante sensación de desamparo, a merced de la voluntad de su verdugo, le hicieron sentirse solo, débil, temeroso, abandonado. Asentía intelectualmente a todas las promesas de esperanza que conocía, pero como nunca antes le sucediera, esas promesas no lograban reanimar su alma, ganada paso a paso por una creciente angustia que le oprimía el corazón.

Y calladamente, Johannes el Venerable inclinó la cabeza y rompió a llorar. Durante un tiempo indefinido solo lloró, en silencio, derramando lágrimas de desánimo. Luego, llamó a Aquel que le había dado tantas promesas de fortaleza, de protección, de paz. Pensó otra vez en aquellas palabras, recordadas por el coronel Klaise desde el espacio; aquellas palabras que él había escuchado en su juventud, mirando con arrobamiento a quien las pronunciaba, abismado, pero intensamente atento «... la paz les dejo, mi paz les doy». Le volvió a llamar, buscando un consuelo, un aliento, un soplo espiritual refrescante que agitara su espíritu sumido en pesadumbre.

Un soplo de aire fresco agitó sus cabellos. Distraído, levantó la cabeza y contempló la habitación, imperturbable e imperturbada. Inclinó la cabeza nuevamente, y cerró los ojos. Recordó su juventud; recordó aquellos días felices, los tres años inigualables, epítome de plenitud de vida como ningún ser humano podría jamás vivir a este lado de las puertas de la muerte.

Recordó luego, también con tristeza, el impresionante montón de ruinas en que había sido convertida la milenaria Estambul. Con melancolía, pensó que los escombros de la ciudad constituían una minúscula muestra de la formidable enfermedad que afectaba a la humanidad; que la afectaba desde siempre. Una humanidad que había crecido, que se había extendido y florecido, luchando en cada generación, casi en cada momento, para verse libre de las cadenas de la violencia fratricida, de la guerra, el odio y la muerte; pero a la que una fuerza oculta, casi en cada momento, detenía en su fructífera expansión. La ambición de dominio y poder había vuelto, hallando terreno en mentes corrompidas por el deseo de tener, de ser y de dominar. Johannes se preguntó si acaso estaba recitándose a sí mismo un alegato moralista, o algo parecido. Pero, reflexionó, sus pensamientos solo describían las etapas de un proceso que había arrastrado al hombre, llevándole de regreso a la permanente manía de odiarse y destruirse a sí mismo. Era el pasado que volvía; la historia de siempre, de la que parecía imposible librarse.

Tal vez fuera algo encerrado en la herencia del hombre; una herencia maldita de codicia, egoísmo y crueldad. Genes de violencia y maldad, que podían tal vez inhibirse por un poco de tiempo, mas no para siempre. Porque estaban allí, silenciosos pero presentes, y una y otra vez volvían a expresarse, conduciendo a crímenes, injusticia y violencia, truncando los sueños e ilusiones de toda una raza de elevarse, al fin, por encima del plano compartido con los torpes animales que pelean y mueren en la lucha por su

territorio, su hembra y su comida. Estos genes de brutalidad primitiva parecían, efectivamente, inherentes a la naturaleza humana. El reino de justicia y paz preconizado por
las páginas de los escritos sagrados, y soñado por todos los hombres y mujeres de buena
voluntad, en todas las épocas, era a estas alturas la más ridícula utopía con la que alguien
podía soñar. Para que tal cosa pudiera llegar a ser, debían ser removidos tales genes; o
más bien, debía ser cambiada la naturaleza humana. Johannes no se sorprendió de su
conclusión; el hombre necesitaba ser hecho de nuevo. Era imposible que tal conclusión le
sorprendiera; la había sostenido durante su muy larga vida.

Una suave brisa despeinó su cabellera. Sorprendido, alzó el rostro y observó la celda.
Esta contaba con dos renovadores de aire a ras del piso, pero eran pequeños y no podían
provocar corrientes en la habitación. Permaneció a la expectativa durante unos minutos,
para finalmente encogerse de hombros. Se recostó, y cerró los ojos por tercera vez, intentando dormir un poco.

Por tercera vez una corriente de aire golpeó su rostro. Abrió los ojos sobresaltado.
Afuera se oyó un golpe sordo. Incorporándose rápidamente, permaneció sentado al borde de la cama, frente a la puerta. Entonces la puerta se abrió. Alzó una mano, encandila-
do por la luz del pasillo. Cuando sus pupilas se acomodaron, vio un cuerpo caído junto a
la entrada. Una chica, muy joven y esbelta, tiraba del cuerpo; alzó los ojos hacia él y dijo:

—¿Me va a ayudar o piensa quedarse ahí, sentado?

5

JOHANNES SALTÓ HACIA LA SALIDA; SACÓ LA CABEZA AL PASILLO, escrutó en ambos sentidos, tomó el cuerpo y lo introdujo a la habitación, cerrando luego la puerta. La luz se encendió. El anciano dijo:

—Es el guardia.

—Claro. ¿Qué creía?

—¿Qué le hizo?

La chica le mostró algo parecido a una pequeña pistola de metal.

—Inyecta por vía subcutánea un potente hipnótico de acción rápida. Es el último grito en defensa urbana para chicas inocentes como yo.

Sacudió los hombros y agregó:

—En las calles andan sueltos muchos hijos de...

—Está bien; está bien. Ya entendí ¿Cuánto dura el efecto?

—Unos quince minutos.

Sin responder, Johannes se inclinó, tomó de los cabellos al guardia dormido, le alzó la cabeza y la golpeó con violencia contra el suelo.

—¿Qué hace?

—Quince minutos no es suficiente. Para hacer lo que tenemos que hacer necesitamos que la siesta le dure varias horas. Porque usted vino para sacarme de aquí, ¿no? ¿O acaso durmió a un guardia para entrar a darme las buenas noches? A propósito, ¿no la vi antes en algún lado?

La chica levantó el rostro y replicó:

—Soy la secretaria personal del señor presidente.

El anciano la miró en silencio. Tras unos instantes, ella dejó caer los hombros y dijo:

—Secretaria y amante de Seliakán.

Pausa.

—¿Cuál es tu nombre, hija?

—Samira Gül.

El anciano asintió, suspiró y continuó:

—Dime, hija, ¿cómo entraste en la jaula de semejante pájaro?

Tomó asiento a los pies de la cama; bajó los ojos al suelo y respondió:

—Lo conocí en Tormenta Sensual.

—¿En dónde?

—Un tugurio de mala muerte en Estambul, que afortunadamente ya no existe. Un antro infame, donde el espectáculo consistía en adolescentes que bailaban semidesnudas la danza del vientre para el placer de cerdos viejos, adinerados y lascivos. Seliakán tiene un apetito especial por las adolescentes. Ha tenido varias secretarias antes que yo. Ninguna llegaba a los veinte años de edad.

—¿Él te lo dijo?

—No, él nunca habla de sus anteriores amantes; yo lo averigüé. Hace cuatro meses, cuando se cansó de su anterior secretaria, la echó y me fue a buscar para ofrecerme el trabajo. Por supuesto, yo sabía que aceptar ese puesto era aceptar irme a la cama con él.

—¿Y qué te hizo pensar que no correrías la misma suerte que las otras?

—Yo entonces no sabía nada de las otras, ni de los apetitos de Seliakán. Él fue muy seductor; me hizo promesas. Además, yo quería salir de aquel maldito cabaret. Y además, no era cualquiera quien me lo proponía. Era el Magnífico.

—Perdona por el interrogatorio, hija —dijo Johannes rascándose la cabeza— pero, ¿cómo fuiste a parar a ese cabaret?

—La historia de siempre —replicó Samira con tristeza—. Padres casi ancianos, excesivamente protectores, religiosos, que querían imponer su religión en mis ideas. Además, una religión que no era más que una isla de cristianismo decadente, en medio de un islam socialmente mejor aceptado. ¡Oh!, disculpe, *monseñor*.

El anciano hizo un gesto para restarle importancia; la chica, entonces, continuó:

—Y por otro lado una chiquilla tonta, yo, que ya se creía una mujer con experiencia, y quería conocer el mundo. La fórmula perfecta para un escape del hogar. Ese cabaret fue el primer lugar donde encontré techo y comida; ahí me quedé hasta que Seliakán me sacó.

Johannes la miró unos momentos.

—¿Qué edad tienes?

—Diecisiete.

—Qué disgusto le habrás causado a tus padres, jovencita —observó el anciano, con un suspiro—. Merecerías que te levantaran la falda y te dieran treinta latigazos en las nalgas, y eso para empezar.

—Seliakán ha hecho cosas menos dolorosas, pero mucho más pervertidas, con mis nalgas y con otras partes de mi cuerpo.

—¿Y es por eso que lo quieres traicionar? ¿O ya escuchas tañer las campanas que anuncian el fin de tu período a su lado?

—¿Quién le dijo que lo quiero traicionar?

—Viniste a sacarme de aquí, ¿no?

La muchacha guardó silencio; incapaz de sostener la mirada franca y serena del anciano, bajó la vista una vez más.

—Sí —admitió— quiero ayudarle. Pero no porque escuche doblar ninguna campana; lo que he escuchado son las conversaciones de Seliakán.

Johannes se puso tenso.

—¿Cómo dices?

—Sí, escuché todo; cuando el cerdo del brigadier Sari informó que tenía dispuesta la flotilla de evacuación para el presidente y sus colaboradores, incluyendo a sus familias; cuando el general Öcalan anunció que estaba todo dispuesto para disparar misiles nucleares contra las capitales de los países enemigos; cuando dijo que tenía pronta una bomba atómica para destruir Ankara, y Seliakán verbalizó su odio contra los turcos asiáticos de la capital. Incluso, escuché la conversación que mantuvo esta noche con usted.

La joven tomó aire y continuó:

—Seliakán es un monstruo, un sicópata, un asesino desquiciado. Alguien debe detenerlo; pero yo, obviamente, no puedo. Usted sí puede, *monseñor*; usted...

—Oye, aguarda. ¿Escuchaste las conversaciones de Seliakán? Por supuesto que estoy pidiendo mucho, pero, ¿las grabaste?

—Sí, aquí las tengo —respondió ella; y comenzó a levantarse la falda.

—¡No, no, espera!

La chica lo miró extrañada.

—Guardo el disco en mi ropa interior —dijo con naturalidad.

—A juzgar por lo que me dijiste de Seliakán, ese no es lugar seguro. Me interesa otra cosa. ¿Puedes llevarme a su oficina?

—Sí, no hay problema. La Torre del Futuro está casi vacía, salvo por los guardias que vigilan a los otros. Y esos están en pisos inferiores.

—Pero, ¿es que la Torre del Futuro también es cárcel?

—La Torre del Futuro es muchas cosas, *monseñor*. Usted se asombraría. ¿Vamos?

—Sí, vamos.

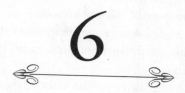

6

Johannes y la secretaria-amante de Seliakán entraron en la espaciosa oficina del presidente. Al cerrarse la puerta, la sala se inundó de una penumbra tenue y colorida. Allá abajo, la multicolor alfombra de luz de la ciudad proyectaba sus resplandores sobre los flancos de las torres y minaretes de Ankara, y disipaba suavemente la oscuridad de la estancia.

—No —dijo el anciano cuando Samira extendió una mano hacia la pared—. La luz de la ciudad es suficiente. Necesito ver la computadora de Seliakán.

—En su escritorio.

Instantes después, Johannes el Venerable tomó asiento en el sillón del presidente.

—Se ve bien —comentó, y miró el escritorio.

La amplia mesa de cristal transparente estaba vacía por completo; no tenía reparticiones, ni cajones y tampoco botones. Con mirada de incertidumbre, deslizó los dedos sobre la mesa. Samira le contempló unos momentos; luego tocó un punto del borde del escritorio. Ante Johannes, un sector de vidrio transparente se iluminó, delineándose en un brillante celeste el tablero de una computadora; en el centro de la mesa, en tanto, se elevaron dos varillas de metal, formándose entre ellas una pantalla de dieciséis pulgadas. El anciano miró a la chica.

—Recuerde que también soy la secretaria de Seliakán —dijo ella sonriendo.

Mientras trabajaba rápidamente en la computadora, Johannes comentó:

—A propósito de ese señor, hija, son más de las dos de la madrugada. ¿No le extrañará que no estés junto a él?

—Ya estuve con él, *monseñor*. Incluso, me esforcé en dejarlo más que satisfecho. Luego de esa clase de bailes, él duerme tan profundamente como un oso.

Johannes le dedicó una rápida mirada y murmuró, con los ojos en la pantalla:

—Me horroriza oír a una niña hablar así.

Samira suspiró:

—Yo también me horrorizaría, señor, si lo pensara. Por eso, simplemente abro las piernas, y no pienso.

Sin mirarla, Johannes repuso:

—Podría decirte que renuncias a tu condición de ser humano, para rebajarte al comportamiento de un animal irracional, y todo eso. Pero no tengo ganas ni tiempo para filosofías.

La joven no respondió; durante algunos minutos miró en silencio al anciano.

—Usted es un monje —dijo de repente.

—Algo así —respondió Johannes sin mirarla.

—Para ser un monje, maneja demasiado bien la computadora.

—Hija mía, soy un monje del siglo veintiuno.

Tecleó dos o tres veces más, y dijo:

—Lo tengo.

—¿Qué tiene?

—A mi joven novicio Alípio, y al teniente coronel Artaga. Además, está también el mayor Ayci. Están recluidos individualmente, diez pisos más abajo. Y otro par de pisos debajo, hay siete tipos muy especiales. Quiero a esos primero. Pero, por las especificaciones que veo, hay dos guardias en la puerta.

—¿Necesita ayuda, *monseñor*? —dijo Samira; y sentándose en el borde de la mesa, cruzó sus muy esbeltas piernas.

El viejo la miró, su rostro fue muy contradictorio pues, bajo la mirada de desaprobación, había una amplia sonrisa.

Al doblar el recodo del pasillo los vio. Uno de ellos, sentado en un banco, dormitaba apoyado contra la pared; el otro caminaba en círculos, leyendo una revista. Ambos llevaban uniformes camuflados y de sus cintos colgaban respetables pistolas; ambos eran corpulentos, y sus rostros denotaban poca inteligencia. Un poco más allá, apoyados contra la pared, había dos fusiles. La chica inició la marcha hacia ellos, adoptando un paso felino, al tiempo que procuraba acomodar en su rostro una expresión sensual, sin saber si estaba logrando ni lo uno ni lo otro. El soldado que leía levantó los ojos de la revista y al verla arqueó las cejas, esbozando una media sonrisa. Palmeó rápidamente al otro, que despertó y vio a la joven, poniéndose inmediatamente de pie. Pero su actitud no era de respeto. Todos sabían que ella, además, de su secretaria, era la amante de Seliakán; pero esta amante, casi una niña, no parecía inspirar respeto. Una buena prueba de la escasa importancia que tenía para Seliakán; escasa importancia que los hombres de confianza del presidente conocían. Samira sonrió con dulzura al llegar junto a ellos.

—Buenas noches, señorita —dijo el de la revista—. ¿O debo decir señora? Seguro, no espera que le diga mi dama.

El otro rió estúpidamente, mostrando varias ausencias dentarias. No tomaban ninguna precaución; ¿qué peligro podía representar una chica de diecisiete años, la hembra del dueño de todo además? El de la revista prosiguió hablando:

—¿No debería estar cabalgando sobre el jefe a estas horas?

Ambos rieron groseramente.

Moviendo lentamente la lengua, Samira se humedeció los labios; apoyando una mano en la cintura respondió:

—El jefe es un caballo viejo; se cansa con poco galope.

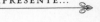

Metió dos dedos por entre los botones de la camisa del soldado, acariciándole el pecho hasta rascar una tetilla y agregó:

—Y a mí no me sacia poco galope.

El hombre sentía ya un cosquilleo que le recorría todo el cuerpo. No vio el brillo de metal en la mano de la chica; tampoco escuchó el siseo de la aguja cuando se disparó clavándose en su piel. Se desplomó sin un quejido, con la revista aún aferrada en su mano. Al otro soldado se le borró la sonrisa del rostro; velozmente desenfundó la pistola y apuntó a Samira. La chica vio la boca del cañón del arma a escasos centímetros de sus ojos; reprimió un momentáneo mareo de horror, y mediante un esfuerzo de voluntad dio vida a la sonrisa, que se había congelado en su rostro.

—Pero tontito —dijo— teníamos que librarnos de él; es contigo con quien quiero estar.

El hombre la miró con suspicacia unos segundos; su mano vaciló, y el arma bajó varios centímetros. Su caída fue estrepitosa.

Johannes el Venerable miró al hombre inconsciente, y contempló luego el pedazo de botella que había quedado en su mano, mientras decía:

—Que nuestro Señor y Salvador Jesucristo me perdone por esto... Lo que no lamento es privar a nuestro presidente de su whisky escocés preferido.

Arrojó la botella, que terminó de hacerse añicos, y agregó:

—Mucho ruido; a Dios gracias, en este piso no hay más nadie.

—Demoró demasiado —le reprochó la chica—. Ese desgraciado me apuntó con un arma demasiado grande para mi endeble cuerpo.

—Avatares de esta vida peligrosa que hemos elegido —respondió el anciano distraídamente, mientras hurgaba en el cinturón del guardia; se levantó con un pequeño cubo de brillo metálico y comenzó a estudiar el tablero.

—A propósito —dijo— buena labor. Tu actuación con los guardias fue cinematográfica, jovencita.

—Viendo películas aprendí —suspiró ella.

Miró a los hombres que yacían sin sentido y agregó:

—¿Qué haremos con ellos?

—Aquí dentro hay siete excelentes muchachos —contestó el anciano, insertando el cubo en el tablero—. Ellos se encargarán.

La puerta de la celda se abrió.

Un fuerte resplandor cayó sobre los ojos del mayor Ayci. Solo unos momentos antes había logrado acomodar su cuerpo en el camastro, si bien aún no lograba dormirse. La paliza recibida esa noche, además de feroz, había sido muy profesional. No le habían roto ningún hueso, pero todo su cuerpo aullaba de dolor. Por supuesto, allí en la celda no había analgésicos. Lo interesante es que la golpiza no tuvo como objeto obtener de él información, ya que Seliakán tenía prácticamente toda la necesaria. Lo habían golpeado salvajemente solo para la cruel satisfacción del Magnífico, que presenció la sesión de palos con una sonrisa. Cubriéndose con un brazo, Ayci miró y comprobó que el resplandor era la luz del pasillo; la celda estaba abierta. Se incorporó cuan rápido pudo, reprimiendo quejidos de dolor, hasta quedar sentado en el borde de la cama. Entonces vio tres hombres que entraban cargando un cuerpo.

—Permiso, señor —dijo uno—. Buscamos un gancho donde colgar este salame.

—Y bien atado —agregó otro.

Sin entender nada, Ayci reconoció a los hombres como soldados suyos. Entre los tres llevaban al guardia de la puerta.

—¿Está muerto? —preguntó.

—¿Se atan y amordazan los muertos, señor?

Ayci miró hacia la puerta, por donde otro hombre acababa de entrar. Al punto se puso de pie.

—Sargento Saracoglu.

El sargento le saludó amistosamente y dijo:

—¿Se encuentra bien, señor?

—Sí —gimió Ayci; y agregó—: Parece que llevé la peor parte.

—Llevó la parte más terrible, señor. A nosotros no nos tocaron.

—Celebro eso, sargento —miró otra vez al guardia y dijo—: ¿De qué se trata esto?

—Señor, parece que *monseñor* Johannes el Venerable nos ha encontrado trabajo para hacer esta noche.

La fuga 2

I

Evitaron usar los ascensores. Luego de subir varios pisos por escalera, Ayci y sus hombres llegaron al nivel cuarenta y nueve. Al abrir la puerta accedieron a una gran sala, alfombrada de rojo y ricamente decorada; en el otro extremo, de pie ante una puerta de doble hoja, una muchacha joven y hermosa les hacía señas.

—Pero, ¿qué? —murmuró Ayci—. ¿Me trajeron a una fiesta?

—Ojalá lo fuera —suspiró un soldado.

—Cállese, Yildirim —ordenó el sargento—. Señor, allí está *monseñor* Johannes el Venerable.

—Pues vamos.

Entraron a la espaciosa estancia, aún en penumbras. Lejos, junto al enorme ventanal, Johannes estaba nuevamente sentado tras el escritorio, trabajando en la computadora. Cuando se acercaron, les dijo:

—Señores, bienvenidos al corazón del imperio de Seliakán el Magnífico.

—*Monseñor* —dijo Ayci confundido—. ¿Cómo escapó? ¿Cómo nos liberó?

—Ella —dijo, señalando a Samira y con naturalidad explicó—: Es la gran mujer que duerme junto al execrable sujeto.

Todos la miraron; algunos, intensamente. Samira, ruborizada, bajó la vista; Johannes continuó:

—Ella lo sabe todo, y se pasó a nuestro lado; por eso nos ayudó.

—Perdone, *monseñor* —interrumpió Ayci— pero, ¿qué es todo lo que hay que saber?

El anciano replicó, en voz baja:

—Solo tomará un rato; pónganse cómodos.

Miró a Samira y le dijo:

—Hija, ¿puedes darme esas grabaciones de las que me hablaste?

—Sí, *monseñor*.

La chica comenzó a levantarse la pollera.

Al verla, uno de los soldados exclamó:

—¡Eh!

La chica sacó un disco de su ropa interior, y se lo entregó al anciano.

—Yildirim, cállese la boca y siéntese allí —dijo Saracoglu, dando un empujón al soldado.

Johannes insertó el disco en una ranura del escritorio que previamente Samira le había indicado. Solo salía audio, pero la voz de Seliakán era claramente distinguible; además, se mencionaba su propio nombre, y el de dos asistentes, miembros de su estado mayor. A esa grabación siguió, como si ya hubiera sido editada, la entrevista entre el Magnífico y Johannes, pocas horas antes.

Media hora después, el silencio de todas las personas en la sala era profundo. Pasaron varios minutos antes que los soldados dieran muestras de creer lo que habían escuchado; y varios minutos más antes que los suspiros, los resoplidos, los rostros ceñudos, los nudillos blancos de aferrar las armas, y las actitudes corporales rígidas revelaran la ira y la creciente desazón.

—¿Qué haremos, *monseñor*? —preguntó Ayci con voz tensa.

—Ustedes ocho deben salir de Ankara esta misma noche.

—¿Qué? ¿Quiere que huyamos? ¿Y quién detendrá a Seliakán entonces?

—Mayor, ¿cree que ustedes podrán hacerlo, luego de ser descubiertos? ¿No fueron ustedes quienes ayer intentaron el magnicidio?

Ayci guardó silencio. El anciano insistió:

—¿Cómo supo de ustedes Seliakán?

—Estaba prevenido por sus agentes. Sabían que yo venía y advirtieron a sus contactos en Ankara luego del ataque en aquella playa. Nos pusieron bajo vigilancia y cuando intentamos acercarnos al Magnífico, nos atraparon.

—Vi algo en la computadora, sobre el proceso que se le va a seguir, mayor. Como sea, ni usted ni sus hombres pueden detener a Seliakán.

—¿Y quién lo hará? —replicó agresivamente Ayci.

Johannes, el Venerable extrajo el disco de la computadora, lo levantó a la vista de todos y contestó:

—El pueblo de Turquía lo hará. Rosanna Coleman y Myron están en peligro; debemos ubicarlos y sacarlos de Ankara. Myron puede transmitir esto hacia Atlanta con su cámara. Luego, cuando esta grabación se haga pública, Seliakán quedará totalmente solo. Ahora mayor, el teniente coronel Artaga y Alípio, mi discípulo, están en el mismo nivel en el que usted se hallaba recluido; debemos sacarlos de allí pues el Magnífico amenazó con ejecutarlos también a ellos. Y otra cosa —miró a Samira— esta jovencita comprometió su vida al ayudarnos; no podemos dejarla atrás.

Ayci la evaluó de una mirada y respondió:

—Pues veo que el grupo se agranda; vendrá con nosotros, entonces. ¿Cómo saldremos de aquí?

Johannes volvió a sentarse tras el escritorio; miró la pantalla y dijo:

—El helicóptero personal de Seliakán es el vehículo más cercano.

Todos le miraron inquisitivamente; adelantándose a la pregunta, Johannes miró hacia el techo, y los demás hicieron lo mismo.

—¿La azotea de la torre?

—Así es, mayor. Según este registro, solo el piloto está de guardia.

—Pan comido —exclamó uno de los soldados.

—*Monseñor* —interrumpió tímidamente la chica—. El piloto nunca está solo. Siempre hay, al menos un soldado de guardia con él.

El anciano suspiró; Ayci intervino:

—*Monseñor*, nosotros nos hacemos cargo. Señorita, la escalera por la que subimos, ¿conduce a la azotea? ¿Está abierta la puerta?

Con timidez, ella asintió.

—Bien —dijo Ayci, resuelto—. Sargento, tome cuatro hombres y vaya por el helicóptero. Envíe a los otros dos, armados, al nivel de celdas, para liberar al coronel Artaga y al novicio.

Miró al anciano y continuó:

—*Monseñor*, usted nos ubicó a todos por medio de esta computadora.

—Es verdad.

—Hace un momento, usted habló de las amenazas de Seliakán; en la grabación, él también menciona a la doctora Dumont. Cuando descubra que nos fugamos, su ira se volverá contra ella; debemos ubicarla, y llevarla con nosotros.

Johannes miró a Ayci con gesto de preocupación.

—Casi la olvido, mayor —dijo.

Tecleó unos instantes en la computadora.

—Ajá; no está en la torre.

—¿Que no está?

—No; no fue arrestada. Se le permitió permanecer en el Hospital Ibn-i Sina.

—Allí la tienen vigilada, seguramente —dijo Ayci, y agregó—: *Monseñor,* yo voy por ella; usted espere con los otros en el helicóptero.

Pero el anciano tecleaba aún en la computadora.

—Me temo que no —replicó.

Observó un momento más la pantalla, y levantándose se dirigió hacia la salida, ante la mirada intrigada de Ayci y sus hombres.

—¿Y ahora qué se propone hacer? —preguntó el mayor, perplejo.

—La vasija, hijo; debo recuperarla. Ya oyó las ideas que tiene Seliakán sobre el Manuscrito de San Ulrico. Pero yo todavía creo que el manuscrito es auténtico, y constituye un verdadero tesoro para la humanidad.

—Yo también lo creo, señor; déjeme asignarle un par de hombres que le acompañen.

—No, mayor; me desenvuelvo mejor solo.

El anciano estaba ya en la puerta de la sala.

—Vamos, salgamos juntos. Sargento, apúrese con el helicóptero.

—Sí, *monseñor.*

El sargento miró a Samira y dijo:

—Señorita, usted aguarde aquí; cuando el asunto esté concluido, vendré a buscarla.

La joven asintió.

Johannes habló de nuevo:

—Sargento, encontrémonos en la carretera norte, en el punto donde hicimos alto antes de entrar en Ankara, ¿lo recuerda?

—Sí, *monseñor.*

—Bien, en una hora entonces —miró a Ayci—. ¿Está de acuerdo, mayor?

—Lo que usted diga, jefe —respondió aquel, sonriendo; le puso una mano en la espalda y dijo—: Vamos.

2

Alí Baykal, un joven soldado de dieciocho años, abrió sigilosamente la puerta. Un metro delante de él, vio una baranda metálica. A la izquierda había una escalinata de siete u ocho escalones; más allá se abría la explanada de la azotea, y a quince metros estaba el helicóptero, posado en el centro de un helipuerto brillantemente iluminado. A la derecha, dentro de una caseta amplia y bien ventilada, había dos hombres. La luz interior, de diversos matices, permitía adivinar un televisor encendido. Baykal se apoyó en la baranda, inspiró profundamente y dijo:

—Por fin, aire fresco.

—Aire fresco, sí señor —susurró Yildirim, a su lado— con apenas algunas toneladas métricas de humo, polvo, gases tóxicos, etcétera. Aire fresco, cómo no.

Mirando hacia abajo, Baykal replicó:

—Hüsnü Yildirim, cincuenta pisos es una caída muy larga, así que no me fastidies.

Saracoglu apareció detrás.

—¿Y bien?

—Ahí, mi sargento.

Yildirim hizo un gesto con la cabeza.

—¿Están allí?

—Allí están. Los dos.

—Vamos, entonces.

—Señor —le interrumpió Çelik, el cabo de la patrulla—, los hombres que bajaron para liberar al coronel y al monjecito se llevaron los fusiles, y el mayor se fue con una de las pistolas. Solo tenemos una; es decir, la otra pistola.

—Ajá, ya entendí; pero nosotros somos más. Cabo, usted y Baykal arrástrense hasta ubicarse tras el sector más alejado de la caseta. El soldado Yilmaz y yo nos ubicaremos uno a cada lado de la puerta. Yildirim, venga un momento.

El sargento Saracoglu habló unos minutos con el joven soldado; este sonrió y dijo:

—Ya entiendo...

—Cállese y escuche —ordenó Saracoglu; habló un momento más, y luego les dijo a todos—: Vamos.

En los siguientes minutos, los cuatro hombres se deslizaron silenciosamente hasta ubicarse cada uno en su puesto. Entonces, Yildirim subió los escalones y caminó despreocupadamente por la terraza. El guardia lo vio y de inmediato se puso de pie. Con las manos en los bolsillos y una media sonrisa, Yildirim llegó a la puerta de la caseta, justo cuando el guardia la abría. Era un hombre de unos cuarenta años, de aspecto desagradable y cara de pocos amigos; finas líneas rojas en su rostro denunciaban al alcohólico crónico. Miró a Yildirim con ojos suspicaces; mantenía la mano sobre el arma, pero la juventud del soldado y su absoluta tranquilidad lo confundían. Dijo:

—¿Y tú quién eres?

—Un mensajero.

—¿En uniforme militar?

Yildirim se encogió de hombros.

—No todos estamos en la zona de combate. Basta tener un tío coronel, y uno se queda en casa, tranquilo y a salvo.

—¿Y qué hace un soldadito de madrugada en la Torre del Futuro?

El piloto, sentado más atrás, observaba con interés.

—¿No le dije que soy un mensajero? El mensajero trae mensajes.

—¿Algún vuelo especial? —inquirió el piloto.

—No precisamente —respondió Yildirim; y con un movimiento repentino, tomó al guardia de la solapa y lo atrajo hacia afuera, sacándolo de la caseta. Entonces, Saracoglu y Yilmaz le saltaron encima, lo derribaron y desarmaron en un instante. Simultáneamente, se escuchó un fuerte estallido de vidrios rotos. Cuando Saracoglu miró, Çelik y Baykal ya estaban sobre el piloto; el cabo le dirigió una rápida mirada y se disculpó—: Lo siento, señor, pero era la única manera de entrar por ese lado.

Una vez todos dentro de la caseta, mientras los hombres ataban y amordazaban al piloto y al guardia, Yildirim se acercó a este último, e inclinándose sobre él le dijo:

—El mensaje es este: a partir de este momento, confiscaremos el helicóptero.

El piloto, aún sin amordazar, exclamó:

—¿Y quién va a pilotarlo?

—¿Cómo que quién? —exclamó a su vez Yildirim, casi ofendido; señaló a Saracoglu y dijo—: El señor sargento y el mayor Ayci.

El guardia miró a Yildirim con ojos desorbitados, y gritó:

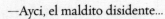

—Ayci, el maldito disidente...

Çelik lo amordazó al punto, mientras susurraba:

—Sshh, nada de gritos, que es madrugada y los vecinos duermen.

3

Los pasillos de la Facultad de Letras estaban casi vacíos. Espaciados grupos, de dos y de tres personas, realizaban tareas de limpieza, que seguramente se extenderían toda la madrugada. Entrar no había sido difícil. El jefe de la vigilancia, llamado por los guardias de la puerta, había visto al anciano el día anterior, junto al profesor Yesil y el doctor Hamid. Además, Johannes el Venerable había saltado a la popularidad instantánea, como artífice de la tregua y probable responsable de la paz definitiva.

Qué carga sobre estos viejos hombros, pensó Johannes mientras deambulaba por los silentes y penumbrosos corredores; el pueblo le atribuía el logro de la paz, y Seliakán quería de él exactamente lo contrario. La nación, momentáneamente cegada por el carisma de su líder y sus promesas de expansión, de conquista y de gloria, había vuelto muy rápidamente en sí. ¿Cómo creía el Magnífico que podría llevar nuevamente a su pueblo a la guerra? Johannes movió la cabeza mientras subía un tramo de oscuras escaleras, pisando en silencio los peldaños de mármol blanco, gastado y antiguo. Eso no era importante en realidad; el punto era que Seliakán lo intentaría, y de no lograrlo, arrastraría a la destrucción a incontables seres humanos. Y pese a saber esto, había quienes estaban dispuestos a secundarlo; en aras de un ideal, aunque retorcido y demente, o por simple interés personal.

¡Cuán entrelazados estaban los hilos de la ambición del poder y la locura, y cuán difícilmente accesible era un líder como el Magnífico! Para matarlo, o por lo menos para deponerlo y juzgarlo. Cuántos ignorantes, cuántas personalidades débiles, mezquinas o necias rodeaban a un caudillo carismático que con seguridad y firmeza indicaba a los demás el camino a seguir, equivocado o no. Cuánto bien le haría a una nación someter a sus líderes políticos al juicio de un comité especializado en psiquiatría; cuántos quedarían descartados, si eso se hiciera, antes de llegar siquiera a ser tenidos en cuenta por la opinión pública.

Sumido en tales cavilaciones, Johannes llegó a la puerta. Sacó el manojo de llaves entregado por un somnoliento y alarmado Yesil. Lamentó no poder decir nada tranquilizador al académico; antes bien, cuando se marchó de su domicilio, el profesor preparaba apresuradamente a su esposa y a sus tres hijos adolescentes para huir y ocultarse. Yesil accedió también a ubicar a Hamid para esconderse juntos, pedido hecho por Johannes en atención a la tranquilidad de Alípio; incluso, el profesor le cedió su auto, arguyendo que él y su familia usarían el de Hamid. Eran tiempos difíciles, había comentado Yesil con una sonrisa nerviosa. Pero el anciano le aseguró que solo serían necesarias unas doce horas. Luego, rogó mentalmente a Dios que ese fuera, efectivamente, el tiempo necesario. Mientras cavilaba en todo esto, cruzó rápidamente las dependencias del Departamento de Arqueología e Historia del Arte; llegó a la sala de juntas, tenuemente iluminada. Cruzó la cámara de adaptación y penetró en el recinto de ambiente controlado, sin activar el flujo de aire ni vestir ningún tipo de ropa especial. Sobre la mesa de metal estaba la vasija, iluminada por un único reflector desde el techo; aguardando, desde su apertura, las decisiones que debían tomarse al más alto nivel. O mejor dicho, las decisiones ya tomadas.

Johannes se acercó; la vasija había sido sellada nuevamente con una película plástica transparente, fijada térmicamente a sus bordes. Solo demoró diez minutos, tomó la vasija y se fue. Tuvo cuidado de cerrar todas las puertas con llave. Al salir, procuró cruzar los pasillos y espacios menos transitados; burlar a los vigilantes fue fácil. Uno miraba televisión y el otro dormía; además, Yesil también le había dado llaves del portón principal. Abrió con extrema precaución, para evitar cualquier ruido; si un vigilante lo veía salir con la enorme vasija, sería muy difícil explicar por qué se la llevaba.

Finalmente llegó junto al auto; colocó la vasija sobre el techo, extrajo el manojo de llaves e introdujo una en la cerradura. La tranca saltó de inmediato. En ese momento fue abordado por dos individuos.

—¿*Monseñor* Johannes el Venerable?

Se volvió para mirar; vio a los dos tipos, y de inmediato supo que estaba perdido. No obstante, dijo:

—Soy yo, ¿qué desean?

—Soy el capitán Abdullah Kanadoglu, del servicio de información de la policía, y este es el sargento Yasar Ergezen.

Ambos exhibieron sus correspondientes identificaciones; el primero agregó:

—Le solicito que nos acompañe.

—¿Puedo preguntar por qué?

—Sí puede. Está usted violando un toque de queda. Pero imagino que un anciano como usted, un religioso además, tendrá una buena razón. Me temo que deberemos llenar algún papeleo en la jefatura. Por favor, señor, apuremos este expediente. Así podrá volver lo antes posible a casa.

Johannes hizo un gesto, tomó la vasija y fue con ellos. Llegaron junto a un coche particular, y el capitán Kanadoglu abrió una de las puertas traseras; pero antes de entrar, el sargento Ergezen le dijo:

—Por favor, las manos sobre el techo.

Mientras el sargento lo cacheaba, Johannes dijo:

—¿No ve que soy solo un religioso?

Ergezen siguió con su trabajo, registrando al anciano con fría eficacia; se incorporó al cabo de un momento, y mirando a Kanadoglu se encogió de hombros. Este dijo:

—Entre.

Johannes subió al auto. Ergezen ocupó el lugar del chofer y Kanadoglu se sentó a su lado. A continuación, ambas puertas traseras se abrieron y dos hombres de complexión gruesa entraron rápidamente; el anciano quedó apretado entre ellos. Cuando se sobrepuso a la sorpresa, murmuró:

—Así que el dúo era cuarteto. No me han presentado a estos caballeros. Aunque dudo que me interese conocer a tipos tan descorteses.

Kanadoglu se dio vuelta; le miró con una extraña sonrisa, y el tono de su voz estaba desprovisto de su anterior amabilidad.

—Vamos a un lugar —dijo— que te hará olvidar por mucho tiempo las cosas que te resultaban interesantes.

—Ya que hemos comenzado a tutearnos, aunque todavía no somos amigos —respondió Johannes—, permíteme decirte que este arresto es irregular. Según la Constitución, tengo derechos.

—Aún estamos bajo ley marcial. ¿Recuerdas? Los derechos constitucionales están temporalmente suspendidos; sobre todo, para quienes andan furtivamente de madrugada, sin una buena justificación.

Johannes guardó silencio unos momentos.

—Insisto en que tengo derechos —dijo por fin—. No pueden arrestarme así porque sí.

—El Magnífico decidirá cuáles son tus derechos, luego que averigüe cómo escapaste de la Torre del Futuro. Sí, anciano —continuó Kanadoglu, al ver la mirada de Johannes—, yo supervisé tu detención, aunque tú no me viste. Y ahora, en el transcurso de una patrulla de rutina durante el toque de queda, ¡detengo al fugitivo! Creo que hay una promoción en mi futuro cercano. ¿Cómo le llamarías a eso, anciano? ¿Un golpe de suerte? No, un regalo del cielo, tal vez. De Alá... no, perdón, de Jesucristo.

Kanadoglu rió burlonamente. Johannes lo contempló en silencio.

—El Magnífico no tiene un motivo para detenerme —dijo.

—El Magnífico puede hacer lo que quiera.

—Yo creo que no.

Con gran rapidez, el anciano levantó el brazo izquierdo, golpeando el anillo de su mano contra el techo. Usualmente, no usaba anillo de ningún tipo, a pesar de su dignidad eclesiástica teórica. Ese anillo era un pequeño juguetito que Ayci le había prestado, antes de salir de la torre. Al golpearlo, liberó una densa nube de gas pimienta, que de inmediato inundó el interior del auto. Johannes, que sabía cuándo cerrar los ojos y esconder el rostro, golpeó dos certeras veces la enorme humanidad del gorila de su izquierda; abrió la puerta de ese lado y empujó al matón, que cayó al pavimento tosiendo y gimiendo. El anciano se lanzó a correr en seguida, no sin antes tomar algo que el individuo caído tenía en el cinturón. Momentos después, escuchó secas detonaciones a sus espaldas, y en sus orejas silbaron cosas que no eran moscas.

—¿Ya se recuperaron? —murmuró para sí.

Sacando el artículo arrebatado al gorila de Kanadoglu, efectuó un par de disparos, lo que obligó a sus perseguidores a buscar refugio. Siguió corriendo con una agilidad y energía que habrían asombrado a cualquiera que lo hubiera visto; pero no había transeúntes a esas horas. Al correr, decía: «Jesús... obviamente, no estoy tirando a matar, pero que ellos no sepan eso».

Siempre corriendo, llegó al cruce con una avenida. No tenía idea de cuál vía de tránsito era, ni por dónde iba. Cruzó la primera senda y el jardín central, y plantándose ante un auto que venía por la otra senda, le apuntó con la pistola. El auto frenó; iba ocupado por dos personas. Johannes se acercó al chofer, gritando:

—¡Bajen, bajen ya!

Para su sorpresa, de la ventanilla trasera del mismo lado surgió la negra y enorme boca de una escopeta, y una voz le dijo:

—Policía. Mejor suelte el arma y suba usted.

Johannes arqueó las cejas, bajó la pistola y murmuró:

—No es justo, en las películas siempre funciona.

Acto seguido, dio una patada al caño de la escopeta, que se disparó y arrancó un generoso pedazo de techo al auto; mientras, él siguió corriendo.

«Lo peor», se dijo, «es que estos tipos me hicieron dejar el auto de Yesil abierto; alguien se lo va a robar».

Escuchó sirenas que llegaban desde varios puntos. Torció hacia la acera, y saltó a una columna del alumbrado público; trepando con pasmosa agilidad, rápidamente alcanzó el techo de una casa de dos pisos y desapareció.

4

INSTANTES DESPUÉS LLEGARON KANADOGLU Y SU GENTE, UNIÉNDOSELES los hombres del segundo auto, otros dos coches y cinco patrullas.

—Está en el techo, señor —gritó un hombre.

Ergezen miraba la casa azorado.

—Señor, no es posible. Es un anciano; debe tener cerca de cien años. No puede ser posible.

—Rodeen la manzana —ordenó Kanadoglu.

Se impartieron órdenes por radio y tres patrullas partieron de inmediato. Kanadoglu miró a Ergezen y le dijo, casi gritando:

—¿Y qué hay con eso? ¿De qué tiene miedo? ¿Cree que es un ángel o algo así?

—No, señor —respondió Ergezen, con una media sonrisa—. No sé qué es ese viejo.

—Le diré algo, Yasar. Yo solo sé una cosa: tenemos que atraparlo.

Kanadoglu miró a los demás y continuó:

—Quiero hombres cubriendo el frente de esta casa. Ustedes tres subirán conmigo; tengan cuidado, está armado.

De pronto, mientras dos hombres estaban a mitad de camino del techo de la casa, el garaje de esta se iluminó. Los policías apenas tuvieron tiempo de apartarse, cuando las puertas volaron arrancadas por un auto, que salió como un bólido, atropelló una de las patrullas estacionadas, alcanzó la calle y desapareció como una exhalación.

Ergezen recordó en voz alta a la madre del anciano, mientras Kanadoglu decía:

—¡Viejo miserable, demasiado rápido para ser solo un monje! ¡Vamos!

En ese momento, uno de los gorilas de Kanadoglu llegó corriendo.

—Mi capitán, señor, vea.

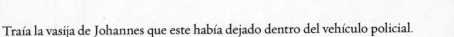

Traía la vasija de Johannes que este había dejado dentro del vehículo policial.

Kanadoglu le miró con expresión muy seria.

—¿Qué quiere que vea?

—Señor, es la botella que el viejo trajo del monasterio. Volverá por ella, seguro.

Kanadoglu levantó ambas manos y exclamó:

—¿Es que el gobierno solo puede contratar idiotas? ¡Una linterna!

Mientras se la traían, Kanadoglu sacó una navaja, extendió la hoja en forma brusca ante los ojos muy abiertos del matón, y rasgó la película plástica que sellaba la boca de la vasija. Tomó luego la linterna, iluminó el interior de la pieza y dijo:

—Haga el favor de mirar.

El hombre así lo hizo.

La vasija estaba vacía.

—¿La tiro, señor?

Esta pregunta pareció enardecer a Kanadoglu, que gritó:

—¡Imbécil! Es una pieza arqueológica de casi dos mil años de antigüedad. Entréguesela a los policías, así nos vamos.

Moviendo la cabeza, el hombre entregó la vasija a uno de los policías uniformados y subió al auto, que partió de inmediato.

5

Minutos después, Kanadoglu transmitió por radio las características del auto en que se había fugado Johannes. «Sí, conduce una persona caucásica... no, no tengo la matrícula. Salió desde la siguiente dirección...» El auto, conducido por el sargento Ergezen, se desplazaba velozmente por las calles solitarias durante la madrugada. En la penumbra interior, Kanadoglu vio los datos que fueron apareciendo en la pantalla de su computadora y frunció el ceño.

Suspirando, comentó:

—El auto pertenece a Rahsan Gürsel, fiscal del Tribunal de Seguridad del Estado. Maldición, podía haber robado el auto de cualquier ciudadano; pero no, tenía que ser el de una alta funcionaria del gobierno. Ese viejo desgraciado nos traerá grandes líos.

Acto seguido, una voz femenina llamó por radio.

—Kanadoglu —respondió el capitán.

La voz femenina dijo:

—Capitán, Eurosat 8 ha ubicado el vehículo que busca; incluso la matrícula coincide con la del auto de la señora Rahsan Gürsel.

—¿Dónde?

—Acaba de salir de la ciudad; ha tomado hacia el sur, en dirección al Lago Gölbasi. Se desplaza a ciento veinte kilómetros por hora.

Kanadoglu y Ergezen se miraron.

—Muchas gracias —contestó el primero—, vamos tras él.

—Capitán, ¿necesita apoyo?

—Negativo, nosotros nos haremos cargo. Fuera.

—Señor —dijo Ergezen, con cautela— tal vez necesitemos apoyo...

—De ninguna manera; lo atraparemos nosotros.

—Pero está muy lejos. Quizás los helicópteros...

—Quizás los helicópteros puedan capturarlo por nosotros —rugió Kanadoglu— para que el Magnífico y la señora Gürsel por añadidura me castiguen por inepto. No, lo haremos nosotros; después de todo, es un solo hombre, un viejo, y no volverá a sorprendernos.

Ergezen pisó el acelerador a fondo, el auto voló por las oscuras calles rumbo a las afueras de la ciudad. Pasados unos minutos, el sargento movió la cabeza y dijo:

—¡En tan pocos minutos y ya salió de la ciudad! Ese viejo es una luz.

Uno de los matones sentado tras el chofer dijo:

—Una luz vieja.

Y estalló en una ruidosa carcajada, que se apagó abruptamente bajo el efecto paralizante de la mirada de Kanadoglu.

6

Quince minutos después, en la solitaria carretera sumida bajo la noche estrellada, un débil punto de luz brilló muy adelante.

—Allá señor —dijo Ergezen.

—Ya lo vi.

Kanadoglu tenía la cara cerca de la pantalla:

—Acérquese, sargento. Y ustedes, preparen las armas.

Pausa.

—El infrarrojo indica un solo ocupante. Va a cien kilómetros por hora. En un momento más podré ver la mat... ¡Sí! Es el auto de la señora Gürsel. Haré un disparo de advertencia.

—Señor, el auto de la fiscal...

—No tiraré al auto, salvo que sea necesario. Ahora dispararé proyectiles explosivos sobre la cabeza de ese viejo. Manténgase en línea recta.

El estado mental de Johannes el Venerable era diverso. Aún no había tenido tiempo para procesar todo lo ocurrido desde su llegada a Ankara. Y no podía esperar otra cosa, dados los acontecimientos de las últimas horas. Pero estaba tranquilo; todas las personas llegadas con él a la capital estaban a salvo. También estaba a salvo lo que constituía el motivo de esa larga travesía en medio de la guerra, desde el monasterio a Estambul, y de allí hasta Ankara. Miró a su derecha; herméticamente sellados en un envoltorio plástico, los tres rollos que juntos constituían el Manuscrito de San Ulrico descansaban sobre el asiento.

Antes de salir de Ankara había logrado la difusión mundial de la noticia acerca de la existencia del autógrafo sagrado del evangelio. Y, por añadidura, haría un regalo a su nación adoptiva: tenía en sus manos el material necesario para provocar la caída de Seliakán. Ese era un pasaporte seguro hacia la paz. Lo que no había previsto era la complicación con la policía. Pero se había librado de ellos, si bien para lograrlo debió mostrar habilidades impropias para alguien de su edad; por lo menos, a los ojos de seres humanos comunes. Pero lo importante era que estaba, a Dios gracias, libre para movilizarse, pues se había desprendido de esos zopencos de la policía...

Un rosario de luces estalló estruendosamente, dos metros por encima del parabrisas. El anciano perdió por unos segundos el dominio del volante; rápidamente, sin embargo, controló el vehículo, y se mantuvo en la ruta. Miró por el espejo retrovisor, y luego se volvió para observar. Una sombra se desplazaba por la carretera, acercándose a gran velocidad.

¿Qué estaba pensando ese simpático viejecito?

Apretó el acelerador a fondo, torció a la izquierda, y derribando un cerco de alambres se internó en campo abierto. Eran los terrenos de una cantera, explotada antiguamente por una empresa constructora. Había estudiado atentamente un mapa de los alrededores de Ankara antes de llegar a la ciudad. Pronto comenzó a circular paralelamente al borde de un barranco de cincuenta metros de profundidad, invisible en la oscuridad, cien metros a su izquierda. Un disparo hizo saltar el espejo retrovisor; dos balas atravesaron los parabrisas, y un cuarto disparo le hirió en el brazo derecho, saliendo por la carne sin dañar el hueso. Reprimió un grito de dolor, apretó los labios y trató de acelerar. Pero fue inútil; el vehículo policial acortaba distancias constantemente. Al fin le alcanzó, colocándose a su izquierda. Por la ventanilla, el capitán Kanadoglu le apuntó con su pistola, gritándole:

—¡Deténgase, *monseñor*!

—¡Me quedé sin frenos!

—¡Maldito viejo payaso, detenga el auto! ¡No me obligue a matarlo!

Tras las palabras de Kanadoglu, el matón sentado detrás de él disparó. La bala rozó la frente de Johannes y arrancó un pedazo de cuero cabelludo; la herida comenzó a sangrar.

—¡Alto el fuego, maldito imbécil!

Johannes aprovechó la momentánea distracción de Kanadoglu; dobló bruscamente a la izquierda y atropelló al otro vehículo. Luego, trancó el volante en esa posición. Enseguida, al ver que el coche perseguidor había quedado transitoriamente rezagado, saltó sobre el asiento y se arrojó al piso de la parte trasera. Cuando el vehículo policial volvió a colocarse a su lado, Kanadoglu y los demás vieron que el coche iba sin conductor.

—¿Dónde se metió ese viejo?

Todos, incluso Ergezen el chofer, miraban hacia el auto vacío. Tirado en el suelo, delante del asiento posterior, Johannes abrió la puerta de la derecha. Uno de los gorilas de Kanadoglu lo advirtió, y gritó triunfalmente:

—¡Allí!

Bajo una lluvia de balas, el anciano se arrojó del coche.

—¡Se tiró del auto! —gritó histéricamente Kanadoglu; tomó el brazo de Ergezen y ordenó:

—Vuelva; regrese que lo atrapamos.

Ergezen miró hacia adelante y vio, a pocos metros, el borde del barranco, al que se acercaban velozmente.

Solo tuvo tiempo para gritar.

El grito se prolongó en la noche, multiplicándose en miles de ecos entre las paredes del precipicio, hasta degenerar en un estruendo de metal contra roca, vidrios hechos pedazos, y muchos otros sonidos indeterminados.

Arrastrándose con dificultad, Johannes el Venerable llegó al borde del barranco. Se asomó a mirar y vio, cincuenta metros más abajo, bajo la penumbra lóbrega y nacarada de la luna, ambos autos destruidos. Un instante después, el fondo del precipicio se vio salvajemente iluminado por el furioso estallido del auto de Rahsan Gürsel; varias llamaradas se extendieron en todas direcciones, una hacia el coche policial. Este también explotó, y los dos vehículos quedaron envueltos en llamas.

Trabajosamente, Johannes el Venerable se miró el pecho; se abrió la chaqueta y observó, durante un momento, el envoltorio plástico que guardaba herméticamente los tres rollos de papiro. Después miró nuevamente los autos incendiados.

—Señor —suspiró—, yo no quería... no puede ser...

Luego se desmayó.

El fin de la guerra

I

Despertó bruscamente, sin saber dónde estaba. Sentía en todo su cuerpo una lasitud y un temblor que le obligaron a permanecer acostado. Poco a poco su mente se despejó y recordó lo acontecido. El temblor continuaba, y un ruido ensordecedor, como un rápido repiqueteo. En pocos segundos comprendió la causa de ambos; estaba sobre una camilla, a bordo de un helicóptero. A su derecha, colgada de un soporte afirmado a la camilla, había una botella de plástico; una tubuladura transparente bajaba hasta su brazo, conectada a una cánula de plástico que se perdía bajo un apósito. Tenía la impresión de haber dormido el sueño de un borracho, o de un hombre afiebrado; recordaba vagamente la conciencia desvaída de un gran dolor, y de alguien que procuraba vendar su cabeza. Lentamente y con esfuerzo, se incorporó; trató de sentarse en la camilla, mientras miraba a su alrededor.

Una mujer joven y muy bonita, vestida de camisa y pantalón de lona celeste, se le acercó rápidamente y le forzó a recostarse de nuevo, ayudada por un hombre de la raza negra que lucía uniforme militar. La mujer habló:

—No, *monseñor*, debe reposar; está herido. Es un milagro que haya sobrevivido a esa persecución.

Johannes la miró, y luego contemplo al hombre. Le tendió una mano, que este tomó; y dijo:

—Fernando.

—Aquí estoy, Johannes.

En el helicóptero había solo una persona más; el piloto, sentado a tres metros y con el casco puesto, les daba la espalda, por lo que Johannes no sabía exactamente de quién se trataba.

Miró a la mujer.

—¡Doctora Dumont! —dijo, quedamente.

—Jeannette Dumont a su servicio —sonrió ella—. Espero que esta vez me haga caso, *monseñor*. Parece que, después de todo, los sacerdotes cristianos de Turquía no son de una aleación tan dura.

—¿Cómo me encontraron?

Esta vez fue Artaga quien habló:

—Ya estábamos en el aire cuando los autos explotaron en el fondo del barranco. Esas explosiones llamaron nuestra atención, pues el alto al fuego lleva ya casi veinticuatro horas, y viene siendo muy respetado por todas las partes en conflicto. Dado que te conozco, imaginé que tú tendrías algo que ver. Supusimos que podías estar metido en una situación complicada y volamos hacia allí. Y fue muy oportuno; las explosiones también llamaron la atención de varias patrullas del ejército. Apenas tuvimos tiempo de aterrizar, subirte al helicóptero y salir de allí antes que media docena de vehículos blindados llegaran. Y repito lo que dijo la doctora: es un milagro que hayas salido con vida. Parece que esos desgraciados querían aniquilarte. Solo tomé un minuto para inspeccionar el terreno donde te encontramos, pero pude ver decenas de casquillos de bala.

El anciano guardó silencio solo un momento.

—¿Y adónde vamos ahora? —inquirió—. ¿Dónde están los demás?

—Le estamos llevando al Hospital Ibn-i Sina de Ankara, *monseñor* —contestó la doctora Dumont.

—No —exclamó Johannes tratando de incorporarse—. No podemos ir a Ankara...

—Tranquilo —dijo Artaga, ayudando a la doctora a recostarlo nuevamente.

El piloto, que no era otro que el mayor Ayci, se dio vuelta y habló por primera vez. El estruendo del motor del helicóptero casi no dejaba oírle.

Artaga hizo las veces de intérprete:

—El mayor dice que sus hombres ubicaron a Rosanna y a Myron, que los llevaron junto a Alípio y a aquella chica a un lugar seguro, que Saracoglu sabe dónde ocultarse en Ankara, y que los soldados los protegerán, si es necesario.

En seguida, quiso saber de boca del propio Johannes qué había ocurrido.

—Cuéntame —le dijo.

—Algunas cosas salieron mal, Fernando. Cuando abandoné la Facultad de Letras me interceptó una patrulla de la policía. El oficial a cargo me reconoció. Logré escapar de ellos y tomar... prestado un auto, pero me persiguieron encarnizadamente. Ese capitán quería obtener un ascenso por recapturarme; ahora él y sus tres hombres están carbonizados, en el fondo de aquel barranco. Pero yo —Johannes se agitó—, yo no lo provoqué, yo no quise...

—Tranquilo —murmuró Artaga—. Lo sé; lo sabemos.

Johannes respiró hondo, procurando calmarse. Extrajo de entre sus ropas un disco compacto, lo puso ante sus ojos y prosiguió:

—Estamos perdiendo el tiempo. Esto ya debería estar en manos de Myron.

—Lo está.

—¿Cómo?

El anciano le miró con ansiedad.

—La secretaria de Seliakán tenía una copia del disco —le explicó—. Mientras nosotros despegábamos, Myron ya estaba enviando la información a Atlanta. Al amanecer, en todos los hogares de Turquía se oirán las palabras de Seliakán el Magnífico, el gran líder de la nación turca. A ese loco le quedan pocas horas.

—Ya lo ve, *monseñor* —añadió la doctora—. No podemos seguir corriendo por toda Asia Menor. Usted necesita atención médica.

—Pero...

—Venerable amigo —le cortó Artaga—, la doctora tiene razón. Debes ser atendido en el hospital.

Johannes el Venerable quiso decirles que él no necesitaba ninguna atención médica; y que no se trataba de la estúpida negación de quien no está acostumbrado a estar enfermo o herido. Pero le faltaron las fuerzas, físicas y emocionales. Cerró los ojos y rogó fervientemente que el optimismo de los otros no sufriera un revés. La grabación era la única carta que tenían para provocar la caída de Seliakán; en definitiva, tanto daba jugarla en Ankara, o fuera de esa ciudad. Se dejó invadir nuevamente por aquella lasitud, equivalente en el hombre enfermo o herido, al relajamiento propio del descanso.

—¿Los rollos? —preguntó en un susurro.

—Sobre la camilla, a tu lado —respondió, lejana, la voz de Artaga.

Con un suspiro cayó paulatinamente en un tranquilo sueño.

2

AHORA MIRA TODOS LOS ACONTECIMIENTOS CON UNA TRANQUILIDAD imperturbable. Como si no estuviera allí y se hubiera transformado en simple espectador de lo que pasa a su alrededor, viéndolo a través de una pantalla tridimensional. Como si la realidad fuera una película a la que ve sumergida en una atmósfera onírica; una vieja película muda en blanco y negro, gris y sepia por el inmenso tiempo transcurrido. Está cómodo, pese a que la camilla se sacude y traquetea; pese a que, al pasar por una puerta secundaria del hospital, quienes le llevan tropezaron, y casi cae al suelo. Está relajado y sereno, y los sonidos en su derredor no son más que un murmullo muy, muy lejano. Lejano como la actitud distante de los médicos de guardia y como la indiferencia de las enfermeras. Los pasillos de paredes grises y luces blancas parpadeantes parecen fríos; tan fríos como las emociones de esos hombres y mujeres que cuidan la vida y la salud de sus semejantes de un modo profesional, metódico, no comprometido con la sensibilidad humana. Y, sin embargo, en esa inmensidad impersonal, no se siente solo; su corazón y su alma están en paz, reconfortados por un invisible calor, por una voz amiga y segura. Por la voz de un viejo conocido, un querido e íntimo amigo, ido mucho tiempo atrás, que vuelve ahora para susurrarle con tranquila seguridad que no debe tener miedo de lo que suceda, ya que nunca estará solo.

Por eso, no le importa lo que ocurrirá a continuación. Una vez más, ha aprendido la lección. Le parece maravilloso que, a pesar de su avanzada edad, aún deba aprender lecciones acerca de la vida. La razón de esa necesidad no es otra que la persistente debilidad de la naturaleza humana, que ante situaciones amenazantes no termina de asimilar la verdad acerca de la auténtica fe. La máxima eterna, imperecedera, acerca de andar «por fe, no por vista». Es decir, con los ojos puestos en el que no se ve, sin aferrarse a cosas visibles o tangibles, auxiliares para la fe, muletas para el espíritu, o fetiches religiosos de cualquier tipo.

Mira los extraños aros, llenos de luces destellantes, que rodean su cabeza, y suspira. Por supuesto, la experiencia y sabiduría acumuladas a lo largo de sus prolongados años de andar junto al Señor le dan una ventaja que debe medirse literalmente en siglos, con respecto a esos otros, simples mortales de vida breve. Pero, y esto es lo maravilloso, no ha dejado de ser humano, y necesita continuamente aprender del Señor.

Y lo sigue haciendo.

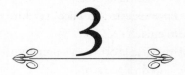

3

Su nombre era Enis Sungar; creía ser bueno en lo que hacía. Dos años en Birmingham y uno de residencia en París estaban entre sus créditos más importantes; y no eran los únicos, ni siquiera los únicos importantes. Tenía cuarenta y tres años, pero el cabello espeso, negro y sin una sola cana, y el rostro de piel suave, desprovisto de barba y bigote, le hacían aparentar menos edad. Conocía el escáner de IRM como la palma de su mano. Llevaba siete años trabajando con esa máquina; había realizado decenas de miles de resonancias magnéticas del encéfalo, y había visto otros tantos cerebros humanos, de todos los tipos, de todas las edades, enfermos de todas las enfermedades imaginables y también sanos. Por eso, no creía posible lo que el escáner le mostraba. Se incorporó para mirar por la ventana comunicante y observó la sala contigua. Comprobó que el anciano de la cabeza vendada, traído en helicóptero desde las afueras de la ciudad, aún seguía allí, acostado sobre la camilla; tranquilo, como si reposara. La puerta se abrió y entró el doctor Isik Aytekin, médico de guardia de la sala de emergencias. Aytekin era varios años más joven que Sungar, pero su rostro abundantemente piloso le hacía parecer mayor. Al ver a su colega sonrió, y acercándose preguntó:

—¿Me llamaste?

—Así es; entra por favor. Y cierra la puerta.

Mientras Aytekin lo hacía, Sungar se puso de pie y caminó hasta la puerta interior, la que comunicaba con la sala contigua, donde estaba el anciano; comprobó que estaba cerrada, y satisfecho volvió a su silla.

—¿Qué sucede?

Sungar hizo un gesto con la cabeza hacia la ventana comunicante, y dijo:

—¿De dónde lo sacaste?

Aytekin se encogió de hombros; sentándose en el borde del tablero, replicó:

—Un oficial del ejército lo trajo en helicóptero. Venía acompañado por una doctora extranjera; una de esos médicos que llegaron en misión humanitaria, por la guerra. Hablaron algo de un accidente, un traumatismo de cráneo; según dijo la doctora, lo encontraron sin conocimiento. Tiene una herida en la región frontal, bastante grande.

—¿Tú viste la herida?

—Por supuesto —replicó Aytekin, sin ofenderse—. Lo examiné, volvimos a vendarlo, y te lo envié.

Miró hacia la otra sala y preguntó:

—¿Sucede algo raro?

—¿Algo raro? ¡Oh, sí; ya lo creo! ¿Te dijo la doctora, o el militar, la edad de este hombre? ¿Te lo dijo él?

Aytekin negó con la cabeza.

—Él no habló mucho. Ni la doctora, ni el soldado saben exactamente su edad; ella estima noventa años, o quizás más.

—Noventa años, o quizás más —repitió el doctor Sungar—. Pues entonces es imposible.

—Por favor, Enis, ¿qué pasa?

—Mira —dijo este e indicó la pantalla—. Me pediste una resonancia magnética de su cráneo, para estar seguro de que no existieran lesiones encefálicas.

—¿Y bien? —dijo Aytekin, mirando las imágenes—. Este no es mi campo, pero por lo que veo, no las hay.

—¡Ah, vamos, Isik! Este no es tu campo, pero tú puedes ver algo más que la ausencia de lesiones de entidad.

Aytekin miró un poco más; se volvió a Sungar y dijo tímidamente:

—¿Su encéfalo está... bien conservado?

—¿Bien conservado? ¡Qué observación más prudente! No presenta un solo signo de involución encefálica senil. Si tiene más de noventa años, como dicen, debería tener algún indicio de atrofia cerebral; no necesariamente traducible en elementos clínicos de un síndrome demencial, como tú bien sabes. Pero un hombre en la décima década de su vida debería tener el cerebro más deteriorado.

—Y no se ve deteriorado —masculló Aytekin.

—¡Se ve como el cerebro de un hombre de veinte años de edad! —exclamó Sungar—. Y sé de lo que hablo. Este hombre tiene su sistema nervioso central en perfectas condiciones; por lo menos, la parte que yo puedo ver con el escáner.

—¿Y la herida?

—¿Herida? No vi ninguna —respondió Sungar—. Creí que la doctora se había equivocado. Evidentemente el viejo, además, posee un sistema biológico de reparación de heridas sin precedentes conocidos.

Quedaron un momento en silencio.

—¿Qué quieres hacer? —preguntó Aytekin.

Sungar meditó unos instantes; luego levantó la vista.

—¿Estudios genéticos? —sugirió.

—Si se firma la paz, y dejamos de atender heridos llegados desde el frente, y crisis nerviosas llegadas de todas partes, podríamos lograr algo interesante.

—Deberíamos investigar su origen racial y lugar de procedencia; el estilo de vida que ha llevado, su alimentación... Quizás algo en su alimentación determinó esta extraordinaria preservación del cerebro. Tal vez logremos hallarlo.

Aytekin sonrió.

—¿Me parece o estás pensando en publicar los resultados de una investigación?

Sungar sonrió también.

—Estoy pensando en un descubrimiento muy beneficioso para la humanidad... y para nuestras carreras.

La sonrisa de Aytekin se hizo más amplia.

Sungar prosiguió:

—Habrá que mantener al viejo aquí, hospitalizado.

—Eso puede arreglarse —contestó Aytekin, y volvió la mirada hacia la sala contigua. Se puso de pie con un rictus de espanto, y exclamó—: ¡Enis!

Sungar se puso inmediatamente de pie y la sangre se le heló en sus venas. La camilla estaba vacía. Como movidos por hilos invisibles, ambos médicos volvieron el rostro hacia la puerta que comunicaba con la otra sala. Estaba abierta y, de pie en el umbral, manos al bolsillo y mirándoles con una sonrisa, el anciano.

—Doctores —les dijo con voz clara, enérgica y alegre—. Creo entender que los estudios realizados no han detectado ningún problema.

—N... no —contestó Sungar; miró la puerta y susurró—: Estaba cerrada.

—Bien —continuó Johannes— en ese caso, me retiro. Muchas gracias por su atención.

—Alto, señor —le atajó Aytekin, poniéndose en su camino—. Solo hemos hecho análisis primarios. Usted aún no está de alta.

—Lo tendré en cuenta, doctor; y desde ya me responsabilizo por cualquier percance que pudiera ocurrirme.

Johannes intentó dirigirse a la salida, pero Aytekin lo tomó de un brazo y dijo:

—Señor, usted no va a ninguna parte.

Rápidamente, el anciano hizo al joven médico una extraña llave; le retorció el brazo derecho, arrojándole luego contra el tablero. Después lo soltó, se alejó tres pasos y dijo:

—Doctor, por favor, no se interponga en mi camino o comprobará que mi sistema muscular también está en perfectas condiciones.

Sungar abrió los ojos desmesuradamente; miró el tablero, buscando los controles del intercomunicador que conectaba ambas salas.

—Está desconectado —murmuró.

Miró al anciano y dijo:

—Usted sabe lo que estábamos hablando ¿Cómo?

—Hijo mío, algunas personas manejamos una ciencia superior a la de ustedes. Ahora, buenos días.

Y dicho esto, se fue.

4

Los pasillos del hospital seguían siendo fríos, blancos, luminosos, atestados de gente pero impersonales. Hombres y mujeres vestidos de blanco, celeste, verde o gris iban y venían; iniciaban otro día en que la sempiterna tarea de atender a los enfermos debía continuar. Nadie le prestó atención; no obstante, Johannes el Venerable miró a todos y cada uno con un interés casi paternal. En poco tiempo más habría paz definitiva, y eso le permitiría seguir con su vieja tarea; una tarea mucho más antigua, más importante, que era también una pelea, pero más sutil. La lucha por recuperar el alma del ser humano, llevarla de regreso al Creador y desarrollar en corazones fríos, endurecidos por el fragor de la batalla cotidiana para sobrevivir en una sociedad insensible, una fe sincera, genuina, prístina y radiante en el Redentor.

La tarea de toda su vida. Una vida que se había prolongado más allá de lo concebible. Una vida que reiteradas veces se había visto perturbada, y una tarea que repetidamente había sido interrumpida por la guerra, esa maldita fijación de los seres humanos con su secuela de sufrimientos, dolor y muerte, y las peores transgresiones a las leyes supremas que deberían guiar al ser humano en su relación con Dios y con sus semejantes.

Faltaba muy poco para terminar con la locura de Seliakán. Y si bien para esto había debido revelar al mundo un misterio oculto por siglos, quizás en pocos días más podría volver las cosas a su lugar. Llegó a la puerta del hospital y no se asombró al verlos. Frente a él había una camioneta de gran tamaño; la parte trasera no tenía ventanas, y vislumbró en su interior un enrejado; una especie de jaula. Dentro de la camioneta, pero fuera de la jaula, había un individuo voluminoso, de lentes oscuros; otros cuatro estaban de pie sobre la acera y le rodeaban. Todos vestían ropas de civil; todos portaban fusiles en las manos. Johannes el Venerable ladeó la cabeza y miró hacia la oficina de admisión del hospital.

Un numeroso grupo de hombres y mujeres estaba allí dentro, inclinados en la misma dirección, sin hablar, aparentemente atentos a escuchar algo; variaciones cromáticas de la luz interior de la oficina permitían discernir un televisor encendido. Johannes sonrió; miró a los hombres, y sin decir nada subió a la camioneta y se introdujo en la jaula, que fue cerrada con seguridad.

Jeannette Dumont respiraba lenta y silenciosamente, sentada a los pies de una cama, en un dormitorio para médicos del hospital, que le habían cedido para descansar. Pero no podía dormir. Ayci había desaparecido luego que llegaran y bajaran a Johannes del helicóptero. Ayci se había ido, pero el helicóptero había quedado allí; finalmente, una hora después, una camioneta de la Fuerza Aérea llegó, y dos pilotos se llevaron el aparato. Después que el anciano fuera trasladado a radiología, el oficial turco se marchó; o se lo habían llevado. Una enfermera, muy asustada, le dijo que había visto hombres de civil, armados con fusiles, registrando rudamente el hospital.

La doctora Dumont había hablado algo con Ayci, y también con el coronel Artaga. Sabía que ambos estaban en la mira del que todavía era el hombre fuerte de Turquía; y sabía que también ella lo estaba. Pero ella no había tenido tiempo de ser informada adecuadamente de los planes, ni sabía lo que acontecería a continuación. Seguidamente pensó que cualquier cosa que a ella le sucediera, no la preocupaba; y no se sorprendió de pensar eso. Estaba afligida, casi angustiada, pero por otra razón. Al pensar de nuevo en Ayci, flexionó una pierna y la cruzó sobre la otra. Estiró una mano y se masajeó el delgado tobillo. Sus ojos vagaron hacia la ventana, hacia el cielo rojizo del amanecer. La visión se volvió borrosa; inspiró profundamente y expelió el aire con suavidad.

Con ese acto, bajó la barrera de sus inhibiciones; entonces, se dio el gusto de pensar intensamente en Ayci. Sonrió brevemente, pero enseguida la angustia borró la sonrisa de su rostro. Pensó en sus treinta y dos años de soltería, y recordó al Kadir Ayci que, con ciertas palabras, gestos y miradas, parecía darle a entender que lo que ella sentía él se lo correspondía. Pero también recordó que ese Kadir Ayci era el líder de una disidencia desarticulada y diezmada, el principal blanco de la venganza de Seliakán, y que si no fuera por Johannes el Venerable, que lo había liberado durante la madrugada, estaría aún prisionero o quizás ya muerto.

Jeannette Dumont se crispó. ¿Por qué, entonces, Ayci había regresado a Ankara? ¿Por qué él, y Artaga, no le habían hecho caso al anciano? ¿Por qué no huyeron de la capital? ¿Por qué le contaron todo a ella, recién luego de aterrizar el helicóptero junto al hospital? La joven doctora sentía punzadas en su corazón. Para colmar su angustia presentía, por razones inexplicables, que tal vez Ayci había sido ya asesinado por los hombres de Seliakán.

En forma inopinada, la puerta fue sacudida por un crujido metálico, y luego se abrió. La mujer alzó una mano para cubrir sus ojos de la brillante luz del pasillo. No vio a los dos hombres que entraron, hasta que la tomaron de los brazos y la sacaron con violencia.

—¡Oigan! ¿Qué hacen?

—Cállese y camine.

Afuera había un tercer hombre, sin uniforme como los dos primeros, que caminó detrás de ellos. Anduvieron un largo trecho en silencio, hasta llegar a la puerta principal. Los funcionarios del hospital se apartaban apresuradamente del camino; algunas enfermeras miraron a Jeannette, con rostros de miedo y horror. Una de ellas, de unos cincuenta años de edad, derramaba lágrimas en silencio. Afuera había una camioneta grande; la parte trasera no tenía ventanas, y vislumbró en su interior un enrejado.

La bajaron de la camioneta muy poco amablemente, frente a un rascacielos de por lo menos cincuenta pisos. Ingresaron a un amplio vestíbulo, desde el cual pasaron a una sala llena de ascensores, y entraron en uno. Jeannette Dumont, apretada contra la pared posterior, observó a los hombres. Uno de ellos tenía una fina arruga en el ceño; los otros dos mostraban rostros totalmente faltos de expresión. Pero en aquel se adivinaba un dejo de emoción. Cuando sus ojos se cruzaron, la doctora no vio el destello de crueldad habitual en esa clase de hombres; tampoco el chispazo de lascivia con que estos individuos usualmente la miraban. Esos ojos traicionaban una velada ansiedad. El ascensor subió varios pisos, pero ella no supo cuantos. Cuando salieron, dieron directamente con un sector de oficinas, que en ese momento estaba desierto; un gran reloj de pared señalaba la hora: 07:15. Por las amplias ventanas se veía Ankara iluminada por los fulgores del sol matinal. Pero lo que sorprendió a Jeannette Dumont no fue la hora, la luz de la mañana, o la soledad de un lugar que a esa hora debería hervir de actividad. Algunas ventanas estaban abiertas, y además de la fresca brisa, por ellas entraba el estridente y quejumbroso estruendo de una sirena de alarma. La doctora se detuvo sorprendida; un minuto antes, esa sirena no estaba sonando.

—¿Pero qué...?

—No se detenga —ordenó uno de los hombres.

—Pero es un ataque aéreo.

—Camine.

Tras ascender varios pisos más en otro ascensor, salieron a un nuevo salón. Jeannette Dumont reconoció la antesala de alguna oficina. Al entrar, vio en primer lugar a Ayci. Olvidando todo lo demás corrió hacia él y se fundió contra su pecho en un apretado abrazo, como si en Ayci buscara refugio de una situación incomprensible y aterradora. Él la estrechó contra su cuerpo pero permaneció callado. Instantes después, la joven miró el resto de la sala; asombrada, vio a otros individuos con aspecto de matones, que contando a los tres que la habían traído, eran en total catorce. Allí estaban también el teniente coronel Artaga y ese admirable anciano, Johannes el Venerable, sentado ante un gran escritorio de cristal, con la cabeza aún vendada. Jeannette Dumont miró fijamente al anciano; cuando este le dirigió la mirada, ella dijo:

—¿Qué está sucediendo?

—Cosas grandes —replicó Johannes y miró al hombre que estaba tras el escritorio.

6

La doctora Dumont también le miró y al punto se le cortó la respiración. Solo había visto a ese hombre en las pantallas de televisión, en afiches y en grandes carteles callejeros. Lo poco que sabía de él le había bastado para imaginarlo un auténtico monstruo, un desalmado que destruía vidas humanas en aras de satisfacer su propia y enfermiza pasión por el dominio y el poder. Ahora, Yamir Seliakán el Magnífico estaba allí, delante de ella. Pero se veía desaliñado, despeinado, ojeroso, nervioso y muy alterado.

—Sí, ¿qué? —gritó, dirigiéndose a sus matones.

—La doctora, señor.

Seliakán la miró y la sangre se congeló en las venas de la joven mujer. Pero el Magnífico enseguida desvió la mirada. Muy lejos, hacia el lado oriental de la ciudad, se dejó oír una andanada de explosiones; una columna de humo negro y muy espeso comenzó a ascender en el cielo del este. Seliakán miró a sus hombres y preguntó:

—¿Dónde están los demás?

—Seguimos buscando —respondió, nervioso, uno de los individuos.

—¡Pues háganlo! ¡Fuera de aquí! —aulló Seliakán.

Ocho hombres salieron, y quedaron seis, que con los fusiles prontos se acercaron a la puerta para cubrir mejor a los prisioneros. Mientras, en el escritorio de Seliakán parpadeó una llamada. El Magnífico activó la imagen, apareciendo el rostro del general Öcalan, cuya agitación era impresionante.

—El Comando General está bajo ataque —gritó—. Son decenas de aviones.

—¿Pero cómo es posible? ¿Por qué están violando la tregua?

—No sé, señor. Hemos reconocido aviones estadounidenses, británicos y griegos. Pero nuestra propia Fuerza Aérea lidera el ataque.

—¡Eso es imposible! —bramó Seliakán.

—Tal vez usted lo considere imposible, señor; pero están aquí, barriendo con todos nuestros equipos bélicos. Por qué lo hacen, no lo sé ni me importa. Estamos perdidos.

—¡Maldita sea! Öcalan, no sea pusilánime. Ankara tiene el mejor escudo de defensa antiaérea de todo el Mediterráneo oriental; los mismos estadounidenses lo hicieron para mí. ¡Pelee, miserable infeliz! ¡Mándelos a todos al infierno!

—El escudo antiaéreo ya no existe, señor; fue lo primero que destruyeron. Sabían exactamente dónde pegar. Esto se acabó.

—Nada se acabó, maldito cerdo cobarde. ¡Resista!

—Venga a resistir usted, grandísimo imbécil. Toda su cochina maquinaria bélica ha volado en un millón de pedazos. Y las tropas se esfumaron, incluso antes de que empezara el ataque. Yo me largo de aq...

La comunicación se interrumpió abruptamente. Seliakán miró al anciano, a Artaga y a Ayci; su voz se elevó por encima del crujido de la estática.

—Ustedes —escupió— díganme qué hicieron. Ustedes son responsables de esto.

—No sé de qué habla —respondió Artaga, tranquilo.

—Quien inició la guerra debe ser el responsable, ¿no lo cree? —murmuró Johannes impasible.

Una señal de llamada destelló en el tablero de Seliakán. Este activó la comunicación y, en el centro de la imagen, apareció el brigadier Sari.

—¡Sari! ¿Dónde rayos está?

—Alejándome de Ankara en mi jet personal. El noventa por ciento de los aviones militares que estaban en tierra fueron destruidos. Las tropas se habían ido antes.

—¿Cómo pudieron ser tan inútiles? Estaban bien pertrechados.

Seliakán parecía a punto de un colapso.

—Estaban entrenados, estaban preparados... ¿Qué dijo? ¿Que sus tropas también se fueron? ¿Pero con qué clase de traidores estoy tratando?

—Señor presidente, hay decenas de helicópteros de combate; aparecieron de la nada. Hay muchos helicópteros estadounidenses y también de nuestro propio ejército. Y yo tengo tres aviones griegos detrás de mí. Esto se acabó, Yamir. Yo me voy.

Seliakán dio un puñetazo en la mesa.

—Usted no va a ningún lado —gritó, con los ojos cerrados—. Usted va a luchar.

Cuando el Magnífico miró de nuevo, la pantalla solo mostraba múltiples líneas de estática. Tras una pausa, Seliakán susurró con voz gutural:

—Yo accedí a la tregua; di las máximas garantías. Me senté a la mesa de negociaciones... Mostré toda la disposición necesaria para llegar a la paz; a todos, salvo a... —se calló y miró a Johannes el Venerable.

—Tiene una llamada —dijo este, con displicencia.

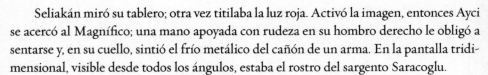

Seliakán miró su tablero; otra vez titilaba la luz roja. Activó la imagen, entonces Ayci se acercó al Magnífico; una mano apoyada con rudeza en su hombro derecho le obligó a sentarse y, en su cuello, sintió el frío metálico del cañón de un arma. En la pantalla tridimensional, visible desde todos los ángulos, estaba el rostro del sargento Saracoglu.

—¿Y usted quién es? —graznó Seliakán.

—Sargento Mehmet Saracoglu, ejército de Turquía, a las órdenes del mayor Kadir Ayci.

El Magnífico abrió los ojos con odio.

—¡Un disidente! —aulló.

—Exacto, señor presidente —prorrumpió el sargento con mucha tranquilidad. Disculpe, pero creo que el avión en el que escapaba esa rata, el brigadier Sari, fue destruido en el aire por los griegos. Si no me equivoco, ese era el avión que tenía usted preparado para huir de Turquía. Creo que está atrapado, señor.

—¿De qué habla? —bramó el Magnífico.

La imagen cambió. En la pantalla aparecieron unos estudios de televisión; eran los estudios de CNN, en Atlanta. No había presentador de noticias a la vista, pero se oía una voz, que hablaba en forma segura y suficiente. Seliakán tardó cinco segundos completos en reconocer su propia voz, y otros diez segundos en darse cuenta de que esa era la charla que había mantenido con Johannes el Venerable, la noche anterior. Cuando la grabación finalizó, durante un instante de silencio, antes de que el sargento Saracoglu apareciera en la pantalla otra vez, pudo oírse algo proveniente del exterior. Las ventanas de la sala estaban cerradas, pero aun así se percibía un extraño sonido. No era ruido de explosiones ni estruendo de combate; era un murmullo constante, un ruido de fondo grave y oscilante, con esporádicos incrementos de intensidad. Como un mar embravecido, permanentemente agitado, cuyas violentas olas suben y bajan en forma tempestuosa.

Saracoglu habló:

—Mayor Ayci, señor, ¿está usted allí?

—Aquí estoy, sargento.

—Pero... ¿es que creen que van a dialogar como si esto fuera un bazar? —exclamó Seliakán.

—¿Está con usted *monseñor* Johannes el Venerable? —siguió el sargento, sin hacer caso.

—Aquí estoy también, hijo.

—*Monseñor*, está hecho. Hace una hora y media que CNN transmite la grabación que usted sabe. Ahora, finalmente, Turquía y el mundo saben quién es Seliakán, el Magnífico.

—Excelente trabajo. Gracias.

—Nos vemos pronto... futuro teniente —dijo Ayci.

Saracoglu sonrió y su imagen congelada desapareció poco a poco.

7

AFUERA SEGUÍA EL EXTRAÑO RUIDO; AHORA SE DISCERNÍA CLARAMENTE QUE la fuente del mismo, fuera lo que fuese, se acercaba lentamente, como una marea que avanzara por las calles agitadas y castigadas de Ankara. Uno de los matones que vigilaban a los prisioneros se acercó por un costado del escritorio; deteniéndose junto al amplio ventanal de cristal, escrutó hacia abajo, y tras un momento llamó a otro. Sin hacerles caso, Seliakán levantó la vista y clavó los ojos en Johannes el Venerable. El Magnífico estaba sentado, más bien derrumbado en su sillón. Cuando habló, lo hizo con un seco y débil graznido:

—¿Qué hizo usted?

—Anoche nos grabaron. Ya se dio cuenta de ello ¿verdad? Esa grabación llegó a las manos adecuadas.

—Los reporteros de CNN.

—Exacto, señor. Desde tempranas horas de esta mañana, CNN está difundiendo esa grabación; sus palabras acerca del odio hacia los turcos asiáticos, sus intenciones de proseguir la guerra, una guerra que su pueblo no comprende ni quiere, y su amenaza de atacar con armas nucleares estratégicas las capitales de los países enemigos, y la propia Ankara. Todo fue escuchado en el mundo entero. Pero lo fundamental, señor presidente, es que todo eso fue oído atentamente en todos los hogares de Turquía. Por eso desertaron sus tropas, y no hubo nadie que resistiera el ataque de la OTAN; antes al contrario, sus propias fuerzas armadas atacaron aquellos puntos donde podían sospechar lealtad incondicional hacia usted. Y ahora, señor presidente, el pueblo de Ankara, odiado por usted y expuesto, sin saberlo, a su venganza, viene a pedirle cuentas.

El ruido proveniente del exterior era ya un estruendo discorde y tonante. Entre la masa de sonidos inconexos que llegaban desde fuera podían ahora discernirse gritos;

insultos y alaridos de rabia se elevaban cada pocos segundos, desde el ensordecedor trueno de fondo. Seliakán miró ceñudo a Johannes; luego se puso de pie y fue hacia la ventana.

Cuando vio lo que pasaba cincuenta pisos más abajo, quedó petrificado. El amplio bulevar Mustafá Kemal, frente a la Torre del Futuro, estaba lleno de gente. Multitudes, probablemente decenas de miles de personas atestaban la gran explanada de la torre y ocupaban la vía de tránsito hasta los espaciosos terrenos de la mezquita Maltepe. Seliakán miró un poco más allá, espantado y mudo. Strazburg Caddesi estaba también cubierto por un río humano; una calle más allá, y dos, y tres, y otras varias, quizás hasta diez calles en los cuatros sentidos, estaban también llenas por ese río humano que marchaba atropelladamente en su pugna por llegar a la torre. Poco a poco, el Magnífico comenzó a discernir su nombre, vociferado por la descomunal multitud; pero no se hizo ilusiones, ni se dejó engañar. El vocerío no era una ovación; no estaban aclamándolo, sino probablemente pidiendo su cabeza.

—Vienen por usted, Seliakán —dijo Johannes el Venerable, con calma—. Están furiosos hasta la ceguera, y ya llegaron. No hay soldados que le protejan, señor; los que le eran leales fueron destruidos, y los otros seguramente vienen allí, junto con la multitud. Tampoco hay policías que disuelvan ese formidable tumulto. Con toda seguridad, los policías también encabezan la marcha. No le quedan sino estos seis individuos, y más les vale estar bien provistos de municiones, pues deben ser por lo menos cincuenta mil las personas que están allí abajo, pugnando por entrar e invadir todo el edificio hasta encontrarle.

Se volvió, miró a los seis matones y les preguntó:

—¿Matarían ustedes a cincuenta mil compatriotas, por defender a este sujeto?

Los seis hombres, que desde hacía rato se mostraban sumamente nerviosos, se miraron unos a otros y luego emprendieron la fuga, dejando la puerta abierta.

—¡Oigan! —bramó Seliakán; pero ya se habían ido.

El Magnífico clavó los ojos en Johannes.

El anciano continuó, implacable:

—Su imperio acabó, Seliakán. Es usted un tirano y genocida en potencia, además de traidor a su patria. Si sobrevive al linchamiento, le condenarán a cadena perpetua. Sé que se aplicó usted una de esas nuevas terapias genéticas para prolongar la vida; eso significa que, contando actualmente cincuenta y siete años de edad, tiene aún por delante otros cincuenta años de vida saludable, para pasar encerrado en una celda.

Movió la cabeza, rechistó y agregó:

—¡Qué perspectiva!

Seliakán permaneció de pie, contemplando al anciano. En sus ojos asomaba un resplandor maligno y ominoso. Guardó un pesado y peligroso silencio durante un minuto completo. Poco a poco levantó un dedo, señaló a Johannes y comenzó a hablar, en un quejido plañidero:

—Usted —agitó el dedo en el aire; suspiró y continuó—. Usted me arruinó. Arruinó mi sueño, mi esfuerzo; todo lo que hice por esta nación, todo el trabajo de los últimos años. Usted aniquiló el sueño de gloria y grandeza...

Pareció desinflarse; bajó la mano y dijo, casi abatido:

—Usted.

Johannes el Venerable se reclinó en el respaldo de la silla, cruzó las manos sobre su abdomen, sonrió ampliamente y dijo:

—Demándeme.

Súbitamente encolerizado, Seliakán dio una patada en el piso tras su escritorio; una caja blindada comenzó a ascender desde el suelo. Mientras esto sucedía, Seliakán explotó a gritar, dirigiéndose al anciano:

—¡No, señor! Haré algo mejor que demandarlo.

Cuando la caja culminó su ascenso, abrió la tapa del receptáculo superior, extrajo una pistola nueve milímetros y le apuntó.

Al ver esto, Artaga se adelantó, seguido de Ayci. Seliakán dirigió el arma hacia ellos.

—¡Quietos! —aulló.

En seguida volvió a apuntar a Johannes.

El Venerable seguía recostado en la silla; parecía relajado, y la sonrisa no se había borrado de su rostro. Dijo con serenidad:

—Puede disparar, Seliakán. Como usted sabe, no temo morir; es más, moriré en paz y feliz, sabiendo que le derroté.

—Eso cree, ¿eh?

Con una carcajada feroz, Seliakán se inclinó, abrió el compartimiento inferior, y extrajo una gran maleta metálica. Al verla, Ayci avanzó hacia él, deteniéndose al ser encañonado por el Magnífico. Con un rictus de angustia, la doctora Dumont se adelantó, cubriendo con su cuerpo al militar turco; pero Ayci la apartó rápidamente. Seliakán arqueó las cejas; sonrió en forma desagradable y dijo:

—¿Ajá? Ha nacido un idilio; muy romántico. Podría matarle ahora mismo y aquí mismo, Ayci. Pero le dejaré para que muera, abrazado a su amada y ella abrazada de usted.

Corrió por el otro lado del escritorio, apuntó a Artaga y escupió:

—¡Apártese!

Luego, salió de la sala.

El silencio que siguió no duró más de un minuto. Johannes el Venerable, los codos apoyados en el borde del escritorio de cristal, mantenía su rostro hundido entre las manos; parecía respirar aliviado. Jeannette Dumont, todavía muy nerviosa, dijo:

—¿Pero dónde fue ese hombre?

—Hacia la azotea del edificio; seguramente, fue en busca de su helicóptero —respondió Ayci distraídamente.

Con lentitud caminó hasta la ventana y se quedó allí, de pie y con los brazos cruzados, observando el exterior.

—¿Y la maleta? ¿Qué tiene en esa maleta? —preguntó Artaga, también alterado. Abajo continuaba el rugido de la multitud.

—Los códigos de lanzamiento de los misiles nucleares —contestó Ayci, aún tranquilo.

Otro tenso instante de silencio.

De súbito, el aullido de la multitud se transformó en un trueno. Desde la azotea del edificio surgió un helicóptero de color blanco, con el distintivo de la aeronave presidencial. La máquina descendió unos metros y giró, hasta enfrentar los ventanales de la gran oficina. Dentro se vio a Seliakán, que pilotaba el aparato; estaba solo y sonreía. Luego dio vuelta nuevamente y enfiló hacia el este.

—Se va solo —susurró Artaga.

—Los pilotos han de haber huido —dijo Ayci.

—Pero se va con la maleta —exclamó Artaga—. Ese demente va a disparar los misiles; provocará un holocausto nuclear. Mayor, usted lo escuchó; ¡va a transformar el sureste de Europa y el Cercano Oriente en un horno atómico!

—Mi coronel, tranquilícese; tome asiento y relájese.

Ayci se mostraba muy calmado; agregó—: Escuche, señor; yo fui el último que voló ese helicóptero, antes que el piloto lo regresara a su base, aquí en la azotea.

Señaló hacia el este y agregó:

—Mire.

El helicóptero se alejaba con rapidez, ascendiendo perceptiblemente en el cielo de Ankara. Lo observaron unos instantes; el ruido de sus rotores ya no se oía, resonaba más intenso el rugido de la multitud, allá abajo. Parecía traducir la impotencia con que aquellas gentes veían que el motivo de su ira y objeto de su odio, el presidente de Turquía, Yamir Seliakán, el Magnífico, se escapaba de sus manos. El helicóptero era ya solo un punto oscuro contra el fondo azul profundo del cielo de aquel hermoso día; y sin transición de ningún tipo se convirtió en un punto blanco luminoso, expansivo, llameante, humeante, que se disipó con lentitud, sin percibirse fragmentos mayores a un grano de arena que cayeran sobre la ciudad. El estruendo de la multitud cambió súbitamente de tono y algo que parecía un clamor de alegría ascendió ahora, hasta ellos, confundido con el ruido de la explosión que desintegró el helicóptero en que había intentado escapar Seliakán.

Todos, incluso el anciano, se acercaron a la ventana y contemplaron, hacia el este, la tenue nube de vapores flotando en el firmamento.

—Usted —dijo Artaga, dirigiéndose a Ayci—, usted arregló el helicóptero.

Ayci asintió en silencio, y luego susurró:

—Ahora, finalmente, terminó la guerra.

Un suspiro largo, tranquilo, relajado, siguió a sus palabras; después, Johannes el Venerable concluyó:

—Ahora, finalmente, llegó la paz.

El fin de la guerra 2

I

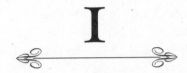

EL FIRMAMENTO LÍMPIDO Y ESTRELLADO RESPLANDECÍA EN SU NEGRURA PUNTEADA de astros; parecía el agradable anticipo de una noche de verano, estación que se acercaba. Las calles de la capital estaban ocupadas por multitud de personas que festejaban, danzando en grandes grupos al son de mil formas y estilos diferentes de música occidental y oriental. Desde la azotea de la Torre del Futuro, a cincuenta pisos de altura, Johannes el Venerable contempló pensativamente la ciudad, bulliciosa y colorida, entregada de lleno a los festejos por la llegada definitiva de la paz. Eran las nueve de la noche, el día siguiente a la muerte de Seliakán. Hacía treinta y seis horas que el helicóptero en que el Magnífico tratara de escapar había estallado en un millón de pedazos, regando el sector este de Ankara de microscópicas esquirlas de metal hirviente. Treinta y seis horas durante las cuales los turcos y los miembros de la OTAN, especialmente los griegos, junto a sirios y egipcios, se habían reunido en la misma Ankara, sentándose a la mesa de negociaciones y mirándose las caras, sin nada que ocultar, para buscar el final pacífico y definitivo de un equívoco conflicto. El teniente coronel Kadir Aydin, oficial del ejército turco conocido hasta ese momento como Ayci, había sido comisionado por el pueblo, la clase política y los militares de Turquía, para negociar los términos de la paz. El líder de la disidencia, ascendido rápidamente por oficiales más viejos y de mayor rango, llevó adelante las conversaciones de paz, buscando una salida airosa para una nación arrastrada a una guerra innecesaria por un caudillo desquiciado. Sirios, egipcios y europeos aceptaron retirarse de todas las cabezas de playa establecidas sobre las costas de la Península de Anatolia. Momentos de grave tensión se vivieron después, cuando se trató el problema del sector europeo de Turquía, ocupado por fuerzas griegas. Los representantes del gobierno de Atenas endurecieron su posición y negaron a Turquía el derecho a recuperar un territorio perdido en una guerra que el pueblo griego no había buscado ni provocado. Los griegos, sabiéndose y sintiéndose vencedores, no querían ceder. Pero los militares turcos, que a último momento se habían quitado el velo y atacado a las fuerzas leales a Seliakán, apurando su derrota y muerte, se consideraban ellos también vencedores. Ambas partes quedaron en una difícil posición, mirándose beligerantemente, a la hora de dirimir qué pasaría con el territorio de la Turquía europea.

Entonces Aydin, paradigma de grandeza humana, se puso de pie y solicitó la atención de todos. Enfocado por centenares de cámaras de televisión y micrófonos de los medios de prensa de todo el mundo, pidió públicamente perdón al pueblo y gobierno de Grecia por siglos de enemistad y por una guerra innecesaria, provocada por un líder enfermo, al que costó trabajo extirpar. Llamó a considerar las graves pérdidas que el pueblo turco había sufrido, al padecer las acciones de múltiples ataques y penetraciones por todas sus costas y fronteras. Ofreció al pueblo griego pagar todos los gastos que la guerra del Mediterráneo oriental hubiera causado a Grecia, si la comunidad internacional ayudaba al pueblo turco, el cual enfrentaba las peores consecuencias de la guerra y la más pesada tarea de reconstrucción. Dijo que esa sería la expiación que pagaría Turquía por el pecado de seguir a un líder sicótico que les había arrastrado a agredir a otra nación, violando todas las normas del derecho internacional.

Las palabras de Aydin fueron saludadas por una ovación de los delegados, periodistas y público presente. Siguió un silencio aún más tenso, durante el cual los representantes griegos parlamentaron entre sí en voz baja, para guardar luego un hosco mutismo. El silencio fue roto por el mayor general Wilenski, Comandante Supremo de las fuerzas aliadas, quien dirigiéndose a los griegos les recordó que la flota de la OTAN seguía operativa al norte del mar Egeo.

Finalmente, los griegos aceptaron la disculpa del representante turco y manifestaron que el gobierno de Grecia instrumentaría la evacuación del territorio de la Turquía europea. Una aclamación generalizada brotó de las gargantas de todos los presentes; del público que aguardaba fuera, en las calles de toda la ciudad, siguiendo las instancias de la reunión a través de pantallas gigantes de televisión instaladas para la ocasión; de todos los habitantes del extenso territorio turco; de los europeos y de los pobladores del Cercano Oriente. Y de todos los pobladores del mundo, que esperaban con ansiedad que las armas fueran definitivamente silenciadas en el Mediterráneo oriental. La cesión efectuada por los griegos, verbalizada por el jefe de su representación, hizo que incluso este fuera considerado un héroe de la paz, y aclamado como tal. La reunión se prolongó hasta la madrugada, no se levantó sino hasta cuando se firmaron todos los acuerdos que pusieron fin a la guerra. El día siguiente fue proclamado como «Día de la paz», y se prepararon extensas celebraciones en todas las ciudades y pueblos de Turquía, que durarían más de veinticuatro horas.

Mientras las fuerzas militares de Grecia comenzaban lentamente la evacuación del territorio ocupado al norte del mar de Mármara, en la mañana del Día de la paz, el teniente coronel Kadir Aydin ofreció una conferencia de prensa en la misma Torre del Futuro. Cuando le preguntaron acerca de su actitud conciliadora y de las palabras con las que había hablado de pecado, perdón y restitución, una sonrisa iluminó su semblante. Dijo que tal actitud había pasado a formar parte de su naturaleza debido a la extraña y benévola influencia de un anciano monje de Anatolia. Miró en dirección a la pared lateral izquierda de la sala de conferencias. Ya la gente sabía, y la prensa se había encargado de informar al mundo entero, que Seliakán había sido finalmente derrotado por las acciones de un anciano monje cristiano de Anatolia, ayudado por un militar turco, y un oficial de los cascos azules. En esa pared lateral había grandes fotografías de Johannes el Venerable, del teniente coronel Fernando Artaga y del propio Aydin.

2

AL RECORDAR ESTO, JOHANNES SUSPIRÓ EN SILENCIO; UN SILENCIO MENTAL, interior, personal, que se mantenía sereno pese al bullicio de las calles, allá muy abajo, y a la algarabía que tenía a sus espaldas. El «artífice de la paz», *monseñor* Johannes el Venerable, el hombre que había logrado la tregua al descubrir y traer a Ankara el Manuscrito de San Ulrico (aunque en realidad lo había traído el doctor Osman Hamid), el hombre que había vencido al monstruo, y logrado erradicar a Yamir Seliakán, el Magnífico, responsable definitivo de la guerra demente que había azotado a Turquía e inquietado al mundo, miraba ahora distraídamente la ciudad, desde una altura de cincuenta pisos. Con una sonrisa suspicaz, Johannes pensó otra vez en todas las cosas que se decían de él. Tales expresiones se repetían y multiplicaban en las calles, en los diarios y revistas, en las radios y canales de televisión, y recorrían no solo Turquía y toda Europa, sino también e incluso, el mundo entero. El anciano suspiró otra vez y reflexionó; así era el mundo, inseguro y fluctuante, siempre en busca de una figura, un personaje, cuya estabilidad y firmeza, por no hablar de su bondad, entrega y amor desinteresado, le convirtieran en paradigma al que dirigir los ojos en procura de guía y ejemplo, de enseñanza, protección y consuelo. Grandioso, pensó el viejo, torciendo aún más el gesto en una sonrisa irónica, si pusieran sus ojos en mí para dejarme conducirlos al verdadero paradigma de amor y verdad, a Cristo.

Pero, ¿lo harían?

Al pensar en eso, recordó otra cosa; algo que le había tocado vivir la tarde del día anterior. Un pequeño incidente de la vida cotidiana, en el cual el público no reparó, ni fue cubierto por los medios masivos de comunicación: el retorno de una hija a su hogar.

3

El vehículo militar se detuvo frente al pequeño jardín que circundaba la casa, una modesta vivienda de los suburbios, al norte de la ciudad. La calle, como cualquiera de las vías de la capital, estaba ocupada por grupos de vecinos que comentaban los sucesos de última hora, y algunos que iniciaban ya una exultante expresión de júbilo, que transformaría ese barrio en un foco de festejos. Uno de los muchos que surgirían paulatinamente por toda la urbe y la llevarían a una celebración generalizada que continuaría en aumento por más de treinta horas.

Cuando la camioneta del ejército frenó y apagó el motor, los circunstantes apenas si le dirigieron un momento de atención. De ella bajó un soldado, seguido de un oficial turco y otro militar, un hombre de color que usaba boina celeste. Algunos vecinos creyeron reconocerlo y llamaron la atención de los demás. Luego bajó un hombre muy anciano, vestido como religioso. Una exclamación de sorpresa recorrió los alrededores; el anciano era Johannes el Venerable, e iba acompañado por el teniente coronel Artaga. Por último bajó del vehículo una joven, casi adolescente; iba vestida de forma mesurada, con una falda que llegaba hasta debajo de las rodillas. Los vecinos comenzaron a acercarse. Una pareja había salido a observar, a la puerta de la casa. La mujer, de unos cincuenta y cinco años, tenía el cabello totalmente blanco, era delgada, y escasas arrugas surcaban su rostro. El hombre, algo mayor, estaba también encanecido, pero aún podía adivinarse el negro cabello que adornara su cabeza en edades más jóvenes. Cuando la mujer vio a la chica, sus ojos se iluminaron; se llevó las manos al rostro, cubriéndose la boca para ahogar un grito de emoción inesperada. Pareció tambalearse y su esposo, más alto y fornido, la sostuvo; mientras, miraban a la joven, ambos con lágrimas en los ojos. Un instante después, avanzaron lentamente; la mujer se estremecía y temblaba al caminar, con las manos tendidas hacia adelante, como si quisiera abrazar ya, y proteger, a esa hija pródiga que regresaba. El hombre caminaba detrás, sosteniéndola, y miraba a la muchacha con una sonrisa radiante. Johannes el Venerable miró a la joven y dijo:

—Adelante, Samira; abraza a tus padres.

La chica miró al anciano indecisa; contempló a sus padres y, repentinamente, reaccionó y corrió hacia ellos. Los tres se fundieron en un apretado abrazo; durante largos momentos no hubo palabras, ni reproches, recriminaciones o intento de explicaciones. Solo llanto; intensos, largos, ahogados, aliviados, profundos sollozos. Silenciosamente, el anciano y Artaga se acercaron. Rato después, cuando los padres de la chica repararon en la presencia de Johannes, intentaron arrodillarse ante él. Con un gesto, y tomando a la mujer por el brazo, el viejo se los impidió. Con voz trémula, el hombre dijo:

—Gracias, *monseñor*; gracias. Gracias. Alabado sea el Señor Jesucristo, aunque estos musulmanes de m... quiero decir... Muchas gracias, *monseñor*.

Johannes sonrió. Los ojos anegados en lágrimas de la mujer agradecían de una forma igualmente intensa. El anciano replicó:

—A ustedes, queridos amigos. Y a esta chica. Sin su valor e inteligencia, no habría sido posible derrotar a Seliakán.

Los padres de Samira le miraron con semblante de absoluta incredulidad. Pero Johannes atajó sus preguntas, diciéndoles.

—Es así, en efecto. En otra oportunidad, quizás en los siguientes días, vendré y hablaré con ustedes, para relatarles y explicarles los sucesos que motivan mi afirmación. Ahora, ustedes tres deben entrar en casa; tienen mucho que hablar, confesar y perdonar. Que este sea un día de reconciliación y perdón, de regocijo y felicidad, de bendición y paz. El Señor sea con ustedes.

Mirando a Johannes con profunda admiración y reverente respeto, Samira dijo:

—Gracias, *monseñor*.

El viejo volvió a sonreír; le hizo un guiño, que provocó una fresca sonrisa en la chica, y se retiró. Un aplauso acompañó a Johannes el Venerable y Artaga, mientras retornaban al coche militar; aplauso que se volvió vocinglera aclamación cuando el vehículo se fue de allí.

4

Y AHORA, JOHANNES EL VENERABLE ESTABA ALLÍ, BRAZOS SOBRE LA barandilla, y miraba el cielo; este se veía límpido y estrellado. Una suave brisa soplaba desde el este. A espaldas del viejo, en la terraza de la Torre del Futuro, se desarrollaba la celebración del Día de la paz. A una altura de cincuenta pisos, una pista central de baile era atronada por un candoroso ritmo de marcha. La música, dirigida desde el piso de abajo, surgía del mismo suelo de la pista, en realidad un conglomerado de setecientos cincuenta reproductores de sonido. Bordeaban la pista numerosas mesas y sillas; la capacidad del lugar permitía una concurrencia de quinientos invitados, y ninguno había faltado. Un ejército de meseros de ambos sexos servía las mesas con abundancia de comidas y bebidas, de una excelencia y una fastuosidad que recordaban las antiguas glorias imperiales, como ninguno de los hechos de Seliakán. La elite de las familias de alcurnia de Ankara ocupaba su lugar en la fiesta, en la que también se daban cita diplomáticos extranjeros, delegados de Naciones Unidas y militares de alto rango de la Organización del Tratado del Atlántico Norte. También se había hecho presente una constelación de empresarios, ejecutivos, artistas y políticos turcos, a los cuales se unían oficiales del Ejército, Marina y Fuerza Aérea, en inmaculado uniforme de gala. Entre los más importantes personajes presentes en la fiesta, el mayor general Harrison Wilenski, Comandante Supremo de las fuerzas de la OTAN, ocupaba una de las mesas centrales, un lugar de honor, rodeado por el Secretario General de Naciones Unidas, el Presidente de la Gran Asamblea Nacional de Turquía, y otros altos dignatarios, diplomáticos y militares, turcos y extranjeros.

Hacía largo rato que el general Wilenski miraba en todas direcciones, procurando claramente ubicar a alguien. Notado esto, el presidente del Parlamento le ofreció los servicios de un asistente. El joven soldado vestido de gala tuvo la nada difícil tarea de ubicar a Johannes el Venerable. Pese a que la vestimenta que este lucía era nueva, limpia y de telas costosas, a instancias e insistencia del gobierno turco, seguía siendo el atuendo de un religioso, lo que hacía fácil encontrar a *monseñor* Johannes, totalmente ataviado de negro entre la profusión de blancos, rojos, azules, violetas resplandecientes y otros colores que los concurrentes ostentaban en la fiesta. Pero una vez ubicado el anciano monje, Wilenski debió levantarse de su cómodo y honorable sitio y caminar hasta la barandilla desde la cual el anciano, que había comido poco y nada, persistía en la contemplación de Ankara, extendida allá abajo como una telaraña luminosa y multicolor que se perdía en el horizonte.

—*Monseñor* —dijo Wilenski, estrechando la mano del anciano—: Es un honor conocer al hombre que trabajó como nuestro aliado en procura de paz para esta región del mundo.

Johannes el Venerable alzó una ceja y esbozó una media sonrisa; midió al militar estadounidense de una mirada. El hombre era alto, casi tanto como él, de cuello corto y grueso, anchas espaldas, brazos musculosos, y lucía el cabello rubio muy corto. Sus ojos azules eran enigmáticos, casi tramposos. Johannes decidió que la frase de presentación había sido perfecta; pareció, más que unas palabras preparadas de antemano, una grabación disparada en el momento adecuado, por alguien experimentado en relaciones públicas.

El anciano se limitó a contestar:

—La paz de nuestro Señor Jesucristo sea con usted, general.

Wilenski quedó momentáneamente descolocado por la respuesta y su amplia sonrisa, congelada en un rostro que expresaba no saber qué decir a continuación. El anciano añadió:

—Me alegra conocerle, general. Que usted y yo nos veamos, aquí en Ankara y en medio de esta celebración, es fiel indicador de que la paz finalmente ha llegado a esta región del mundo.

Wilenski sonrió ampliamente otra vez; se acodó en la barandilla, miró la ciudad, inspiró profundamente el aire fresco y puro de la noche, e inició el diálogo con aquel hombre anciano, cuya historia y leyenda habían ocupado muchas horas de sus reuniones de Estado Mayor, incluso antes de la tregua motivada por la revelación del Manuscrito de San Ulrico.

Rato después, sentados a una mesa junto a la barandilla, alejados de la pista donde decenas de parejas continuaban bailando una mixtura de canciones y ritmos de oriente y occidente, ambos hombres proseguían la charla.

—Sin embargo —decía Johannes— usted se arriesgó mucho, general. Estrictamente hablando violó la tregua, al ordenar a sus aviones el ataque de las bases militares turcas en Ankara.

—En las afueras de Ankara —corrigió Wilenski.

Y prosiguió—: Comprenda, *monseñor*; los generales turcos acudieron a nosotros, cuando fue revelada la grabación en la cual Seliakán expresaba sus verdaderas intenciones respecto a la guerra, y a esta ciudad, si no podía ganar el conflicto. Esos mismos generales que ahora están también aquí en esta fiesta, comiendo, bebiendo, bailando y pavoneándose como victoriosos, nos notificaron su determinación de atacar los reductos de las fuerzas que sabían incondicionalmente leales a Seliakán. Entonces, analizamos rápidamente la situación. El conflicto del Mediterráneo oriental corría el riesgo de degenerar en una guerra civil, con el peligro agregado de que Seliakán detonara más artefactos nucleares, atacando a su propio pueblo o a enemigos extranjeros.

—Estados Unidos, por ejemplo —acotó Johannes.

—Así es, *monseñor*. Usted sabe que Seliakán amenazó atacar Nueva York con un arma nuclear estratégica. Lo sabe, pues él se lo dijo a usted personalmente.

—Es verdad —reconoció el anciano.

—Así pues, se consideró que lo mejor era apoyar a las fuerzas turcas que atacarían a Seliakán, con el fin de propinar al Magnífico un golpe devastador y acabar de una vez. El presidente Jackston dio luz verde y nuestros aliados recabaron igual autorización de sus gobiernos. Todo se decidió en dos horas, mientras la grabación seguía siendo emitida por CNN. Entonces se lanzó el ataque final. Y comenzado dicho ataque, todo terminó rápidamente a causa de una masiva deserción de tropas, que no quisieron respaldar a los pocos generales fieles a Seliakán.

»Pero ahora sabemos que si usted, Aydin y Artaga no hubieran intervenido, el Magnífico no habría sido derrotado; y que si no lo hubiesen demorado hasta la llegada del populacho, lo que le obligó a huir en el helicóptero saboteado por Aydin, habría recurrido a una agónica venganza, lanzando los misiles nucleares. Creo, *monseñor*, que no solo el pueblo turco, sino también el estadounidense, el británico, el francés, el español, el alemán, el armenio... en fin, egipcios y sirios, y quizás la humanidad entera, tienen una deuda inconmensurable con usted.

Johannes asintió gravemente, mirándose las uñas.

—¿Y ahora, general? ¿Qué ocurrirá ahora? —dijo.

—Pues... que la guerra terminó y las fuerzas de la OTAN se retirarán del mar Egeo. Los egipcios y los sirios ya habían iniciado la retirada al iniciarse la tregua, y prometieron respetar los acuerdos firmados. Por supuesto, Estados Unidos mantendrá una fuerte presencia militar en Turquía.

—Por supuesto.

—Sí. Los acuerdos especifican que el sector europeo de Turquía debe ser devuelto; supervisaremos que los griegos cumplan esa parte del acuerdo. Además, estamos interesados en el mantenimiento de la democracia en Turquía. Todos sabemos que Seliakán era un sicópata, pero llegó al poder por el voto del pueblo. Ahora que Seliakán está muerto y su gobierno destruido, Turquía será gobernada provisionalmente por una junta militar;

el presidente de la Gran Asamblea Nacional no es más que una figura simbólica, ya que pertenece al partido de Seliakán, y probablemente sea destituido en el curso del próximo mes. Los miembros de la junta militar nos aseguraron que este mismo año el pueblo será llamado a elecciones. Nos interesa seguir muy de cerca la evolución del proceso de retorno a la democracia, y colaborar ofreciendo todas las garantías para que el próximo presidente de Turquía llegue al poder a través de comicios limpios y cristalinos.

—Ajá —dijo Johannes con gesto de admiración—. Eso significa que los comicios no serán manipulados *de ninguna manera*.

—Exacto, *monseñor*; esa es la idea —respondió Wilenski impertérrito; parecía cubierto por una coraza a prueba de ironías. Johannes habló de nuevo—: Ahora, sería muy bueno también para ustedes, que el hombre que llegue a la presidencia de esta nación tenga sus simpatías dirigidas hacia Estados Unidos.

—Eso sería grandioso, *monseñor* —respondió Wilenski con una sonrisa de suficiencia—, pero el que debe decidir quién ocupará ese cargo, es el pueblo de Turquía.

Siguió un silencio momentáneo. Johannes miró la pista de baile distraídamente; clavó luego sus ojos en Wilenski y dijo:

—Sabe, general, yo vivo en Turquía desde hace algunas décadas. Hace cinco años, cuando el coronel Seliakán llevó adelante su campaña electoral, yo no estaba precisamente encerrado entre los muros del monasterio. El Magnífico tenía el respaldo de su gobierno, general; Estados Unidos, y corríjame si me equivoco, siguió muy de cerca, yo diría que excesivamente de cerca, los disturbios que tuvieron lugar hace diez años. Algunos, incluso, opinan que favoreció dichos disturbios, ya que el presidente anterior no se sentía inclinado a favor de los estadounidenses. Pero claro, esos son rumores que nunca podrán confirmarse, por supuesto.

—Por supuesto —le tocó ahora decir a Wilenski.

—De modo que Seliakán, y otra vez corríjame si me equivoco, llegó al poder favorecido por Washington, y ejerció su mandato con el beneplácito de su país, hasta que decidió trabar relaciones con los países islámicos, y trajo a los pakistaníes para iniciar su programa nuclear.

El mayor general Harrison Wilenski suspiró largamente, mirando el cielo del este, y respondió:

—Esa es, un poco, la triste historia de la política exterior de mi país. En virtud de nuestras buenas intenciones hacia las naciones, hemos favorecido en muchos países la llegada al poder de hombres que creímos serían los indicados para trabajar por el bienestar de sus pueblos; pero en más de una oportunidad hemos sufrido reveses, al ser traicionada nuestra buena fe por dichos hombres.

Johannes el Venerable miró a Wilenski con expresión neutra. Pasados unos momentos, sonrió; su sonrisa se volvió una risa abierta, no estridente ni burlona, sino fresca,

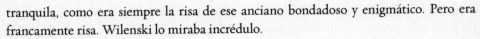

tranquila, como era siempre la risa de ese anciano bondadoso y enigmático. Pero era francamente risa. Wilenski lo miraba incrédulo.

—¿Qué? ¿Qué dije?

Johannes el Venerable no contestó. Puesto en pie, se acercó al general; por un instante, Wilenski creyó que el anciano le iba a dar un manotón en la cabeza, como un padre a su hijo travieso. Pero Johannes le palmeó amistosamente el hombro, no dijo una palabra y se alejó de allí.

5

PASÓ NADA MÁS QUE MEDIA HORA. AHORA, EL ANCIANO SENTÍA que su apetito había despertado; el aire fresco y agradable de la noche tal vez. Sentado solo en una amplia mesa de cristal, siempre junto a la barandilla y oteando el cielo de la ciudad, comía con mucho gusto aquello que sonrientes y atentos camareros le servían: una entrada de sopa de trigo con huevos y yogurt, que ingirió rápidamente pese al clima cálido; luego, puré de berenjenas asadas con aceite de oliva, ajo, limón y aceitunas negras, seguido de cordero guisado con cebollas, yogurt y canela, al que por último agregó calabacines rebozados con salsa de yogurt.

La música seguía, estruendosa y candente, y en el resto de Ankara continuaban los ruidosos festejos. En un momento dado, el anciano se llevó a los labios la copa de vino; al levantar la cabeza para beber, vio dos personas de pie junto a la mesa, frente a él. Iban tomadas de la mano, y sonreían.

—¿Podemos sentarnos?

Johannes sonrió ampliamente e hizo un generoso ademán, indicando dos sillas vacías junto a su mesa.

Aydin y la doctora Jeannette Dumont tomaron asiento mientras el anciano les contemplaba. Aydin lucía el uniforme de gala; sobre el bolsillo izquierdo, su camisa estaba orlada de medallas: el hombre era un héroe nacional. La doctora Dumont estaba prácticamente irreconocible; su rostro, en vez de la habitual mezcla de sudor y polvo, estaba limpio, fresco y maquillado con discreción y encanto, realzando la belleza natural de la mujer. Llevaba un vestido negro muy ajustado y sin mangas, que acentuaba la blancura de sus hombros, al igual que su cabello, reunido en artístico moño. Cuando los tuvo sentados delante de él, Johannes contempló sus manos entrelazadas, les miró a los ojos y dijo:

—Este anciano, que no está senil, se dio cuenta de algunas cositas. Ahora, verlos así confirma mis sospechas. Me alegro mucho por ustedes.

Ambos jóvenes sonrieron más aun, y la doctora contestó:

—*Monseñor*, tal vez dentro de no mucho le pidamos que bendiga nuestra unión —y se ruborizó.

Johannes el Venerable arqueó las cejas; observó a Aydin y respondió:

—Me siento muy honrado, lo haré con mucho gusto. Pero coronel, creí que su fe estaba puesta en el profeta.

—*Monseñor* —contestó rápidamente Aydin—, recuerde lo que le dije en aquel avión, cuando el submarino nos atacaba; el islam se me enseñó desde la infancia. Pero ahora soy adulto; puedo tomar decisiones libres y pensadas con detenimiento. Y sobre el asunto de la fe religiosa, tan importante y de tan profunda trascendencia para el alma humana, he tomado una decisión. Y en esa decisión, ha sido crucial la influencia de un santo varón que conocí y con el que viví los momentos más intensos de mi vida.

—Gracias por esas palabras.

—Soy yo quién debe agradecerle.

—Y yo, *monseñor* —intervino la doctora Dumont, con los ojos húmedos.

El anciano agitó una mano, se acomodó en la silla y dijo:

—Así que piensan casarse ¿eh? —miró a Jeannette directo a los ojos y agregó—: Eso implica que uno de los dos deberá radicarse en un país que no es el suyo.

Lanzando una risita nerviosa, Jeannette Dumont miró a Aydin.

—*Monseñor* me mira a mí —dijo; se volvió al anciano y agregó—: Sí; París, y toda Francia en realidad, bien pueden sacrificarse por este amor. Yo me quedo, *monseñor*; y me quedo para estar con él.

Y volviendo nuevamente el rostro hacia Aydin, dejó que la besara en la frente y luego en los labios.

—Así lo supuse, hijos. Imaginé que no sería el coronel quien dejaría Turquía.

—¿Por qué? —inquirió este con curiosidad.

—Porque es usted un oficial del ejército de Turquía; porque luchó y arriesgó la vida por salvar a su patria. Y porque oí cosas...

—¿Qué cosas? —insistió en preguntar Aydin, con expresión divertida.

—El general Wilenski me hizo recordar los rumores que había escuchado, cuando habló acerca de un llamado a elecciones generales en este país, este mismo año.

Aydin asintió en silencio; se inclinó sobre la mesa y replicó:

—Es verdad; el gobierno está desarticulado y una junta militar se hará cargo de la dirección del estado. Esa situación debe prolongarse lo menos posible. Habrá elecciones, y...

—Y —continuó el anciano— ya se oye el nombre de un candidato a la presidencia de esta nación: Kadir Aydin.

Jeannette Dumont miró en silencio a su futuro esposo, sin mostrarse sorprendida; sin duda, ya lo sabía. Aydin admitió, pensativo:

—Así es, *monseñor*; miembros de la disidencia y de partidos de la oposición han hablado conmigo sobre ese tema. Quieren lanzar mi candidatura.

Tras una pausa, el viejo preguntó:

—¿Y usted qué hará?

—No lo sé, señor. Debería retirarme del ejército para entrar en política. Pero no me gustaría repetir la trayectoria de Seliakán.

—Sin duda —replicó Johannes rápidamente— usted tendrá una trayectoria muy diferente; además, también estoy seguro de que hará lo mejor para esta nación por la que tanto luchó.

—Supongo que sí —respondió Aydin, con un suspiro.

Tras un momento pareció animarse; sonrió y dijo:

—A propósito, nosotros también oímos cosas.

—Oh, es cierto —corroboró Jeannette Dumont, mirando al anciano con admiración.

—¿Qué cosas han oído?

—Algo acerca de una candidatura al Premio Nobel de la Paz.

Johannes agitó nuevamente la mano y dijo, como restándole importancia:

—Pequeñeces, hijos míos; pequeñeces.

6

Unos minutos después, mientras Johannes el Venerable saboreaba un postre de almendras y almíbar, notó que otras dos personas se detenían junto a su mesa. Alzó la vista y vio, no sin sorpresa, al profesor Yesil y al hermano de Alípio, el doctor Hamid.

—Buenas noches, *monseñor* —dijo el profesor con una amplia sonrisa; hizo un gesto hacia las sillas y agregó—: ¿Nos permite?

—Por favor —respondió el anciano con amabilidad.

Ambos hombres tomaron asiento. Yesil anunció:

—Buenas noticias, *monseñor*. Está hecho.

—¿Ajá? ¿Qué es lo que está hecho?

—El manuscrito, *monseñor*. La paz nos ha permitido restablecer nuestras relaciones académicas con el extranjero. La Universidad de Manchester recibió el Manuscrito de San Ulrico. Ellos procederán a su estudio, desde el doble punto de vista del fechado biorradiométrico, que esperamos confirme nuestros hallazgos, y del análisis lingüístico.

Johannes casi se atraganta al oír eso, pero logró disimularlo bastante bien. Quiso hablar, le falló la voz, y empezó de nuevo.

—¿R... recibió?

—Así es, *monseñor* —respondió Yesil—. Hoy, luego del mediodía, un avión de transporte de la Real Fuerza Aérea partió hacia Gran Bretaña, con el manuscrito bajo custodia militar. Pensamos que ya debe haber llegado a destino y seguramente mañana bien temprano iniciarán su estudio.

—Si es que no han empezado ya —agregó Hamid, que mantenía su entusiasmo.

Johannes el Venerable frunció pronunciadamente el ceño:

—Es que no esperaba eso —dijo.

A su entender, el Manuscrito de San Ulrico ya había cumplido la función para la cual él lo había revelado al mundo. Luego de eso, el manuscrito debería haber vuelto al monasterio. Pero por supuesto, eso no podía explicarse; por lo menos, no con razones que esos dos científicos pudieran comprender. Menos aún, al considerar su entusiasmo.

Tal vez su ceño fruncido se prolongó más de lo que hubiera querido, pues Yesil dijo:

—*Monseñor*, ¿se siente contrariado? ¿No era eso lo que usted también deseaba, en cuanto al manuscrito? ¿No hablamos de enviarlo al extranjero, para su mejor y más completo estudio? Si mal no recuerdo, usted estuvo de acuerdo cuando mi colega, aquí presente, propuso el Departamento de Arqueología de la Universidad de Manchester.

—No, no —respondió Johannes, con vergüenza—. Sí... por supuesto, yo... es que, como le decía, esto me tomó por sorpresa.

Pensó que una vez eliminado el problema representado por Seliakán, la mañana del día anterior, él debería haber ido a la Facultad de Letras, adonde había regresado el manuscrito luego que Aydin, Artaga y la doctora Dumont le rescataran con el helicóptero del Magnífico. Pero se había confiado, dejándolo en manos de los eruditos universitarios. Había cometido la imperdonable negligencia de dejar allí una pieza de un valor inconmensurable, que esos dos bienintencionados científicos no podían justipreciar, en lugar de ir a buscarla de inmediato y llevarla de regreso al monasterio de San Ulrico. ¿En qué estaba pensando?

Miró a su alrededor contemplando la fiesta; se acercaba medianoche y la celebración se ponía cada vez más desenfrenada.

¿Qué estaba haciendo él allí, en primer lugar? ¿Era ese un lugar adecuado para él? Se sintió súbitamente dolido por su displicencia, su indolencia para atender las cosas verdaderamente importantes. Debería haber ido a la Facultad de Letras para retirar el manuscrito. Pero lo había dejado para el día siguiente; es decir, cuarenta y ocho horas después de la muerte de Seliakán. Suspiró y miró al cielo; mentalmente, pidió perdón a Dios. Reconoció que se había cebado en su momentánea popularidad, en su estrellato como héroe y arquitecto de la paz. Y había fallado. El Manuscrito de San Ulrico, guardado por siglos con su secreto imposible de revelar, otra vez se había alejado de él.

Los dos científicos le miraron y, salvo el leve fruncimiento de ceño, no notaron nada más, pues la mayor parte de sus meditaciones no habían tomado más que medio segundo y su rostro era ahora inescrutable.

Yesil, mal interpretando esta vez la expresión del anciano, agregó:

—*Monseñor*, imagino una posible causa de su contrariedad. Piensa, tal vez, que ahora, con el manuscrito en el Reino Unido, quedará usted fuera de la investigación, así como de los resultados de la misma, y los méritos y reconocimientos que se desprendan de dicha investigación.

—¿Eh? Bueno...

—No es así, *monseñor* —intervino Hamid—. Vea, las autoridades académicas de la Universidad de Manchester, cuando accedieron a recibir el manuscrito, pusieron como condición que los eruditos turcos que habían participado en el primer análisis trabajaran junto a los británicos, y que...

Hamid sonrió y miró a Yesil.

—Y que —completó Yesil— el descubridor del manuscrito también esté allá, trabajando en el análisis final.

—¿Ajá? —dijo el anciano.

—El vuelo sale pasado mañana al mediodía, *monseñor*. Esperamos que decida estar allí, para ir con nosotros.

—Incluso —agregó Hamid— puede traer a otra persona; sabemos que viaja usted acompañado por un discípulo.

—Su hermano menor, doctor.

—Lo sé —sonrió este y continuó—: Lo comunicamos a Inglaterra, y estuvieron de acuerdo. Las reservaciones ya están hechas.

Johannes movió la cabeza y sonrió. Inglaterra; no estaba mal. Miró a los dos hombres, sonrió más ampliamente y estiró su mano.

—Estaremos en el aeropuerto pasado mañana al mediodía —y se estrecharon las manos.

Muy sonrientes y complacidos, el profesor Yesil y Hamid se retiraron.

7

MEDIA HORA MÁS TARDE, JOHANNES EL VENERABLE DEGUSTABA UNA TAZA de café. El nivel de ruido ambiental no había disminuido. Antes al contrario, la proximidad de la medianoche hacía que la música, el bullicio y el ánimo de las personas fueran poniéndose cada vez más frenéticos. Era la noche del Día de la paz. Turquía y el mundo se habían librado rápida y limpiamente de la pesadilla de un holocausto nuclear. Se festejaba. Repentinamente, una joven morena muy hermosa tomó asiento junto al anciano.

Este se sorprendió, pero al reconocerla su rostro se iluminó con una sonrisa.

—Hola, hija mía; parece que hoy todos nos hemos dado cita en esta fiesta. ¿Y Myron? Desde antes de mi arresto no lo veo.

Rosanna Coleman sonrió también, con encanto y frescura. Apartó innecesariamente su leonina cabellera crespa, que caía hasta la mitad de la espalda. Lucía un vestido color naranja y fucsia, ligero, sugestivamente semitransparente, cruzado por una fina banda plateada, primorosamente trabajada en oro sobre el pecho izquierdo; el vestido dejaba al descubierto su hombro derecho.

—Anda por ahí; baila un poco, y otro poco toma imágenes con su cámara, y las transmite hacia Atlanta. Tiene a la vista su identificación de CNN, y eso le ha significado un notable éxito con las chicas.

Johannes movió la cabeza y la contempló. La joven le observaba con una expresión extraña. El anciano se mantuvo impertérrito, sosteniendo su mirada un instante. Luego soltó suavemente las siguientes palabras:

—Hija, estás realmente hermosa esta noche. ¿Te ha visto un cierto coronel, conocido de ambos?

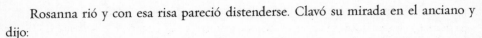

Rosanna rió y con esa risa pareció distenderse. Clavó su mirada en el anciano y dijo:

—Espero que sí, *monseñor* —y al decir eso, se ruborizó—. He revoloteado cerca de él cuanto he podido, pero se comporta como un típico hombre: indeciso, muy conversador, pero amigo de irse por las ramas.

—Detrás de Fernando —le dijo— hay una historia difícil con algunos visos trágicos. Ten eso en cuenta.

—Lo hago, *monseñor*; Dios sabe que lo hago. Sé que Fernando es viudo y cómo murió su esposa. También sé que ha pasado casi toda su vida adulta saltando de un conflicto bélico a otro, y ha visto muchísimo dolor y muerte. Pero sé que es un hombre valiente, equilibrado a pesar de sus experiencias amargas, y también lleno de ternura y alegría.

Sonrió, y el rubor volvió, esta vez más intenso, cuando agregó:

—Y yo, estoy perdidamente enamorada de él; pero parece que no hay forma de que él se dé cuenta.

—Ajá —exclamó Johannes arqueando las cejas— y tú pretendes que un viejo monje te haga de casamentero.

Rosanna soltó una carcajada. Johannes prosiguió:

—Hija, creo que Fernando se ha percatado ya de tus sentimientos; y también creo que te corresponde pero de todas maneras, veré qué puedo hacer.

—Muchas gracias, *monseñor* —contestó Rosanna, riendo— pero no es por eso por lo que vine a hablar con usted. O mejor dicho —volvió a reír— no solo por eso.

—Entonces, te escucho.

—Hum... bien, la primera cosa es... cierto rumor acerca de un Premio Nobel de la Paz.

—Oh, eso —dijo el anciano.

—Sí, eso —repitió Rosanna—. Usted es el más firme candidato. Dada la magnitud de lo que hizo es, virtualmente, el único en condiciones de ganarlo. Esta guerra amenazaba la paz global, y pudo convertirse en un conflicto nuclear. Y usted la detuvo, terminando con la amenaza y devolviendo la tranquilidad a la humanidad entera. No creo que nadie se plantee que otra persona pueda ganar este año el Premio Nobel de la Paz.

Johannes inspiró profundamente, miró a Rosanna con ojos amables y dijo:

—¿Y bien? ¿Cuál sería la situación, si yo ganara ese premio?

—¡Que yo soy periodista! —exclamó Rosanna, riendo; y continuó—. Recuerde que yo fui la primera en entrevistarlo cuando se reveló la existencia del Manuscrito de San Ulrico. Bueno, pues, quiero la exclusiva. Quiero que me prometa que, si es galardonado con el Premio Nobel de la Paz, yo seré la primera en entrevistarlo.

Johannes el Venerable suspiró otra vez, sonrió y exclamó:

—Concedido.

—Muchas gracias —dijo Rosanna, radiante.

Transcurrieron unos segundos en silencio. La joven hacía figuras con un dedo en una mancha de vino sobre la mesa; el anciano miraba la pista de baile, distraído. Cada vez llegaba más gente a la fiesta, y paulatinamente se acercaban a las barandillas. Una gran cantidad de personas, en tanto, continuaba danzando frenéticamente.

Rosanna alzó la vista hacia el anciano y dijo:

—*Monseñor*, hay otra cosa.

—Sigo escuchándote.

Rosanna jugó un instante más con las gotas de vino; ahora sin levantar la vista, dijo:

—*Monseñor*, ¿qué edad tiene usted?

Enseguida, alzó la vista, fijándola en el anciano que la contemplaba con expresión divertida.

—Sin duda, muchos más que tú.

—Lo ha vuelto a hacer.

—¿Qué es lo que he vuelto a hacer?

—*Monseñor* —prosiguió Rosanna, seria—. Hice esta misma pregunta a sus conocidos más cercanos; por lo menos, a los que están aquí. Y ni Fernando Artaga ni Alípio saben con exactitud su edad; pero Fernando me dijo algo.

—¿Qué dijo mi querido coronel?

—Que siempre que se le pregunta su edad, usted da una respuesta evasiva.

—¿Eso dijo?

—Sí, señor. Y ahora también lo ha hecho.

—Hija mía, dime —Johannes habló con voz profunda—. ¿Por qué es tan importante para ti saber mi edad?

Rosanna tomó su cartera, la abrió y extrajo un papel doblado; se lo alargó a Johannes:

—Llegó de Atlanta por fax.

Johannes abrió el papel. Era un fotograma ampliado por computadora. Dos paramédicos atendían en el campo a un soldado que vestía uniforme antiguo. Detrás se veía, como si cruzara casualmente la escena, un hombre anciano vestido con hábito de monje. El rostro del religioso se parecía al de Johannes. El viejo dejó el fotograma sobre la mesa y dijo:

—¿Qué es esto?

—Fue enviado a nuestros estudios en Atlanta luego de la entrevista. Es una página de *Surgery, Gynecology & Obstetrics*, de marzo de 1918.

Rosanna sacudió la cabeza y continuó:

—Es una de varias comunicaciones extrañas, llegadas en aquella oportunidad acerca de usted, *monseñor*. Esta foto fue publicada en una revista médica, hace ciento tres años, y poco más de un mes. Usted está en ella; está tal y como se ve actualmente. Tal como yo lo estoy viendo, en este momento.

Rosanna entrecerró los ojos, frunció el ceño, y otra vez apareció esa mirada extraña en sus ojos. Una mirada de incertidumbre, e incluso de pavor.

Dijo:

—¿Quién es usted, *monseñor*? ¿Qué es usted?

Johannes no contestó de inmediato; guardó silencio un momento, mientras contemplaba el fotograma. Luego se aproximó a Rosanna y dijo, señalando la foto:

—¿Quién más sabe de esto?

—Dos o tres personas, allá en Atlanta. Y aquí, Myron.

—¿Qué dice Myron?

—Que esto no es más que una inmensa estupidez.

—Ajá.

—Sucede que Myron es un chico inmaduro pero tiene un corazón transparente. Dijo un par de idioteces, allá en la Facultad de Letras, cuando estaba usted a punto de abrir la vasija, ¿lo recuerda? Y cuando todos lo reprobaron, usted lo defendió; las dos veces. Aunque no lo crea, eso fue suficiente para que usted se transformara en su héroe. No admitirá, por lo tanto, ni una palabra ni una idea que le señale a usted como persona mala, extraña o anormal.

Johannes el Venerable sonrió, sacudió la cabeza y dijo:

—A los niños pertenece el reino de los cielos.

Tomó el fotograma, lo echó suavemente delante de Rosanna, y agregó:

—Hija, seamos racionales. ¿Qué edad estimas que tengo?

—Según dicen, tiene usted alrededor de noventa años. Muy bien llevados, por cierto.

—Gracias. Ahora, mira; este valiente hermano, que hace cien años anduvo por los campos de batalla de Europa durante la Primera Guerra Mundial, se ve como yo, ¿no es así?

—Así es.

—Entonces, como yo, debía tener alrededor de noventa años; bien llevados y todo eso. Ahora bien, si este soy yo, entonces en este momento tengo ciento noventa años de edad. ¿Me veo de ciento noventa? Porque por cierto, y siempre me enorgullezco de ello, no me siento de noventa; mucho menos con otro siglo de edad encima.

Rosanna y el anciano se miraron un momento. Súbitamente, Johannes sonrió y la joven rompió a reír.

—Lo siento, *monseñor*. Seamos racionales, dijo usted; tiene razón. Sé que no es posible, pero sin embargo... —tomó el fotograma— ... mirando la imagen...

—Hija —la interrumpió Johannes tomándole las manos— esta foto tiene más de cien años, y fue tomada con técnicas fotográficas muy primitivas. Y además —le guiñó un ojo— los monjes viejos somos todos muy parecidos.

Rosanna sintió, en ese momento, que sería tonto seguir hablando del tema.

8

JOHANNES EL VENERABLE CONTEMPLABA LA CIUDAD CON LOS BRAZOS apoyados en la barandilla. Percibió claramente que una persona se ubicaba a su derecha, pero no se volvió para ver de quién se trataba. La persona dijo:

—¿Ya se fue?

—Hará dos minutos; fue a buscarte nuevamente.

El anciano movió la cabeza, y mirando a Artaga agregó:

—¿A qué juegas con esa chica?

—Parece que a las escondidas.

—Estás un poco grande para eso, amigo. Rosanna es una buena mujer, pero ha cometido la tontería de enamorarse; y de ti, para peor. Y tú no haces más que esquivarla, sin hablar con ella y concretar algo, por sí o por no. ¡Madura ya, hombre!

—Johannes tú conoces mi alma; no mejor que Dios, pero casi tanto como Él. Sabes bien cuánto he sufrido. No me presiones en algo como esto. El amor trae mucho sufrimiento.

—Pero también trae felicidad —replicó rápidamente el anciano— y es la razón de existir de todas las criaturas inteligentes a las que Dios ha dado vida: amar y ser amados.

—Muy poético, pero se necesitarán más de esas palabras para poner en orden mis pensamientos.

—O el silencio de la paz.

—O eso. Mientras tanto, si bien siento que me pasa algo muy fuerte con esa mujer, voy a tomarme mi tiempo para meditar.

—Me parece muy legítimo —contestó Johannes—. Solo te daré un consejo más: no demores tanto en apretar el gatillo o se te volará la perdiz.

Artaga se volvió hacia el anciano y con las cejas arqueadas y los ojos muy abiertos, exclamó:

—¿Es que te has vuelto monje casamentero?

Johannes sonrió.

Perplejo, Artaga movió la cabeza, pero también sonrió; se volvió hacia la barandilla, se apoyó en ella, y dijo:

—A propósito de temas que nos interesan, charlé hace una media hora con Yesil y con el otro, el hermano de Alípio. Enviaron el manuscrito al Reino Unido.

—Así es.

—Ellos partirán pasado mañana hacia Manchester, para unirse al grupo de investigación que estudiará el documento.

—Es verdad.

—Eh... también me comentaron que los británicos te quieren allá, integrado a ese grupo de estudio... y que accediste a ir.

—En efecto.

Pausa.

—Bueno, el desenlace de esta guerra me ha transformado también a mí en una especie de héroe. Hablé con el Secretario General de las Naciones Unidas y también me comuniqué con Montevideo. Hablé con mi presidente; se rumoreaba sobre mi ascenso a coronel, y el presidente me lo confirmó.

—Caramba —exclamó Johannes sonriendo—. Te felicito.

—Gracias. De momento, se me concedió un permiso de alrededor de dos meses; por lo tanto, en los próximos sesenta días puedo ir donde me plazca.

Johannes miró a Artaga y con una gran sonrisa le dijo:

—Déjate de vueltas. Estaré encantado de que nos acompañes a Inglaterra.

Se estrecharon las manos, mientras Artaga decía, sonriente:

—Venerable amigo, este asunto de la vasija perdida y el manuscrito aún no ha terminado.

INSTANTES DESPUÉS, UN GRAN ESTRUENDO LLENÓ LA CIUDAD. JOHANNES EL Venerable y Fernando Artaga, ya contra la barandilla, se inclinaron a mirar. Todos los asistentes a la fiesta se acercaron, y ambos fueron apretujados por decenas de personas que deseaban mirar. Había llegado la medianoche. Muy lejos allá abajo, se oía doblar de campanas. Era la medianoche del Día de la paz, y el pueblo seguía celebrando. El firmamento de Ankara se veía completamente cubierto por una alfombra flotante de fuegos artificiales multicolores, extendidos en lontananza en todas direcciones, tanto como alcanzaba la vista. Por toda la ciudad las edificaciones quedaron ocultas tras un espeso humo que olía a pólvora, y volvía más vistosos los rojos, verdes, azules, violetas, dorados y blancos que aparecían y desaparecían, acompañados por ráfagas de estampidos resonantes, al parecer interminables. Desde todos los edificios llovían millones de pequeños papeles multicolores, y mucho más abajo, en las calles atestadas de gente, resonaban docenas de sirenas y bocinas que destacaban sobre un fondo de música atronadora. La multitud bailaba.

—Bien —dijo Johannes quince minutos después, cuando el estruendo de la celebración comenzaba a declinar— es más de medianoche; hora de retirarse.

Se volvió y miró hacia la pista de baile, buscando a Alípio.

—Yo también me iré a descansar —dijo Artaga—. Salgo con ustedes.

—Bien —musitó el anciano; su rostro se iluminó—. Allí está ese muchacho.

Alípio se encontraba al borde de la pista de baile, observando muy atentamente a un grupo de jóvenes, bastante ligeras de ropas, que bailaban la danza del vientre.

—Hijo, debemos irnos.

Alípio no contestó; Artaga sonrió, pero no dijo nada.

—¡Alípio!

—¿Eh?... oh, venerable padre... ¿Nos vamos?

—Yo, a dormir; pero a ti creo que te impondré una vigilia, para aplacar ciertas emociones de tu juvenil corazón, y de tu aún más imberbe mente.

—Venerable padre, ¿puedo cumplir la vigilia aquí mismo?

Artaga lanzó una carcajada y dijo:

—Oye, amigo; el chico ¿bebió algo esta noche?

—No sé —respondió Johannes, serio—. Lo que sí sé es que cumplirá un ayuno de por lo menos una semana.

El manuscrito 2

I

Dos meses habían pasado ya, y la Guerra del Mediterráneo Oriental quedaba progresivamente atrás, como otro capítulo extraño y doloroso de la historia humana. Capítulo que, no obstante, sería más doloroso y difícil de olvidar para aquellos cuyas historias individuales habían sido tocadas por la guerra: los que fueron a combatir; quienes perdieron allí algún amigo, o a un ser querido; los que vieron dañada su integridad física o que perdieron su cordura.

Turquía debía intentar la reconstrucción de aquello que la guerra había destruido; algo que no sería posible en todos los casos. Liberadas las costas de la Península de Anatolia de egipcios y sirios, y retirados los griegos de la Turquía europea, retirada que se había completado más de un mes después del fin de la guerra, el país debía enfrentar la difícil situación de los sobrevivientes de Estambul. Algunos habían escapado hacia el sector asiático, pero muchos otros, tras cruzar la frontera con Bulgaria, formaban extensos campos de refugiados que generaban enérgicos reclamos de Sofía al gobierno provisional de Ankara, en procura de una solución. Otros, en fin, habían buscado refugio en las zonas rurales del territorio turco europeo, y muchos de ellos aún permanecían ocultos en los bosques y colinas para escapar de las tropas griegas, sin enterarse todavía de que el ejército de Grecia ya se había ido a casa. El gobierno de Aydin, triunfante en las urnas y aún por asumir el mando, sabía que uno de los primeros asuntos por atender sería una larga y tediosa serie de demandas por violaciones a los derechos humanos, perpetradas por los militares griegos durante su breve ocupación en las personas de civiles turcos inocentes que no lograron escapar a tiempo, ni ocultarse en forma efectiva. Aydin había contemplado, abrumado, la lista de mujeres turcas violadas que parirían niños turcos, cuyos padres serían soldados griegos desconocidos. Luego, había confiado la atención de aquellas desdichadas y sus infelices críos por venir, a la mujer que pronto sería su primera dama. Aydin pensaba que quizás esa generación de niños, con una mezcla de sangre turca y griega corriendo por sus venas, podría prometer un mañana en que fuera abolido el odio étnico, irracional y ya demasiado prolongado en el tiempo. Pero para eso, debían ser preservados de ese mismo odio al crecer.

Estambul, arrasada hasta los cimientos, planteaba otro problema. La decisión de no reedificar la ciudad había representado un respiro, desde el punto de vista de la planificación económica; planificación que también saludaba con suspiros de alivio el levantamiento de todas las sanciones económicas y del bloqueo impuestos por la OTAN. Pero la decisión de no reconstruir Estambul había sido causa de las primeras y enérgicas protestas contra un gobierno recién elegido y no aún en funciones; protestas venidas no solo del pueblo turco sino también de todo el mundo cristiano ortodoxo, así como del islámico, por lo significativo y emblemático de la ciudad. De cualquier manera, construcciones sagradas y representativas como Santa Sofía, la mezquita de Fatih, y la de Sultanahmet, destruidas durante los bombardeos, nunca podrían ser reconstruidas. Lo mismo ocurría con el anfiteatro de Éfeso, Tarso y otros sitios arqueológicos, perdidos para siempre como secuela irreparable de una guerra innecesaria.

El mayor general Wilenski había regresado a Estados Unidos como héroe de guerra, y otro había venido en su lugar. Los estadounidenses mantenían una fuerte presencia militar en toda Turquía, y parecían decididos a quedarse un largo tiempo. En el territorio turco europeo casi cada soldado griego había sido sustituido por un soldado estadounidense. En Asia Menor, se produjo con la paz la invasión que no se había producido durante la guerra; la presencia militar estadounidense llegaba incluso hasta las fronteras orientales, con el ostensible y manifiesto propósito de recordar a los sirios que debían cumplir los acuerdos de paz. Rusia se quejó ante la Asamblea General de las Naciones Unidas; también se quejó Irán e incluso Irak. Estados Unidos recicló sus antiguas bases en Turquía y allí se quedó, situación que dio origen a una serie de cumbres entre Moscú y Washington; serie de cumbres que prometían extenderse indefinidamente.

2

En Gran Bretaña, sesenta días después, aún llegaban noticias de la lejana Turquía. Sobre todo del extremo occidental de la Península de Anatolia, donde las ruinas de Éfeso habían sido irremediablemente dañadas, pero el monasterio de San Ulrico y la comunidad que albergaba habían cumplido su cometido. Todos los pobladores de la Villa de Ayasaluk habían regresado sanos y salvos, y trabajaban ya en la reconstrucción de sus hogares, alcanzados por la guerra y su reguero de devastación. La propia edificación monástica, herida por una bomba durante la batalla en las costas de Éfeso, seguía en pie, y el nuevo gobierno había prometido fondos y personal para la restauración.

La guerra grecoturca era ya cosa del pasado. Pronto, la atención de la opinión pública mundial se desvió por un incidente fronterizo entre Vietnam y Camboya, que enfrentó nuevamente a dos viejos rivales, amenazando con desestabilizar la situación política de toda Indochina. A eso se agregó el histórico y exitoso amartizaje de la *Spectrum*, con el subsiguiente primer paseo del coronel Klaise y sus hombres sobre la superficie fría y pedregosa del planeta rojo.

Pero ahora, dos meses después, un misterio a medias revelado durante aquel conflicto, un misterio que había ayudado a detener la guerra, estaba ganando nuevamente lugares de privilegio en los titulares de la prensa mundial. Científicos de nueve países reunidos en Manchester para el estudio de un documento de casi dos mil años de antigüedad, habían anunciado la próxima presentación del informe preliminar de una investigación que aún llevaría años de estudios y análisis. El mundo volvía a hablar del Manuscrito de San Ulrico y de su presunto contenido. Aun en naciones de cultura diversa y herencia religiosa diferente del cristianismo, el Evangelio de San Juan era motivo de conversación y comentario. Los pueblos islámicos hablaban del profeta Jesús, último antes de Mahoma, el postrer y más grande de los profetas. Los budistas hablaban de Cristo el Maestro, heredero de las enseñanzas de Siddhartha Gautama. La Nueva Era declaraba su admiración por Jesucristo, Gran Emperador de la Galaxia y cabeza de una raza extraterrestre que pronto tomaría contacto, finalmente, con la humanidad. Aun los pueblos animistas de culturas más primitivas se vieron inundados por los relatos de Jesús, el hijo del Gran Dios de los cielos, que había hecho maravillas y milagros para el bien de los hombres; y de Juan, discípulo de Jesús, quien vio las maravillas y las puso por escrito, para instrucción de las gentes. Leer lo que el propio apóstol Juan había escrito, decían muchos, sería como ver a Jesucristo mismo en acción, ejerciendo su poder divino a favor de los seres humanos. En los países de herencia cultural y religiosa cristiana, se produjo un descomunal movimiento popular hacia las iglesias. Los templos y catedrales de todas las confesiones cristianas debieron permanecer abiertos las veinticuatro horas. En cualquier iglesia de cualquier ciudad, a las tres de la tarde había más gente que en un centro comercial; y a las tres de la mañana, más que en un centro bailable. En occidente y en oriente, las calles y avenidas se vieron inundadas de solemnes procesiones católicas y estrepitosas cruzadas evangelísticas. Aun los gobiernos de los países islámicos debieron relajar su tradicional rigurosidad, en lo que a prohibición de manifestaciones públicas religiosas no islámicas se refiere, ante el número elevado y el coraje incontenible de aquellos que deseaban proclamar públicamente que «el Evangelio de Jesucristo pronto sería revelado». Estados Unidos y la Unión Europea hicieron severas advertencias a israelíes y palestinos en contra de un nuevo brote de violencia, en pro de la seguridad de una marea de peregrinos que inundó la Tierra Santa, hasta un extremo nunca antes visto.

La fecha para la entrega pública del informe preliminar había sido fijada: sería el martes quince de junio del año 2021, a las nueve de la mañana, hora de Greenwich. El lugar, la Catedral de Canterbury. La elección del lugar de entrega del informe, realizada por el gobierno del país anfitrión del equipo internacional de investigadores del manuscrito, despertó las murmuraciones de cristianos católicos romanos y ortodoxos, así como protestantes, en todo el mundo. La presentación del informe sobre la investigación de un manuscrito que podía resultar ser el autógrafo del Evangelio de San Juan, un documento de tal importancia y trascendencia que no podía circunscribirse a ninguna confesión cristiana, en la Catedral del primado de la Iglesia Anglicana, provocó acerbas críticas por parte de Su Santidad el papa Gregorio XVII, e iracundas reacciones del Patriarca Ecuménico de Constantinopla, Su Toda Santidad Basilio IV. Por otra parte, el Reverendísimo y Muy Honorable James Bourke, Arzobispo de Canterbury, vivía su hora de gloria y los últimos días antes de ser presentado el informe se transformó en la figura mediática más popular de Europa.

La víspera de ese día, desde multitud de púlpitos de templos, estrados y plataformas al aire libre, así como desde estudios de radio y televisión, numerosos predicadores y teólogos de todas las ramas del cristianismo exhortaron a los creyentes de todo el mundo a mantenerse firmes en la fe en Dios y en Jesucristo, *fueran cuales fueren* los resultados de la investigación sobre el Manuscrito de San Ulrico. Desde los círculos de la alta crítica habían surgido comentarios, opiniones, y aun aseveraciones en el sentido de que el original del evangelio podía contener variantes, y aun ser radicalmente diferente del Evangelio de San Juan contenido en el Nuevo Testamento griego de Wescott y Hort, utilizado como texto base para la traducción del Nuevo Testamento a todos los lenguajes actualmente vigentes en el mundo. Defensores de la Biblia ridiculizaban públicamente dichas aseveraciones, que consideraban presuposiciones especulativas de personas empedernidas en negar la existencia de Dios; argüían que los textos base hebreo, arameo y griego, utilizados para traducir la Biblia a los idiomas modernos habían pasado numerosas veces la prueba de ser cotejados con papiros y otros documentos antiguos del Viejo o Nuevo Testamento, a medida que estos eran descubiertos, y siempre habían salido airosos. No agregaban que esta era la primera vez que parte del texto oficial del Nuevo Testamento griego para todo el cristianismo, el Evangelio de Juan, sería cotejado con un autógrafo original.

Estas discusiones habían trascendido el ámbito académico, dando lugar en muchos países a agrios debates televisivos. Desde allí la polémica había pasado a la opinión pública, generando en varias oportunidades y en diversos puntos del planeta enfrentamientos, incidentes y brotes de violencia e intolerancia que requirieron reiteradamente la intervención de las fuerzas del orden. La invitación, dirigida a teólogos católicos romanos, ortodoxos y protestantes para integrar el equipo de investigación del manuscrito, no solucionó gran cosa, pues había cristianos que ni siquiera confiaban en los teólogos pertenecientes a la misma rama del cristianismo a la que ellos pertenecían.

La noche del catorce de junio, más cristianos guardaron vigilia hasta el amanecer, que en toda la historia de la Iglesia.

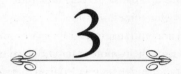

A LAS SIETE DE LA MAÑANA DE AQUEL QUINCE DE JUNIO, JOHANNES EL Venerable y el coronel Artaga bebían té en el restaurante del Abode Canterbury, un hotel cuatro estrellas situado en el centro de la pequeña ciudad, muy cerca de la Catedral, donde se alojaban por cuenta del gobierno británico. El cielo, de majestuoso azul, se veía límpido a través de las ventanas. Artaga sorbió silenciosamente su taza, miró al anciano y dijo:

—Te veo preocupado.

Johannes, ensimismado en la contemplación de la calle extendida al otro lado de la ventana, arqueó las cejas y miró su taza de té; revolvió un poco más el azúcar, y jugueteó con la cuchara.

—¿Ocurre algo?

El anciano sacudió los hombros.

—Hace media hora hablé con el coronel Aydin.

—El presidente electo Aydin —corrigió Artaga.

—Sí. Finalmente, decidí llamarle hoy... por una línea diplomática, supuestamente protegida.

—¿Ajá?

Johannes movió la cabeza y continuó:

—Le pedí que, una vez presentado el informe, solicitara formalmente que el Manuscrito de San Ulrico sea devuelto a Turquía.

Artaga frunció el ceño.

—Pero han dicho que es un informe preliminar —objetó—. El análisis definitivo llevará años.

—Lo sé. Pero yo estuve allí durante el trabajo de investigación, y sé que aquello que puede hacerse aquí, puede hacerse también en Turquía. Aydin ofrecerá todos los recursos y comodidades a fin de que el equipo de expertos se instale en Ankara para proseguir el trabajo. Le encarecí que manifestara la voluntad del gobierno de Turquía de tener el manuscrito de regreso a la brevedad.

Tras una pausa, Artaga murmuró:

—¿Qué temes?

El anciano suspiró.

—Escuché rumores acerca de cuál sería el lugar más conveniente para el manuscrito. Los estadounidenses se quedaron metidos en Turquía y costará sacarlos de allí. Creo que los británicos también quieren su trofeo de guerra.

Artaga levantó una mano y su dedo señaló a Johannes.

—El Manuscrito de San Ulrico en el Museo Británico.

—Sí, es muy probable que eso quieran.

—Pero, ¿cómo harás? Te dirán que el manuscrito es patrimonio de toda la humanidad.

—En lo cual estaremos de acuerdo pero insistiremos en el derecho de Turquía a tenerlo en custodia, ya que fue descubierto en su territorio. Aydin está totalmente de acuerdo, y prometió comenzar hoy mismo a instrumentar la solicitud a través de su futuro canciller.

—Pues que se apresure —dijo Artaga, con un fuerte suspiro— porque también han manifestado su deseo de tener el manuscrito los rusos, y el Vaticano, y hasta el Estado de Israel.

Johannes frunció el ceño.

—¿Y para qué lo querría Israel?

—¡Yo qué sé! —contestó Artaga—. ¡Ah! y no olvides a esos muchachos que nunca se dan por satisfechos.

—¿Quiénes?

—¿Cómo que quienes? ¡Los estadounidenses! La voracidad insaciable del imperio...

—Sí, sí, ya entendí —lo cortó el viejo—. No empieces con tu discurso reivindicativo tercermundista.

—¿Cómo? ¿Defendiendo el paraíso del capitalismo?

—No, defendiendo la tranquilidad de un desayuno con un amigo —replicó Johannes; apretó los labios, pero no agregó más.

Tras un momento, Artaga le tocó el brazo:

—No te aflijas. Si es preciso cruzar Europa huyendo rumbo a Turquía con el manuscrito bajo el brazo, cuenta conmigo.

El anciano sonrió, y sus rasgos se distendieron. Un minuto después, Artaga pareció animarse:

—¿Y bien?

—¿Y bien, qué?

—El manuscrito. Tú estuviste allí durante su estudio. ¿Se confirmaron los hallazgos de la investigación hecha por Yesil y Hamid en Ankara?

Mirando el fondo de su taza, Johannes asintió.

—Entonces —prosiguió Artaga, con movimientos de una mano— puede decirse que... que existe evidencia de que ese manuscrito fue escrito por el apóstol San Juan.

Johannes suspiró y contestó, con una sonrisa:

—Existe abrumadora evidencia de que fue escrito por el apóstol San Juan. Tanta evidencia, que se considera definitivo, y así se declarará.

Artaga bajó la vista, sonrió y movió la cabeza:

—Dios mío... Es emocionante. Desearía yo también saber griego antiguo, para poder leer las cosas que Juan escribió de Jesucristo.

—Para eso no necesitas saber griego antiguo.

—¿Perdón?

Extrañado, Artaga frunció el ceño.

—Así es. Puedes leerlo en cualquier Biblia.

Artaga hizo una mueca; guardó silencio un momento más, y luego las emprendió otra vez:

—Obviamente no es a eso a lo que me refiero. Pero ya que lo mencionaste... esto que se discute en todos lados... el manuscrito, quiero decir, el texto del evangelio, ¿es muy diferente al evangelio de las Biblias modernas?

Johannes suspiró; terminó su té y dijo:

—Hay una pequeña diferencia.

—¿Qué tan pequeña?

—Muy pequeña.

—Vamos, no te pongas enigmático conmigo. Esa diferencia de la que hablas, ¿puede amenazar los fundamentos de la fe cristiana?

—¿La fe cristiana? ¡No! La fe cristiana tiene fundamentos muy firmes, que nunca podrán ser amenazados por el estudio científico de un manuscrito antiguo.

Artaga calló un instante, mientras miraba fijamente a su amigo; luego dijo, levantando ambos brazos:

—Está bien, ya entendí; es la hora del misterio. Muy bien, no hago más preguntas.

El anciano soltó una serena carcajada y respondió:

—No te impacientes, que te lo contaré. La diferencia no amenaza nada; solo que... bueno, puede dar lugar a la tergiversación de... ciertas cosas.

—¿Tergiversación? ¿En qué sentido? ¿Y qué cosas?

—Oh, ninguna doctrina fundamental del cristianismo. Simplemente puede dar lugar a... leyendas.

—¿Leyendas?

—Sí, leyendas que pueden desfigurar la fe cristiana; ridiculizarla; exponerla a vituperio.

Un auto estacionó frente a la puerta del hotel. Ambos se levantaron y salieron a la calle. Al abrirse la puerta del acompañante, bajó Rosanna Coleman. Vestía un sobrio conjunto de chaqueta y pantalón beige; la chaqueta, abierta, permitía ver debajo una blusa blanca, corta, que exhibía un delgado y esbelto abdomen, centrado por un sugestivo ombligo. Llevaba el cabello recogido en un elegante moño e iba cuidadosamente maquillada. Tomó la mano de Johannes el Venerable y la alzó, hasta tocar su frente con ella; luego se inclinó hacia el coronel Artaga y le besó en los labios. Volvió a mirar al anciano, manteniendo una mano en la espalda del coronel; estaba radiante.

—*Monseñor* —dijo—, faltan quince minutos para las ocho. ¿Qué les parece si salimos ya rumbo a la catedral?

—De acuerdo —respondió Johannes; y frunciendo el ceño, agregó—: pero podemos caminar; la catedral está a cinco minutos de aquí.

—¿Y cómo atravesará la multitud que ocupa los terrenos del edificio, *monseñor*? —dijo Rosanna; y añadió—: No le dejarán avanzar; y cuando lo reconozcan, menos podrá usted entrar en la catedral. Debemos llegar en el auto; la policía nos abrirá paso.

Mientras Johannes consideraba esto, se abrió la puerta trasera del auto, del lado del chofer, y de allí salió Myron. Johannes sonrió al verlo. El joven iba pulcramente enfundado en un traje azul oscuro, con camisa amarilla y una corbata terriblemente multicolor; llevaba la larga cabellera rubia reunida en una trenza que caía hasta la mitad de su espalda.

—Buenos días, *monseñor*. Aquí tiene, a su disposición, vehículo y chofer, gentileza del gobierno de Su Majestad; y camarógrafo, cortesía de CNN.

4

La Catedral y sus espacios aledaños estaban atestados. Algunos miembros de la familia real, encabezados por el Príncipe de Gales, ocupaban la primera fila, siendo notoria la ausencia de Su Majestad, el Rey de Inglaterra. El Soberano había anunciado su no concurrencia por tratarse de una ceremonia eminentemente religiosa, por lo que le correspondía al Arzobispo de Canterbury presidirla. Ante este anuncio, un editorial de *The Times* planteó la interrogante acerca de si la presentación del informe de una investigación, desarrollada por un equipo de científicos procedentes de nueve países, expertos calificados en historia, arqueología, historia del arte, física y lingüística, podía considerarse una «ceremonia eminentemente religiosa». La publicación sensacionalista *The Sun*, por su parte, se preguntó si acaso el joven Rey era capaz de medir la trascendencia que el estudio del Manuscrito de San Ulrico, presuntamente escrito por el apóstol San Juan, testigo ocular de Jesucristo, tendría sobre la fe de miles de millones de seres humanos, en todo el mundo. Ningún otro comunicado de prensa salió del Palacio de Buckingham.

Esa mañana lo más selecto de la sociedad, incluidas la clase política, las más altas autoridades académicas, los intelectuales, empresarios, profesionales e incluso militares, casi colmaban la capacidad de la catedral, completada por multitud de extranjeros: diplomáticos, científicos, arqueólogos, lingüistas y eruditos en lenguas muertas estaban también allí. Muy lejos y atrás, cerca de las enormes puertas que se mantenían abiertas, se agolpaban los más afortunados del pueblo común, quienes en virtud de haber arribado alrededor de las dos de la mañana, lograron entrar al edificio; por lo menos, para estar de pie en algún rincón, si no conseguían algo mejor. Quienes habían obtenido un lugar de privilegio eran los representantes de los medios de prensa locales y extranjeros; literalmente, centenares de cámaras fotográficas y de video apuntaban sus luces y reflectores en todas direcciones, tomando imágenes e instantáneas de las augustas líneas y arcadas góticas de la catedral, brillantemente iluminada y ricamente ornamentada, y de quienes la ocupaban. Pero fundamentalmente, enfocaban hacia adelante.

Tras el altar tomaban asiento los hombres más representativos de las distintas confesiones cristianas, cuyos equipos habían participado en la investigación del manuscrito: el Reverendísimo y Muy Honorable James Bourke, Arzobispo de Canterbury; Su Eminencia Luciano Peri, Cardenal de la Curia y enviado especial del Vaticano; Su Santidad Tikón II, Patriarca de Moscú y toda Rusia; el Reverendo Doctor Jean Pierre Cassel, secretario general del Consejo Mundial de Iglesias; y como científico invitado, el profesor Ytzak Fensham, rector de la Universidad Hebrea de Jerusalén. También estaba allí el profesor Tayyar Yesil. Seguía Sir Jeremy Bullinger, profesor y presidente de la Universidad de Manchester, y el profesor Stephen Nichols, de Arqueología de la misma Universidad; los profesores Virgilio Pérez Odel, de la Universidad de Salamanca, España, catedrático de lenguas orientales y experto en lenguas muertas, y Karl Schmeïng, de la Universidad Albert-Ludwig de Freiburg, Alemania, erudito en la misma especialidad.

Finalmente, allí estaba *monseñor* Johannes el Venerable, sentado en un extremo. Se veía algo incómodo, y dirigía frecuentes miradas hacia la izquierda, arqueando las cejas. Allí, en el sector lateral y sentados en primera fila, estaban el coronel Artaga con su uniforme militar de gala, y Alípio, luciendo su sencillo hábito de novicio, limpio y bien planchado. Junto a Artaga se sentaba Rosanna Coleman, quien dirigía sonrisas de ánimo al anciano, cada vez que este miraba en esa dirección. Myron no estaba allí, seguramente ubicado en algún otro lugar, más conveniente para realizar tomas con su supercámara.

La mancha multicolor de la luz del sol, entrando por los vitrales de la pared este, descendía paulatinamente hacia las cabezas de los asistentes, según pasaba el tiempo. Un susurro casi estridente recorría los grandes espacios interiores del lugar. Bajo el discorde murmullo, el anciano creyó reconocer otro sonido; el órgano de viento comenzaba tenuemente a emitir algunos acordes, pero no era eso lo que había llamado la atención. Alguien, quizás más de una persona, vocalizaba frases en forma rítmica, con un acento por momentos suplicante, por momentos exultante. Johannes se sintió emocionado, al darse cuenta de qué era aquello; en esa babilonia de naciones, culturas y lenguas, y aun de credos y particulares interpretaciones del evangelio, había personas haciendo oración. Buscó con la mirada, procurando ubicar a los suplicantes, cuando un movimiento a su derecha le distrajo. El Arzobispo Bourke se había levantado de su silla. Aproximándose al altar, permaneció allí en silencio, aguardando; mientras, su respiración muy cercana al micrófono resonaba en todo el lugar, como un viento impaciente. Eran las nueve horas en punto de la mañana. En un máximo de diez segundos, la catedral quedó en completo silencio; aun el aliento parecían contener los presentes en la presencia, imponente en sus ropajes, del hombre que era Cabeza de la Iglesia de Inglaterra.

El Reverendísimo y Muy Honorable James Bourke, Arzobispo de Canterbury, se dirigió a Su Alteza Real, el Príncipe de Gales, y a los miembros de la familia real, a cada uno con títulos, honores y apelativos personales; a los Lores y Comunes presentes; al Primer Ministro y a los Miembros del Gabinete allí presentes; a los Obispos de la Iglesia de Inglaterra; a los Embajadores y Cónsules extranjeros presentes, según títulos, nombres y países de procedencia; a los científicos y académicos, británicos y extranjeros, nombrando a los más eminentes por nombre, títulos, especialidad, universidad y país de procedencia. Finalmente, luego de casi cinco minutos, se dirigió «al pueblo en general», invitando a todos a una oración común. Puestos de pie, incluso Su Alteza Real el Príncipe de Gales, Bourke extendió sus manos y comenzó una invocación ampulosa a Dios, el Padre celestial, creador de todas las cosas, y Quien había enviado a su Hijo Jesucristo, Salvador de todos los hombres...

La oración duró algo más de dos minutos. El contenido teológico de la misma fue muy vago y general; lo necesario para ser aceptado, o por lo menos tolerado, por todos los eclesiásticos de las diferentes confesiones cristianas. Johannes el Venerable, acompañando la oración con ojos cerrados pero igualmente muy atento, reconoció que la misma no era una fórmula de rezo habitual en la liturgia anglicana. Había sido preparada para la ocasión; eso era evidente al oír la voz del arzobispo, impregnada de la monotonía de quien reza una oración preparada de antemano. Con todo, la monocorde letanía de Bourke pareció vibrar de emoción cuando rogó que el Espíritu Santo mantuviera encendida la llama de la fe en las almas, cualquiera fuese el contenido del informe que se iba a revelar. Johannes asintió interiormente; el arzobispo, en realidad un anfitrión en la catedral, no estaba al tanto de los resultados del estudio del manuscrito. Le habría gustado decirle que no había nada que temer; pero obviamente, en ese momento no podía hacer tal cosa.

El sencillo amén fue seguido por los acordes de una gran orquesta y un coro de ciento ochenta voces que desde el fondo de la catedral entonó el *Aleluya*, de *El Mesías* de George Federico Haendel.

Finalmente, el arzobispo presentó a Sir Jeremy Bullinger, retirándose luego a su silla.

5

Sɪʀ Bᴜʟʟɪɴɢᴇʀ ᴏᴄᴜᴘó ᴜɴᴀ ᴛᴀʀɪᴍᴀ ᴅᴇ ᴍᴀᴅᴇʀᴀ ʟᴜsᴛʀᴀᴅᴀ ʏ ғɪɴᴀᴍᴇɴᴛᴇ trabajada, provista de un púlpito de cristal, ubicada delante del altar. Llevaba un minúsculo micrófono, sujeto en la solapa de su traje de ceremonia. Carraspeó innecesariamente e inició su alocución. Aunque parecía también innecesario, al dirigirse al público repitió uno por uno los nombres, títulos y otros apelativos de todos aquellos que había mencionado el Arzobispo Bourke, desde Su Alteza Real el Príncipe de Gales hasta el pueblo en general. Carraspeó nuevamente, y entonces comenzó:

«Es este un momento de honda trascendencia para la Iglesia Cristiana, y para el cristianismo en su más amplia acepción. En la consideración de quienes hemos trabajado en el estudio de esta preciada joya arqueológica, el Manuscrito de San Ulrico, en nombre de quienes hablo, este es un momento profundamente significativo para toda la humanidad. Hacemos esta aseveración, con la certeza del lugar único que ocupa en la historia de la raza humana la persona histórica de Jesús de Nazaret. Al decir del historiador eclesiástico Kenneth Scott Latourette, la vida de Jesucristo es la más influyente jamás vivida sobre este planeta, influencia que continúa en aumento. No podemos menos que adoptar una actitud prudente y reverente, al considerar en forma detenida el misterio de esa vida. La vida de aquel hombre, de quien a algunos se nos enseñó a pensar como un magno genio religioso; a otros, como un visionario bienintencionado cuyos ideales dejaron una marca indeleble en la historia del mundo; y a otros, como el Hijo de Dios y Señor de la creación. No podemos tomar a la ligera los hechos de la vida de aquel hombre, cuyo nacimiento recordamos en la Navidad, y de quien rememoramos en la Semana Santa el enigma de sus sufrimientos y muerte, y el misterio aún más inescrutable de su resurrección.

»Podremos tal vez soslayar negligentemente la cuestión crucial acerca de la naturaleza real del hombre mismo, como se evita pensar en un problema incómodo o en una situación desconocida. Pero finalmente llegará el momento en que deberemos enfrentar una demanda: la de adoptar una posición definida, de aceptación o rechazo, de la persona de Jesucristo en cada cosa que la Biblia asevera acerca de Él: maestro, profeta, Hijo de Dios, Salvador del mundo.

»Hoy el mundo espera el resultado de la investigación del Manuscrito de San Ulrico. Y contiene el aliento, mientras aguarda conocer si las afirmaciones enunciadas sobre este documento serán confirmadas; a saber, si este fue efectivamente escrito de puño y letra del apóstol San Juan. De confirmarse esto, tendríamos por primera vez en nuestras manos el registro, escrito por un testigo ocular, de los hechos y la persona de Jesús de Nazaret. El propio San Juan dice, refiriéndose a Cristo: "Y el Verbo se hizo carne y habitó entre nosotros lleno de gracia y de verdad; y vimos su gloria, gloria como del unigénito del Padre"; y acerca de su evangelio, dice: "Hizo además Jesús muchas otras señales en presencia de sus discípulos, las cuales no están escritas en este libro. Pero estas se han escrito para que creáis que Jesús es el Cristo, el Hijo de Dios, y para que creyendo, tengáis vida en su nombre". Pero, por supuesto, estas palabras siguen el texto del Evangelio según San Juan que puede leerse en nuestras Biblias modernas. Las cito tomándome una licencia literaria, fuera de contexto científico; permítaseme tal libertad».

Algunos ilustres rostros esbozaron una sonrisa irónica; Bullinger prosiguió:

«El apóstol Juan, habiendo sobrevivido a todas las persecuciones del siglo I de la era cristiana, pasó a residir en Éfeso, ciudad a la que regresó por orden del emperador Nerva, que rescató a Juan del exilio a que le había condenado su predecesor, Domiciano, en la isla de Patmos. Existió en esa región una tradición acerca de la extrema longevidad del apóstol Juan, que habría muerto en Éfeso entrado el siglo II. Escribiendo en el siglo IV, dice Eusebio de Cesarea en su *Historia Eclesiástica*: "También descansa en Éfeso Juan, el que se reclinó sobre el pecho del Señor y que fue sacerdote portador del petalón, mártir y maestro". Asimismo proviene de esa región otra leyenda, más oscura y enigmática, acerca del peregrinaje inmortal del apóstol San Juan sobre la tierra, vivo aún y saludable, hasta el tiempo del regreso de Cristo a este mundo».

Bullinger hizo una pausa; con el rostro serio miró en derredor, inspiró profundamente y continuó:

«A principios del siglo XIII fue fundado en las cercanías de la ciudad de Éfeso, en ruinas ya en ese tiempo, el monasterio ortodoxo de San Ulrico. La Santa Casa de San Ulrico está hoy aquí representada por Su Ilustrísimo Johannes, conocido como el Venerable, antiguo abad del monasterio en referencia, héroe de la reciente Guerra del Mediterráneo Oriental, afortunadamente concluida ya, firme candidato al Premio Nobel de la Paz, y descubridor del manuscrito.

»El documento estudiado se reparte en tres rollos de papiro de iguales dimensiones, escritos con la misma técnica. Los tres rollos de papiro estaban contenidos en una vasija corintia, identificada como cristiana merced a lucir la figura del pez, conocido emblema cristiano primitivo. Los estudios de datación biorradiométrica efectuados sobre la vasija, el papiro y la tinta confirman en forma detallada y precisa los resultados obtenidos por los científicos de la Universidad de Ankara. De igual modo, los análisis realizados sobre sectores escritos corroboran la fecha enunciada en primera instancia para la composición del documento. Estamos en condiciones de afirmar que el Manuscrito de San Ulrico fue escrito entre los años 66 y 68 del siglo I de la era cristiana. Era una época en que se había desencadenado la primera gran persecución contra la Iglesia Cristiana llevada adelante por Roma, pues las anteriores persecuciones habían provenido de los judíos. En esos años fueron escritos los tres evangelios conocidos como sinópticos; Lucas, en fecha tan temprana como el 58 después de Cristo; Marcos, entre el 65 y el 70 después de Cristo; y Mateo, también antes del 70 después de Cristo. La composición del Evangelio de Juan es tradicionalmente fechada, con base en la evidencia interna, entre los años 85 y 90 después de Cristo. La aparición de un manuscrito del Evangelio de San Juan escrito en fecha tan temprana como el 67 después de Cristo, en una época de grave peligro para la Iglesia y para la continuación de la existencia del cristianismo, y en los días en que también otros estaban escribiendo el relato de la vida y los hechos de Jesucristo, forma lógica de preservar dicha historia para la posteridad, se une al hallazgo de dicho manuscrito en la región donde San Juan pasó los últimos días de su vida, diecinueve siglos atrás. Estos hechos condujeron a la hipótesis de que el Manuscrito de San Ulrico podía ser la versión original del evangelio, escrita por el apóstol. Dicha hipótesis fue sometida al ataque despiadado de todos los argumentos históricos, arqueológicos, lingüísticos y a todas las pruebas científicas que fue del caso realizar, los resultados fueron examinados con rigor y minuciosidad. El Manuscrito de San Ulrico pasó airoso todas las pruebas, por lo que estamos en condiciones de declarar que: primero, todas las evidencias científicas actualmente disponibles están a favor de dicha hipótesis, no existiendo un solo argumento sostenible en contra; por lo tanto y segundo, consideramos dicha hipótesis demostrada, y anunciamos al mundo que el Manuscrito de San Ulrico es la versión original del Evangelio de San Juan y, por lo tanto, un autógrafo sagrado de la Biblia, único existente en la actualidad».

Bullinger calló y se apartó del púlpito; la concurrencia estalló entonces en una cerrada ovación que se prolongó, sin incurrir en el desorden, cerca de cinco minutos. Cuando el ruido y los murmullos hubieron cesado, Bullinger se adelantó nuevamente y dijo:

«Ahora quiero presentar y dejar con ustedes, al jefe del equipo de lingüistas que lleva adelante el estudio del texto del Manuscrito de San Ulrico, el catedrático de la Universidad de Salamanca, profesor Virgilio Pérez Odel».

6

UN MESURADO APLAUSO RECIBIÓ AL ESPAÑOL; APLAUSO QUE NO HABÍA recibido a Bullinger, y que pareció un frío saludo, en honor del extranjero. El español era alto, calvo, y llevaba gruesos lentes sobre montura de metal; se veía fornido y no aparentaba más de sesenta años de edad. Vestía traje de etiqueta y también llevaba un micrófono en la solapa. Cuando habló, lo hizo con voz enérgica y clara; y lo hizo en idioma español. Con un solo movimiento que pareció ensayado, todos los concurrentes que no entendían español, el noventa por ciento, se colocaron el auricular para escuchar la traducción simultánea. No oyeron por lo tanto, o no llegaron a entender su saludo inicial, afortunadamente más breve que el de quienes le habían precedido en el uso de la palabra. Pérez Odel continuó diciendo:

«En atención al precioso tiempo de Su Alteza Real, y de todas las autoridades académicas, científicas y políticas, seré breve en la relación de los más relevantes hallazgos surgidos del estudio textual del Manuscrito de San Ulrico. Al finalizar esta parte, ofreceremos una conferencia de prensa durante la cual el profesor Bullinger, todos los científicos que han participado en la investigación y yo, contestaremos las preguntas que vosotros tengáis sobre el contenido del informe preliminar que ahora desarrollamos.

»El texto del Manuscrito de San Ulrico corresponde al Santo Evangelio según San Juan», prosiguió Pérez Odel con firmeza. «Quiero comentaros algunos puntos principales del análisis textual relacionados a especulaciones acerca del contenido del manuscrito y su concordancia con el texto del Evangelio de San Juan del Nuevo Testamento griego de Wescott y Hort, utilizado para la traducción del Nuevo Testamento a todas las lenguas modernas; especulaciones que han dado lugar a ciertos incidentes, según hemos tenido noticia. Abordaremos cuatro tópicos: el ordenamiento del material que compone

el evangelio; la cuestión del capítulo veintiuno; los pasajes acerca del movimiento del agua en el estanque de Betesda, y el "Perícope de Adulteria". Abordaremos también un punto nuevo; un hallazgo resultante de la investigación del Manuscrito de San Ulrico, que nunca antes había sido planteado. Los detalles de estos temas y otros vinculados al análisis textual profundo, serán publicados en el informe final del equipo de trabajo dentro de aproximadamente dos años.

»En cada uno de los tres primeros tópicos no dogmatizaremos sino que enunciaremos los hallazgos. Si este documento es el original del Evangelio de San Juan, y el equipo del profesor Bullinger considera que lo es, entonces estos problemas quedarían definitivamente resueltos. Sobre el primer asunto, entonces, hemos encontrado que el ordenamiento del material en el Manuscrito de San Ulrico es básicamente idéntico al del evangelio de San Juan en el Nuevo Testamento griego de Wescott y Hort. Solo...»

Pérez Odel se vio interrumpido por un súbito estallido de bulliciosa algarabía habido en el fondo de la catedral, que se extendió como una marea incontenible hacia el exterior; el español aguardó en silencio y con semblante severo que le hizo aparentar su verdadera edad mientras los ujieres restablecían el orden, a lo menos dentro del recinto.. Hecho el silencio, Pérez Odel volvió a hablar, y su voz pareció un trueno de advertencia:

«Solo encontramos ligeras diferencias en la secuencia del diálogo entre Jesús y Pilatos, en lo que sería la segunda mitad del capítulo dieciocho, sin que dichas diferencias afecten el contenido. Acerca del segundo tópico, la cuestión del capítulo veintiuno está planteada por la diferencia de opiniones acerca de si formó parte del evangelio original o fue añadido posteriormente por el apóstol San Juan u otra persona. Nosotros encontramos en el Manuscrito de San Ulrico el capítulo veintiuno casi íntegro; y digo "casi", por haber en dicho capítulo una pequeña diferencia dada por la ausencia de una porción del texto, hecho que será objeto de un comentario posterior. En cuanto al famoso pasaje mencionado como tercer problema textual, el Manuscrito de San Ulrico no contiene, repito, no contiene la frase "esperaban el movimiento del agua", final del versículo tres del capítulo cinco y tampoco el versículo cuatro de dicho capítulo. Se confirma así lo indicado por la evidencia textual, en el sentido de que estas porciones de texto no formaban parte del evangelio original, sino que fueron incluidas posteriormente, con base en la creencia popular, extendida en oriente, acerca del movimiento del agua efectuado por un ángel en diversos lugares durante la fiesta de Año Nuevo, y la sanidad que obtenía el primer enfermo que se sumergía en dichas aguas.

»En lo concerniente al último tópico, el relato sobre la mujer adúltera, que contiene aquellas inmortales palabras de Cristo: "El que de vosotros esté sin pecado sea el primero en arrojar la piedra contra ella" debemos decir que, contra toda la evidencia textual en este caso, dicho pasaje se encuentra íntegro en el Manuscrito de San Ulrico».

Pérez Odel calló; afuera, donde la multitud seguía la disertación del español en pantalla gigante y traducción simultánea amplificada, estalló un gozoso escándalo. Pérez

Odel se permitió una breve sonrisa, que dio a su rostro una expresión de satisfacción. Continuó, con su voz habitualmente enérgica:

«En el siglo V, San Agustín de Hipona argumentó que la historia de la mujer adúltera fue borrada de las copias más tempranas de la Escritura Sagrada por un exagerado temor a que fomentara la inmoralidad. El estudio del Manuscrito de San Ulrico concluiría la discusión sobre el Perícope de Adulteria y daría la razón a San Agustín».

Pérez Odel guardó silencio un momento, y se apartó del púlpito; el bullicio exterior, así como los murmullos y otros sonidos dentro del lugar, se acallaron paulatinamente. Pérez Odel miró a su colega Schmeïng, que le devolvió la mirada impertérrito, y a Johannes el Venerable, que asintió. El español volvió entonces junto al púlpito y esperó unos instantes más; hecho el silencio total, habló con voz más profunda, más pausada, más sentida; dijo:

«Ahora, el quinto punto. Hemos dicho ya que encontramos, en lo que corresponde en el Manuscrito de San Ulrico al capítulo veintiuno del evangelio, la ausencia de una porción de texto. Dicha porción es la correspondiente al versículo veintitrés. Este versículo dice, en la Versión de Casiodoro de Reina y Cipriano de Valera, según la última revisión de 1995: "Se extendió entonces entre los hermanos el rumor de que aquel discípulo no moriría. Pero Jesús no le dijo que no moriría, sino: si quiero que él quede hasta que yo vuelva, ¿qué a ti?"; según la Versión Católica Romana de Eloino Nácar y Alberto Colunga, edición de 1999, el versículo veintitrés reza así: "Se divulgó entre los hermanos la voz de que aquel discípulo no moriría; mas no dijo Jesús que no moriría, sino: Si yo quisiera que este permaneciese hasta que venga, ¿a ti qué?" La versión para el inglés es de la última revisión de la Biblia del Rey Jaime; para el alemán, la última actualización de texto de la Biblia de Lutero».

Y así prosiguió, mencionando durante unos minutos las distintas versiones oficiales para los principales idiomas; luego continuó:

«El versículo en cuestión es una aclaración hecha por el propio apóstol Juan, acerca de las palabras de Jesús a San Pedro, contenidas en el versículo anterior: "Si quiero que él quede hasta que yo vuelva, ¿qué a ti? Sígueme tú". La interpretación tradicional de este pasaje es que Jesús estaba revelando a Pedro detalles de su futuro, su final y la forma en que habría de morir; todo esto según el contexto. Pedro preguntó entonces cuál sería el futuro y cómo sería la muerte de Juan. Las palabras de Jesús que acabo de citar deben entenderse como una represión dirigida a San Pedro, en el sentido que, cualquiera fuese la voluntad de Cristo para el destino de Juan, eso no debía importar a Pedro, que solo debía preocuparse por cumplir con lo que se le había mandado. Eso no fue entendido así por los cristianos de aquella época, quienes tomaron conocimiento de aquel diálogo, bien por la predicación oral de los apóstoles, particularmente Pedro y el propio Juan, bien por la circulación precoz de esta temprana versión del evangelio. Los cristianos de aquel tiempo entendieron de las palabras de Jesucristo que el apóstol Juan permanecería con vida hasta el regreso de Cristo a este mundo, en una suerte si no de inmortalidad, sí de longevidad extrema, más allá de lo concebible, milagrosamente mantenida en perfecto estado de salud. El versículo veintitrés, que sí aparece en los manuscritos más tempranos con que contábamos antes de descubrirse el de San Ulrico, debe considerarse un añadido posterior hecho por el propio apóstol San Juan, para corregir dicha creencia errónea. Esta es la explicación racional.

»Sin embargo, hay otra. Ya el profesor Bullinger mencionó una oscura leyenda, proveniente de los primeros siglos del cristianismo, acerca del peregrinaje inmortal del apóstol Juan sobre la tierra, en espera del retorno de Jesucristo. La adición posterior del versículo veintitrés podría ser un intento, por parte de San Juan, de ocultar un misterio que en la primera versión de su evangelio quedaba expuesto y revelado. Un intento que resultó exitoso, pues el misterio que había sido revelado, por irracional se transformó en simple leyenda, y a pesar de la ignorancia de aquellos tiempos, fue finalmente olvidado.

»Pero yo me inclino a creer esta segunda explicación».

Un fuerte murmullo llenó la catedral, pero el español continuó:

«Tengo setenta y ocho años, y aunque fui científico toda mi vida, y siempre pensé y razoné como tal, en el ocaso de mi existencia puedo decir con propiedad que la ciencia no tiene ni nunca tendrá la capacidad de darnos respuestas para las inquietudes más profundas del alma humana. Experimenté una frustración similar a la expresada por el sabio Salomón, cuando dijo: "Miré yo luego todas las obras que habían hecho mis manos, y el trabajo que tomé para hacerlas; y he aquí, todo era vanidad y aflicción de espíritu, y sin provecho debajo del sol. Volvió, por tanto, a desesperanzarse mi corazón acerca de todo el trabajo en que me afané, y en que había ocupado debajo del sol mi sabiduría" (RV60). Entonces, comprendí el por qué del instinto religioso del hombre. Permitidme esta licencia: he emprendido, tarde en la vida, la búsqueda de Dios. Y ahora encuentro esto: si la explicación que mencioné en segundo lugar es correcta, luego le hallé; pues solo Dios puede realizar el milagro de mantener a un hombre con vida y salud por más de dos mil años. Personalmente creo que el apóstol San Juan, el discípulo amado, el hombre que se recostó cerca de Jesús en la Última Cena, aún está vivo; e incluso creo que podría estar hoy aquí, sentado entre nosotros. Gracias por vuestra atención».

Con una sonrisa de satisfacción, Pérez Odel regresó a su silla. Las autoridades eclesiásticas y académicas allí presentes le observaban con expresión perpleja. Schmeïng le miraba con horror; Bullinger, con furia. Pero Pérez Odel no les prestó atención; sus ojos estaban fijos solo en Johannes el Venerable.

7

Las reacciones fueron inmediatas, y la tarde de aquel quince de junio la prensa mundial no tuvo espacio para otra cosa, ni para otro tema. Curiosamente, las armas habían callado en todas las guerras del planeta; hacía por lo menos dos semanas que no se producían atentados terroristas en ningún punto del orbe. La inquieta corteza terrestre no había llamado la atención con terremotos o erupciones volcánicas, y la no menos agitada atmósfera de la tierra no pareció tener interés en azotar a los hombres con huracanes, tornados o ciclones. La actividad delictiva se mantuvo en el nivel considerado endémico para cada sociedad y país. La prensa languideció hasta que se anunció la entrega pública del informe preliminar de la investigación sobre el Manuscrito de San Ulrico. La falta de noticias sobre hechos extraordinarios por su magnitud, o sensacionales por su significación, había sido notada en muchas partes del mundo por dos clases de personas: los escépticos, que atribuyeron el fenómeno a una simple coincidencia; y los místicos, quienes recordaron que un autógrafo de la Santa Biblia estaba siendo sometido a investigación científica. Entre estos últimos, obviamente más proclives a las fantasías, no faltaban los que imaginaron que el Espíritu de Dios estaba interviniendo en los ánimos de la gente y en las fuerzas de la naturaleza, para que la humanidad prestara atención a la revelación del evangelio. La noche del catorce de junio un evangelista de Nueva York, con rostro serio y una expresión algo enigmática, recordó en su programa de televisión las palabras de un profeta de la antigüedad, que citó textualmente: «El Señor está en su santo templo; calle delante de él toda la tierra». Pocas horas después de esto, mientras se acercaba el amanecer en Gran Bretaña, el locutor de un programa humorístico, en una cadena de televisión de Los Ángeles, preguntó si acaso Dios se habría mudado a la Universidad de Manchester.

Pero luego de lo dicho la mañana de aquel quince de junio en la Catedral de Canterbury, las repercusiones fueron tan diversas como variadas. El cristianismo protestante fue el más vocinglero y envalentonado; sobre todo, los grupos evangélicos radicales de Estados Unidos y América Latina, así como en el Lejano Oriente, principalmente Corea del Sur y Japón. El fundamentalismo cristiano de todas las estirpes consideraba haber ganado una batalla contra el pensamiento liberal y el escepticismo, y tal vez tuvieran derecho a pensar así. El Manuscrito de San Ulrico, examinado por un equipo selecto de científicos de diversos países, era considerado el original del Evangelio de San Juan; en él podía leerse lo que el apóstol Juan en persona había escrito acerca de la vida y los hechos de Jesús de Nazaret, incluidas su muerte y resurrección. Varios predicadores de diversas nacionalidades se mofaban en televisión de los escépticos, científicos o filósofos, diciendo que el apóstol Juan incluso los había previsto a ellos, al insistir en que lo que había visto era verdad. Y citaban: «Y el que lo vio da testimonio, y su testimonio es verdadero; y él sabe que dice verdad, para que vosotros también creáis. Este es el discípulo que da testimonio de estas cosas, y escribió estas cosas; y sabemos que su testimonio es verdadero»; versículos del Evangelio de San Juan que podían leerse en el Manuscrito de San Ulrico, pues este era el original, y coincidía en un noventa y nueve por ciento de su texto con el Evangelio de San Juan que podía leerse en las Biblias a la venta en cualquier librería del planeta.

Las burlas de los evangelistas, por radio y televisión, contra los escépticos, ateos, agnósticos y demás se multiplicaban para delicia de sus piadosos oyentes. La débil reacción intentada por la crítica liberal, con su énfasis puesto en las pequeñas diferencias que impedían que el texto de San Ulrico coincidiera en un cien por ciento con las versiones modernas del Evangelio de San Juan, fue sepultada por toneladas de argumentos acerca de versiones, traducciones, y sobre el trabajo de los copistas a lo largo de los siglos en condiciones culturales y técnicas muy atrasadas, todo lo que hacía que el noventa y nueve por ciento de coincidencia fuera prácticamente una evidencia de la actividad preservadora de Dios con su Palabra.

También estaba la cuestión del versículo veintitrés, que había sido explicada por Pérez Odel como un intento de San Juan por corregir una creencia errónea; explicación que, por otra parte, ya era conocida y aceptada. El cristianismo protestante en su amplia mayoría rechazaba la fantasía mística de Pérez Odel acerca de la inaudita longevidad del apóstol Juan, y la posibilidad de que aún estuviera con vida. Eso no impidió que grupos esotéricos, que se hacían llamar cristianos, inundaran los medios masivos de comunicación informando acerca de su búsqueda espiritual y mística de Juan, el último de los apóstoles de Cristo. Órdenes secretas emergieron ante la opinión pública, aseverando cada una de ellas tener como Gran Maestre al longevo apóstol Juan, el cual residía en algún lugar de los Himalaya, en los Andes, en la luna o en el polo norte. Esta última afirmación fue repetida hasta el cansancio, hasta que se transformó en la favorita, y un humorista mundialmente conocido dijo haber descubierto la verdadera identidad del personaje llamado Santa Claus, Papá Noel, o con otros nombres: no era San Nicolás de Mira, sino el apóstol Juan disfrazado. Cuando los líderes de la secta que ubicaba a su San Juan en el polo norte afirmaron que esto era así, el mundo entero rió a carcajadas. Como una verdadera reacción en cadena, esto llevó a que en las pantallas de televisión de muchos lugares aparecieran evangelistas «serios», pastores, sacerdotes y obispos católicos romanos y ortodoxos, e incluso hasta dos patriarcas, diciendo que esta clase de sandeces perjudicaba la fe cristiana y ridiculizaba a la Iglesia.

La prensa secular había informado con objetividad los sucesos acaecidos la mañana del quince de junio. Pero sensacionalistas al fin, muchos medios de prensa explotaron las «afirmaciones poco científicas de un académico español senil», llenando páginas enteras de comentarios y opiniones emitidas por filósofos, teólogos fundamentalistas y liberales, librepensadores, líderes de sectas esotéricas, y también rabinos judíos y doctores de la ley islámica. El papa Gregorio XVII pronunció un discurso en la plaza de San Pedro, adelanto de su encíclica sobre el Manuscrito de San Ulrico, de próxima aparición. Abordó el tema de la autenticidad del documento, la concordancia del texto, el problema del capítulo veintiuno versículo veintitrés, y las implicancias del descubrimiento para la «preservación y diseminación de la fe católica en el mundo». Sobre el «desatino de la imaginación del catedrático español Pérez Odel», dijo: «No adherimos a ninguna creencia, ni legendaria ni fruto de la interpretación de un manuscrito antiguo, que no esté de acuerdo con lo enseñado por las Sagradas Escrituras y el magisterio de la Santa Madre Iglesia».

Basilio IV, Patriarca Ecuménico de Constantinopla, deambulando aún entre las ruinas de Estambul, lanzó diatribas contra todo lo que había sido hecho en Inglaterra, arguyendo que la fe de la Iglesia no necesita más evidencia que la de un corazón en paz con Dios. Estaba furioso con Pérez Odel por «fomentar las supersticiones, que tanto mal le han hecho a la Iglesia en otros tiempos». También manifestó su indignación contra los académicos del destruido Museo de Santa Sofía, Yesil y Hamid, por enviar el manuscrito a Gran Bretaña, propiciando así un circo religioso a escala mundial. Cuando se le preguntó si su indignación incluía a *monseñor* Johannes el Venerable, que había descubierto el manuscrito, enviándolo al museo para su estudio, Basilio IV suavizó las líneas de su rostro, limitándose a expresar sus dudas acerca de que Johannes el Venerable hubiera querido que se llegara a esto.

Una semana después del quince de junio, la efervescencia provocada por el informe preliminar parecía ir en aumento. El editorialista de un matutino de París escribió que la humanidad ya había prestado demasiada atención a las «supersticiones de la vieja religión», y que el mundo debía mirar hacia sucesos trascendentes del futuro próximo; por ejemplo, los Juegos Olímpicos a celebrarse en Ciudad Ho Chi Min, dentro de tres años. Continuaba diciendo que la realización de los juegos en la República Socialista de Vietnam, y la participación en los mismos de países del mundo libre, abría perspectivas más esperanzadoras para la paz mundial que el contenido de una antigua fantasía religiosa, propia de las épocas de esclavitud del hombre. Esa misma noche, la sede del matutino fue atacada con bombas incendiarias y reducida a cenizas. Un vigilante nocturno marchó al hospital con graves quemaduras, y los dueños del periódico iniciaron una larga lucha legal para cobrar el dinero del seguro.

Los organismos internacionales de derechos humanos, y la propia Organización de las Naciones Unidas, se vieron obligados a movilizarse por lo que acontecía en los países islámicos. En África del Norte, desde el estrecho de Gibraltar hasta la Península del Sinaí y en Asia, siguiendo hacia el este hasta las fronteras de la India, las minorías cristianas de los países musulmanes parecían poseídas por un fervor mesiánico y apocalíptico, luego de conocerse el informe preliminar de la investigación sobre el Manuscrito de San Ulrico. Miles de cristianos, aprovechando la flexibilización decretada por las autoridades en cuanto a manifestaciones religiosas públicas no islámicas, se lanzaron a las calles a pregonar la pronta venida del Mesías, Cristo Jesús, instando a los musulmanes a convertirse al cristianismo. En lo que pareció un único movimiento calculado, los gobiernos islámicos endurecieron su posición, lo que derivó en el arresto de centenares de miles de personas, en cerca de una docena de países, acusadas del grave delito de proselitismo. Esto sucedía entre el veintitrés y el veinticuatro de junio. Fueron horas angustiosas, durante las cuales organizaciones no gubernamentales de derechos humanos, y los gobiernos de algunos países occidentales, principalmente Estados Unidos, Inglaterra y Alemania, así como Rusia, China Nacionalista, Japón, Australia y países de América Latina, intercedieron por los encarcelados. Eso no logró impedir que la noche del veinticuatro de junio, un líder cristiano iraní y un misionero estadounidense fueran públicamente ahorcados en Teherán.

La noche del veinticuatro al veinticinco de junio, centenares de mezquitas en Europa y Estados Unidos fueron atacadas a balazos y con bombas incendiarias, fuego de mortero y granadas de demolición. En la ciudad de Ginebra, una mezquita se desintegró tras recibir el impacto de un misil disparado desde un helicóptero, el cual desapareció en la oscuridad. Mil trescientos ochenta y cuatro adeptos a la fe de Mahoma murieron en los ataques. Horas después, en todo el mundo occidental las fuerzas de policía efectuaron centenares de arrestos, en procura de atrapar a los atacantes. Las cadenas noticiosas de televisión mostraron, entre otros hechos, el allanamiento de un local situado en los suburbios de Chicago, sede de un grupo fundamentalista cristiano nacido poco después de conocerse la existencia del Manuscrito de San Ulrico. Mientras los agentes del FBI se llevaban a un joven de cabeza rapada que lucía una cruz latina tatuada en la frente, el chico miró la cámara y gritó: «Esto es lo que merecen. Ellos vienen al mundo libre a envenenarnos con la doctrina de su falso profeta, y a sembrar sus malditas mezquitas; y lo hacen con total libertad, sin que nadie les censure. ¿Y qué hacen ellos en los países islámicos? Reprimen a los cristianos; meten a nuestros hermanos en guetos, los encarcelan, ¡los matan!»

La imagen se congeló, y en las pantallas quedó el rostro contraído del joven, que mostraba los dientes en una mueca feroz, llena de odio, de rencor, de deseos de venganza.

8

Cuatro personas ocupaban la habitación, ubicada en el segundo piso del número 10 de Downing Street. Johannes el Venerable y Sir Jeremy Bullinger estaban reunidos, con la presencia de Johnny Carlton, Primer Ministro Británico. Las paredes eran blancas y pulcras, así como el techo; el piso, un suelo de mármol negro. Solo una mesa de roble oscuro ocupaba el centro de la sala, y cuatro sillas de igual madera y color; dos a un lado y dos al otro. Sobre la mesa solo había un teléfono, de diseño sofisticado, color blanco resplandeciente. Una cámara de televisión enfocaba al anciano en todo momento. Cuatro sillones individuales, de rojo mate, se alineaban bajo la ventana, por la cual podía verse un cielo parcialmente nublado que se abría aquí y allá en retazos de azul. Colgado en la pared posterior había un enorme televisor de pantalla de cristal líquido, apagado. Ningún otro motivo ni detalle adornaba la habitación. Era una sala funcional y sencilla, desprovista de la fastuosidad y ornamentos de otras estancias de ese mismo edificio. Se prestaba para una fría conversación; el Primer Ministro no se veía incómodo, y a Johannes no parecía importarle no ser recibido en alguna de las otras salas.

El anciano negociaba la devolución del Manuscrito de San Ulrico, oficialmente solicitada por el gobierno electo de Turquía. El coronel Artaga le acompañaba, si bien contra el parecer del profesor Bullinger, que se había manifestado en contra de la presencia de «ese innecesario y desconocido sudamericano». Pero no había habido opción; el oficial contaba con una importante recomendación personal del kenyata Harry Nagava, actual secretario general de Naciones Unidas, y el Primer Ministro le había admitido a la reunión sin aceptar la más mínima protesta de Bullinger.

Este defendía a ultranza la permanencia del manuscrito en Inglaterra, ofreciendo pagar a la República de Turquía la cantidad que solicitara por él. Contaba con el pleno respaldo de la Universidad de Manchester, y si bien Carlton no había abierto la boca, era evidente que el gobierno británico también lo apoyaba.

—Piense, *monseñor* —decía Bullinger—. El manuscrito es el descubrimiento arqueológico más importante del siglo veintiuno; es un tesoro cultural y religioso, además, para toda la humanidad. No puede atarse a una nación; y disculpe usted, pero menos puede atarse a una nación fuertemente islámica. Sí, ya sé que hace años Turquía es oficialmente agnóstica y laica, pero social y culturalmente es, en su mayoría, musulmana. El original del Evangelio de San Juan debe trascender barreras nacionales, culturales y religiosas. Merece la mejor investigación, la mayor dedicación, los mejores cerebros de las ciencias bíblicas abocados a su estudio, sin distinción de nacionalidad; y eso, en un ámbito que respete el libre intercambio cultural, y ofrezca todos los recursos de la más moderna tecnología al servicio de la investigación histórica. Todo eso está disponible aquí, en el Reino Unido.

—Y en Turquía también —respondió Johannes, porfiado.

—Puede ser, *monseñor*; pero Turquía es un país que acaba de salir de una guerra. Debe dedicarse a la reconstrucción nacional. Además, fue Turquía la que provocó la Guerra del Mediterráneo Oriental. Algunas personalidades científicas que vendrían sin problemas a Gran Bretaña para unirse al equipo de investigación del manuscrito, podrían sentir desconfianza de ir a Ankara.

—Sir Bullinger —dijo Johannes luego de un largo suspiro—, Ankara no fue alcanzada por la guerra sino al final, cuando el propio ejército turco derrocó a Seliakán. No está en ruinas, todos sus servicios funcionan perfectamente, y su universidad tiene los recursos necesarios para continuar con el estudio del manuscrito. Y los recursos que la universidad no tenga, el gobierno, muy interesado en el regreso de esta invalorable pieza arqueológica, así como en su estudio, los proporcionará.

—Además —terció Artaga, expresándose en un cuidadoso inglés— el presidente del gobierno turco es Aydin. No olvide usted, profesor, que él y monseñor Johannes que también estará allí, fueron quienes libraron al mundo de Seliakán, el Magnífico, y terminaron definitivamente esa guerra. Y no olvide, por favor, que al detener esa guerra, aquel buen hombre y este santo varón que tiene ante sus narices también salvaron vidas británicas.

—Sí, sí, por supuesto; eso se tiene muy en cuenta. ¿Quién dijo lo contrario?

—Usted recién habló de desconfianza —continuó Artaga con tono impaciente— aunque elegantemente localizó esa desconfianza en «otros». El punto es que ustedes no quieren devolver el manuscrito a los turcos.

—Señor mío, no le permito... —empezó Bullinger con indignación.

—Profesor, por favor, no se exalte —dijo Johannes, conciliador—. Escuche, Turquía quiere el manuscrito de regreso; no lo vende ni lo alquila, ni lo presta ni regala. El deseo del gobierno turco es que el documento sea devuelto a la brevedad. Y ese deseo, señor, no es negociable, ni es apelable. Pero, además, yo estoy particularmente interesado en que el Manuscrito de San Ulrico regrese a Ankara, para ser sometido a una investigación silenciosa, discreta, sin sensacionalismos ni dramáticos informes públicos. Sin que intervenga la prensa.

Hubo un momento de silencio. Por fin, Bullinger dijo:

—¿Por qué?

—Por favor, encienda el televisor.

Bullinger frunció el ceño, pero obedeció sin decir palabra. La pantalla de cincuenta pulgadas cobró vida, irradiando una luz multicolor.

—Ponga un canal de noticias.

Bullinger así lo hizo. Ubicó el canal de una cadena noticiosa europea, en el momento en que mostraba el allanamiento efectuado en los suburbios de Chicago. Escucharon el rabioso alegato del joven fundamentalista cristiano, detenido por el FBI, hasta que la imagen se congeló; allí quedó ese rostro, desencajado por el odio. Todos lo contemplaron unos instantes, y luego Johannes habló con voz profunda:

—Esto debe ser detenido. Yo no quería, nunca quise, que la revelación del manuscrito llevara a esto. El Manuscrito de San Ulrico contiene el original del Evangelio de San Juan. ¿Saben ustedes cuál es la versión más resumida de ese evangelio? Es el versículo dieciséis del capítulo tres. ¿Recuerdan lo que dice?

Bullinger y Carlton no contestaron. Johannes el Venerable prosiguió:

—Dice así: «De tal manera amó Dios al mundo, que ha dado a su Hijo unigénito, para que todo aquel que en él cree no se pierda, sino que tenga vida eterna». Estas palabras podrían resumir no solo el Evangelio según San Juan, sino la totalidad del Nuevo Testamento e incluso de toda la Biblia. Expresan el amor inconmensurable e incomprensible de Dios por la humanidad perdida, y su disposición a entregar lo que le es más querido, su Único Hijo, por la salvación del hombre. Por eso, el amor de Dios es incomprensible; porque no somos más que microbios miserables y engreídos, dignos de ser destruidos sin misericordia por nuestro orgullo, nuestro mezquino egoísmo y nuestra maldad. Perdonen, no quiero sermonearles; solo quiero llamarles la atención sobre el amor, la compasión y la misericordia de Dios en Jesucristo, expresada en el Evangelio de San Juan. Ahora, miren el rostro de ese joven; mírenlo y vean esa pequeña muestra de lo que está sucediendo en muchos lugares del mundo. Vean esa enorme contradicción entre el amor supremo escrito en el papiro del Manuscrito de San Ulrico, y las reacciones que está provocando en el mundo entero; vean el odio irreconciliable, la venganza feroz y cruel, la intolerancia salvaje. Siempre a lo largo de la historia el mensaje de Cristo ha producido este tipo de dolorosa y violenta contradicción. Nosotros no podemos corregir la historia, pero podemos corregir el presente; nuestro presente. Les repito, esto debe ser detenido. Para lograrlo, yo debo llevarme el manuscrito de regreso a Turquía, y entregarlo para su estudio a la Universidad de Ankara, lejos del público y de la prensa mundial.

El Manuscrito de San Ulrico debe desaparecer de la vista de la gente y del alcance de la opinión pública, y solo aparecer de nuevo, si acaso dentro de algunos años, en textos de referencia y consulta sobre arqueología y ciencias bíblicas. Nada más.

Siguió un silencio, que se prolongó varios minutos. Nadie habló, porque nadie parecía saber qué contestar a lo argumentado por el anciano. Súbitamente, sonó el teléfono blanco que había sobre la mesa, en la esquina próxima a Carlton. El Primer Ministro tomó el auricular y escuchó unos instantes. Mientras, Johannes el Venerable miró distraídamente la cámara que le enfocaba. Por fin, Carlton dijo:

—Sí, Su Majestad; así será hecho.

Y colgó el auricular; miró luego con expresión solemne a Johannes y anunció gravemente:

—*Monseñor*, hoy mismo el gobierno de Su Majestad devolverá oficialmente a la República de Turquía el Manuscrito de San Ulrico, el cual le será entregado en sus propias manos, poniendo a su disposición transporte y escolta de la Real Fuerza Aérea para el traslado hacia Ankara.

Johannes el Venerable miró al Primer Ministro, y asintió ceremoniosamente.

Con el ceño fruncido, Bullinger contemplaba el piso.

Artaga sonreía.

El monasterio 2

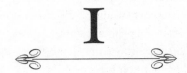

I

EL HOMBRE, AGAZAPADO EN LA OSCURIDAD, VESTÍA TOTALMENTE DE NEGRO; llevaba guantes negros en las manos y, en su cabeza, un paño del mismo color. El rostro, única parte del cuerpo con la piel al descubierto, estaba pintado de negro. Los ojos resaltaban claros, como llamas, enrojecidos de irritación. El hombre no sonreía, ni tenía motivos para ello; llevaba en su mano izquierda una pistola nueve milímetros, con silenciador. Saltaba de sombra en sombra, en silencio absoluto, como un felino que ya ha elegido su presa. Había memorizado por completo los planos del edificio de la Facultad de Letras de Ankara; sabía perfectamente dónde estaba guardado su objetivo. Si acaso pasó fugazmente por su mente que le habían enviado a una misión en la que debía hacer el papel de un vulgar ladrón, no prestó atención a dicho pensamiento. Tampoco a la interrogante obvia de por qué su país se exponía a una reprobación internacional, si llegaba a saberse que, al no obtener por las buenas el Manuscrito de San Ulrico, habían enviado un agente del MI-6 para hurtarlo. El hombre escuchó un ruido; estaba al inicio de un pasillo finalizado en una puerta, tras la cual estaban las instalaciones del Departamento de Arqueología e Historia del Arte, recientemente beneficiado con una muy generosa asignación de fondos por el gobierno de Aydin. Allí estaba el autógrafo original del Evangelio de San Juan, temporalmente devuelto a su vasija corintia, solo quince días atrás, hasta que se conformara nuevamente un equipo internacional de expertos para proseguir su estudio. La puerta se abrió y del interior salió un funcionario de limpieza muy joven, casi adolescente, que empujaba un voluminoso carro de lustrar pisos con varios implementos de limpieza amontonados encima. El hombre, prácticamente mimetizado con la sombra de una estatua, le observó pasar con mirada glacial, dejándole ir tras decidir que no era necesario matarlo. Esperó muy silenciosamente, hasta que el joven se hubo ido; luego, hizo un mínimo movimiento hacia la puerta.

Entonces sintió en la nuca el toque inconfundible, puntual y frío, del cañón de un arma. Demoró una décima de segundo en dominar un momentáneo relámpago de incertidumbre y, con un rápido movimiento giró, tomando el cañón del arma y alejándolo de su cuerpo, al tiempo que apuntaba con su propia arma en la dirección en que, suponía, estaba su atacante. Para su sorpresa, descubrió que había atrapado en su mano izquierda el dedo índice de alguien y su pistola apuntaba al aire. Además, la punta del silenciador de un arma corta se apoyaba en su frente, entre ceja y ceja. El otro hombre, de costado y a la izquierda del primero, sonreía ampliamente. Retiró el arma y dijo:

—Siempre fuiste muy lento, Peter Runyon.

El primer hombre sonrió con incredulidad y dijo:

—¿Timothy? ¿Timothy Álvarez?

—¿Quién si no? No nos veíamos desde la crisis de Corea del Norte, ¿no es así?

—Así es, Timothy; dos años.

Se estrecharon las manos, sonriendo. Luego, el británico dijo:

—¿Y bien? ¿Qué hace la CIA en Ankara?

—Lo mismo que el MI-6, supongo.

—¿También los tuyos quieren ese viejo pedazo de papiro?

—Así es; me parece que tú tampoco entiendes para qué diantre quieren eso.

—Es verdad. Oye, dicen que son tres rollos; podríamos repartirlos y sortear el tercero.

—Si tal es el arreglo —terció una voz, desde algún lugar en la oscuridad—, el tercero me lo llevo yo.

Ambos hombres se agazaparon de inmediato, dirigiendo sus armas hacia todas las zonas oscuras que había en los alrededores.

—Ah, vamos —tornó la voz—. Bajen las armas; ya estarían muertos, si hubiera querido matarlos.

Un hombre muy joven surgió desde atrás de una delgada columna. Iba, como los otros dos, totalmente de negro y con el rostro pintado, y portaba una pistola con silenciador, que sostenía apuntando hacia el techo. Los dos hombres sonrieron; el estadounidense dijo:

—Jacob Peres, me da gusto verte nuevamente; aunque no sé si puedo decir que me agrade ver también al Mossad metido en esto.

—Puedes visitar al Primer Ministro y preguntarle cuando tú quieras. Creo que en estos días no se moverá de Tel Aviv. A propósito, gusto en verte, Timothy. Lo mismo para ti, Peter.

—Que tal, Jacob —respondió el británico.

—¿Qué hace Israel tras el Manuscrito de San Ulrico? —dijo el estadounidense.

—¿Y qué hacen tras él los Estados Unidos y el Reino Unido?

—Bueno, nuestros países son cristianos. Tiene sentido que quieran el Evangelio de San Juan.

—Países cristianos —se mofó el israelí—. No me hagas reír, Timothy. El apóstol Juan fue un israelita. Tiene más sentido que yo me lo lleve.

—No lo creo —dijo el británico.

—Yo tampoco —se elevó otra voz desde la oscuridad—. El manuscrito debe ir a un país cristiano.

Los tres hombres se echaron al suelo, y buscaron con sus armas entre las sombras del lugar. La cuarta voz volvió a hablar:

—No sean ridículos, muchachos. Hacen tanto ruido que podría haberlos matado desde los jardines de la entrada.

La voz, y el acento con que hablaba, trajeron reminiscencias a la mente del estadounidense.

—¿Anatoly? —dijo—. ¿Anatoly Gogorin?

De un recodo surgió un hombre muy alto y musculoso, que lucía el cabello rubio muy corto. A diferencia de los otros, usaba una camiseta negra sin mangas, y no tenía la piel pintada. Llevaba en sus manos una subametralladora. Los otros tres se pusieron de pie, y el británico dijo:

—Así que también tenemos al SVR en esto.

—Es verdad —respondió el ruso—. Somos similares a Einhard y los espías de Carlomagno: robamos reliquias o algo así. Pero ya somos cuatro; creo que cada uno deberá llevarse un rollo de papiro, y alguien tendrá que conformarse con la vasija. Puede ser el hombre del Mossad; a fin de cuentas, ¿para qué quiere Israel el Evangelio de Jesucristo?

El israelí le dedicó una sonrisa sardónica y contestó:

—Muy interesante el micro histórico acerca de Einhard y Carlomagno por el hombre de la inteligencia exterior rusa. Ahora bien, Anatoly, supongo que no pretenderás presentarme a la Rusia pos soviética como país cristiano.

—Tú lo has dicho, jovencito: Rusia pos soviética. El gobierno ruso procura mantener las mejores relaciones con el Patriarca de Moscú y toda Rusia. La Iglesia Ortodoxa Rusa no es una institución para dejar de tener en cuenta; más de setenta años de feroz propaganda comunista, amén de otros procedimientos, fracasaron frente a ella. Entonces, dado que Su Santidad, el viejo Tikón II, tiene una particular debilidad por la Biblia y el pasado cristiano, quienes toman las decisiones entendieron que el Manuscrito de San Ulrico estaría bien en Moscú.

—¡Quietos todos! —aulló una voz.

Desde las sombras, en el extremo opuesto a la entrada del Departamento de Arqueología e Historia del Arte, surgió un hombre de ropas oscuras, gruesa barba y ojos muy negros, fijos en ellos con mirada asesina. Llevaba en las manos un fusil y les apuntaba cuidadosamente. El estadounidense sonrió sin humor y dijo:

—Abdulá Shahrudi, el terrorista iraní más buscado en la actualidad. Es un honor, señor.

—No digo lo mismo, estadounidense —contestó el iraní, muy serio—. Ustedes, todos, son patéticos. Andan tras una reliquia sagrada, y aducen el carácter cristiano de sus naciones como justificativo para robar al pueblo turco.

—Oiga usted —exclamó el israelí— no me incluya en eso de nación cristiana.

—Además, mi querido Shahrudi —terció el estadounidense— el islam, ¿no condena también el robo?

El iraní no contestó; el estadounidense continuó:

—Creo que sí, ¿verdad? ¿De qué se trata, Shahrudi? Porque tú también estás aquí por el manuscrito. Eres un musulmán que ha venido a robar a un pueblo musulmán. ¿Por qué? ¿Para qué quiere el imán un manuscrito de la Biblia?

—Para revelar la verdad —aulló el iraní—.Para terminar con la mentira occidental acerca de que el manuscrito dice de Jesucristo lo mismo que las Biblias modernas.

—Ya veo —dijo el británico—. Te enviaron en una cruzada santa para llevarte el manuscrito, así las mentiras que se dijeron en Gran Bretaña no continuarán conduciendo a la gente hacia el cristianismo.

—Por supuesto —terció el israelí— que no te dijeron una palabra acerca del rescate que pedirá tu gobierno, cuando tenga el manuscrito en su poder.

—¡Silencio! —gritó el iraní—. No me provoquen, o morirán. No me importaría eliminar a un par de occidentales, un ruso o un perro sionista, mientras cumplo con mi misión.

—Señores, no es necesario que muera nadie—, dijo una sexta voz.

Los cinco miraron hacia la puerta del Departamento de Arqueología e Historia del Arte. Estaba abierta, y había un hombre en el umbral, vestido también de negro y con un arma corta cruzada en la cintura.

—Albert 'Snake' Corrigan —exclamó el estadounidense con una sonrisa—.Viejo compañero.

—¿Lo conoces? —susurró el británico.

—Por supuesto, se trata de un «ex» de los nuestros. Ahora es un profesional que se dedica a trabajos particulares.

—Un mercenario, querrás decir —murmuró el israelí.

—Sí, eso quise decir. ¿Qué tal, 'Snake'? ¿A sueldo de quién estás ahora?

—Cómo estás, Timothy. Estoy trabajando para el Vaticano. Su Santidad paga muy bien, y también tiene debilidad por los viejos manuscritos de la Biblia. Pero me temo que no podré complacerlo. Les sugiero que vengan. Y, Shahrudi, baje el arma. No tiene sentido pelearnos; alguien se nos adelantó.

Los cinco hombres se acercaron.

El ruso dijo:

—¿Por dónde entraste tú? ¿Y qué quieres decir con que alguien se nos adelantó?

—Penetré por una ventana —explicó el mercenario, mientras pasaban— solo para descubrir que alguien ya se llevó el Manuscrito de San Ulrico.

2

RAS UN SILENCIO, EL BRITÁNICO EXCLAMÓ:

—No puede ser. Según la información que manejo, al caer la noche el manuscrito aún se encontraba aquí.

Los demás asintieron. De pronto, el iraní levantó el fusil y apuntó al mercenario, mientras aullaba:

—¡Mientes!

—No sea ridículo, Shahrudi —dijo el mercenario despreocupadamente; y de un manotazo apartó el fusil. El iraní quedó indeciso, con el arma hacia el suelo.

—Vengan conmigo.

Los seis hombres penetraron en el Departamento. Anduvieron un trecho por oficinas en sombras. Entraron en un aula, y salieron por el otro extremo; tras un corto pasillo, llegaron a una puerta de vidrio entreabierta. Un cartel, colgado del lado interno, rezaba: Profesor Tayyar Yesil; el mercenario dijo:

—Aquí trabaja el jefe turco del proyecto de investigación del manuscrito; examinen el despacho, si lo desean.

Los cinco hombres así lo hicieron; realizaron la tarea minuciosamente, mientras el mercenario fumaba un largo cigarrillo, apoyado contra la pared del corredor. Diez minutos después salieron, y el británico dijo:

—Oiga, «Snake», la vasija con el manuscrito la guardaban en una sala con ambiente controlado; no aquí, en el despacho del doctor Yesil.

—Exacto, amigo; pero al ver que desapareció de dicha sala, entonces querrían examinar la oficina del arqueólogo. Así que, como estaba de paso...

Y emprendió nuevamente la marcha por el pasillo.

Pocos minutos después entraron en una sala de juntas, con diez sillas ordenadamente colocadas alrededor de una larga mesa. Al otro extremo había una ventana y más allá se veía otra sala, tenuemente iluminada de violeta. Una puerta comunicaba ambas salas; el ruso estiró la mano hacia el picaporte, pero el mercenario lo detuvo.

—No seas tonto —dijo; y abrió la puerta con su mano enguantada, mientras explicaba—: Los sensores de humedad pueden detectar el sudor de un maldito virus.

Del otro lado vieron una pequeña cámara de paredes de vidrio; el mercenario se introdujo, abrió despreocupadamente la puerta interna e ingresó a la sala. Los cinco entraron tras él. El mercenario señaló una mesa de metal, débilmente enfocada por luces violetas, y dijo:

—Allí estaba la vasija.

Los hombres se acercaron. Sobre la mesa no había nada; ni polvo, ni manchas de humedad, nada. El estadounidense miró al mercenario; uno a uno, los demás levantaron la mirada hacia él.

—¿Qué significa esto? —dijo el israelí.

—Lo que estás viendo. Alguien burló al personal de vigilancia y a los medios de seguridad electrónica, con una eficacia comparable a la nuestra; pero lo hizo antes, y se llevó la vasija.

—Eso es lo que dices. ¿Cómo sabemos que no te la llevaste tú? —preguntó el ruso.

El mercenario se encogió de hombros y respondió:

—Supongo que tendrán que confiar en mí.

El ruso soltó una hilada de palabrotas en su idioma. El israelí sonrió sin humor y el británico se mantuvo serio. El iraní se airó repentinamente y otra vez apuntó con el fusil al mercenario.

—Yo insisto en que mientes —aulló.

—Shahrudi, basta de idioteces —gritó el mercenario; y con un movimiento inusitadamente veloz, arrebató el fusil al iraní, le quitó el cargador y la bala de la recámara, y arrojó todo en un rincón. Luego mirando al estadounidense que le observaba con expresión grave; dijo—: Oye, Timothy, digo la verdad; ojalá no fuera así, pero es cierto. No tengo la vasija, ni el manuscrito. La CIA puede chequear mis cuentas bancarias; háganlo, y verán que no hubo ningún movimiento importante de dinero en los últimos tres meses, ni lo habrá, lamentablemente. El papagayo de la curia romana me aclaró muy bien que si no lograba volver con el manuscrito, no debía esperar más que para pagar mis gastos.

Uno a uno, los hombres salieron del lugar. Casi sin preocuparse por una eventual ronda de vigilancia que los descubriera, se alejaron de allí. Al pasar por una ventana, el británico miró el exterior. Lejos, en la calle, un vehículo encendió los faros, dio marcha atrás y se alejó. Durante un momento fugaz el británico creyó ver en el asiento del acompañante, al adolescente empleado de limpieza que pasara junto a él, media hora antes. Un hombre de la raza negra conducía el vehículo.

3

Anochece.

Nubes de tormenta se forman sobre las aguas grises y encrespadas del mar Egeo, y avanzan velozmente hacia el este, merced a los caprichos del viento; un viento violento y huracanado que arranca quejidos estruendosos de los árboles, en las laderas de la colina. De aquella colina de no más de ciento cincuenta metros de altura, situada al sureste de las ruinas de Éfeso, donde desde más de ochocientos años atrás se yergue el monasterio de San Ulrico. Es el otoño boreal, un setiembre frío y tormentoso; hace seis meses que la guerra y la paz pasaron por esas tierras, y la conmoción ha venido y se ha ido en todo el mundo. Pero otra conmoción persiste aún: la relacionada con un secreto proveniente de ese mismo edificio monástico, que tras aparecer de la nada, desde tres meses atrás se considera perdido en forma permanente. Tres meses han transcurrido; tres meses de silencio, de búsqueda infructuosa e investigaciones erráticamente conducidas, que no han llevado a nada. Tres meses de interrogantes acerca del paradero del Manuscrito de San Ulrico, robado de la Universidad de Ankara, que aún no ha sido encontrado y del que no se sabe absolutamente nada. Tres meses de ignorancia e incertidumbre que finalmente han hecho que la prensa, las autoridades y la gente común no se preocupen más por tres rollos de papiro de casi dos mil años de antigüedad, en los cuales, se dijo, estaba escrito el relato de la vida y los milagros de Jesús de Nazaret, narrado por un testigo ocular de los hechos.

Sobre las cornisas almenadas del monasterio tres personas miran el horizonte occidental. Johannes el Venerable, el anciano consejero y antiguo abad de la Santa Casa de San Ulrico, Premio Nobel de la Paz; Fernando Artaga, condecorado coronel del ejército de Uruguay, proyectado a un alto cargo en Naciones Unidas, cuya vida ha dado un inesperado vuelco por su reciente matrimonio con una periodista estadounidense; y Alípio el novicio, infatigable discípulo de Johannes el Venerable, cuya brillante tesis de noviciado le lanzará a un muy recomendado inicio de su carrera para el doctorado de teología, en un máximo de otros seis meses. Las luces del día ya se van; el mar y los campos se sumen en una penumbra creciente y estremecedora. En las ruinas de Éfeso quedan aún unas pocas luces, correspondientes a vehículos de turistas que visitan la milenaria ciudad, dañada en la última guerra, y ya se marchan rápidamente, huyendo del amenazante clima.

Los tres guardan silencio, tras dialogar animadamente a lo largo de casi todo el día; el primero en que han tenido oportunidad de estar juntos y tranquilos, luego de medio año muy agitado y confuso. Ahora, rememoran y comentan con serenidad las peripecias y los peligros vividos tan solo unos meses atrás, que parecen pertenecer a una vida anterior. Con las manos entrelazadas, apoyadas en una cornisa, Artaga se vuelve para mirar a Johannes y dice:

—Realmente, esa noche en la Facultad de Letras fue el final de toda aquella locura. Pero en ese momento creí que era un error enviar a Alípio para hacer el trabajo. Sabíamos que aquellos tipos estaban allí; era peligroso.

—Y lo era, porque lo estaban —replica Alípio, tras un veloz suspiro—. Todavía puedo recordar los ojos de aquel inglés, clavados en mi cuello desde las sombras, cuando pasé empujando el carro de limpieza; hacían arder mi cabeza.

—Es verdad —responde Johannes, con voz profunda y solemne— pero no podía ir yo; ni tampoco tú, Fernando. Y no podía ser otra persona; esto no podía salir de nosotros tres. Pero Alípio estaba protegido; tal vez suene a simple fe, pero era una certeza. Él no corría peligro.

—Sí —asiente Artaga, y vuelve la vista hacia el mar; permanece un momento en silencio, y luego habla de nuevo:

—¿Y ahora? ¿Qué pasará con el Manuscrito de San Ulrico?

Johannes se reclina sobre la cornisa; entrelaza él también las manos y las apoya en el bloque de piedra. Alípio se acerca cuanto puede para oír. Y contesta:

—Ha vuelto a su lugar, en la vasija. La sellé nuevamente, con arcilla de la costa, y escribí en griego la fecha del primer sellado, y la del segundo; es decir, este año. Y la vasija ha regresado al lugar donde la encontré, en la cuarta cripta. El manuscrito se quedará allí hasta que decida qué hacer con él, si es que alguna vez decido hacer algo. Tal vez siga allí otros mil novecientos veinticinco años, tal vez no. Quizás Jesucristo regrese antes a este mundo. Personalmente, anhelo mucho que sea esto lo que suceda, y cuanto antes. Pero por ahora, el mundo no sabrá dónde está ni qué sucedió con el Manuscrito de San Ulrico. Esa es mi voluntad; la que por supuesto, espero que ustedes dos respeten.

—Por supuesto, venerable padre —se apresura a contestar Alípio.

—Johannes mi venerable amigo, sabes que cuentas conmigo para lo que sea. Solo que... bueno, ese manuscrito *es* el original del Evangelio de San Juan.

—Así es —asiente el anciano—. Y se quedará ahí. Quiero decir, que el mundo deberá considerarlo perdido; desaparecido para los estudiosos, para los científicos, pero también para los creyentes, para quienes procuran vivir su fe.

Suspira; mira un instante el cielo, luego fija sus profundos ojos verdes en Artaga, y replica:

—El mundo, Fernando, no está preparado para leer las palabras escritas por el apóstol San Juan, de su puño y letra. El mundo no es digno del autógrafo original del evangelio. El Manuscrito de San Ulrico apareció para detener a un dictador megalómano y peligroso y evitar que su locura nos llevara a lo que podría haberse transformado en una conflagración nuclear; pero su conocimiento público desató odios, enconos, tumultos, refriegas y enfrentamientos en todo el mundo. Y la culpa de esto no es, obviamente, del Evangelio de San Juan, una obra literaria que habla con el lenguaje más excelso concebible sobre el amor de Dios por la humanidad, y el amor que los seres humanos deberían tenerse los unos a los otros. El mundo, Fernando, te repito, no es digno de ese manuscrito. Por eso, permanecerá oculto hasta que algo me haga cambiar de opinión, si es que ese algo se produce alguna vez. Los estudiosos y los científicos pueden investigar otras cosas; pueden poner todos sus prejuicios al servicio de otras causas y decir sus sandeces acerca de otros asuntos, pero ya no más hablar del Evangelio de Jesucristo. Y los creyentes, mi querido Fernando, tienen la fe. ¿Acaso necesitan otra cosa?

Artaga asimila lo dicho por Johannes; mueve la cabeza y responde:

—Mi viejo, mi muy anciano y venerable amigo —sonríe y continúa—: como es tu costumbre, tienes razón.

4

CERCA DE MEDIANOCHE, FINALMENTE, SE DESCARGA LA TORMENTA. HACE POR lo menos dos horas que llueve torrencialmente; el diluvio se acompaña de rachas de viento tempestuoso, relámpagos y truenos aterradores. Ya han caído tres rayos en el pararrayos de la torre mayor del monasterio, y eso hace fruncir el ceño a los novicios más jóvenes, que recuerdan con horror la reciente guerra. La energía eléctrica se ha cortado en toda la comarca y en el monasterio las velas, faroles e incluso antorchas en algunos pasillos, no solo brindan iluminación ambiental sino que dan una sensación de viaje en el tiempo hacia épocas pasadas de misterio medieval. En la biblioteca de la Santa Casa, situada a una altura considerable dentro de la edificación, están Johannes el Venerable, Artaga y Alípio; permanecen sentados alrededor de un viejo escritorio de roble, cerca de una ventana abierta que permite admirar la tormenta en toda su violencia. El mar, hacia el oeste, es un pozo de negrura insondable; las ruinas de Éfeso y los campos de alrededor, asimismo, no muestran ni un solo punto de luz, lo que incrementa la sensación de aislamiento y soledad.

Una vela ubicada en el centro de la mesa es la única luz de la sala; su llama, temblorosa ante las ocasionales rachas de viento que penetran por la ventana, proyecta largas y vacilantes sombras sobre las antiguas paredes de piedra. La puerta de la biblioteca está abierta, y desde algún punto del edificio llega, tenue, la voz de un grupo de monjes que cantan un salmo coral. Es noche de guardar vigilia para los miembros de la comunidad. En dos días más, el domingo veintiséis de septiembre, la Iglesia Ortodoxa celebrará la fiesta litúrgica de San Juan Evangelista; fiesta que este año cobrará un significado especial, pese al robo del manuscrito y lo que de hecho se considera su pérdida probablemente definitiva. El monasterio de San Ulrico se prepara para la afluencia de feligreses y peregrinos, que vendrán a rendir tributo al apóstol de Cristo, pública manifestación de piedad favorecida por la benevolencia de un gobierno amigo. Los monjes cantan una melodía que transporta al oyente, si no a lugares celestiales, sí a otros tiempos; tiempos muy diferentes, y mucho más primitivos, pero igualmente piadosos, por lo menos en intención, y en apariencia. Artaga se estremece de pronto. El anciano le mira sorprendido, y dice:

—¿Ocurre algo, Fernando?

Llevan callados largo rato, tras agotarse todos los temas surgidos en la sobremesa, y el sonido de la voz del viejo, que parece incluso sobrepujar el de los lejanos truenos, le vuelve a estremecer. Percatándose de que Alípio le mira con curiosidad, Artaga responde:

—Bueno, mira un poco todo esto.

—¿Que mire qué?

—Este lugar; este edificio, este castillo de la edad media, iluminado por velas y antorchas en esta noche de tormenta con todos esos relámpagos y esos truenos. Y por si fuera poco, esos monjes cantando una salmodia tan tenebrosa. Me siento como si estuviera en el año 1021. Hace rato que observo aquella puerta, esperando que de un momento a otro aparezca un fantasma.

Alípio mira al anciano con una media sonrisa. Johannes, menos discreto, suelta una carcajada.

—Bueno —agrega Artaga, ruborizándose—, ustedes viven aquí y están acostumbrados a esto. Pero... pónganse en mi lugar, caramba.

—Te entendemos, querido amigo —responde Johannes con dulce voz— pero descuida.

—Sí, ya sé; vas a decirme que en este lugar no hay fantasmas.

—Al contrario —replica Johannes, sin dejar de sonreír—. Este lugar está lleno de fantasmas.

—¿Perdón?

—Así es, Fernando. Este lugar está lleno de fantasmas del pasado. Son los que cada uno lleva en su mente; se llaman recuerdos. Pero fuera de eso, no hay demonios ni otros seres sobrenaturales que se atrevan a molestarnos en este lugar sagrado.

El anciano vuelve a sonreír y agrega:

—No a quienes estamos cubiertos por la sangre de Jesús.

Y mira fijamente a su amigo.

Artaga sonríe nerviosamente; no contesta.

Johannes suelta otra carcajada y dice:

—Coronel Fernando Artaga, usted, un alto funcionario militar de las Naciones Unidas, todo un hombre del siglo veintiuno, ¿le tiene miedo a los fantasmas?

Artaga se endereza.

—Claro que no —replica—. No, visto de esa manera.

Se oyen cuatro fuertes golpes en las hojas del portalón principal del monasterio. Artaga mira hacia la ventana y luego vuelve el rostro hacia el anciano, con las cejas arqueadas y los ojos muy abiertos. Johannes el Venerable, con una irresistible sonrisa, se levanta y dice:

—Coronel, los fantasmas tampoco tocan a la puerta, por lo que supongo que son simples seres humanos. Vamos a ver.

Desde una de las altas y estrechas ventanas de la galería ven el patio principal del monasterio; las hojas de la puerta están siendo abiertas por un monje rollizo y calvo que manipula torpemente los cerrojos mientras intenta sin mucho éxito sostener un paraguas. Abierto el portalón, una camioneta gris penetra hasta el otro extremo del patio, deteniéndose y apagando el motor junto a la galería inferior, frente a la entrada del refectorio. El monje gordo se apresura a cerrar las puertas. No se puede oír lo que habla, y en la penumbra tampoco pueden verse sus facciones, ni las muecas de su rostro; pero no cabe duda de que refunfuña. La puerta del lado del chofer se abre hacia el patio, y baja alguien envuelto en un impermeable, que luce una especie de boina. Johannes el Venerable sonríe al reconocer la larga trenza rubia de Myron. Vuelve la cabeza hacia Artaga, y dice:

—Ahí tienes a tu fantasma...

Pero Artaga ya ha desaparecido, y corre por las escaleras de piedra. Al mirar nuevamente hacia el patio, Johannes ve desaparecer bajo el arco de la galería a una hermosa mujer negra, de encrespada y leonina cabellera.

A LAS TRES DE LA MAÑANA, JOHANNES EL VENERABLE PERMANECÍA aún en la biblioteca, con Artaga y Rosanna Coleman. Alípio entró.

—Venerable padre —dijo— ya están hechos los arreglos para alojar a los recién llegados. Myron, incluso, duerme ya; agradeció la cena.

—De acuerdo, hijo. Puedes retirarte a descansar; yo guiaré a nuestros amigos a los aposentos que se les ha asignado. La paz de nuestro Señor te acompañe.

—Gracias, venerable padre. Hasta mañana.

Luego que Alípio se hubo ido, Rosanna miró al anciano con una sonrisa y dijo:

—Arreglaron muy rápido nuestro alojamiento para esta noche. Se lo agradezco, *monseñor*; y lamento causarles tantas molestias.

—Hija mía. La hospitalidad es una virtud cristiana, y el monasterio está siempre preparado para recibir caminantes que buscan techo y comida para una noche; sobre todo, tratándose de una como esta. El único detalle, que espero sepan comprender, es que no tenemos cama matrimonial.

Ellos sonrieron y el anciano continuó:

—Esto es una casa monástica y deberán dormir en celdas individuales.

Se encogió de hombros y concluyó:

—Reglas de la casa.

—Vuestra hospitalidad y amabilidad sobrepasan ampliamente cualquier incomodidad derivada de las reglas que deban sernos impuestas —dijo Rosanna—. Lo comprendemos y aceptamos de muy buen grado.

—Celebro eso —respondió Johannes—. Ahora bien, debo decirte que su llegada fue una sorpresa. No les esperábamos sino hasta mañana.

—Así es, *monseñor* —asintió Rosanna, y sonrió—. Fue difícil convencer a Myron para que me trajera. Él no esperaba tener que conducir desde Ankara en una noche como esta.

—Bendito sea Cristo, que nos ha enseñado la grandeza del amor —murmuró el anciano—. Incluso, del amor matrimonial.

—Es verdad, *monseñor*... Eh, además...

Rosanna miró a Artaga.

Este dijo:

—Mi venerable amigo, el amor es muy grande.

Se puso de pie, sonriendo; continuó:

—Pero también hay otros motivos. Y ahora, mi esposa quiere hablar contigo... a solas.

—Ajá —dijo Johannes, expectante.

—Conozco el camino hasta la celda en que pasaré la noche. ¿La podrías guiar tú a la suya, cuando hayan terminado de conversar?

—Por supuesto.

—Bien —hizo un gesto con la mano—. Hasta mañana, entonces.

Cuando Artaga hubo salido, Johannes miró a Rosanna y le dijo:

—Hija mía, como siempre, aquí estoy para escucharte.

Rosanna Coleman abrió parsimoniosamente su bolso, extrajo una carpeta y la colocó sobre la mesa; la desplegó y sacó una serie de papeles. Algunos eran documentos transmitidos por fax; encima de todo estaba aquella foto que había mostrado a Johannes en Ankara, en la fiesta del Día de la paz. Johannes el Venerable suspiró al verla y esperó. Rosanna tomó los documentos, los colocó ante las narices del anciano, entrelazó las manos y le miró. Johannes también la miró.

—*Monseñor* —dijo ella—, he tenido oportunidad de estar en Atlanta, y he vuelto. Pude ver el fax enviado a nuestros estudios; la foto de aquella revista de cirugía de 1918. También vi el original de la copia de alta resolución hecha por nuestra computadora. Ahí lo tiene, *monseñor*; véalo, por favor. Si usted insiste en decirme que ese monje que camina a través del campo de batalla no es usted, deberé concluir que tuvo un bisabuelo tan idéntico, que más que un antepasado era un clon suyo, o usted de él. Pero eso no es todo; tengo aquí las cartas que llegaron con ocasión de aquella entrevista que le hice en Ankara, antes del fin de la guerra. Esta clase de cartas extrañas continuaron llegando a nuestros estudios; de hecho, siguen llegando. Recuerde, *monseñor*, que usted volvió a aparecer en público cuando terminó la guerra. Después, al revelarse el informe preliminar del Manuscrito de San Ulrico, en Canterbury, su presencia fue muy destacada por quienes dirigían la ceremonia. Posteriormente, cuando se le galardonó con el Premio Nobel de la Paz, usted fue visto en las pantallas de televisión de todo el mundo. Sin ninguna duda, este año su rostro ha sido una de las imágenes más vistas del planeta. Me pregunto si era eso lo que usted quería.

—No —reconoció Johannes, con voz queda—. No era eso lo que yo quería.

—Entiendo —asintió Rosanna, mirándose las uñas—. Volviendo a aquel día en Canterbury, llamó mucho mi atención la afirmación con que Pérez Odel finalizó su disertación. La mayoría lo consideró un delirio místico, y muchos lamentaron lo que en general se consideró el suicidio intelectual y académico de un distinguido catedrático; el fruto, seguramente, de la mente claudicante de un anciano y, por lo tanto, el inicio sintomático de una demencia, inadvertida hasta ese momento. Vea, *monseñor*, yo soy periodista, y la corresponsalía de guerra no es mi único campo. En realidad, la Guerra del Mediterráneo Oriental fue la primera oportunidad que tuve de salir de detrás de un escritorio, para hacer un trabajo importante. Me dedico a investigaciones periodísticas y luego de la guerra realicé una por mi cuenta. Para empezar averigüé que, luego del quince de junio, Pérez Odel regresó a Salamanca y continuó, de hecho continúa hasta el día de hoy, ocupando su cátedra y enseñando. Perdió algo del respeto y veneración que le tributaban sus colegas y alumnos, pero nada más. Incluso se sometió a un completo examen psiquiátrico y neuropsicológico, impuesto por su universidad, y lo pasó sin problemas.

—Pues, me alegro por él.

—Sí —dijo Rosanna rápidamente, como si procurara conjurar la interrupción—. Ese hombre tiene antecedentes interesantes. Fue preso político durante la dictadura de Franco en España. Él cuenta una muy peculiar anécdota. Dice que en 1968, estando en prisión en una situación muy incierta, oyó entre los centinelas que había orden de matarlo. Ese mismo día, un anciano sacerdote apareció y le salvó, pero no sabe cómo; solo sabe que incluso convenció a sus carceleros para que le dejaran ir. Hace dos meses, yo hablé personalmente con Pérez Odel, pero no pude sacarle más datos. No quiso decirme si volvió a ver a aquel sacerdote, ni *si lo reconoció recientemente*. Solo faltó ese detalle, *monseñor*, para que el caso del español fuera igual al de miles de personas que han escrito a la cadena en Atlanta, refiriendo situaciones similares, ocurridas décadas atrás, en las que les salvó de la muerte un enigmático sacerdote, pastor o monje, al que decenas de años después reconocieron en usted. Pérez Odel no quiso hablar más, pero aquella mañana en la Catedral de Canterbury yo vi algo que probablemente pasó inadvertido para la mayoría: cuando el español terminó su disertación, al volver hacia su silla le miró a usted, *monseñor*, de una manera muy intensa y particular.

Johannes se restregó los ojos. La mitad de la vela se había ya consumido. Afuera rugía aún la tormenta y la lluvia no mostraba indicios de detenerse. Desde algún lugar, ubicado en la profunda oscuridad del monasterio, llegaba el susurro de quedas oraciones. El anciano miró a Rosanna y suspiró; la joven prosiguió:

—Pensé mucho en algo que dijo Pérez Odel aquella mañana. El dijo: «Solo Dios puede hacer el milagro de mantener a un hombre con vida y salud por más de dos mil años». Vida y salud; esas dos palabras me guiaron en mi razonamiento. Si Dios mantuviera milagrosamente la vida de un hombre, eso significaría que este no podría morir aunque quisiera; además, sería inmune a las situaciones que causan la muerte a los simples mortales. Por ejemplo, sobreviviría ileso a la explosión de un misil lanzado desde un avión de combate, aunque estuviera a solo cinco metros del punto de impacto. O, en caso de viajar en un avión atacado desde un submarino con misiles guiados satelitalmente, estos errarían el blanco; o si hicieran impacto, los misiles no estallarían. En tal caso Dios, probablemente por influencia de este hombre, sin duda un elegido suyo, extendería su misericordiosa protección a quienes le acompañaran. Este podría ser el caso, también, en un ataque a corta distancia con fusiles y ametralladoras, manejados por siete comandos sirios entrenados.

»En cuanto a la salud, *monseñor*, ni hablar. Nuestro hombre, a pesar de su aspecto de anciano de, digamos, noventa años de edad, derribaría a un gorila de la policía, correría a tal velocidad que cuatro policías entrenados no podrían darle alcance e incluso lograría trepar con facilidad por una columna hasta el techo de una casa de dos plantas. En caso de ser herido, hecho improbable pero no imposible, sucederían cosas extrañas; por ejemplo, sanaría en menos de dos horas de una herida de bala en el cuero cabelludo. Si se le hiciera un escáner por resonancia magnética del cráneo, su cerebro se vería como el de un joven de veinte años. Incluso, este hombre milagrosamente saludable podría retorcerle el brazo a un médico muchos años menor que él; por lo menos en apariencia, cincuenta años menor.

—¿Cómo te enteraste de todo eso? —preguntó Johannes, admirado pero tranquilo.

—Ya le dije, *monseñor*; soy periodista e investigo. A propósito, aquel médico de Ankara es experto en judo; desde aquel incidente, considera que es usted un gran maestro en esa disciplina, y que a eso se debe su excelente estado físico. Por supuesto, usted y yo sabemos que la explicación es otra, ¿no? Hay algo interesante en todo esto, ¿sabe? Usted, de una u otra manera, me ha llevado a creer en Dios.

—Celebro eso, hija.

—Gracias, *monseñor*. Pero ese no es mi punto ahora. Quiero hacerle la misma pregunta que le hice hace seis meses en Ankara, en la fiesta del Día de la paz. En aquel momento solo tenía una copia de esta foto. Usted me miró con esos ojos simpáticos que tiene y me dedicó un par de sus encantadoras sonrisas; a propósito, posee una dentadura muy bien conservada para su edad. Usted me llamó la atención sobre lo absurdo que sonaba aquello que yo le planteaba y me hizo sentir ridícula. Pero ahora tengo todo estos documentos, y estos testimonios, y esta foto. Y pregunto, *monseñor* Johannes, ¿quién o qué es usted?

Johannes suspiró nuevamente; parecía cansado, si bien no demostraba tener sueño. Cuando habló, lo hizo con esa voz suya, siempre tranquila, siempre armoniosa; dijo:

—Soy lo que tú ves, hija; un monje anciano, que ha llevado una vida muy diferente a lo que tú conoces. Una vida sana, pura y tranquila, sin tensiones ni sobresaltos; una vida saludable, que explica todas esas cosas que a ti te llaman la atención. Nada más.

Rosanna Coleman miró atentamente al anciano; tenía una expresión de impaciencia y enojo.

De súbito, explotó:

—¿Una vida sana y tranquila? ¿Una vida saludable, sin tensiones ni sobresaltos? ¿Usted, que ha estado metido en todas las guerras de los últimos cien años? *Monseñor*, basta de tomarme el pelo; basta ya de dar rodeos. Usted... usted, ¿quién es? ¿Quiénes eran sus padres? ¿Por qué nadie sabe su apellido, ni su edad? ¿De dónde proviene?

—De Palestina.

—¿Eh? ¿Es eso cierto?

—Hija, sea yo quien sea, una cosa se mantiene firme: yo no miento. Además, yo nunca oculté que nací en la tierra de Israel.

Rosanna calló por un momento; miró a Johannes a los ojos, un largo instante. Abrió la boca pero no dijo nada; parecía hacérsele difícil pronunciar la siguiente pregunta. Cerró los ojos y exhaló el aire; miró otra vez al anciano, y dijo en un susurro:

—*Monseñor*, ¿es usted el apóstol San Juan?

Si algún rastro de sonrisa quedaba en el rostro de Johannes el Venerable, desapareció. Las facciones del anciano se endurecieron y sus ojos se volvieron profundos, insondables, como remolinos oscuros que conducen al abismo. Rosanna Coleman tembló de pies a cabeza al ver la súbita transformación del anciano. Recordó el pavor experimentado al acercarse a él aquella noche de fiesta, en Ankara. Ahora, de pronto, sintió el mismo pavor, pero multiplicado. Toda su vida había oído, escuchado, leído, que en este mundo existen cosas que el hombre no puede explicar; cosas sobrenaturales, seres no humanos o más que humanos. Nunca había visto nada de eso; nunca había tenido evidencia de que algo así fuera cierto, que en el universo existiera algo más que lo que se puede ver, tocar, medir; algo más que la naturaleza, con sus misterios y maravillas, al alcance de la comprensión del ser humano. Pero ahora, al ver esos ojos inescrutables, ese rostro súbitamente transformado en una pavorosa máscara de severidad, sintió que su corazón, su alma, todo su ser se desmenuzaba, sumido en un vasto terror.

Casi sin prestarle atención, notó que la lluvia se había detenido. Algunos truenos retumbaban, lejanos, en forma espaciada. Ya no se oían las oraciones de los monjes. En algún punto del monasterio resonaron cuatro campanadas. El mundo entero pareció quedar en suspenso, hasta que Johannes el Venerable habló.

—Rosanna, hija mía —dijo con voz fría e impersonal—, no estoy dispuesto a contestar semejante pregunta.

La mujer se repuso y su ánimo cobró fuerzas. La forma en que el anciano acababa de dirigirse a ella, a pesar de su acritud, le hizo ver nuevamente en él su naturaleza

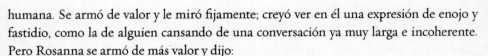

humana. Se armó de valor y le miró fijamente; creyó ver en él una expresión de enojo y fastidio, como la de alguien cansando de una conversación ya muy larga e incoherente. Pero Rosanna se armó de más valor y dijo:

—Por favor, *monseñor*; sigue usted sin darme una respuesta directa. Me siento ridícula y avergonzada, y además me provoca usted una inexplicable aprensión, pero voy a formular una última pregunta: ¿Niega usted tener dos mil años de edad?

—Claro que lo niego —exclamó Johannes; y agregó, poniendo énfasis en cada palabra—: No tengo dos mil años de edad. Y recuerda lo que te dije hace un rato: yo no miento. ¿Podemos terminar ya con esta charla?

Rosanna inclinó la cabeza y asintió tres veces; al fin había tenido su respuesta directa. Johannes acababa de negar enfáticamente tener dos mil años de edad. Eso echaba por tierra todas sus conjeturas, las conclusiones de su investigación y todas sus hipótesis, sobre todo las más descabelladas. Simplemente, creía en el anciano o no creía que este fuera capaz de mentir. Allí terminaba todo. Dijo:

—*Monseñor*, le pido perdón por... por hacerle perder tiempo con todas estas tonterías.

Cuando levantó nuevamente los ojos, Johannes el Venerable sonreía otra vez.

—Hija mía, ¿parten mañana en la tarde?

—Mañana en la tarde, *monseñor*.

—Bien; entonces, ve a descansar.

6

Al atardecer del día siguiente la camioneta corría por la curva descendente del camino, alejándose del antiguo monasterio de San Ulrico. El sol, próximo al horizonte marino, peleaba aún con los nubarrones de la tormenta y arrojaba una luz brillante sobre los campos mojados por la lluvia de la madrugada, cubiertos por una bruma tenue. Las puertas de la Santa Casa permanecían abiertas para los grupos de campesinos y peregrinos que se acercaban a pie con el fin de asistir a los servicios religiosos vespertinos. Artaga conducía y Rosanna Coleman iba a su lado. Myron Spencer Davis ocupaba el asiento trasero; saltaba de un lado a otro para enfocar con su cámara a hombres, mujeres y familias que ascendían hacia la casa monástica.

—Cuánto movimiento de gente —comentó Rosanna—. ¿Es normal los sábados?

—No tanto —respondió Artaga, atento al camino— pero hoy y mañana son días especiales.

—¿Ah, sí?

—Sí —terció Myron—. Alípio me lo explicó; mañana es la celebración de San Juan Evangelista. Justo la de ese apóstol, con todo lo que pasó este año. Será una fiesta especial.

—¿La fiesta del apóstol San Juan? Pero, ¿esa fiesta no es en diciembre?

—No —replicó Artaga—, en diciembre es celebrada por la Iglesia Católica Romana. La Iglesia Católica Ortodoxa la celebra el veintiséis de septiembre.

—Ajá —dijo Myron, aún enfocando a los caminantes con su cámara—. Alípio me explicó lo que significa la fiesta litúrgica, pero no sé si lo entendí muy bien. Yo ni siquiera sabía qué representa la fecha. Parece que es el día del nacimiento del santo. En el caso del apóstol San Juan, si es su fecha de nacimiento, se fijó en forma arbitraria, pues según Alípio, lo único que se sabe casi de cierto es que nació en el año seis después de Cristo.

—¿En el año seis después de Cristo? —preguntó Rosanna, frunciendo el ceño.

—Así es —contestó Myron.

Lanzó una carcajada y agregó:

—Eso significa que si el apóstol Juan todavía estuviera vivo, como dijo aquel español demente, entonces mañana cumpliría dos mil quince años de edad.

Hubo un momento de silencio.

De pronto, Rosanna frunció aún más el ceño y abrió los ojos de par en par.

¿Dos mil quince años?

Con fuerza explosiva, irrumpieron en su mente las palabras que Johannes el Venerable le dijera la madrugada de ese mismo día: «No tengo dos mil años de edad». Fue terminante, y ella le creyó. Y allí dio por concluidos cuatro meses de investigación, tras la historia más inaudita del siglo veintiuno; solo porque el anciano le había asegurado que no tenía dos mil años de edad. No, no tenía dos mil años de edad. ¿Tenía...?

¡Dos mil quince años de edad!

Se volvió de pronto, y sacó la cabeza por la ventanilla.

—Cuidado —exclamó Artaga, aún atento al camino.

Ella no le prestó atención. El monasterio estaba lejos ya, pero ella creyó ver, allá arriba en las cornisas almenadas, una figura vestida de negro, de cabello blanco y barba también cana. Estaba quieto allí; tranquilo. Durante un alucinante momento, Rosanna tuvo la certeza de que el anciano la miraba a ella.

—Volveré —le dijo.

—Claro que volveremos —murmuró Artaga—. Periódicamente, la vida me ha llevado a regresar junto a Johannes el Venerable.

—La vida... o Dios —musitó Myron pensativamente; y agregó—: Qué gran hombre, ¿no?

—Tienes razón —respondió Artaga, mirando hacia adelante.

Rosanna no contestó. Miraba aún la figura en lo alto del monasterio. Se sentía burlada; pero elegante, magistralmente burlada. No estaba enojada; incluso, se permitió una sonrisa. Sí, qué gran hombre; fuera lo que fuese, era un gran ser humano. Pensó algo que, estuvo segura, al viejo le habría gustado escuchar. Johannes el Venerable era un espejo, hecho del más puro cristal, que reflejaba fielmente el amor, la bondad, la pureza y la gloria de Cristo, a quien había dedicado su vida.

El monasterio estaba ya muy lejos. La figura de negro, borrosa, parecía estar allí todavía, como un punto oscuro contra el fondo de antiguas piedras blancas. Era ya imposible distinguir detalles, y mucho menos las facciones del anciano. Y, sin embargo...

Rosanna entrecerró los ojos.

¿...no sonreía?

...PASADO 2

El ordenamiento
de los manuscritos

Policarpo despertó con el canto mañanero de las aves. Aún no había clareado del todo, mas en las rendijas de los postigos que cubrían la ventana, se dibujaban líneas de luz. La cortina en la puerta del cuartucho dejaba pasar el tenue fulgor del fuego, encendido en el hogar. El joven miró los otros dos camastros; los vio vacíos y optó por levantarse. Desde la otra habitación llegaba un ruido áspero, característico de la manipulación de rollos de papiro. Al pasar al otro lado vio, efectivamente, un grupo de manuscritos esparcidos desordenadamente sobre la mesa. Recostado contra la pared había un viejo arcón de madera que permitía ver otros manuscritos; algunos armados según el moderno formato de códice, pero la mayoría en el clásico formato de rollo, en uso desde tiempos inmemoriales. El apóstol Juan procuraba ordenarlos. Al percibir la presencia del joven, levantó la vista y sonrió.

—La paz sea contigo, apóstol.

—La paz sea contigo, hijo ¿Qué tal el descanso nocturno?

—Sereno y reparador.

La claridad del día superaba ya los dos pequeños candiles.

Policarpo miró por la ventana de la sala. Bañaba la ciudad la uniforme y tenue luz de la alborada. Más allá, sobre las aguas azul profundo del Egeo, algunas nubes, enrojecidas por los primeros rayos del sol, parecían llamear. Miró nuevamente los rollos.

Juan dijo:

—Son mi tesoro; un tesoro mucho más valioso que todo el oro de los templos de Grecia y Roma. La ley de Moisés, los salmos, los libros de los profetas. También los escritos de los apóstoles; las cartas de Pablo, de Pedro, de Santiago y de Judas.

—Y las tuyas.

—Y las mías. También están aquí los escritos de Mateo, de Lucas y de Marcos, sobre la vida y pasión de nuestro Señor Jesucristo. Nunca agradeceré lo suficiente por la preservación de estos escritos, durante el tiempo en que Domiciano atacó a nuestro pueblo. Estas Escrituras son el tesoro espiritual de la Iglesia.

Juan dejó un rollo sobre la mesa y caminó hacia el hogar.

Extendiendo sus arrugadas y encallecidas manos hacia el fuego, prosiguió:

—Estas manos han escrito algunos de esos rollos; los menos importantes, tal vez. Pero esos son los libros que los hombres de los tiempos por venir considerarán Palabra de Dios. Los venerarán y los odiarán; los torcerán y harán de ellos mercadería, y aun pelearán y matarán por ellos, a pesar de ellos e incluso contra ellos.

Quedó en silencio.

Policarpo sintió un repentino escalofrío y dijo:

—¿Dónde ha ido Papías?

—A la calle de los panaderos —respondió Juan.

Mirándole sonrió y agregó:

—Pronto desayunaremos.

El joven volvió la vista hacia el otro lado de la habitación. Llamó su atención una vasija de barro de alfarería, de estilo griego, junto al arcón de madera. No le parecía haberla visto antes. Como único motivo de adorno sobre el oscuro verde de la pieza, por debajo del angosto cuello, una hilera de pececillos dorados daba toda la vuelta. Encima de la vasija había un rollo, viejo y algo grisáceo. Policarpo lo tomó, desenrolló la primera plana y leyó en voz alta: *En archê ên ó lógos.*

—En el principio era el Verbo —recitó el apóstol— y el Verbo estaba con Dios, y Dios era el Verbo.

Miró de reojo a Policarpo, con una media sonrisa, y agregó:

—Como has de suponer, me lo sé de memoria; podría recitarlo entero, pero nos tomaría la noche aquí.

El anciano se reclinó sobre el respaldo de la silla y suspiró largamente.

Policarpo balbuceó primero y luego preguntó:

—¿Por qué... por qué lo tienes aparte? Y por qué —miró la vasija y el lodo fresco junto a esta, que había creído simple suciedad por limpiar—, por qué estás pronto a guardarlo bajo sello?

—Porque es el primer manuscrito del evangelio que escribí, hace ya treinta años.

Policarpo le miró asombrado.

—¿Quieres decir, el primero de todos? ¿No una copia de otro anterior, escrito por ti o algún amanuense?

—El primero —replicó Juan, meditabundo— escrito por mi mano, según el Espíritu del Señor me inspiró.

—¿Y por qué, apóstol ¡oh, perdóname! por qué guardarlo bajo sello?

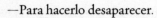

—Para hacerlo desaparecer.

El anciano miró intensamente al joven y prosiguió:

—Ese manuscrito permite vislumbrar un misterio que no puede ser revelado al mundo.

—¿Tu evangelio?

—Sí, hijo mío, Policarpo; mi evangelio. El Señor me ha mostrado que ese misterio debe permanecer oculto, y me inspiró cómo enmendar la parte final del libro.

—¿La parte final? —murmuró Policarpo y de inmediato buscó la última plana del rollo; leyó ávidamente durante un rato; luego levantó los ojos y dijo—: Solo advierto la ausencia de unas pocas palabras.

—¿Cuáles?

—Aquellas alusivas al dicho que circuló entre los cristianos, muchos años atrás, acerca de que tú no morirías, sino que permanecerías con vida hasta el regreso del Señor; tu aseveración de que eso no sería así.

El anciano apóstol Juan se volvió completamente para mirar a Policarpo, y luego de una indispensable pausa, susurró:

—Como te acabo de decir, el Señor me ha mostrado que ese misterio debe permanecer oculto, y me inspiró cómo enmendar la parte final del libro.

Ambos se miraron durante un largo momento.

De pronto, los ojos de Policarpo se abrieron desmesuradamente, en una expresión de espanto y asombro.

—Sí —dijo el apóstol Juan, con una dulce sonrisa—. Ahora, hijito, haz algo por mí. Mete el rollo en la vasija y séllalo.

La desaparición

EL SOL CAE TRAS EL LEJANO HORIZONTE MARINO. A SU ALREDEDOR, LAS azules aguas del Egeo se tiñen de un verde resplandeciente que se confunde con el cielo tornasolado, encendido por el astro en su ocaso. Muy alto, en el firmamento tachonado de estrellas, algunas nubes juguetean con la luna. Una suave brisa mueve las briznas de hierba de la pedregosa cima y silba entre los escasos árboles en las laderas de la colina.

Desde la ciudad, lejana, bulliciosa y ya iluminada por múltiples antorchas callejeras, parte hacia el este una carretera empedrada: la ruta de Éfeso a Laodicea. De la carretera se abre un sendero, que pasa por las faldas de la colina y prosigue rumbo a los campos de pastoreo del sur. Alguien sube por la ladera, procedente del sendero. Policarpo mira brevemente la figura en trabajoso ascenso; luego, prosigue en su contemplación del atardecer. El ceño algo fruncido, serio el rostro, cubre su faz una expresión de tranquila tristeza. Pero sus ojos conservan el brillo de una juventud más duradera que la del cuerpo; la juventud del espíritu, de un espíritu redimido. Papías llega junto a él, pone una mano en su hombro y dice:

—Hermano, la paz sea contigo.

Policarpo le mira, sonríe y contesta:

—Y contigo, Papías.

Vuelve la vista hacia el horizonte y tras unos momentos, le pregunta:

—¿Pasaste por allí?

—Sí —replica Papías—. Está en el lugar más agreste de las laderas de esta colina. Es un pequeño promontorio de tierra, sin marca o señal recordatoria.

—Pronto se olvidará el lugar donde fue sepultado. Las generaciones venideras rememorarán al apóstol Juan, pero solo recordarán que sus restos yacen cerca de Éfeso.

Quedan un momento en silencio; luego, Papías dice con voz trémula:

—Pero... ¿no es una mentira?

—No —replica Policarpo con energía—, es parte de un plan superior, creado por una Mente que no podemos soñar siquiera con entender... pero que nos permite conocer el inmenso amor que nos tiene, aunque solo seamos gusanos ante su Majestad Divina.

—Sí —dice Papías— todo eso yo también lo sé. Ahora, nosotros, ¿qué haremos?

—Callar. Somos los únicos que sabemos la verdad, esta verdad, y debemos llevar el secreto a la tumba.

Policarpo esboza una media sonrisa y agrega:

—O al reino celestial, como prefieras. Y, en tanto, debemos seguir adelante. Como hace treinta y cinco años Lucas, Marcos, Timoteo y otros siguieron adelante cuando desaparecieron Pedro y Pablo. Como el discípulo sigue adelante cuando su maestro ya no está. Como seguirán otros luego que nosotros hayamos pasado.

Después de otra pausa, Papías insiste en hablar, y dice:

—¿Lo volveremos a ver?

Estas palabras tienen el poder de arrancar una lágrima a Policarpo, para quien el apóstol Juan había ocupado durante muchos años el lugar de un padre; de aquel que Roma le había arrebatado matándolo como esclavo en las minas de cobre de España.

—No en esta vida —responde—. Debemos aprender a vivir con eso. Y al morir, tampoco nos encontraremos, pues su partida hacia las moradas celestiales se retrasará tanto cuanto demore el regreso del Señor.

Papías, pensativo, susurra:

—Para él, será más difícil que para nosotros.

Ambos, uno junto al otro, miran el horizonte, ya solo una línea de brillante luz dorada en medio de la espesa negrura.

—Sí —responde Policarpo.

Acerca del autor

ÁLVARO PANDIANI FIGALLO ES EL GANADOR DEL PREMIO GRUPO NELSON de 2008. Es médico, docente universitario y pastor colaborador en su iglesia local. Ha publicado dos libros de ensayos de reflexión cristiana y tres novelas. Desde el año 2004 colabora en el libro devocional de Radio Transmundial *Alimento para el Alma* y es columnista de las páginas web iglesiaenmarcha.net y rtmuruguay.org. Está casado y vive en Montevideo.